OLHOS VAZIOS

Livros de Charlie Donlea

A Garota do Lago
Deixada para trás
Não confie em ninguém
Uma mulher na escuridão
Nunca saia sozinho
Procure nas cinzas
Antes de partir
Olhos vazios

CHARLIE DONLEA

OLHOS VAZIOS

Tradução: Carlos Szlak

Diretor editorial **PEDRO ALMEIDA**

Coordenação editorial **CARLA SACRATO**

Preparação **DANIELA TOLEDO**

Revisão **BÁRBARA PARENTE E THAÍS ENTRIEL**

Capa e diagramação **OSMANE GARCIA FILHO**

Imagens de capa **MARK OWEN | TREVILLION IMAGES**

Dados Internacionais de Catalogação na Publicação (CIP)
Jéssica de Oliveira Molinari CRB-8/9852

Donlea, Charlie
Olhos vazios / Charlie Donlea ; tradução de Carlos Szlak. — São Paulo : Faro Editorial, 2023.
320 p.

ISBN 978-65-5957-420-9
Título original: Those empty eyes

1. Ficção norte-americana 2. Ficção policial I. Título II. Szlak, Carlos

23-3700 CDD-813

Índice para catálogo sistemático:
1. Ficção norte-americana

1ª edição brasileira: 2023
Direitos de edição em língua portuguesa, para o Brasil, adquiridos por FARO EDITORIAL

Avenida Andrômeda, 885 — Sala 310
Alphaville — Barueri — SP — Brasil
CEP: 06473-000
www.faroeditorial.com.br

Siga as evidências, aonde quer
que elas levem, e questione tudo.
— Neil deGrasse Tyson

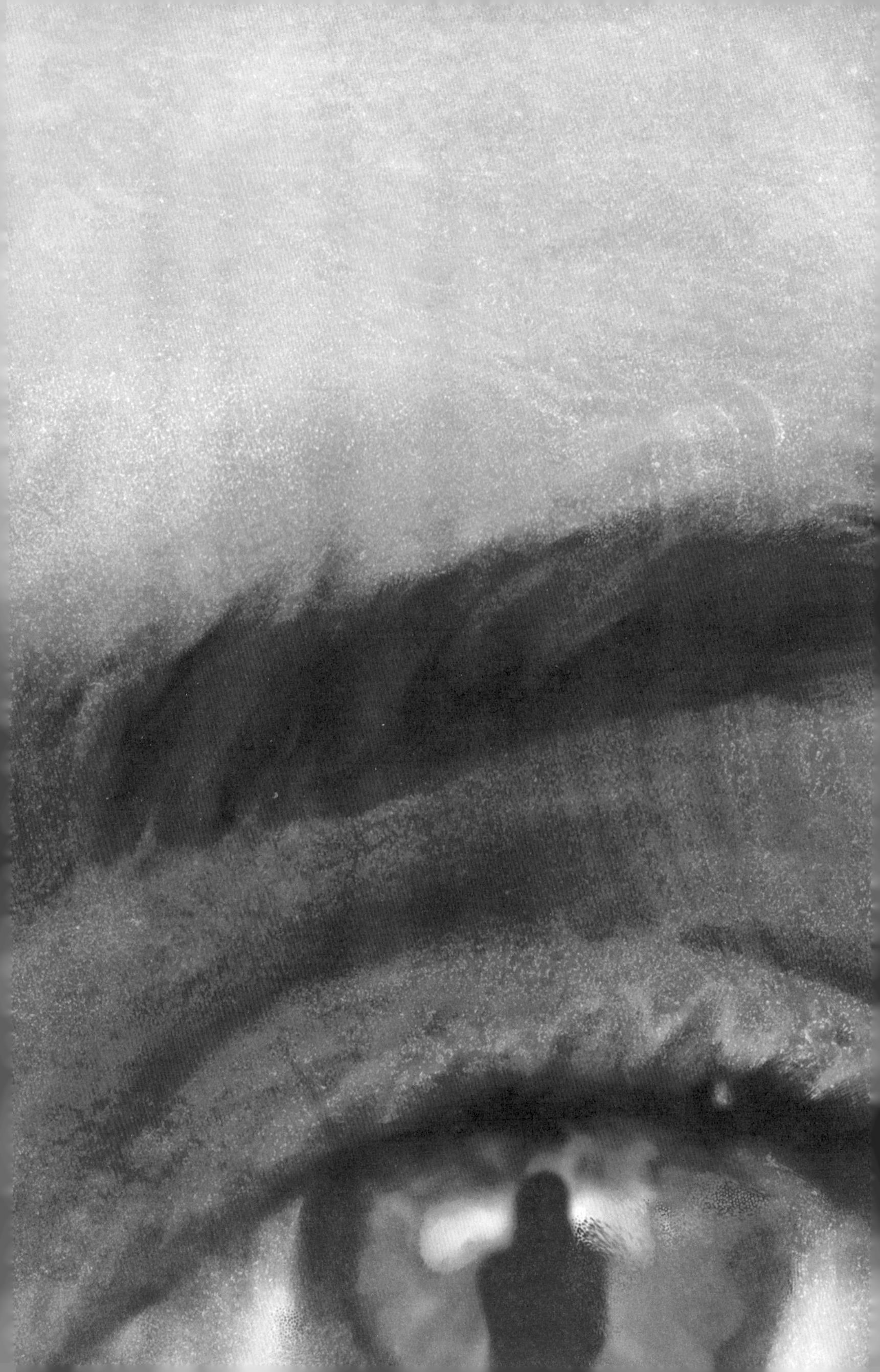

OLHOS VAZIOS

MCINTOSH, VIRGÍNIA

15 DE JANEIRO DE 2013

O pecado era um mistério.

Algumas pessoas acreditavam que os pecados passavam despercebidos e podiam ser cometidos sem consequências. Outras se arrependiam, convencidas de que um Deus onipotente testemunhava todos os arbítrios e perdoava incondicionalmente. Porém, aquela pessoa, usando botas e um sobretudo longo e folgado, acreditava em outra coisa: os pecados mais graves deveriam ser sempre percebidos e nunca perdoados, e aqueles que os cometiam deveriam ser punidos.

Enquanto a família dormia, a pessoa subiu com cautela a escada. No andar superior, aproximou-se da suíte principal e usou o cano da espingarda para abrir a porta. As dobradiças rangeram, rompendo o silêncio da casa. A porta se abriu, deixando espaço suficiente apenas para que pudesse passar. A pessoa entrou e caminhou até o pé da cama. A respiração suave da mulher podia ser ouvida entre os roncos animalescos do homem deitado ao lado dela. A pessoa ergueu a espingarda e a apoiou com firmeza no ombro, o lado direito do rosto encostado no metal frio, a fim de que o cano apontasse para o homem. Um dedo foi ao gatilho, fez uma breve pausa, e então o apertou, desencadeando um estampido ensurdecedor. O peito do homem adormecido se desfez em pedaços em contato com o chumbo. Desorientada, a sua mulher se sentou depressa. Em sua confusão, ela não chegou a ver a pessoa junto ao pé da cama ou o cano da espingarda apontado para ela. Um segundo estampido fez seu tronco ricochetear na cabeceira da cama.

De um dos bolsos do sobretudo, a pessoa retirou três fotos e as deixou na cama. Quando o barulho dos tiros se dissipou, as tábuas do assoalho rangeram do lado de fora da suíte. Abriu depressa o cano da espingarda, permitindo que os cartuchos usados fossem ejetados. Com as mãos protegidas por luvas de látex, pegou dois cartuchos carregados do outro bolso do casaco, encaixou-os no carregador, fechou o cano e apontou para a porta da suíte. Depois do que pareceu ser uma eternidade, as dobradiças voltaram a ranger e a porta se escancarou, expondo um garoto parado na entrada do quarto.

Raymond Quinlan tinha treze anos. Era uma idade problemática para a pessoa que atirou: velho o bastante para ser uma testemunha viável, mas jovem demais para tornar a próxima decisão desafiadora. Enquanto Raymond se esforçava para entender a cena diante de si, a pessoa não deu tempo para o garoto se nortear. Apontou a espingarda para o peito de Raymond e o estouro ensurdecedor de um terceiro tiro ecoou por toda a casa.

Enquanto o choque da detonação ricocheteava nas paredes da suíte, a pessoa sentiu a melancolia começar a se manifestar, mas logo a deixou de lado. Haveria tempo para desalento após o término da missão. Um trabalho que, momentos antes, havia sido concluído, agora estava apenas setenta e cinco por cento completo. A pessoa saiu rápido do quarto. Raymond estava caído no corredor, com uma poça de sangue se espalhando pelo piso de madeira. Uma última e rápida olhada para a suíte mostrou os cartuchos se destacando no lugar em que caíram no tapete. Mas não eram motivo de preocupação. Nem a arma em si. Na verdade, o plano era deixar a arma ao pé da cama ao final da noite, mas Raymond tinha estragado tudo. Passando por cima do seu corpo, a pessoa acelerou o passo pelo corredor rumo ao quarto mais distante. Havia outro membro da família na casa que agora exigia atenção.

Ao chegar ao final do corredor, a pessoa voltou a usar o cano da espingarda para abrir a porta do quarto. Dessa vez, porém, ela não se moveu. Permaneceu fechada. Girando a maçaneta e confirmando que estava trancada, a pessoa ergueu um dos joelhos e apontou a bota para a porta. A madeira lascou, mas não cedeu. Um segundo golpe a arrebentou, soltando a dobradiça superior do batente e deixando-a dependurada. Ao entrar no quarto, a pessoa percebeu que a cama estava vazia, mas as cobertas estavam desarrumadas. Apoiando a palma da mão no lençol, sentiu que ainda estava quente. Alguém esteve deitado ali minutos antes. Depois de se afastar da cama, sua atenção se voltou para o armário. A porta de vime estava fechada. Aproximando-se, a pessoa usou o cano da espingarda para bater nela.

Diante da falta de resposta, a pessoa girou a maçaneta e abriu a porta devagar. Mas o armário, assim como a cama, estava vazio. Foi então que o ar frio da noite atingiu suas panturrilhas, abaixo da bainha do sobretudo. Do outro lado do quarto, as cortinas da janela esvoaçavam com o vento noturno que passava pelo parapeito. Depois de correr até ali, a pessoa afastou as cortinas para o lado e abriu totalmente a janela. A tela de proteção jazia abaixo, no caminho de acesso aos fundos da casa, solta da moldura, indicando que o último membro da família havia escapado por ali.

Era um problema. Uma falha grave gerada por um erro de cálculo, mas não o único que a pessoa cometeu naquela noite.

PARTE I

A ÚLTIMA TESTEMUNHA

Se houver sangue, a audiência está garantida.
— Garrett Lancaster

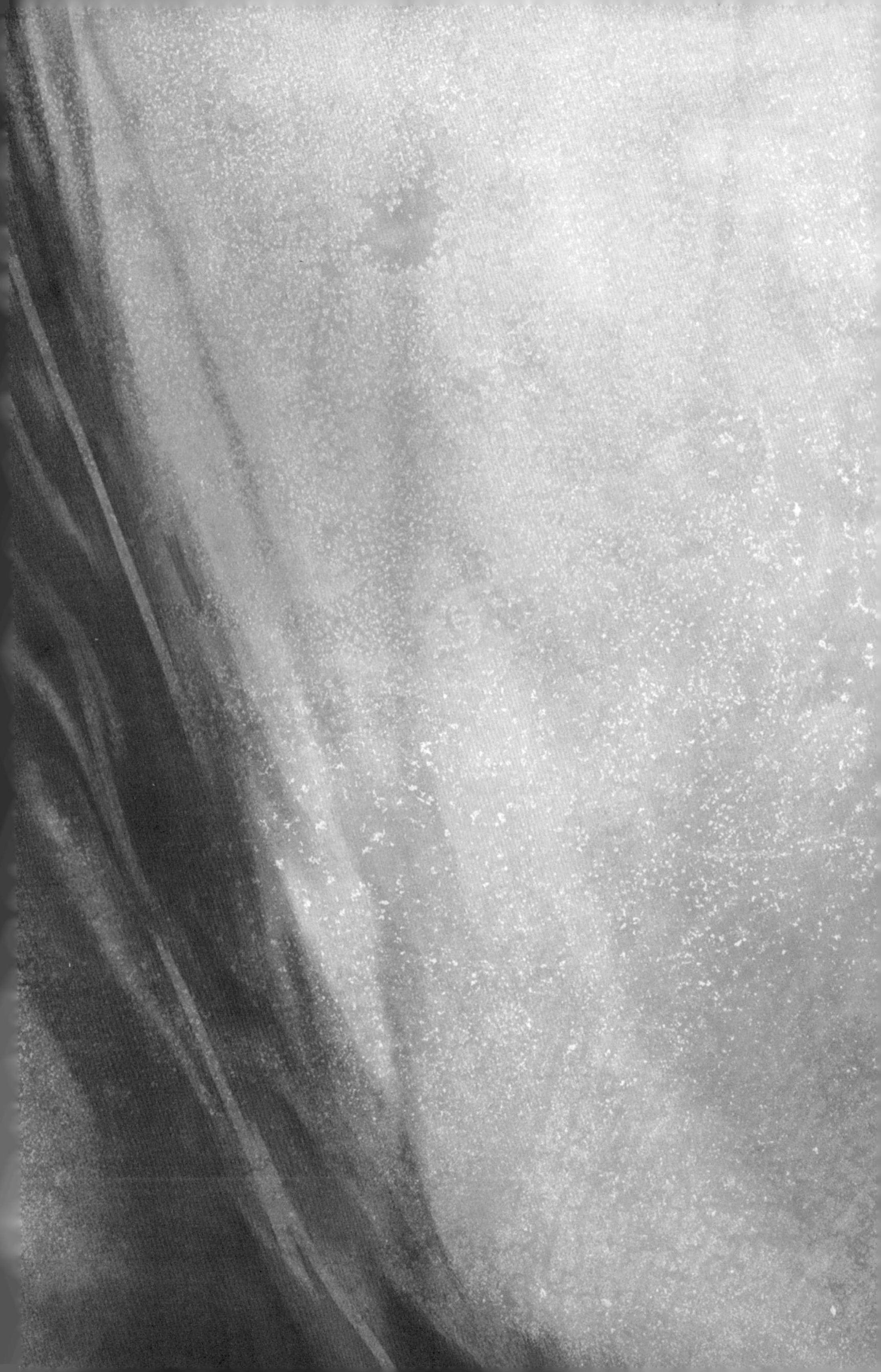

OUTONO DE 2013

1

Tribunal distrital

Quinta-feira, 26 de setembro de 2013

15h05

GARRETT LANCASTER SE ENCAMINHAVA PARA A TRIBUNA, enquanto as câmeras de televisão registravam todos os seus movimentos, e milhões de telespectadores assistiam à cobertura ao vivo. O processo de Alexandra Quinlan contra o estado da Virgínia por difamação havia atraído a atenção do país. Desde a noite do assassinato da família Quinlan e da prisão da filha de dezessete anos pelas mortes, o público havia ficado fascinado por Alexandra Quinlan. Primeiro, quando ela tinha sido acusada pelo crime e tachada de assassina sádica. E depois, ao ser inocentada após surgirem evidências que provavam a sua inocência. E sobretudo naquele momento, quando Alexandra tinha dado a volta por cima e processado o estado da Virgínia, alegando que o Departamento de Polícia de McIntosh e a promotoria distrital de Alleghany não só prejudicaram a investigação do assassinato da sua família, mas também arruinaram a sua vida ao longo de todo o processo.

Por causa da atenção midiática recebida pelo assassinato da família Quinlan, o caso de Alexandra foi priorizado. Previsto para durar duas semanas, o julgamento estava dentro do prazo. Nos primeiros dias — de segunda a quinta-feira de manhã —, os jurados ouviram os depoimentos de uma lista cuidadosa de testemunhas convocadas em ordem estratégica por Garrett Lancaster. Agora, Garrett tinha a tarde de quinta-feira e toda a sexta-feira para terminar de expor a sua posição. Ele planejava preencher esse espaço de tempo com o depoimento de apenas duas pessoas, as suas duas últimas testemunhas. Se tudo corresse conforme o planejado, os advogados de defesa do estado da Virgínia permaneceriam em silêncio nos dois últimos dias dedicados à argumentação da acusação. Os defensores não ousariam atacar o depoimento ouvido naquela tarde e nem mesmo *pensariam* em interrogar a testemunha no dia seguinte.

Garrett sabia da situação insustentável em que estava prestes a colocar a equipe de defesa do estado. Sabia disso, porque geralmente trabalhava como advogado encarregado de defesas. Foi apenas por meio de um conjunto bizarro de circunstâncias que ele se viu na situação incomum de ser o advogado de acusação representando Alexandra Quinlan em seu processo contra o estado da Virgínia por difamação. Garrett, sócio-diretor de um dos maiores escritórios de advocacia da Costa Leste dos Estados Unidos, era um advogado de defesa por vocação e, portanto, estava na posição privilegiada de conhecer muito bem os seus adversários.

Garrett havia concebido a sua estratégia com bastante cuidado. Apesar da tentação de permitir que os membros do júri ouvissem o depoimento das suas duas testemunhas-chave no começo da semana, no início do julgamento, quando era mais fácil impressionar os jurados, ele guardou o depoimento delas até aquele momento: a tarde de quinta-feira e a manhã de sexta-feira. O plano era concluir as coisas na manhã do dia seguinte, antes do almoço, e depois convencer o juiz a suspender a sessão por causa do fim de semana. Garrett queria que os depoimentos das suas duas últimas testemunhas — assim como as expressões, as lágrimas e a voz embargada delas — ficassem bem vivos na mente dos jurados durante o fim de semana. Ele gostaria que os depoimentos perdurassem por dois longos dias até os membros do júri se reunirem outra vez na manhã de segunda-feira para ouvir os advogados do estado da Virgínia exporem a sua defesa contra as alegações de Alexandra de que o Departamento de Polícia de McIntosh era incompetente e que a promotoria distrital de Alleghany era corrupta.

— Meritíssimo — Garrett disse após chegar à tribuna. Vestido com um elegante terno azul-marinho e gravata amarela, ele organizou as suas anotações sem pressa, transmitindo serenidade e confiança. Ele sabia que milhões de telespectadores estavam sintonizados e não se esquivou da atenção. Na casa dos cinquenta anos e bem-apessoado, Garret sabia como usar a sua aparência para lidar com jurados e não era nenhum amador quando se tratava de casos importantes. — A acusação chama Donna Koppel.

Donna Koppel, primeira policial a chegar à casa dos Quinlan na noite de 15 de janeiro, foi a primeira a entrar na casa, a primeira a subir a escada e a primeira a testemunhar a chacina na suíte principal. Os outros quatro policiais que haviam atendido ao chamado da casa na Alameda Montgomery, 421 já tinham testemunhado. Com habilidade, Garrett tinha usado os depoimentos daqueles quatro policiais para expor aos jurados exatamente o que eles encontraram na cena do crime. Seus depoimentos foram idênticos: cada um deles descreveu a carnificina de uma família assassinada no meio da noite. Cada um deles revelou que encontrou uma jovem, identificada como Alexandra Quinlan, sentada no chão do quarto do casal, segurando a espingarda utilizada para matar os pais e o irmão. Garrett não tinha tentado disfarçar ou suavizar a lembrança dos policiais a respeito da cena. Na verdade, ele fez questão de que cada um apresentasse relatos detalhados daquela noite: a chegada ao local, a subida para o andar superior, o avanço por cima do corpo de Raymond Quinlan para ter acesso à suíte, onde Dennis e Helen Quinlan jaziam mortos na cama.

Fazia parte da estratégia de Garrett. O fato de priorizar o depoimento de cada policial e obtê-lo em detalhes havia basicamente desarmado o interrogatório da defesa. Nada mais poderia ser apurado das testemunhas. Garrett não tinha contestado nenhum dos depoimentos dos policiais acerca do que viram e encontraram quando entraram na casa dos Quinlan. Pelo contrário, Garrett considerou a lembrança dos policiais como verdade absoluta e comprovou que o depoimento de cada policial correspondia perfeitamente com o dos outros: uma noite pavorosa que havia chocado cada um deles num grau extremo, e uma cena do crime perturbadora que tinha escandalizado o país.

No começo da semana, Garrett tinha convocado peritos forenses para depor. Eles atestaram que a arma utilizada para matar a família Quinlan era uma espingarda Stoeger Coach calibre 12, de cano duplo paralelo e ação basculante pertencente ao sr. Quinlan. Na manhã de terça-feira, no tribunal, Garrett havia apresentado de maneira dramática a espingarda aos jurados. Quando Garret os indagou, muitos membros do júri admitiram que, a não ser na televisão, nunca tinham visto uma arma de verdade. Garrett sabia que, pela seleção dos jurados, oito deles não possuíam experiência com armas, enquanto quatro tinham porte de arma. O ato de segurar a arma utilizada para matar três pessoas e permitir que os jurados a vissem de perto foi surpreendente. Mas aquilo também fazia parte do plano de Garrett. Ele fez aquilo para que, quando trouxesse a arma novamente na manhã do dia seguinte e interrogasse a sua última testemunha, a espingarda parecesse menos letal e mais comum. A arma não colocaria Alexandra Quinlan no papel de uma assassina adolescente demente, mas sim no de uma jovem inteligente, o que de fato ela era.

Porém, essa parte do espetáculo estava reservada para o dia seguinte. Naquele dia, Garrett permaneceu na tribuna e ouviu o som dos saltos altos de Donna Koppel percorrerem o corredor central do tribunal acompanhado pelos sussurros dos seus colegas policiais na plateia. Toda a força policial de McIntosh considerava uma traição o depoimento que Donna estava prestes a dar. As coisas ficaram tão ruins no período anterior ao julgamento que ela havia tirado uma licença do Departamento de Polícia de McIntosh. A licença estava programada para vigorar ao longo da duração do julgamento, mas Garrett considerava que as chances de Donna voltar à força policial de McIntosh eram mínimas.

Donna empurrou a portinhola de madeira e passou por Garrett. Ele percebeu o rápido olhar de relance que ela lhe lançou no caminho. Se um olhar pudesse matar, ele teria caído morto no chão. Em vez disso, pelo breve contato visual de Donna, Garrett captou o pensamento predominante dela: *Espero que você saiba o que está fazendo.*

Donna sentou-se no banco das testemunhas.

— Por favor, levante a mão direita, senhora — o juiz disse do banco à esquerda dela.

Donna obedeceu.

— Jura dizer a verdade, somente a verdade, nada mais que a verdade, em nome de Deus?

— Juro.

— Senhor advogado — disse o juiz, acenando com a cabeça para Garrett.

Parado atrás da tribuna, ele reservou um momento para folhear algumas anotações. Naquele momento, a protelação não foi para impressionar os jurados com o seu domínio do tribunal. Era para dar a Donna uma oportunidade de ela tomar um fôlego para se recompor. Ao perceber que ela tinha se acalmado, Garrett parou de folhear as anotações e olhou para a testemunha.

— Sra. Koppel — começou Garrett —, a senhora pode revelar ao tribunal a sua função no Departamento de Polícia de McIntosh?

— Sou policial.

— Há quanto tempo a senhora trabalha no departamento?

— Dezoito anos.

— E a senhora atuou como policial o tempo todo?

— Sim.

— A senhora está trabalhando como policial *atualmente*?

— Estou de licença no momento.

— Por quê?

Donna engoliu em seco.

— Meu depoimento desta tarde não é bem-visto dentro da força policial de McIntosh.

— Não é bem-visto, mas não será desonesto de forma alguma, estou correto?

— O senhor está correto.

— Por que a senhora acha que o seu testemunho será malvisto?

Donna hesitou e deu uma olhada rápida para os seus colegas policiais na plateia.

— Porque vai contra a narrativa.

— Que narrativa é essa?

— Aquela apresentada pelo Departamento de Polícia de McIntosh sobre o que aconteceu na noite de 15 de janeiro, tanto na casa dos Quinlan como depois na delegacia.

— Tudo bem — disse Garrett. — Mas como ninguém aqui está tentando ganhar um concurso de popularidade, e sim buscando justiça pelos erros cometidos naquela noite, acredito que o seu depoimento é fundamental, mesmo que não seja estimado por seus colegas. A senhora concorda?

— Protesto, meritíssimo! — exclamou o advogado de defesa do estado.

— Protesto deferido — afirmou o juiz.

Garrett acenou com a cabeça para o juiz e, em seguida, olhou para Donna.

— Antes de começarmos, a senhora pode informar ao tribunal a respeito da relação existente entre nós dois.

— Somos casados.

Garrett saiu de trás da tribuna e se aproximou do banco das testemunhas.

— Oi — disse ele ao se colocar ao lado dela.

Donna sorriu e os membros do júri soltaram leves risadas.

— Oi — respondeu Donna.

— Em 15 de janeiro deste ano, a senhora estava trabalhando no turno da noite?

— Sim.

— A senhora foi acionada naquela noite?

— Sim. Eu estava em meu patrulhamento de rotina e recebi um chamado comunicando a ocorrência de tiros numa residência.

— O que a senhora fez?

— Respondi imediatamente. Eu estava a poucos quarteirões de distância.

— A senhora foi a primeira policial a chegar à ocorrência?

— Sim.

— A senhora pode nos descrever o que aconteceu naquela noite? Desde o momento em que chegou à cena do crime e o que fez e o que observou?

Donna respirou fundo e Garrett notou o nervosismo dela. Por mais que eles tivessem ensaiado em casa, não havia como recriar a tensão de se sentar no banco das testemunhas e falar para um tribunal lotado, além dos doze jurados atentos a cada palavra e das câmeras de televisão que registravam a cena.

"Vamos, querida." Garrett encorajou a sua mulher com um aceno sutil de cabeça. "Você consegue."

MCINTOSH, VIRGÍNIA

15 DE JANEIRO DE 2013
00H46

Donna encostou a viatura junto ao meio-fio e apontou o farol do veículo para a casa, iluminando a fachada do imóvel de dois andares contra a escuridão da vizinhança. Ela estava respondendo a uma ligação da polícia, que comunicou a ocorrência de tiros na Alameda Montgomery, 421. Ela foi a primeira policial a chegar ao local. Já passava da meia-noite e não havia luzes acesas no interior da casa. Além dos poucos vizinhos parados diante da residência, o local estava silencioso.

Quando Donna estava saindo da viatura, um homem se aproximou dela. Ela o manteve a distância com um braço estendido e a mão na arma. O homem se deteve e ergueu as mãos.

— Moro na casa ao lado — disse ele. — Fui eu que liguei para a polícia.

Donna manteve ao mesmo tempo a sua atenção na casa, no homem adiante e no crescente grupo de vizinhos se reunindo aos poucos ao seu redor.

— O que aconteceu? — perguntou ela.

— Eu estava assistindo à televisão quando ouvi um estrondo. Diminuí o som da TV e em seguida ouvi outro. Então, abri a porta dos fundos e saí para o terraço. Alguns segundos depois, ouvi um terceiro estrondo. Só que dessa vez, eu estava ao ar livre e logo reconheci o som como o disparo de uma arma. Uma espingarda, deve ser calibre 12. Sou um caçador, então conheço bem esse som.

Donna apontou para a casa, para onde o farol estava direcionado.

— Tem certeza de que o som dos tiros veio desta casa?

— Porra, certeza absoluta, senhora. Desculpa a linguagem.

— De dentro da casa?

— Sim, senhora.

Com o olhar fixo na porta da frente, Donna agarrou o rádio preso ao ombro.

— Aqui é a policial Koppel na Montgomery, 421, local de onde recebemos o comunicado da ocorrência de tiros.

— Prossiga, policial.

— Tenho uma testemunha ao meu lado que confirma os tiros disparados no interior da casa. Solicito reforços enquanto avalio a casa.

— Entendido. Reforços a caminho. Estão a três minutos de distância.

— Tenho muitas armas, senhora — revelou o vizinho prestativo. — É só pedir que eu posso dar todo o apoio necessário.

— Fique onde está — disse ela e começou a se dirigir para a casa.

Ao ser iluminada pelo feixe de luz do farol do carro, Donna viu a sua sombra se alongar, até escalar a fachada da casa e pairar sobre ela como um fantasma. Donna tirou a lanterna do cinto e iluminou as janelas da frente, mas as cortinas bloquearam a sua visão. Ao alcançar a varanda, ela bateu na porta com a lanterna.

— Polícia! Abra a porta.

Diante da falta de resposta, Donna olhou para trás e viu o grupo de vizinhos observando da rua. Felizmente, as luzes de outra viatura piscaram a distância, indicando a chegada de reforços. Um minuto depois, ela estava na varanda com outros dois policiais. Um terceiro tinha ido até os fundos da casa para dar uma olhada. Naquele momento, a sua voz ecoou pelo rádio.

— Aqui nos fundos, silêncio total. Nenhuma luz acesa. Nenhum sinal de vida.

Como Donna tinha sido a primeira a chegar, a ocorrência estava sob o seu comando. Ela girou a maçaneta e a porta da frente se abriu de imediato, deixando-a surpresa pelo fato de estar destrancada. Donna olhou para os colegas policiais, que acenaram com a cabeça. Com as armas em punho, entraram na casa.

2

Tribunal distrital

Quinta-feira, 26 de setembro de 2013

15h30

GARRETT VOLTOU À TRIBUNA E POSICIONOU AS MÃOS COM calma nas laterais do púlpito. Ele consultou as suas anotações.

— Naquele momento, ao entrar na casa, qual era o seu estado de espírito? No que a senhora estava pensando?

Donna fez uma pausa.

— Eu estava nervosa.

— Um vizinho dos Quinlan se aproximou da senhora e lhe disse que ouviu claramente tiros vindos do interior da casa deles. Qualquer um se sentiria nervoso diante da situação. É uma emoção bastante plausível. Mas o que mais a senhora e os outros policiais sentiram?

— Protesto, meritíssimo! — exclamou Bill Bradley. Ele era o principal advogado de defesa do estado da Virgínia. — A policial Koppel não pode dar a sua opinião a respeito de como os outros policiais se sentiram naquela noite.

— Protesto deferido — afirmou o juiz.

— Além de nervosismo, o que mais *a senhora* sentiu? — continuou Garrett.

— Muita adrenalina.

— Então a senhora estava dominada pelo nervosismo e pela adrenalina. Em sua opinião, os demais policiais estavam sentindo a mesma coisa?

— Protesto! — exclamou Bill Bradley.

— Estou perguntando à policial Koppel a respeito do estado de espírito dela ao entrar na casa, e não aos colegas policiais.

— Protesto indeferido — afirmou o juiz. — Prossiga, sr. Lancaster.

— Então, a senhora estava nervosa e cheia de adrenalina. Achou que os seus colegas policiais estavam sentindo as mesmas emoções?

— Sim.

— Em seus dezoito anos de atuação na polícia de McIntosh, a senhora já tinha atendido a uma ocorrência de tiroteio ou que envolvia um atirador ativo?

— Não.

— Alguns dos outros policiais com a senhora naquela noite já tinham atendido a uma ocorrência semelhante?

— Não.

— Então, entrar na casa com a suspeita de que havia um atirador ativo lá dentro foi uma nova experiência para a senhora?

— Sim.

— Além do treinamento recebido no departamento para situação semelhante, a senhora não tinha experiência prática?

— Não.

— Parece razoável concluir, policial Koppel, que lidar com uma situação tensa, perigosa e única, com a qual a senhora não tinha experiência, gerou a possibilidade de que as coisas pudessem ser malconduzidas?

Donna fez uma pausa e, então, engoliu em seco.

— Sim.

— Nervosos e cheios de adrenalina, é possível que os quatro policiais, que se viram numa situação diante da qual nunca haviam estado, tenham interpretado mal a cena na casa dos Quinlan?

— Sim.

— Sabendo o que a senhora sabe hoje, teria lidado de outra forma naquela noite?

Lágrimas brotaram nos olhos de Donna quando ela respondeu:

— Sim.

— A senhora pode relatar ao tribunal o que encontrou ao entrar na casa dos Quinlan na noite de 15 de janeiro?

Donna respirou fundo para acalmar os nervos, piscou para enxugar as lágrimas e contou ao tribunal o que ela e os seus colegas policiais descobriram dentro da casa.

MCINTOSH, VIRGÍNIA

15 DE JANEIRO DE 2013
00H54

— Olá? — gritou Donna ao entrar na casa, empunhando a pistola. — Polícia! Tem alguém em casa?

Era quase uma da manhã, a casa estava escura, e a última coisa que ela queria era surpreender o proprietário da casa armado no meio da noite caso aquilo fosse um grande mal-entendido. Ela e os seus colegas fizeram o máximo de barulho possível no vestíbulo.

— Polícia! — repetiu ela. — Tem alguém em casa?

— A polícia está na sua casa! — exclamou outro policial. — Tem alguém aqui?

A casa respondeu com um silêncio sinistro. Os policiais se dividiram, acendendo as luzes enquanto se moviam pelo primeiro andar. Nada estava fora do lugar e não havia sinais de arrombamento. Donna acendeu a luz do vestíbulo. O corredor do andar de cima era ladeado por uma grade de proteção que dava vista para o vestíbulo de teto aberto. Ela começou uma lenta subida pela escada, com a arma apontada para a frente. Ao se aproximar do patamar do segundo andar, Donna conseguiu ver o outro extremo do corredor através das hastes da grade de proteção. A porta de um dos quartos estava bastante danificada e dependurada no batente.

— Aqui em cima! — gritou ela para os outros policiais, que se reuniram depressa com as armas em punho e subiram a escada correndo para se juntarem a Donna. — Quarto ao final do corredor. Parece que a porta foi arrombada — disse ela, ainda agachada num degrau e incapaz de ver a suíte principal à direita do patamar. — Vou na frente. Me deem cobertura.

Os policiais atrás dela começaram uma lenta subida pelos degraus, um por um. Assim que Donna chegou ao patamar, o massacre do lado de fora da suíte principal ficou à vista. Um garoto jazia no chão. A poça de sangue ao seu redor e o ferimento no peito contaram uma história imediata. De fato, o vizinho tinha ouvido tiros.

— Puta merda! — exclamou Donna, arfando com um aperto no peito.

Os policiais subiram às pressas os degraus restantes e se agacharam, apontando as suas armas para a porta aberta da suíte principal. Donna teve a sensação repentina de que o atirador ainda estava dentro da casa. Ela agarrou o rádio preso ao ombro.

— Solicitando reforço e assistência médica na Alameda Montgomery, 421. Pelo menos uma vítima de disparo de arma de fogo no interior da residência.

— Entendido — reverberou uma voz pelo rádio. — O reforço está a caminho. Enviando também ambulância e paramédico.

Donna indicou a suíte principal. Procurou não olhar para o garoto estendido no chão, concentrando-se no aposento e no que poderia estar esperando ali dentro. Ao se aproximar da entrada, ouviu um barulho e ergueu a mão para que os policiais atrás dela parassem. Ela prestou atenção até confirmar o que achava ter escutado: choro. E vinha da suíte. Donna avançou e o choro ficou mais alto. Parecia infantil.

— Polícia! — gritou ela, com as costas apoiadas contra a parede. — Mãos ao alto, entendido?

O choro prosseguiu, mas sem nenhuma resposta verbal. Com a adrenalina a mil, Donna aliviou a pressão que estava aplicando no gatilho da sua arma, sabendo que não seria preciso muito para acioná-lo. Passou por cima do garoto morto e entrou no aposento. Agachou-se, preparando-se para atirar, apontando a arma para dentro da suíte. Ficou confusa com o que viu. Uma adolescente estava sentada no chão com as costas apoiadas junto ao pé da cama, sua camisola estava manchada de sangue e uma espingarda calibre 12 estava em seu colo. Atrás da garota, o corpo de dois adultos jazia na cama, o lençol coberto de sangue. Respingos vermelhos cobriam a parede logo atrás.

Donna tentou entender a cena. Os corpos. A garota. A espingarda.

— Mãos ao alto! — ordenou Donna, apontando a arma para a suspeita, que continuou chorando, mas obedeceu a ordem e levantou os braços.

Enquanto Donna mantinha a arma apontada para a suspeita, outro policial entrou correndo e pegou a espingarda do colo dela. Um terceiro policial deitou a garota no chão com o rosto para baixo e algemou as mãos dela atrás das costas. O quarto policial vasculhou o aposento e confirmou que ninguém mais estava presente.

Donna se aproximou devagar da garota aos prantos, gesticulando para o policial lhe dar algum espaço. Além de ser a primeira policial a atender a ocorrência, Donna era a única mulher presente e parecia natural que fosse ela quem falasse com a garota. Ela ajudou a suspeita a se sentar e, ao fazê-lo, deu uma olhada mais de perto no sangue que cobria a sua camisola.

— Os meus pais estão mortos — disse a garota.

— Você atirou neles?

— O meu irmão também.

— Você atirou neles? — Donna repetiu a pergunta.

Os olhos da garota estavam arregalados ao olhar para Donna.

— Estão todos mortos.

— Qual é o seu nome?

O choro da garota diminuiu.

— Alexandra Quinlan.

3

Tribunal distrital

Quinta-feira, 26 de setembro de 2013

15h50

— QUAL FOI A SUA PRIMEIRA IMPRESSÃO AO ENTRAR NO QUARTO do sr. e da sra. Quinlan? — perguntou Garrett, ainda na tribuna.

— Vi três vítimas e uma suspeita com uma arma.

— Como a senhora descreveria a atmosfera naquela suíte?

— Tensa. Estávamos com as armas em punho, e eu estava no limite. A minha primeira impressão foi a de que Alexandra tinha atirado nos pais e no irmão, e que ela era um perigo para si mesma e para a minha equipe.

— E por isso ela foi desarmada?

— Sim. Seguimos o protocolo do departamento para desarmar um atirador ativo.

— E depois Alexandra foi algemada?

— Sim.

— Naqueles momentos iniciais, depois que a senhora passou por cima do corpo de Raymond Quinlan, entrou na suíte principal e viu Dennis e Helen Quinlan mortos na cama, com marcas de sangue cobrindo os lençóis e a parede atrás deles e uma adolescente sentada no chão com uma espingarda no colo, a senhora descreveria aquela situação como confusa?

— Sim.

— O policial Diaz, que foi o segundo a chegar à cena, também descreveu o cenário como "assustador" — afirmou Garrett, virando uma página do seu bloco de anotações. — A senhora concorda com essa ideia?

— Sim, estávamos todos assustados.

— Protesto, meritíssimo! — exclamou Bill Bradley. — Mais uma vez, a policial Koppel não pode testemunhar acerca de como os seus colegas estavam se sentindo.

— Protesto deferido.

— Meritíssimo, entendo que a policial Koppel não pode falar por seus colegas policiais, mas o testemunho deles já está registrado. Cada um deles descreveu sentimentos de confusão, horror, tristeza e uma sensação de opressão com o que encontraram na casa dos Quinlan. Estou perguntando se a policial Koppel sentiu as mesmas coisas.

— O protesto foi deferido, sr. Lancaster — disse o juiz. — Prossiga.

Garrett fez uma pausa, então refez a pergunta para Donna.

— Policial Koppel, pouco depois de entrar no quarto dos Quinlan, a senhora sentiu fortes emoções. Entre elas, incluía-se confusão?

— Sim.

— Horror e choque?

— Sim.

— Tristeza?

— Sim.

— Uma sensação de que a cena era opressiva?

Lágrimas brotaram nos olhos de Donna.

— Sim.

— Sentindo todas essas emoções ao mesmo tempo, seria possível dizer que, ao ver uma adolescente sentada ao pé da cama dos pais, que claramente haviam sido baleados, a senhora pudesse ter confundido a cena com algo que não tinha acontecido?

— Sim. E, é óbvio, foi o que aconteceu.

— Ao sentir emoções tão fortes, a senhora supôs que Alexandra Quinlan tinha matado a família dela, correto?

— Sim, essa foi a minha suposição.

— Enquanto estava na residência dos Quinlan, em algum momento pensou na possibilidade de que havia outra explicação para o que a senhora encontrou?

— Não enquanto eu estava na cena do crime.

— A senhora falou com algum dos seus colegas policiais acerca de outras possibilidades que talvez explicassem o que a senhora encontrou no interior da casa dos Quinlan?

Donna balançou a cabeça.

— Não enquanto eu estava no local.

— Porém, houve um momento, policial Koppel, não lá na casa, em que a senhora se deu conta de que a sua interpretação a respeito da cena do crime era imprecisa?

— Sim. Depois que voltei para a delegacia, enquanto presenciava o interrogatório de Alexandra, comecei a suspeitar que tivesse interpretado mal as coisas.

— Quanto tempo se passou entre a hora em que a senhora descobriu o crime e sentiu todas aquelas emoções avassaladoras e o momento em que essa revelação finalmente lhe ocorreu? Essa percepção de que a senhora talvez tivesse interpretado mal as coisas?

— Provavelmente, duas horas.

Garrett consultou as suas anotações.

— A senhora respondeu a ocorrência e chegou à residência dos Quinlan à meia-noite e quarenta e seis. Depois de entrar na casa, a senhora solicitou reforços, ambulância e paramédico à meia-noite e cinquenta e oito. O detetive Alvarez começou o interrogatório de Alexandra Quinlan às três e vinte da manhã. Então, quase *três* horas se passaram desde o momento em que você atendeu a ocorrência até o momento em que presenciou o interrogatório de Alexandra. A minha cronologia está correta?

— Sim.

— Então, após entrar na suíte dos Quinlan, você levou três horas para digerir as imagens e emoções que poucos policiais já experimentaram em suas carreiras. Foram necessárias três horas para permitir que essas emoções opressivas se dissipassem. Três horas para permitir que a razão e a lógica fossem vinculadas à confusa cena do crime e para permitir que o bom senso começasse a ordenar as coisas. A minha cronologia está correta?

Donna enxugou as lágrimas.

— Sim.

Garrett fez uma pausa dramática para impressionar. Ele ficou calado por tempo suficiente para o silêncio causar desconforto aos jurados. Para deixá-los alertas e bastante concentrados.

— Depois que aquelas fortes emoções passaram, e a razão e a lógica prevaleceram em sua mente, o que a senhora notou, policial Koppel?

Donna pigarreou.

— Vi Alexandra ser interrogada e avaliei que ela não estava mais em estado de choque, como claramente tinha estado quando a encontramos no local. Foi então que percebi uma garota perdida e confusa acerca do que estava sendo acusada.

— A senhora notou após três horas, ou seja, um período de tempo suficiente para Alexandra digerir o que havia acontecido, quando ela finalmente entendeu que estava sendo acusada de ter matado a própria família. E quando ela se deu conta disso, o que mudou no comportamento de Alexandra?

— Alexandra não estava mais em transe. Tive a impressão de que ela finalmente entendeu que estava sendo interrogada. Pareceu muito assustada e perdida, como se precisasse de ajuda.

— Então, uma garota de *dezessete* anos, que foi a única sobrevivente na noite em que a família dela foi morta, precisava da ajuda dos adultos ao redor dela. Foi isso que a senhora pensou?

— Sim.

Garrett saiu de trás da tribuna e se colocou diante dos jurados.

— A ideia de que uma jovem nessa situação precisaria de adultos para protegê-la parece bom senso, não parece?

— Protesto, meritíssimo! Argumentativo.

— Protesto deferido.

— Parece que a primeira coisa que os adultos *deveriam* fazer seria proteger essa menina que tinha acabado de perder a mãe, o pai e o irmão. Mas, em vez de ajuda, o que Alexandra conseguiu foram policiais que interpretaram mal a cena e tiraram conclusões precipitadas, não é mesmo?

— Protesto! Argumentativo.

— Protesto deferido.

— Em vez de ajuda, o que Alexandra Quinlan conseguiu foi um detetive agressivo que, durante um interrogatório ilegal de uma menor às três e meia da manhã, a acusou de matar a família. Em vez de ajuda, o que Alexandra Quinlan conseguiu por ter sobrevivido naquela noite foi uma permanência de dois meses num centro de detenção juvenil. Em vez de ajuda, o que Alexandra Quinlan conseguiu foi ser arrastada algemada da sua casa, enquanto uma equipe de reportagem registrava todos os detalhes e os transmitia para o mundo. Em vez de ajuda, o que Alexandra Quinlan conseguiu foram semanas e mais semanas de manchetes que a acusavam de ter matado a própria família, porque todos nós sabemos que, para os veículos de comunicação, se houver sangue, a audiência está garantida. Também sabemos que os canais de notícias vinte e quatro horas são rápidos em julgar, mas lentos em se arrepender. Assim, o que Alexandra Quinlan *conseguiu* foi uma vida inteira de estigma e difamação para superar. O que Alexandra Quinlan *conseguiu* foi o apelido terrível de "Olhar Vazio", dado a ela por um jornalista exaltado demais e repetido por todos os órgãos de informação da Virgínia e por muitos de todo o país. Tudo porque uma jovem teve a audácia de parecer perdida e confusa nos momentos seguintes à morte de toda a família dela. O que Alexandra Quinlan conseguiu foi exatamente o contrário do que uma sociedade civilizada e um poder judiciário ético e imparcial deveriam ter dado a ela.

— Protesto! — Bill Bradley ficou de pé e furioso. — Meritíssimo, o sr. Lancaster está fazendo as alegações finais quando deveria estar interrogando uma testemunha.

— Sr. Lancaster, o senhor está testando a minha paciência — disse o juiz. — O senhor tem alguma pergunta para a policial Koppel?

— Sim, tenho.

Ao desviar o olhar dos jurados e se dirigir a Donna, Garret abaixou o tom de voz.

— A família de Alexandra foi assassinada na noite de 15 de janeiro. Alexandra sobreviveu. Policial Koppel, a senhora concorda que a má conduta do Departamento de Polícia de McIntosh naquela noite, e nas semanas seguintes, afetará Alexandra negativamente pelo resto da vida dela?

— Protesto!

Garrett observou Donna começar a chorar. Quase o devastou se aproveitar da função de esposa naquela situação.

— Não tenho mais perguntas, Meritíssimo.

— Sr. Bradley? — disse o juiz. — A testemunha é sua.

Bill Bradley apenas fechou os olhos e fez um gesto negativo com a cabeça. Ele não ousou fazer um interrogatório. Não enquanto os jurados estavam claramente muito perturbados.

— Policial Koppel, a senhora está dispensada — informou o juiz.

O tribunal permaneceu em silêncio quando Donna deixou o banco das testemunhas e caminhou pelo corredor central. Garrett notou que, daquela vez, ela não fez contato visual ao passar por ele e não houve sussurros dos policiais na plateia.

— Sr. Lancaster, o senhor tem outras testemunhas? — perguntou o juiz.

— Apenas uma, Meritíssimo. A nossa última. Alexandra Quinlan.

O juiz consultou o seu relógio. Já passava das quatro da tarde.

— Considerando o adiantado da hora, e presumindo que o testemunho da srta. Quinlan com certeza levará um tempo considerável, vamos suspender a sessão até amanhã às nove da manhã.

O juiz bateu o martelo. A tribuna dos jurados se esvaziou e a plateia se encheu de sussurros, enquanto os expectadores e os jornalistas discutiam o que tinham presenciado naquele dia. Os advogados de defesa guardaram as suas coisas e foram embora. Garrett recolheu as suas anotações na tribuna e se sentou à mesa da acusação. Respirou fundo algumas vezes, sabendo que tinha apenas mais um dia para corrigir aquilo.

4

McIntosh, Virgínia

Quinta-feira, 26 de setembro de 2013

18h08

DONNA E GARRETT ESTAVAM SENTADOS NO QUINTAL DOS fundos da casa e ouviam a cacofonia noturna do canto dos pássaros e o zunido dos gafanhotos no terreno arborizado situado atrás da propriedade deles. Nenhum dos dois falou desde que deixaram o tribunal mais cedo naquela tarde. As emoções estavam à flor da pele e os nervos, em frangalhos, mas até aquele momento, sua estratégia tinha funcionado com perfeição. A duração do depoimento de Donna no banco de testemunhas os tinha levado até o final da sessão de quinta-feira. O depoimento de Alexandra começaria na sexta-feira de manhã, e se as coisas corressem conforme o planejado, o juiz suspenderia a sessão por causa do fim de semana quando Garrett concluísse a sua argumentação, deixando os jurados refletindo sobre o depoimento de Donna e Alexandra durante todo o fim de semana. Naquele momento, sentado em silêncio ao lado da sua mulher, Garrett percebeu que o problema era que as palavras delas também permaneceriam com ele.

Garrett agitou o uísque à sua frente, fazendo o gelo tilintar no copo. Tomou um gole e permitiu que a sua mente voltasse para aquela noite. Para aquela noite fria de janeiro quando aquele capítulo da vida deles começou. Garrett olhou para o outro lado do pátio, onde Donna estava sentada com a mão em torno da haste de uma taça de vinho. Os olhos dela estavam fechados, e Garrett sabia que ela estava pensando na mesma noite.

MCINTOSH, VIRGÍNIA

15 DE JANEIRO DE 2013
1H12

A van do Channel 2 News parou no endereço da Alameda Montgomery, onde o rádio scanner, que captava a frequência da polícia tinha informado que havia relatos de tiros. A casa estava banhada pelos faróis das viaturas policiais estacionadas em frente. A equipe de reportagem saiu correndo da van para captar imagens. A vizinhança estava agitada com as luzes vermelhas e azuis piscando sem parar no teto das viaturas e de uma ambulância. O furgão do necrotério tinha acabado de estacionar na entrada da garagem, e a equipe de reportagem havia chegado a tempo de registrar o legista entrando na casa. Com um pouco de sorte, logo teriam a imagem exclusiva de pelo menos uma maca saindo pela porta de frente, com um lençol branco estendido sobre o seu ocupante.

A repórter deu um tapinha no microfone para confirmar que estava funcionando e então se posicionou de modo que a casa bem iluminada ficasse atrás dela, com o furgão do necrotério aparecendo por sobre o seu ombro.

— Aqui é Tracy Carr falando do condomínio Brittany Oaks, em McIntosh, onde a polícia atendeu a uma ocorrência de tiros disparados dentro desta casa. Como podem ver, o legista acabou de chegar, mas por enquanto não temos nenhuma informação sobre quantas vítimas podem estar lá dentro.

Longe das câmaras, o produtor reuniu alguns vizinhos que concordaram em ser entrevistados.

— Agora estou acompanhada de um vizinho que ouviu os tiros e ligou para a polícia — disse a repórter quando um homem foi enquadrado pela câmara e parou ao lado dela.

Ela colocou o microfone junto ao rosto do homem.

— Vou falar pra vocês o que contei para a primeira policial que apareceu aqui. Eu estava assistindo à TV quando ouvi um estrondo. Alguns segundos depois, ouvi outro. Aí fui até o terraço dos fundos para ver o que estava acontecendo. Foi quando ouvi um terceiro estrondo, já que eu estava ao ar livre naquele momento, e soube na hora que era um tiro. Sou um caçador e reconheci o barulho logo de cara, só que ninguém pode estar caçando a esta hora da noite.

— O som dos tiros veio de dentro da casa do seu vizinho? — perguntou Tracy.

— Sim, senhora.

— Foi quando o senhor ligou para a polícia?

— Sim. Fiquei com vontade de ir até lá com a minha própria arma para ver o que estava acontecendo, mas a polícia chegou rapidinho. Um monte de policiais está na casa agora.

— Então, o senhor ouviu três tiros?

— Sim, senhora.

A repórter virou-se para a câmera e ofereceu aos telespectadores um resumo do que sabia.

— Continuo no condomínio Brittany Oaks, em McIntosh, onde a polícia está agora dentro de uma casa em que pelo menos três tiros foram disparados. O legista também já está no local e entrou na casa apenas alguns minutos atrás.

Naquele momento, a porta da frente se abriu e uma policial conduziu uma adolescente para fora da casa, com as mãos algemadas nas costas e a roupa manchada de sangue. Tracy Carr foi direto até o final da entrada da garagem com o seu cinegrafista logo atrás, chegando assim que a policial escoltava a garota para a rua em direção a uma das viaturas.

— Policial, Tracy Carr do Channel 2 News. A senhora pode me dizer o que está acontecendo?

A policial levantou a mão para tampar a lente da câmera.

— Por favor, afaste-se, senhora.

Tracy colocou o microfone o mais próximo possível do rosto da garota.

— Você disparou os tiros que os vizinhos ouviram?

Naquele momento, a garota ergueu os olhos e encarou a câmera. Seu olhar estava vazio e sombrio.

— Eles estão todos mortos — disse a garota.

Um segundo policial correu pela entrada da garagem para afastar a câmera, mas o cinegrafista se recuperou a tempo de obter imagens da garota de olhar vazio sendo colocada na parte de trás da viatura. A policial ignorou o bombardeio de perguntas da repórter, sentou-se depressa no assento do motorista, ligou as sirenes e partiu noite adentro.

MCINTOSH, VIRGÍNIA

15 DE JANEIRO DE 2013
3H20

O detetive chegou uma hora depois que a policial Koppel deixou Alexandra Quinlan na sala de interrogatório. Naquele momento, Donna estava observando a garota sentada sozinha na cadeira de madeira através da janela dotada de um espelho unidirecional. Um detetive se aproximou de Donna. Ela o conhecia, mas não muito bem.

— Policial Koppel? — perguntou o detetive.

Ela confirmou com a cabeça.

— Olá. Sou Donna Koppel.

— Romero Alvarez — se apresentou o homem com um tom sério. — Você foi a primeira a chegar ao local?

Donna voltou a confirmar.

— Sim, fui a primeira a atender à ocorrência.

— Me dê um resumo. Só ouvi informações de segunda mão até agora. Os meus peritos estão coletando provas na casa neste momento. Vou para lá depois disto.

— Não ouvi nenhum barulho na casa quando cheguei. Esperei por reforços antes de entrar. Primeiro, bati na porta da frente, mas ninguém atendeu. Então, descobri que a porta estava destrancada. Dentro da casa, encontramos três vítimas. Dois adultos, os pais, jaziam na cama, baleados. Um garoto, também baleado, estava caído no corredor do lado de fora do quarto dos pais. Era o irmão mais novo da garota — informou Donna e apontou o queixo na direção da sala de interrogatório. — A garota estava sentada no chão na frente da cama dos pais.

— Todos os três estavam mortos?

— Sim. Um único ferimento de disparo de arma em cada um deles. Tiros no peito. A garota estava com uma espingarda calibre 12 no colo. Estamos fazendo a perícia agora para ter certeza de que foi a arma utilizada para matar os pais e o irmão. Também coletamos amostras das mãos da garota para confirmar se os resíduos correspondem à arma.

— Bom trabalho — elogiou o detetive. — Algo mais antes de eu falar com ela?

— Sim, chamamos o Serviço de Proteção à Criança e ao Adolescente, mas disseram que levará um tempo até que possam mandar alguém aqui. Não conseguimos encontrar nenhum outro parente da garota.

— Mais alguma coisa?

Donna fez uma breve pausa, sem querer se exceder.

— Deveríamos designar um advogado para a garota antes de o senhor falar com ela.

O detetive deu uma olhada em seu relógio.

— Vou conseguir algumas informações com ela primeiro.

— Ela ainda está em estado de choque. Então, pega leve.

O detetive Alvarez abriu um sorriso condescendente.

— Ela matou três pessoas. A última coisa que vou fazer é tratá-la com luvas de pelica.

— Eu só quis dizer...

— O problema deste mundo, policial Koppel, é que não sentimos uma comoção maior depois de algo assim acontecer. Já se tornou parte da nossa cultura. Hoje é a própria família dela, amanhã é a escola, e depois de amanhã é um cinema. E deveríamos sentir compaixão pela garota, só porque ela está em estado de choque depois de ter dizimado a própria família? Me poupe, policial. Esta é uma sala de interrogatório, e não um espaço seguro.

Alvarez encarou Donna, desafiando-a a responder. Então, ele se virou e se dirigiu para a sala de interrogatório. O detetive se sentou diante da garota. Donna ficou observando pela janela espelhada.

A garota ergueu a cabeça para o detetive.

— Sou o detetive Alvarez.

A voz do detetive soou clara pelos alto-falantes posicionados acima da janela.

— Estou aqui para descobrir o que aconteceu na sua casa.

— Os meus pais estão mortos — disse a garota, com o olhar tão vazio naquele momento quanto estava quando foi conduzida para fora da casa e colocada na parte de trás de uma viatura policial. — E o meu irmão também.

— Pois é, os policiais já me informaram. Mas vamos começar com o seu nome.

— Alexandra Quinlan.

— Tudo bem, Alexandra. Mais uma vez, sou o detetive Alvarez e estou aqui para ajudar você, está bem? Mas só se você for sincera comigo. Se mentir para mim, nesse caso não poderei ajudar. Entende?

— O senhor tem certeza de que eles morreram? — perguntou Alexandra. — Eu não cheguei a checar.

— Sim — o detetive respondeu. — Eles estão mortos. Os dois adultos na casa eram os seus pais?

— Sim.

— E o garoto era o seu irmão?

— Sim. Raymond.

— Quantos anos você tem, Alexandra?

— Dezoito. Quer dizer, vou fazer dezoito daqui a alguns dias.

— Você estava discutindo com os seus pais?

Alexandra olhou para Alvarez. A primeira tentativa de contato visual. Ela fez um lento gesto negativo com a cabeça.

— Não.

— Então, o que aconteceu essa noite?

— Nada. Fui dormir depois que terminei o meu dever de casa.

— De quem era a arma que você estava segurando quando a polícia chegou?

— A arma?

— Sim. Você estava segurando uma espingarda quando a polícia entrou no quarto dos seus pais. De quem era a arma?

— Acho que do meu pai.

— Você acha? Onde você a pegou?

— Ele costumava guardar na garagem.

— Então, você a pegou na garagem?

— Não.

— Então, onde você pegou a arma, Alexandra?

— Estava no vestíbulo.

O detetive fez uma pausa, e Donna percebeu que ele estava procurando reconstituir o pouco do que sabia sobre a cena até aquele momento.

— A arma estava no vestíbulo da sua casa?

— Sim.

— Você a escondeu lá?

— Eu fiz o quê?

— Você escondeu a arma no vestíbulo?

— Não, ela estava no chão. Então, eu a peguei.

— E foi quando você atirou neles?

A garota semicerrou os olhos, e Donna a viu inclinar a cabeça para o lado.

— Na minha família?

— Sim. Me diga o que aconteceu depois que você pegou a espingarda.

Os olhos da garota se encheram de lágrimas.

— O senhor tem certeza de que eles estão mortos?

MCINTOSH, VIRGÍNIA

15 DE JANEIRO DE 2013
3H30

Donna estava observando o interrogatório através da janela de visualização. O tenente estava ao seu lado com os braços cruzados, enquanto também observava o que estava acontecendo do outro lado do vidro.

— Algo está errado — disse Donna.

— O quê? — perguntou o tenente sem tirar os olhos da sala de interrogatório.

Ele estava tão atento às palavras que chegavam pelos alto-falantes acima deles que Donna teve a impressão de que ele nem percebia que ela estava presente.

— Algo não está certo — afirmou Donna.

— Uma família morreu e essa garota a matou. Então, eu diria que é uma declaração precisa.

— Não, quero dizer com a garota. Olhe para ela. Ela não faz ideia do que está acontecendo. Ela não faz ideia do que Alvarez está falando.

— Você mesma disse que ela está em estado de choque. Você sabe que esses jovens planejam essas coisas com base em algum videogame ou em alguma rede social que está poluindo a mente deles. Aí, quando de fato vão em frente, querem voltar atrás. Mas não há segunda chance quando se trata de assassinato.

Ao olhar pela janela da sala de interrogatório, Donna não percebeu uma adolescente cheia de remorso. Ela viu uma garota confusa, que não entendia por que estava sendo interrogada na delegacia de polícia. Ela viu uma garota que ainda não tinha se dado conta totalmente de que a sua família estava morta. Donna também viu outra coisa ao observar Alexandra Quinlan. Foi a camisola da garota que desencadeou a revelação de Donna. Uma roupa de dormir de aparência inocente coberta de sangue. Por que, perguntou-se Donna, uma garota que matou a própria família — um acontecimento que exigiria um planejamento e uma reflexão importantes — usaria uma camisola para fazer aquilo?

— Não — disse Donna, balançando a cabeça. — Não podemos interrogá-la dessa maneira. Ela está confusa. Meu Deus, tenente, ela não sabe por que está aqui ou o que está acontecendo ao redor dela. Ela nem sequer entendeu ainda que a família dela está morta. Precisamos dar um tempo, fazer uma pausa e pensar bem. Obter um consentimento adequado, conseguir um advogado para ela e dar uma chance para essa garota.

— Dar uma chance para o quê? Para esclarecer a história dela? Os pais dela estão mortos, então não podemos obter o consentimento deles. Vai levar horas até que o Serviço de Proteção à Criança e ao Adolescente mande alguém aqui. Precisamos saber o máximo possível acerca do que aconteceu dentro daquela casa. O máximo possível, o quanto antes.

— Interrompa o interrogatório — exigiu Donna.

— O quê?

— Interrompa o interrogatório, tenente, ou eu mesma farei isso.

— Não vamos interromper coisa nenhuma até sabermos por que essa garota matou a família dela. Como sabemos que isso não é um desafio de internet? Como sabemos que outros jovens não estão planejando a mesma coisa hoje à noite? — questionou o tenente e apontou para a janela. — Ela pode nos dizer essas coisas, e é isso que o detetive Alvarez vai descobrir.

Ao observar Alexandra por mais um momento, Donna respirou fundo. Ela percebeu que tinha ido além do que deveria e entendeu que seria considerado uma insubordinação pressionar mais o seu superior. Donna se afastou da janela e se dirigiu ao corredor, pegando o celular e fazendo uma ligação. Consultou o relógio: 3h35. Ficou se perguntando se ele atenderia ou se estaria num sono profundo demais para ouvir o toque.

— Alô? — atendeu ele, a voz grogue.

— Garrett! — disse Donna num sussurro urgente. — Sou eu. Preciso de você na delegacia. Sei que está tarde, mas preciso de você agora mesmo.

MCINTOSH, VIRGÍNIA

15 DE JANEIRO DE 2013
4H05

Garrett Lancaster estacionou o carro na delegacia de polícia de McIntosh pouco depois das quatro da manhã. Ele colocou um boné do Washington Wizards para domar seu cabelo, bagunçado e despenteado depois que o telefonema da sua mulher o tirou da cama trinta minutos antes. Garrett saiu do carro e começou a caminhar rumo à entrada principal. Então, viu Donna descendo a escada e acelerando o passo em sua direção.

— O que foi? — perguntou Garrett.

— É uma longa história, e não temos tempo para te dar todos os detalhes. Atendi a um chamado de ocorrência de tiros num endereço residencial. Entrei na casa e encontrei uma família massacrada.

— Meu Deus! — exclamou Garrett, pegando o cotovelo da esposa. — Você está bem?

Donna balançou a cabeça.

— Estou. É a garota que precisa da sua ajuda.

— Que garota?

Ele viu a sua mulher respirar fundo, organizar as ideias e recomeçar:

— Quando entrei na casa, encontrei dois adultos assassinados na cama. Além de uma criança, um adolescente, morto no corredor.

— Pelo amor de Deus.

— Apenas ouça. Também encontrei uma garota sentada ao pé da cama dos pais com uma espingarda no colo. Ela está lá dentro agora sendo interrogada. Ela precisa da sua ajuda.

— Com relação a quê?— indagou Garret. — Nada disso faz sentido, Donna. Tem certeza de que está bem?

— Me escuta, Garrett. A garota precisa da sua ajuda antes de ela dizer algo que a incrimine. Algo que não dê para voltar atrás. — Donna voltou a respirar fundo. — Não consigo pensar bem neste exato momento. Tudo está confuso demais, mas... acho que ela não fez isso. Você precisa entrar lá como advogado dela e interromper o interrogatório.

— Como advogado dela?

Garrett Lancaster era um dos principais advogados de defesa da Costa Leste. O Lancaster & Jordan era um poderoso escritório de advocacia criminal que Garrett tinha fundado duas décadas antes com a sua sócia. Com a sede localizada em Washington, o escritório tinha filiais em todo o país. Garrett Lancaster tinha uma grande reputação de defender acusados de crimes hediondos. A ironia de ser casado com uma policial não era ignorada nem por ele nem por Donna. Foi uma das razões pelas quais ela manteve o seu sobrenome de solteira. Além disso, era comum que as policiais fizessem isso, pois mantinha a sua vida privada em segredo, e impedia que os criminosos presos por elas encontrassem informações pessoais delas na internet. Além de evitar a vingança dos bandidos, o seu sobrenome de solteira a protegia de Garrett Lancaster, importante advogado de defesa criminal, cujo trabalho era manter os bandidos fora da prisão. O trabalho de Donna era colocá-los atrás das grades.

— Por favor! — pediu Donna. — Sei que estou colocando você numa situação complicada, mas faça isso por mim.

Garrett procurou pensar na coisa certa a dizer.

— E se você estiver errada?

— Então a verdade virá à tona em um ou dois dias, e você passará o caso para outro advogado. Mas se eu estiver certa, eles estão com uma garota de dezessete anos numa sala de interrogatório no meio da noite. Ela acabou de ver a família ser assassinada e agora a estão interrogando em busca de uma confissão sem o consentimento de um responsável legal. Vão manter a pressão sobre ela, até a garota dizer o que eles querem ouvir. E aí será tarde demais.

Garrett olhou para o prédio da delegacia, com a fachada iluminada por holofotes: um farol de justiça brilhando com intensidade no meio da noite.

— Vamos — disse ele, apontando para a entrada com um gesto de cabeça.

MCINTOSH, VIRGÍNIA

15 DE JANEIRO DE 2013

4H15

Garrett seguiu a sua mulher para o interior da delegacia. Donna o registrou na recepção e Garrett recebeu um crachá de visitante que lhe permitia acesso ao prédio. Em geral, os advogados de defesa eram deixados perambulando pelos corredores até encontrarem o caminho para onde quer que fossem necessários. Dentro de uma delegacia, os advogados de defesa equivaliam a ratos correndo pelos cantos. Naquela noite, porém, Donna o levou direto para a sala de interrogatório, onde Garret pegou o tenente observando pela janela espelhada, junto de três policiais uniformizados. Por aquela janela, ele viu um detetive de terno conversando com uma garota de olhos fundos, usando uma camisola grande demais.

O instinto fez com que os músculos das costas de Garrett se alongassem, aumentando a distância entre os ombros e projetando o peito. Ele se frustrou por não ter tido tempo de pentear o cabelo ou vestir um terno, tendo que fazer aquilo naquele momento usando calça jeans e um boné.

— Tenente — disse Garrett num tom firme.

O homem que observava o interrogatório se virou, assim como os colegas policiais de Donna. Garrett sentiu o olhar fixo deles. Mas mais ainda, sentiu Donna ao seu lado. Ela murchou um pouco. Aqueles policiais entraram na casa com ela e lhe deram cobertura quando foram ao encalço de quem fez os disparos. Sem dúvida, foi uma experiência traumática e de união para todos eles, e Garrett sabia que certa culpa tinha se apossado de Donna pelo que ela estava fazendo.

— Meu nome é Garret Lancaster, estou representando... — Ele se deu conta de que nem sequer sabia o nome da sua cliente. — A garota — disse, por fim, apontando para o local do interrogatório. — Sou o advogado dela e preciso que você interrompa o interrogatório.

O tenente Marcus Grey olhou por cima do ombro de Garret e semicerrou os olhos para Donna.

— O que está acontecendo, Koppel?

Donna inclinou a cabeça.

— Pergunte para o Garrett.

O tenente olhou de volta para Garrett.

— O que está acontecendo, senhor?

— Preciso que você interrompa o interrogatório, Marcus. Sou o advogado da garota.

— Você ligou para o seu marido? — perguntou o tenente Grey a Donna. — Está tentando passar por cima de mim chamando o seu marido?

— Não estou passando por cima de ninguém, senhor. Algo não está certo. Essa garota merece as mesmas proteções que qualquer outra pessoa.

— Ela fuzilou a própria família, Koppel!

Donna respirou fundo.

— Ela merece conhecer os direitos dela e ser protegida de acordo com a nossa constituição.

— Ela ficou sabendo dos direitos dela!

Garrett ergueu a mão.

— Como advogado da garota...

— Alexandra — afirmou Donna, interrompendo o marido. — Como advogado de Alexandra.

— Como advogado de Alexandra, peço que esse interrogatório seja interrompido imediatamente. — Garrett consultou o seu relógio. — São quatro e vinte da manhã, e já é a segunda vez que estou pedindo, tenente. Se o senhor não está fazendo a contagem, acredite, eu estou.

Tecnicamente, Garrett sabia que só a sua cliente poderia solicitar que o interrogatório fosse interrompido. Razão pela qual ele tinha que entrar lá imediatamente.

— Precisamos descobrir o que está acontecendo — disse Grey num tom mais calmo. — A única maneira de fazer isso é falando com a autora dos disparos.

Garrett passou pelo tenente Grey, abriu a porta da sala em que Alexandra estava e entrou. O detetive olhou para trás, com a expressão confusa.

— Posso ajudá-lo?

— Sim. O meu nome é Garrett Lancaster. Sou o advogado de Alexandra. A primeira coisa que o senhor pode fazer para ajudar é parar de interrogar a minha cliente e nos deixar a sós. Por favor.

— Sua cliente?! — exclamou o detetive, levantando-se da cadeira.

— Sei que o consentimento parental para interrogar Alexandra não foi obtido.

— Não foi possível — replicou o detetive.

— O senhor seguiu os devidos trâmites para encontrar o parente mais próximo da minha cliente? Aquele que, em situações de emergência, pode ser considerado o seu responsável legal? — Garrett acenou com a mão. — Tenho certeza de que o senhor fez isso. Mas então, se nenhum parente foi encontrado, é claro que o senhor procurou o Serviço de Proteção à Criança e ao Adolescente estadual para obter consentimento para um interrogatório oficial. Tenho certeza de que o senhor também fez isso, detetive, mas estou só confirmando. Se o senhor fez todas essas coisas antes de começar a interrogar a minha cliente, que tem menos de dezoito anos e, portanto, é considerada menor de idade no estado da Virgínia, então o senhor e o seu departamento estão em situação regular, e eu só vou precisar de um momento sozinho com a minha cliente. Mas no caso improvável em que o senhor realizou um interrogatório de uma menor sem o consentimento parental, de um responsável legal ou de um órgão oficial, então o senhor está em uma grande encrenca e tem muito mais com o que se preocupar do que o fato de eu interromper esse interrogatório.

Garrett encarou o detetive, percebendo o momento em que os olhos do homem, que, um pouco antes, pareciam raios laser focados nos seus olhos, desviaram-se para a janela espelhada em busca do tenente, mas só encontraram o seu próprio reflexo.

— Só preciso de um minuto com a minha cliente — repetiu Garrett com o mesmo tom educado que tinha usado o tempo todo.

Em um segundo, o detetive se dirigiu para a porta.

— Detetive — chamou Garrett. — Por favor, peça ao tenente para desligar a câmera e o microfone enquanto converso com Alexandra. Tenho quase certeza de que o senhor já conduziu um interrogatório ilegal com a minha cliente. Gravar a minha conversa com ela o meteria numa enrascada com a qual o senhor só flertou até o momento. — Garrett ofereceu um rápido sorriso. — Obrigado.

5

Tribunal distrital

Sexta-feira, 27 de setembro de 2013

9h12

NA MANHÃ DE SEXTA-FEIRA, ENQUANTO ALEXANDRA CAMInhava até o banco das testemunhas, Garrett notou que estava trêmula. Era a maneira do corpo dela se manifestar contra a sua presença ali. Naturalmente, ela preferiria estar em um milhão de lugares diferentes em vez de em um tribunal lotado, com diversas câmeras de televisão apontadas para ela e com a atenção do país voltada para cada palavra sua. Mas Alexandra não tinha escolha. Para vencer o seu processo contra o estado da Virgínia, o seu depoimento era fundamental. Sem ele, uma vitória era improvável. Com ele, segundo Garrett, era inevitável.

Ao se sentar no banco das testemunhas, Alexandra pegou um copo de água e, tremendo, levou-o à boca. Ela havia completado dezoito anos depois da noite em que a sua família foi assassinada, mas a transição oficial para a maioridade não impediu que ela parecesse uma criança assustada naquela manhã. Garrett sentiu tristeza e segurança ao mesmo tempo. Ele não queria submeter Alexandra àquela situação, mas sabia que era a única maneira de conseguir um pouco de justiça pelo que havia acontecido com a garota. O fato de ela parecer uma adolescente assustada facilitava o seu trabalho e tornava quase impossível o trabalho do advogado adversário.

Após Alexandra ter feito o juramento, Garrett sorriu para ela.

— Bom dia — cumprimentou ele.

Alexandra ajustou os óculos, cujas lentes eram grossas e pesadas.

— Oi.

— Você pode dizer o seu nome para o tribunal?

— Alexandra Quinlan.

— Alexandra, vamos abordar alguns tópicos difíceis hoje. Coisas que serão difíceis para você dizer e coisas que serão difíceis para o tribunal ouvir. Nas últimas semanas, você e eu discutimos esses tópicos, e você me indicou que estava preparada para prestar o seu depoimento hoje. Ainda se sente assim?

Alexandra pigarreou.

— Sim.

— Você está nervosa?

— Sim.

— Eu também. Sempre fico nervoso quando estou no tribunal. Então, somos dois.

Era uma mentira, mas Garrett não estava sob juramento. A verdade era que fazia muitos anos que ele não ficava nervoso durante um julgamento.

Alexandra abriu um sorriso sutil.

— Se começarmos a falar sobre algum assunto que você não queira discutir, me avise e vamos para o próximo, está bem? — negociou ele.

— Está certo.

Depois de fazer uma breve pausa, Garrett se dirigiu para o banco das testemunhas. Isso deu ao corpo de jurados uma oportunidade de se acalmar enquanto esperava para ouvir Alexandra Quinlan, uma garota que todos eles admitiram ter visto nos jornais e tabloides durante o processo de seleção do júri. Naquele momento, os jurados estavam prestes a conhecê-la pessoalmente.

— Nesta semana, durante o interrogatório, o estado da Virgínia tentou apresentar uma narrativa de que o Departamento de Polícia de McIntosh fez tudo como manda a lei ao tratar do assassinato da família Quinlan, em geral, e ao investigar Alexandra Quinlan, em particular. Na próxima semana, quando for a vez dos advogados de defesa apresentarem a sua argumentação, eles vão nos dizer mais do mesmo.

Garrett olhou para a mesa da defesa.

— Tirando o fato de acusar a pessoa errada pelo triplo homicídio, e até hoje não terem conseguido entregar quem de fato cometeu o crime à justiça, talvez essa argumentação funcione. De resto, está cheia de falhas.

— Protesto, Meritíssimo! — exclamou Bill Bradley.

— Protesto deferido.

— Querem que vocês ignorem alguns "erros" iniciais que eles cometeram e se concentrem apenas no quanto se saíram bem *depois* disso. Não foram as coisas que eles fizeram do jeito *certo* que nos trouxeram até este tribunal, mas sim todas as coisas que eles fizeram de maneira muito errada.

— Meritíssimo — disse Bradley num tom irritado.

— Sr. Lancaster, discutimos isso ontem — afirmou o juiz. — O senhor não está nas alegações finais, está interrogando uma testemunha. O senhor tem alguma pergunta para a srta. Quinlan?

Garrett voltou-se para Alexandra.

— O Departamento de Polícia de McIntosh acha que a tratou de maneira correta, como manda a lei, como eu disse, começando com a jornada da sua casa na noite em que a sua família foi morta. Você concorda com esse argumento?

— Não — respondeu Alexandra.

— Para onde você foi levada após ter sido presa?

— Para o Centro de Detenção Juvenil de Alleghany.

— Quanto tempo ficou lá?

— Dois meses.

— Depois de dois meses, o que aconteceu?

— As acusações contra mim foram retiradas, e eu fui libertada.

— As acusações foram retiradas, mas durante dois meses, você foi forçada a se defender sozinha num centro de detenção juvenil por um crime que não cometeu. É isso mesmo?

— Sim.

— Os advogados de defesa sustentaram que, enquanto estava em Alleghany, você foi bem tratada. Você concorda com isso?

— Não.

— Mas ouvimos da sua psicóloga e da sua assistente social, e ambas afirmaram sob juramento, que você desenvolveu um relacionamento próximo com elas. É verdade?

— Sim.

— Mas não foi com os funcionários que você teve problemas enquanto estava em Alleghany, correto?

— Correto.

— Com quem você teve problemas?

— Com os outros jovens.

— Você pode falar sobre esses problemas?

— Em Alleghany, é necessário fazer amizades para sobreviver. Todo mundo está em algum tipo de panelinha, e é preciso entrar numa para se proteger.

— Você fez amizades?

— Sim.

— E essas amizades protegeram você?

— Quando foi possível.

— Mas houve momentos em que não foi possível, não é?

— Sim.

— Quais foram algumas das coisas com as quais você foi forçada a lidar em Alleghany?

— Alguns dos outros jovens encontraram fotos vazadas da cena do crime e colaram na porta do meu quarto.

— Fotos da sua família na noite em que foram mortos?

— Sim.

— Penduram as fotos na sua porta para atormentar você?

— Não sei por que fizeram isso. Apenas fizeram.

— Quem vazou as fotos foi identificado?

— Sim.

— Quem era?

— O detetive Alvarez. Foi o que me disseram.

— O detetive que interrogou você de forma ilegal na noite em que a sua família foi assassinada?

— Sim.

— Teria gostado muito de convocar o detetive Alvarez como testemunha para interrogá-lo a esse respeito, mas isso se tornou impossível após o detetive ter se suicidado pouco antes do início deste julgamento. Parece que o detetive Alvarez sabia o quanto ele havia conduzido mal o seu caso, mesmo que os superiores dele não admitissem isso.

— Protesto!

— Deferido. Prossiga, sr. Lancaster.

— Alexandra, não importa o quanto o estado da Virgínia ou o Departamento de Polícia de McIntosh se saíram bem nos dias e nas semanas *depois* que conduziram você algemada para fora da sua casa, ao mesmo tempo em que as câmeras dos canais de notícias registravam todos os detalhes. Não importa o quanto eles se saíram bem *depois* de acusar você publicamente de matar a sua família. Não importa o quanto eles se saíram bem *depois* de semanas de manchetes rotulando você como a garota de olhar vazio que chacinou a própria família. Não importa o quanto eles se saíram bem *depois* que a prova pericial provou que não foi você quem puxou o gatilho naquela noite.

Depois de tudo isso, nada do que eles fizeram importa, porque o estrago já havia sido feito, não é?

Alexandra engoliu em seco.

— Sim.

— Vamos falar sobre isso. Vamos falar sobre o dano que o Departamento de Polícia de McIntosh causou na sua vida.

Garrett voltou à tribuna.

— Alexandra, pode dizer ao tribunal quantos anos você tem?

— Dezoito.

— E quantos anos você tinha na noite de 15 de janeiro?

— Dezessete.

— Você fez dezoito anos uma semana depois, correto?

— Sim. Em 22 de janeiro.

— Então, você devia estar no último ano do ensino médio na época em que tudo isso aconteceu?

— Sim.

— Depois que foi libertada do centro de detenção juvenil e todas as acusações contra você foram retiradas, você voltou para a escola no semestre da primavera?

Alexandra balançou a cabeça.

— Não, não voltei.

— Por que não?

— Eu tentei, mas havia muitas câmeras dos canais de notícias e repórteres esperando por mim na escola todos os dias.

— Câmeras dos canais de notícias e repórteres? Esperando por você na sua escola todas as manhãs para fazer perguntas acerca da noite em que a sua família foi assassinada?

— Sim.

— Na verdade, acusando você de ter escapado impune de uma chacina.

— Alguns deles, sim.

— E os outros alunos da sua escola, como trataram você?

— Perdi todos os meus amigos, porque… acho que era muito difícil ficar comigo. Eu era chamada de Olhar Vazio.

— Olhar Vazio. De onde veio esse apelido?

— A repórter que estava lá naquela noite… na noite em que a polícia me tirou de casa… ela registrou uma imagem de mim e nela o meu olhar pareceu inexpressivo e… vazio, acho. Então, ela começou a me chamar de Olhar Vazio nas reportagens dela.

— Adorável. Foi difícil ter sido apelidada assim?

— Muito.

— Difícil até demais, de fato, para uma adolescente do ensino médio que tinha acabado de perder a família — afirmou Garrett, olhando para o corpo de jurados. — Então, você parou de ir à escola?

— Sim.

— Mas concluiu o seu último ano e se formou, correto?

— Sim. Concluí o semestre na primavera por meio do ensino a distância e tutoria.

— Mas você nunca voltou para a escola?

— Não.

— Você acabou perdendo o seu último ano?

— Perdi o semestre final dele, sim.

— Então, você ficou sem amigos. Sem convivência. Sem festa de formatura. Sem colação de grau.

— Não tive nada disso.

— E a faculdade? Você se candidatou a diversas universidades e foi aceita por algumas delas, correto?

— Sim. Antes de tudo acontecer, estava tentando decidir para onde ir. Eu estava resolvendo isso com os meus pais.

— O primeiro semestre do que deveria ter sido o seu primeiro ano de faculdade está em andamento no momento, mas você não está matriculada em nenhuma universidade, correto?

Alexandra confirmou com a cabeça.

— Isso mesmo. Achei que não seria possível frequentar uma faculdade com toda a mídia, imprensa e coisas assim atrás de mim.

— Porque os jornalistas teriam seguido você, independentemente da universidade que escolhesse. Era disso que tinha medo?

— Sim.

— Na verdade, a imprensa descobriu as universidades que aceitaram você, publicou essa informação, e então ocorreram protestos nelas. Virginia Tech, Clemson, Georgia. Correto?

Alexandra concordou com a cabeça.

— Sim. Hã, certas organizações em cada uma dessas universidades deixaram claro que eu não era bem-vinda.

Garrett voltou a olhar para o júri.

— Uma adolescente perde toda a sua família e, devido ao apetite insaciável da nossa sociedade pelos detalhes mórbidos do sofrimento alheio e ao nosso desejo constante em buscar bodes expiatórios e escândalos, não pôde concluir o ensino médio de forma adequada. Tudo isso foi atiçado quando Alexandra foi injustamente acusada e perseguida em público.

Ele olhou de volta para Alexandra.

— Então, fazer a faculdade se tornou impossível, e todo o seu futuro será prejudicado pela incompetência do departamento de polícia e pela obsessão da sociedade com o sensacionalismo de um crime real. Não é verdade?

— Protesto — disse Bill Bradley da mesa da defesa. — Meritíssimo, por sua própria confissão, a srta. Quinlan concluiu o ensino médio. Foi uma decisão pessoal não frequentar a faculdade. E o sr. Lancaster não é capaz de prever o futuro. Não sabemos o que a srta. Quinlan fará no próximo ano ou pelo resto da vida.

— Protesto deferido — retorquiu o juiz. — Sr. Lancaster, atenha-se ao tempo presente, por favor.

— Claro, Meritíssimo. Mas, em vez do *tempo presente*, talvez devêssemos voltar para a noite de 15 de janeiro — declarou Garret, virando-se para olhar diretamente para Bill Bradley.

Em seguida, Garrett se voltou para Alexandra.

— Alexandra, você se sente à vontade para contar ao tribunal o que aconteceu na noite em que os seus pais e o seu irmão foram mortos? — perguntou ele, num tom mais suave.

— Protesto — repetiu Bradley, ficando de pé e um pouco mais agitado dessa vez.

Garrett entendeu a agressividade do advogado de defesa. A todo custo, o estado da Virgínia não queria que o tribunal ouvisse os detalhes que Alexandra estava prestes a apresentar.

— A srta. Quinlan não está sendo julgada por homicídio — continuou Bradley. — Acho que seria uma injustiça fazê-la reviver aquela noite.

— Uma injustiça? — tornou Garrett com mais ênfase em suas palavras do que Bill Bradley tinha posto nas dele. — Agora, *de repente*, o estado da Virgínia está preocupado com a injustiça? Com o devido respeito, Bill, esse é o maior monte de bosta que já foi despejado num tribunal.

— Cavalheiros! — exclamou o juiz, batendo o martelo para pôr ordem no tribunal. — As argumentações devem ser feitas para mim, e não de um para o outro. Entendido?

— Perdão, Meritíssimo — disse Garrett. — Entendido.

— Seu protesto está indeferido, sr. Bradley. Ouvir o depoimento da srta. Quinlan a respeito da noite em que a sua família foi assassinada é fundamental para este caso, e o tribunal permitirá isso.

Bradley se sentou, e Garrett fez contato visual com Alexandra.

— Tem certeza de que consegue fazer isso? — perguntou ele como se estivesse falando só com ela, mas se certificando de que o júri pudesse ouvi-lo.

— Sim, consigo.

— Tudo bem. Vamos falar sobre o que aconteceu naquela noite.

MCINTOSH, VIRGÍNIA

15 DE JANEIRO DE 2013
00H26

Um estrondo a fez abrir os olhos. Parecia que algo muito pesado havia caído no piso de madeira do lado de fora do seu quarto, e a mente recém-desperta de Alexandra evocou uma imagem do relógio de pêndulo, que sempre esteve ali, no canto do corredor do segundo andar, tombando e se despedaçando no chão. Porém, curiosamente, o barulho não cessou como uma grande pancada. Ele ecoou. Foi quando ela ficou totalmente alerta e entendeu o que era: o som de uma espingarda.

Ela o conhecia bem por causa das manhãs que passava caçando faisões com o pai. Ele ainda não havia permitido que ela caçasse veados com ele, mas encontrar faisões era algo rotineiro nas manhãs de sábado. A função de Alexandra era ficar de olho no cachorro deles. Ela usava o apito para chamar Zeke de volta se ele se afastasse demais. Além disso, ela o observava se enfiar entre os juncos altos, prestando atenção quando os estalidos dos galhos cessavam, o que indicava que Zeke tinha encontrado uma ave. Era quando ela gritava para o pai: "Em cheio, papai! Em cheio".

Na sequência, vinha o bater de asas selvagem quando Zeke desentocava o faisão do seu esconderijo. Então, Alexandra ouvia o barulho da espingarda do pai. Era sempre um único tiro. Em todos os anos caçando faisões com o pai, ela nunca o tinha visto atirar duas vezes no mesmo pássaro. Ele jamais havia errado. E foi assim que Alexandra reconheceu o som que a tinha acordado. No milharal, o tiro da espingarda do pai emitia um único estampido, que depois ecoava por alguns segundos, como se fosse uma coisa viva, antes de se dissipar.

Naquele momento, Alexandra sentou-se na cama enquanto os vestígios do ruído desapareciam aos poucos. Porém, em seguida, veio outro, e ela entendeu que algo estava muito errado.

Empurrando as cobertas para o lado, Alexandra pulou para fora da cama, correu até a porta do quarto e a entreabriu. Ela encostou a têmpora no batente e olhou para o corredor. Tudo parecia desfocado sem os óculos, mas ela não se atreveu a voltar para a mesa de cabeceira para pegá-los. Através da imprecisão visual, ela percebeu que o relógio de pêndulo não tinha caído no chão, como a sua mente grogue havia imaginado a princípio. Ele estava onde sempre tinha estado, no canto do corredor. Durante o breve momento em que Alexandra espiou do quarto, a casa pareceu calma e silenciosa. A grade que protegia a extensão do corredor do segundo andar dava para o vestíbulo escuro abaixo, e tudo parecia normal. Então, ela viu Raymond sair do quarto dele e atravessar o corredor, afastando-se de onde ela estava e indo em direção à suíte dos pais. Ele também estava embaçado em sua visão míope. E ainda que Alexandra não soubesse naquele instante, depois ficaria grata pelo fato de a cena que estava prestes a presenciar estivesse fora de foco e distorcida. Quando chegou ao quarto dos pais, Raymond parou e abriu a porta. Um terceiro estrépito reverberou pela casa. O tiro arremessou Raymond no chão do corredor, onde ele caiu e não se mexeu mais.

Alexandra se apavorou e entrou em ação. Sentiu os joelhos tremerem quando se afastou da porta, correu até a janela do quarto, abriu-a e se atrapalhou com a tela, que se soltou e caiu até pousar na escuridão abaixo. Ela pensou em pular, mas estava frio e escuro, e a queda até onde a tela estava caída no chão era longa. Então, por alguma razão inexplicável, Alexandra voltou a pensar no relógio de pêndulo no final do corredor, logo ao lado da porta do seu quarto. Ao refletir sobre aquela noite, ela nunca tinha sido capaz de explicar por que a imagem do relógio lhe ocorreu naquele momento, ou por que ela havia imaginado que era o relógio que tinha caído e feito o barulho que a acordou. Tudo o que ela sabia era que precisava chegar até ele.

Alexandra se afastou da janela aberta e correu para fora do quarto. Por instinto, acionou a fechadura da maçaneta interna da porta antes de fechá-la sem fazer barulho. Era um truque que havia aprendido logo após completar dezessete anos: trancar sua porta antes de sair do quarto para enganar os pais, fazendo-os pensar que ela estava estudando no quarto, quando, na verdade, tinha escapado para se encontrar com as amigas.

Com a porta do quarto trancada, Alexandra se virou e correu para o lugar que sempre escolhia ao brincar de esconde-esconde quando criança. Ela deslizou para a parte de trás do relógio de pêndulo, mas percebeu que o esconderijo era muito menor do que se lembrava. A última vez que tinha se escondido ali foi pelo menos três anos antes, e a sua passagem para a vida adulta nunca havia ficado tão evidente. Na época, ela havia entrado atrás do relógio com facilidade para se esconder do irmão. Naquele momento, Alexandra tentava se refugiar ali para salvar a sua vida.

Assim que se acomodou no esconderijo, Alexandra ouviu passos no piso de madeira. Não se arriscou a espiar o corredor pela borda do relógio, mas conseguiu enxergar a grade de proteção que dava para o vestíbulo do primeiro andar e uma parte do corrimão de madeira acima dela. Alexandra viu a sombra do atirador saindo da suíte dos pais, espalhando-se pelas hastes da grade de proteção e desaparecendo pelo canto. A sombra parou de se mover, e Alexandra prendeu a respiração para ficar o mais quieta possível. Por fim, voltou a ouvir passos quando a pessoa foi em direção ao seu quarto e ao relógio de pêndulo que ficava a poucos metros da porta dele. Se Alexandra não tivesse agido depressa, estaria no cômodo naquele momento, deitada na cama ou ainda paralisada de medo e olhando pela fresta entre a porta e o batente. Ela desejou ter tido a coragem para pular a janela do quarto naquele instante. Havia uma fileira de arbustos que poderiam ter amortecido a queda. Porém, se isso não acontecesse, sua mente se agitou, então ela poderia ter se machucado e seria incapaz de fugir, ficando presa no caminho de acesso aos fundos da casa e olhando para o atirador, enquanto o cano da espingarda se projetava para fora da sua janela aberta e apontava para ela. Pelo menos, encaixada atrás do relógio de pêndulo, Alexandra tinha alguma chance de sobreviver àquela noite.

Ela ouviu a maçaneta da porta do seu quarto sendo girada. Em seguida, o som de algo se rachando quando a pessoa chutou a porta, uma vez, e depois outra até conseguir abri-la. Atrás do relógio de pêndulo, encolhida o máximo possível no canto do corredor, Alexandra fechou os olhos com força. Seu coração martelava e fazia todo o seu corpo tremer. Ela não se atreveu a se mexer e tentou prender a respiração ao ouvir uma batida e depois o barulho da porta do armário se abrindo. Então, após um momento de silêncio, ouviu passos ruidosos quando a pessoa correu até a janela aberta do quarto. O rangido da janela sendo escancarada veio logo na sequência, seguido por mais passos no momento em que a pessoa saiu apressadamente do quarto e percorreu o corredor, afastando-se do esconderijo de Alexandra. O som estrondoso continuou escada abaixo e, por fim, ela ouviu a porta da frente se abrir. Então, a casa mergulhou num silêncio sinistro.

6

Tribunal distrital

Sexta-feira, 27 de setembro de 2013

10h32

O TRIBUNAL FICOU EM SILÊNCIO, E GARRETT DEIXOU QUE ELE SE prolongasse. Não apenas para causar algum efeito dessa vez, mas para permitir que a gravidade do que os jurados estavam ouvindo se estabelecesse. Uma garota de dezessete anos tinha se refugiado num antigo esconderijo de infância. A decisão rápida tinha salvado a sua vida.

— Está tudo bem? — perguntou Garrett.

— Sim.

— Acho que falo por todos neste tribunal ao dizer que é preciso muita coragem para recontar essa história.

Garrett notou que diversos jurados concordaram com um gesto de cabeça.

— A pessoa foi até o seu quarto, mas não encontrou você. O que aconteceu depois que o atirador saiu correndo do cômodo?

— Continuou depressa pelo corredor, para longe de onde eu estava escondida. Depois, desceu a escada. Eu continuei onde estava, mas fiquei espiando por cima da grade de proteção. O corredor do segundo andar da nossa casa dá para o vestíbulo. Vi a porta da frente se abrir e o atirador sair correndo.

— A pessoa *saiu correndo* da sua casa?

— Sim.

— Pode-se dizer que tudo que ocorreu nessa noite é confuso para nós neste tribunal, mas, ainda assim, naquele momento, você teve uma ideia clara do que estava acontecendo. Você sabia por que o atirador tinha saído correndo da sua casa, não é?

— Sim. Eu o enganei.

— Como?

— Abri a janela, porque pensei em pular, mas não tive coragem. Era muito alto. Então, corri e me escondi atrás do relógio, do lado de fora do meu quarto. Mas, antes disso, tranquei a porta dele.

— No corredor do *lado de fora* do seu quarto?

— Sim. Uma das minhas amigas me ensinou a fazer isso. Primeiro é preciso acionar a fechadura da maçaneta interna e depois fechar a porta pelo corredor. Era um truque para fazer os meus pais acharem que eu estava estudando no meu quarto, quando, na verdade, estava fora com as minhas amigas.

Garrett sorriu.

— Um truque que salvou a sua vida. Mas você não estava tentando enganar os seus pais naquela noite, estava tentando enganar o atirador.

— Sim. Achei que, se eu trancasse a porta, o atirador pensaria que eu estava dentro do quarto e não me procuraria em outro lugar da casa. Quando ele entrou no meu quarto, acho que imaginou que eu tinha mesmo pulado pela janela e fugido. E quando o vi sair correndo pela porta da frente, supus que fosse para me perseguir ou ir até os fundos da casa para ver se eu ainda estava lá.

— Então, naquele momento, quando a pessoa saiu correndo da casa, você ainda estava escondida atrás do relógio. Mas, desse lugar, você podia ver a porta da frente pela grade de proteção do andar superior. Você notou algo depois que a pessoa saiu da sua casa, não é?

— Sim.

— O que você notou?

— A arma do meu pai.

— Onde estava a arma?

— No vestíbulo, no primeiro andar.

— O atirador a largou antes de sair da casa, correto?

— Sim.

Garrett se dirigiu para a mesa da acusação, abriu o estojo que estava no chão e tirou a espingarda utilizada para matar a família de Alexandra.

— Esta é a arma?

— Sim.

— Pertencia ao seu pai?

— Sim.

— Você conhece bem esta arma, não é?

— Sim.

— E você sabe como usá-la?

— Sim.

— Como você aprendeu a atirar com uma espingarda calibre 12?

— O meu pai me ensinou quando me levava para caçar faisões nas manhãs de sábado.

— O que você fez depois que notou que a pessoa tinha deixado a arma?

— Saí de trás do relógio de pêndulo e desci a escada correndo para pegar a arma.

— Você me contou algo que achei muito interessante e gostaria de que compartilhasse agora com o tribunal. Por que era tão importante pegar a arma? Alguns poderiam achar mais natural que você corresse até o quarto dos seus pais para ver como eles estavam.

— Foram apenas três tiros — respondeu Alexandra. — A espingarda do meu pai armazena dois cartuchos no carregador. Ouvi os dois primeiros tiros. Esses foram os que me acordaram. Então... — Sua voz falhou por um instante. Alexandra engoliu em seco e se recompôs. — Ouvi um terceiro tiro quando o meu irmão foi assassinado. Eu sabia que a arma havia sido recarregada para o criminoso atirar em Raymond, o que significava que ainda havia um cartucho não usado no carregador.

— Então, você recuperou a arma para se proteger?

— Sim. Peguei a arma para o caso de o atirador voltar.

— Sabendo que ainda havia um cartucho não usado nela — disse Garrett.

— Sim.

— Garota inteligente. Depois que pegou a espingarda no vestíbulo, o que você fez?

— Corri para o quarto dos meus pais.

— E o que fez em seguida?

— Me sentei no chão diante da cama deles e esperei com a espingarda do meu pai no colo. Só por precaução.

— Só por precaução — repetiu Garrett, caminhando até a tribuna dos jurados, ainda segurando a espingarda. — Para o caso de o atirador voltar?

— Sim.

Garrett olhou para os membros do júri.

— O atirador nunca mais voltou. Mas a polícia de McIntosh apareceu. Não sei o que foi pior.

— Protesto! — gritou Bill Bradley.

— Não tenho mais perguntas para Alexandra, Meritíssimo — informou Garrett.

— Sr. Bradley? — perguntou o juiz.

Bill Bradley fechou os olhos e fez um gesto negativo com a cabeça.

PARTE II

A FUGA

Nós sabemos onde você está.
— Laverne Parker

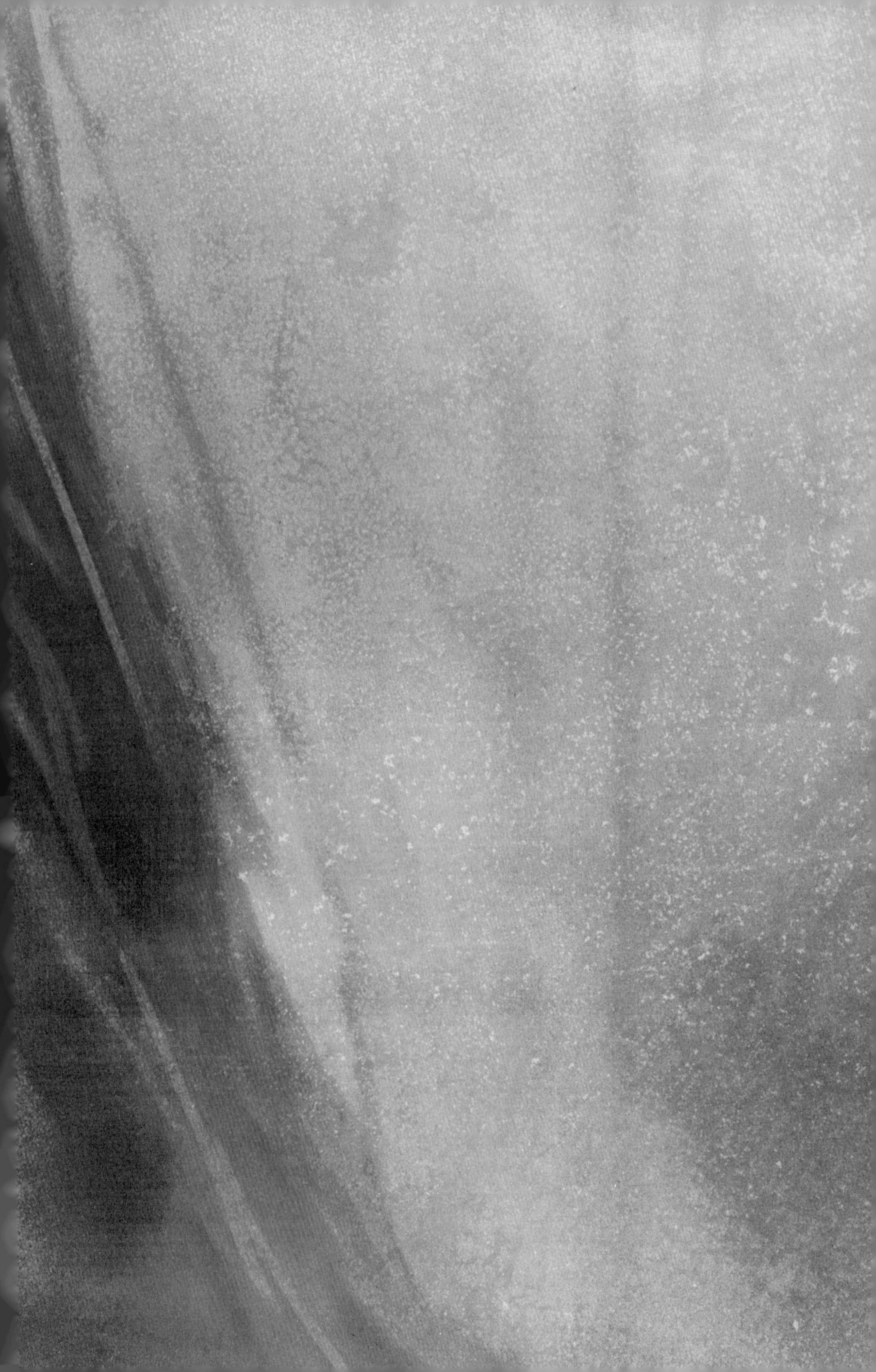

OUTONO DE 2015

DOIS ANOS DEPOIS

7

Terça-feira, 29 de setembro de 2015
Paris, França
13h35

A FUGA NÃO TEVE FALHAS. OS RECURSOS FINANCEIROS FORAM transferidos para um terceiro. A Universidade de Cambridge a tinha aceitado com base num brilhante histórico escolar do ensino médio e nunca questionou o motivo pelo qual ela tirou um ano sabático. O voo fretado custou uma fortuna, mas ela tinha dinheiro de sobra desde que ganhou o processo por difamação e sabia que era fundamental sair dos Estados Unidos sem o conhecimento da imprensa. Cada detalhe havia sido planejado com minúcia e executado com maestria. Foi o que aconteceu depois que fez as coisas desandarem.

Enviar Alexandra Quinlan para outro país — sozinha e logo após os acontecimentos traumáticos ligados à perda da família e à experiência de suportar um julgamento amplamente comentado e muito difícil — pode ter sido necessário e a única maneira de protegê-la, porém foi um plano cheio de falhas desde o início. Continha diversas variáveis e vinha com um conjunto complicado de suposições. A primeira era que, depois de dois anos tumultuados e psicologicamente traumáticos, Alexandra Quinlan agiria em conformidade com o resto da sociedade e se deixaria levar. A segunda era que Alex de fato *cursaria* a faculdade, se destacaria no ambiente universitário e se ajustaria à nova vida para a qual tinha escapado. Nenhuma dessas expectativas se confirmou, porque, quando a poeira baixou, a culpa se manifestou. A culpa por ter sobrevivido à noite em que a família foi assassinada. A culpa por ter se escondido, ao mesmo tempo em que via o irmão ser morto. A culpa por ter passado os meses logo após à tragédia se defendendo, e não de luto. A culpa por ter tentado seguir em frente com a vida em vez de procurar respostas a respeito de por que uma pessoa ainda desconhecida tinha entrado em sua casa numa noite fria de janeiro e chacinado a sua família.

Ainda que a mudança para a Inglaterra tivesse funcionado no sentido de permitir que Alex escapasse da mídia americana, foi a noção de faculdade, e aulas, e estudo que fracassou. A ideia de viver num dormitório com uma colega de quarto era tão desagradável que ela nunca a tinha considerado. Alex saiu dos Estados Unidos para fugir do seu passado. Fugiu para Cambridge, porque era um lugar onde ninguém a conhecia ou sabia o que tinha acontecido com ela. Um lugar onde ninguém faria nenhuma conexão com a famigerada noite em que ela foi acusada de matar a sua família. Se ela tivesse optado por morar no dormitório com uma colega de quarto em vez de sozinha em seu próprio apartamento, aquilo teria suscitado perguntas sobre a vida de Alex e da sua família. Sobre os seus pais e o seu irmão. Sobre como eram as coisas "em casa".

Diante dessas perguntas, Alex iria tossir, e gaguejar, e mentir, porque nunca seria de fato capaz de explicar que não tinha uma casa. Não desde aquela noite, mais de dois anos antes, quando a figura de sobretudo longo e folgado invadiu o lugar que ela costumava chamar de lar. Depois daquele momento, Alex teve "lugares". Primeiro foi Alleghany, o centro de detenção juvenil onde ela passou dois meses depois que foi presa. Em seguida, foi a casa dos Lancaster, em Washington D.C., onde morou em segredo com Garrett e Donna e começou a reunir provas e preparar argumentos contra o Departamento de Polícia de McIntosh e a promotoria distrital. Depois que Alex ganhou o seu processo contra o estado da Virgínia por difamação, em que ela acabou recebendo uma pequena fortuna em indenização, a mídia ficou enlouquecida em busca de seu paradeiro. Quando as coisas se tornaram opressivas demais, Alex fugiu para a casa de férias dos Lancaster, que ficava no sopé dos Montes Apalaches. Contudo, naquela ocasião, era óbvio que os jornalistas e os fanáticos por crimes reais não descansariam enquanto não encontrassem e questionassem a garota de Olhar Vazio a respeito dos crimes hediondos que ainda, e para sempre, acreditavam que ela havia cometido.

Durante o seu ano na clandestinidade, muitas vezes surgiam rumores em sites de crimes reais de que alguém tinha visto a Olhar Vazio num determinado hotel, e os esquisitões e os malucos afluíam até lá. Furgões de canais de notícias encostavam na entrada do hotel e registravam os manifestantes segurando cartazes e entoando o seu ódio contra ela. A palavra de ordem favorita deles, e a menos inventiva na opinião de Alex, era: "Alex Quinlan, foi você! Alex Quinlan, foi você!".

Enquanto a mídia e os fanáticos por crimes reais a procuravam sem cessar, Garrett e Donna a mantinham escondida. Quando a pressão aumentou a ponto de se tornar insuportável, o casal tramou o plano da fuga de Alex para o exterior. Frequentar uma universidade americana estava fora de questão. Em outro país, ela teria pelo menos uma chance de anonimato. Então escolheram a Inglaterra. A Universidade de Cambridge era onde Alex deveria estudar por quatro anos. Era para onde ela deveria fugir, e se esconder, e recuperar o fôlego. Era onde ela deveria recomeçar.

A ficção durou um ano, embora a farsa ainda estivesse em andamento até aquele momento. Donna e Garret acreditavam que tudo estava indo muito bem na faculdade. Alex voltou para os Estados Unidos e passou o verão depois do primeiro ano da faculdade, se escondendo outra vez na casa de férias dos Lancaster e mentindo para eles a respeito de o quanto estava indo bem na faculdade e quantas amizades havia feito. A respeito de como Cambridge estava se tornando a sua nova casa, e como ela mal podia esperar para voltar para o segundo ano. O motivo pelo qual Alex não tinha sido capaz de contar a verdade para eles era algo que ela não conseguia explicar de fato. Ela devia muito a Garrett e a Donna pelo que fizeram por ela. Abrir o jogo sobre a faculdade parecia uma traição. Assim, no final do verão, Alex fez as malas e embarcou num avião de volta para a Inglaterra sob o pretexto de começar o segundo ano da faculdade.

A volta à Europa tinha se tornado imprescindível, mas Alex estava voltando por outros motivos que não eram a sua instrução universitária. Ela estava em busca de respostas para o assassinato da sua família. Ao embarcar no trem, na Gare de Lyon, em Paris, para uma viagem de quatro horas até Zurique, na Suíça, ela estava seguindo a única pista que tinha encontrado em mais de um ano de pesquisa.

8

Terça-feira, 29 de setembro de 2015
Paris, França
13h45

ALEX SE SENTOU NO VAGÃO DE PRIMEIRA CLASSE DO TREM E espalhou os papéis na mesa à sua frente. Os documentos que a tinham levado até aquela etapa da sua jornada. Foram a primeira pista real que havia encontrado numa busca iniciada mais de um ano antes. Alex estudou os papéis mais uma vez, tentando entender os números. Porém, não importava o quanto ela se esforçasse para decifrar as informações, faltava-lhe um dado fundamental. Alex esperava encontrá-lo na Suíça.

— *Boisson*?

Alex ergueu o olhar e viu uma garçonete oferecendo o cardápio.

— *Non, merci.*

Quando a garçonete se afastou para atender outro passageiro, Alex recostou a cabeça no apoio do assento e fechou os olhos. Após aquela noite fatídica de janeiro, quando Alex foi levada para fora da sua casa e ficou sob a mira das câmeras dos canais de notícias, e depois, nos meses que se seguiram, e sobretudo durante o processo memorável que ela havia movido contra o estado da Virgínia, o público conheceu Alexandra Quinlan. Conheceram o seu nome. Conheceram o seu rosto. Conheceram o seu olhar. Durante um ano inteiro, a sua imagem foi estampada nos jornais, tabloides e noticiários da TV. Os americanos ficaram tão sedentos de detalhes mórbidos sobre a noite trágica em que a família Quinlan havia sido morta que permitiram que uma adolescente inocente se tornasse uma caricatura de uma cultura pop obcecada por crimes reais. Para o público, Alexandra não era uma jovem que havia perdido a família. Ela era a vilã numa série de crime real. E, naquela série, a audiência queria reviravoltas, e surpresas, e revelações bombásticas. O público conseguiu bastante disso durante a investigação malconduzida, e ainda mais durante o processo que ela tinha movido contra o estado da Virgínia, em que todos os detalhes sórdidos foram expostos. Todo o suplício culminou com uma reviravolta final na trama pela qual ninguém esperava: o sumiço de Alex dos olhos do público.

Durante o julgamento, e ainda naquele momento, a mídia americana estava desesperada para encontrá-la, e não por razões boas ou nobres. A mídia queria capturar Alexandra Quinlan e queimá-la na fogueira. Apesar de uma pilha de provas incontestáveis de que Alex não tinha matado a própria família, e havia, na verdade, escapado por pouco da morte, os abutres da comunidade de crimes reais se recusavam a acreditar. E desde que ela ganhou uma grande indenização em seu processo por difamação, que a deixou milionária, os fanáticos por crimes reais ficaram desesperados para encontrá-la, questioná-la, expor as suas mentiras e garantir que o resto da sua vida fosse um inferno.

Como se cada detalhe da vida de Alex já não tivesse sido revelado ao mundo, os jornalistas queriam mais. Eles sempre queriam mais, e Alex quase tinha dado a eles. A ideia de conceder uma entrevista exclusiva a um jornalista importante havia sido considerada logo no início do caso, como uma maneira de acabar com os rumores. Mas a sugestão foi logo deixada de lado. Conceder uma entrevista exclusiva seria como lançar uma isca. Atrairia milhares de outros jornalistas, *podcasters* e fanáticos por crimes reais que esperavam pelo mesmo tratamento. A única opção de Alex tinha sido desaparecer. E foi o que ela fez.

* * *

Alex abriu os olhos e observou o campo passar como um borrão à medida que o trem avançava em alta velocidade da França para a Suíça. Ela viu cidadezinhas com casas empoleiradas nos sopés e os Alpes cobertos de neve ao longe. Apenas dois anos antes, ela nunca sequer tinha saído dos Estados Unidos. Mal tinha saído da Virgínia, exceto por uma viagem escolar além do rio Potomac para visitar Washington D.C. e algumas férias em família na Flórida. E, naquele momento, ali estava ela, uma jovem de vinte anos num trem que atravessava a Europa. Muita coisa tinha mudado em dois anos. Alex havia percorrido um longo caminho desde o tempo daquela adolescente apavorada, que tinha se escondido atrás do relógio de pêndulo depois que a sua família havia sido morta a tiros. Agora, ela já não estava mais se escondendo. Agora, ela tinha se tornado a caçadora.

Alex prometeu a si mesma passar todas as horas do dia em busca de respostas para a noite em que a sua família foi assassinada. Ela converteu isso em sua prioridade, porque sabia que ninguém mais estava investigando.

Com grande relutância e apenas sob forte pressão de Garrett Lancaster e do seu poderoso escritório de advocacia, a polícia de McIntosh e a promotoria distrital do condado de Alleghany retiraram as acusações contra a jovem. Apesar de tudo — as acusações retiradas, as revelações sobre a investigação desleixada, as evidências flagrantes que apontavam para a invasão de um estranho em sua casa naquela noite, a sua vitória no tribunal, a repreensão do juiz aos detetives e ao promotor público de McIntosh, a indenização milionária —, até aquele momento, muitos do Departamento de Polícia de McIntosh, assim como toda a promotoria distrital, ainda acreditavam que Alex era a culpada pelo massacre da própria família.

A posição oficial do Departamento de Polícia de McIntosh e da promotoria distrital era de que o assassinato de Dennis, Helen e Raymond Quinlan foi o resultado de uma invasão de domicílio malsucedida. A alegação foi de que um invasor entrou na casa para roubar joias e outros objetos de valor, mas foi surpreendido pelo sr. Quinlan. O ladrão matou Dennis Quinlan e, em seguida, atirou em sua mulher e em seu filho numa corrida louca para escapar do local.

A hipótese era fraca e ignorou duas evidências importantes encontradas na casa dos Quinlan que apontavam para algo muito mais sinistro do que um roubo que deu errado. Primeiro, foram as fotos misteriosas encontradas na cama dos pais de Alex na noite em que foram mortos. As fotos continham imagens de três mulheres não identificadas, e Alex tinha certeza de que aquelas mulheres deviam ter algo a ver com o motivo do assassinato de seus pais. Porém, as fotos não se encaixavam na narrativa apresentada pela polícia de McIntosh, de modo que foram ignoradas e nunca reveladas ao público. A outra evidência era uma impressão digital solitária encontrada na janela do quarto de Alex; a janela que ela havia aberto antes de desistir da ideia de pular dois andares em busca de salvação. A impressão digital pertencia a quem esteve na casa naquela noite, e traçava um quadro claro de um assassino, não de alguém que se assustou com Dennis Quinlan, mas de alguém que tentou perseguir e capturar a sua filha.

Juntando tudo, Alex sabia que confiar nas autoridades para descobrir a verdade seria como depositar um envelope numa caixa de correio abandonada e esperar que ele encontrasse o seu caminho para o endereço rabiscado nele. A polícia não estava mais procurando quem matou a sua família, porque acreditava que já tinha encontrado: a própria Alex.

Alex desviou o olhar da janela e encarou a pasta aberta e os documentos na mesa à sua frente. Ela releu os papéis, ainda que tivesse memorizado todos os detalhes já fazia muito tempo. Os documentos a tinham enviado de volta a Londres e, agora, através da Europa. Ela chegaria à Suíça mais tarde naquela noite. Então, logo pela manhã, faria uma visita ao Sparhafen Bank, em Zurique, para encontrar respostas.

Enquanto Alex olhava para os papéis, a sua mente remontou à noite em que os tinha encontrado. Noite em que ela havia entrado de fininho na sua antiga casa na Alameda Montgomery. Era a primeira vez que ela voltava lá desde que tudo havia acontecido. A primeira vez que pisava na casa desde que tinha se escondido atrás do relógio de pêndulo na noite em que a sua família foi chacinada. A primeira e a última. Aquela visita, destinada a um propósito muito diferente, a tinha levado à jornada que agora empreendia. Naquele momento, enquanto o trem seguia a caminho da Suíça, e ela passava os olhos pelos papéis, fragmentos da noite quente de agosto, quando ela fez a visita secreta à sua antiga casa, voltaram à sua memória...

* * *

Além do ocasional furgão do canal de notícias estacionado em horários aleatórios na frente da casa, o imóvel parecia abandonado: silencioso, e escuro, e sinistro. Já fazia muito tempo que detetives e os peritos forenses tinham parado de invadir. Eles avaliaram que nada mais poderia ser encontrado ali dentro. Todas as pistas foram descobertas e todas as evidências, coletadas. Mais de dois anos depois que a fita amarela de cena do crime isolou a propriedade, pedaços dela ainda permaneciam ali. Restos enrolados em alguns troncos de árvores tremulavam na brisa. Algumas tiras ainda cruzavam as passagens da frente e dos fundos. A presença da fita de cena do crime não era uma indicação de uma investigação oficial ou em andamento. A polícia, Alex sabia, já não se importava com a casa da Alameda Montgomery, 421. A fita permanecia porque, como nova proprietária do imóvel, Alex ainda não havia contratado ninguém para limpar o local.

Alex havia empregado parte do dinheiro da indenização para a compra da casa da família com a quitação antecipada da dívida do financiamento. Ela não tinha comprado a casa para morar ali. Aquilo nunca seria possível depois das coisas que havia testemunhado. Ela tinha comprado, porque não conseguia ver a casa cair nas mãos dos fanáticos por crimes reais que poderiam transformar o lugar numa espécie de museu mórbido. Foi por causa daqueles delinquentes que Alex sentiu a urgência de entrar na casa naquele momento. Ela precisava coletar algo querido e estimado por seu coração antes que os fanáticos, que continuavam a invadir o imóvel, finalmente encontrassem o caminho para o sótão e pilhassem o que havia lá.

A preocupação de Alex ao caminhar na ponta dos pés pelas sombras do quintal rumo à porta dos fundos era que viciados em crimes reais estivessem na casa naquele instante, tirando *selfies* na suíte principal. Ela já tinha visto muitas dessas fotos na internet nos últimos meses: idiotas sorridentes e autoproclamados "detetives civis" parados na frente da cama dos seus pais, tirando fotos de si mesmos com a parede manchada de sangue atrás deles e prometendo "fazer justiça". *Que babacas*, pensou Alex. A desumanização do evento a indignava toda vez que ela via uma dessas fotos. Como — ela sempre se perguntava — as pessoas podiam ficar tão obcecadas com os acontecimentos daquela noite a ponto de se esquecerem — ou não se importarem — que pessoas de verdade tinham morrido?

Alex girou a maçaneta da porta dos fundos, sabendo pelas suas tentativas anteriores que a fechadura tinha sido arrombada e quebrada pelos lunáticos que invadiram para dar uma olhada, como se fosse um museu abandonado. Em visitas anteriores a casa, ela havia chegado até ali — até a soleira da porta da cozinha — antes de recuar, incapaz de entrar. Mas, daquela vez, ela estava determinada. De manhã, partiria para o seu segundo ano na Universidade de Cambridge e não tinha mais tempo para titubear. Ela só voltaria no Natal. Era agora ou nunca.

Alex empurrou a porta e ouviu o rangido ecoar na escuridão. Ela não deu tempo para a sua mente rememorar a noite em que a sua família foi assassinada. Não deu tempo para o seu cérebro evocar memórias de tiros ou de medo. Não deu tempo para aquelas lembranças a convencerem a dar meia-volta e correr para a casa de Donna e Garrett. Em vez disso, entrou e fechou a porta.

A lanterna do seu celular era tudo o que tinha para enfrentar as trevas. O odor — apesar de desagradável por causa do mofo e do abandono — a lembrou da sua antiga vida. Por entre o fedor de madeira úmida e do bolor do calor de verão que tinha impregnado as paredes, Alex sentiu o cheiro da sua mãe, do seu pai, do seu irmão. Forçando-se a avançar, ela atravessou a cozinha e chegou ao vestíbulo. O brilho suave do luar projetava as sombras pálidas das grades das janelas no chão. Alex parou no lugar onde se lembrava de ter encontrado a espingarda. Olhou para o corredor do segundo andar que dava para o vestíbulo e recordou que ficou observando através das hastes do gradil de proteção enquanto estava escondida atrás do relógio de pêndulo. Depois de respirar fundo, Alex começou a subir a escada. Em cada uma das suas tentativas anteriores, a imagem da escada tinha sido o que a impediu de entrar na casa, porque ela sabia que subir os degraus a levaria ao local exato onde tudo tinha acontecido.

Alex seguiu em frente e subiu os degraus um de cada vez, fechando os olhos ao chegar ao andar superior. Ela teve o cuidado de manter a luz da lanterna do seu celular longe da suíte principal à direita. Alex não tinha interesse em se aproximar daquele quarto, ou ter um vislumbre da madeira manchada de vermelho do lado de fora dele. Ela se virou rápido e começou a seguir pelo corredor rumo ao seu antigo quarto, mas se deteve logo após dar dois passos. Na sua frente, ao final do corredor, estava o relógio de pêndulo que tinha salvado a sua vida. Havia um brilho estranho nele sob a luz diáfana da lanterna, refletindo raios luminosos de volta para ela, que iam e vinham, iam e vinham, iam e vinham. Foi então que Alex percebeu que o relógio ainda estava funcionando. Naquela casa sem eletricidade e sem vida, o relógio de pêndulo estava vivo e bem. Ela se aproximou e conseguiu ouvir o ruído sutil do mecanismo interno do relógio. A única explicação era que os fanáticos que com frequência invadiam a casa tinham dado corda nele.

Alex admirou o relógio mais um pouco e então apontou a lanterna para o teto. Encontrou uma corda pendurada acima da cabeça, estendeu a mão e a puxou, liberando a escada deslizante para o sótão. Depois de se atrapalhar um pouco com a escada, Alex voltou a apontar a lanterna para cima, para a abertura escura no teto, e começou a subir. Ao passar por ela e ficar com metade do corpo no sótão, um odor distinto a atingiu. Era um cheiro diferente de mofo, que trouxe de volta toda outra série de lembranças. Aquele cheiro a fez se lembrar do Natal. Todos os anos, os seus pais baixavam aquela escada e, um a um, os Quinlan subiam ao sótão para pegar caixas e mais caixas de enfeites.

Naquele momento, Alex não estava atrás de enfeites ou quinquilharias. Naquela noite, ela estava atrás de outra coisa. Apontou a lanterna para o canto do sótão e se dirigiu até lá, passando pelas caixas de enfeites. Ali, Alex encontrou caixas que ela e Raymond tinham guardado anos antes. Durante toda a sua vida, seu irmão tinha sonhado em ser jogador da liga principal de beisebol. Era a única maneira que Alex se lembrava dele: com um boné de beisebol e uniforme sujo. Ela havia bloqueado aquelas memórias nos últimos tempos. Era difícil demais se lembrar de Raymond em seu uniforme e no campo de beisebol, porque aquelas recordações traziam consigo crises terríveis de culpa e remorso. Alex esperava poder permitir que as imagens do seu irmão fluíssem em sua mente um dia. Ela sentia muita saudade dele, e uma dor profunda se apossava do seu coração toda vez que ela afastava Raymond dos seus pensamentos. Contudo, Raymond era a razão de ela ter vindo à sua antiga casa.

Desde criança, Raymond colecionava figurinhas de beisebol. De todas as coisas que Alex havia deixado para trás, por algum motivo, ela não podia permitir que a coleção de figurinhas de beisebol caísse nas mãos dos fanáticos que acabariam descobrindo o sótão, saqueariam tudo o que continha ali e leiloariam na *dark web* como relíquias pertencentes à família Quinlan que tinha sido morta pela filha mais velha.

Alex encontrou a caixa de figurinhas no canto e a tirou das sombras. Foi um malabarismo trazer a caixa para baixo pela escada do sótão. Quando conseguiu, ela deslizou a escada de volta ao lugar de origem e fechou a porta do sótão. A casa voltou a ficar em silêncio, exceto pelo tique-taque do relógio de pêndulo. Antes de ir embora, Alex estendeu a mão até o alto do relógio para pegar a manivela. Então, ela a enfiou no encaixe lateral e deu corda, levantando os pesos até que estivessem o mais alto possível. Não duraria a vida inteira, mas quando o seu avião pousasse em Londres no dia seguinte, o relógio ainda estaria funcionando.

Foi só mais tarde naquela noite, enquanto passou horas sem conseguir pregar os olhos, pensando na viagem de volta para a Inglaterra, que Alex descobriu que a caixa que havia tirado do sótão não continha a coleção de figurinhas de beisebol do irmão, mas sim extratos de uma conta num banco estrangeiro. Eles se tornaram a primeira pista para descobrir quem havia assassinado a sua família.

9

Quarta-feira, 30 de setembro de 2015

Zurique, Suíça

9h35

NA MANHÃ SEGUINTE APÓS O TREM DEIXÁ-LA EM ZURIQUE, ALEX se sentou numa cafeteria da cidade, tomou um expresso e observou o banco do outro lado da rua. Ela consultou o celular. Tinha vinte e cinco minutos até o seu encontro e usou vinte deles para terminar o café e acalmar os nervos. Faltando cinco minutos, juntou os papéis que passou a manhã lendo, organizou-os numa pasta de couro e a colocou em sua mochila antes de atravessar a rua.

Apesar de estar vestida com a sua melhor roupa — saia comprida, blusa de seda e um blazer que não usava desde o julgamento —, Alex se sentiu imediatamente deslocada ao entrar no banco. Os olhares de todos os funcionários se concentraram nela quando ela pisou no amplo saguão. No último ano em Cambridge, ela se acostumou a se misturar e ficar invisível. Porém, uma garota de vinte anos entrar naquele tipo de banco era algo incomum. Ela tinha certeza de que o cliente típico era alguém de meia-idade e portava um título importante por trás do nome.

A mulher atrás do enorme balcão da recepção — um bloco de mármore que brilhava a ponto de cegar — hesitou um momento antes de perguntar:

— Posso ajudá-la?

— Sou Alex Quinlan. Tenho um horário marcado com Samuel McEwen.

A mulher pegou a agenda de compromissos com uma expressão confusa. Certamente se tratava de algum engano, Alex podia sentir o pensamento de protesto da recepcionista. Porém, depois que a mulher abriu a agenda e verificou a identidade de Alex, ela deu um sorriso hesitante.

— Sente-se. O sr. McEwen já vai atender você.

Alex sentou-se num duro sofá que parecia pertencer à sala de uma mansão enfadonha e não a um saguão de banco. Porém, aquele banco era diferente de qualquer outro que Alex já havia visto, e ela tinha visto muitos ao longo do último ano, reunindo-se com gestores de fundos, consultores financeiros e advogados que lhe disseram como lidar com a fortuna que ganhou depois do julgamento. Mas nenhum dos bancos americanos era como aquele. Tudo ali era de mármore e granito, que brilhavam intensamente à luz do sol que penetrava através do teto abobadado de vidro três andares acima. Era um lugar onde os abastados acumulavam os seus tesouros, e Alex imaginou que o sofá, o granito, o mármore e a luz do sol deslumbrante foram todos cuidadosamente forjados para fazer os ricos se sentirem ricos.

Os seus pais nunca foram ricos. Pelo menos, não às claras. A família morava numa casa modesta, e Alex e o irmão sempre frequentaram escolas públicas. As férias familiares nunca foram mais extravagantes do que uma semana na Flórida. Embora os seus pais fossem donos de uma empresa, um escritório fiscal e contábil de duas pessoas: Dennis e Helen Quinlan eram os contadores, os gerentes e os zeladores. Então, como era possível que ela, ao abrir a caixa tirada do sótão, encontrasse extratos daquele banco de Zurique no valor de cinco milhões de dólares? Ela ficou se perguntando isso desde aquela noite quente de agosto, apenas um mês antes. E estava convencida de que a resposta para aquela pergunta levaria ao assassino da sua família.

Alex esperou cinco minutos e, então, um jovem de terno e gravata se aproximou dela. Ele não devia ser muito mais velho do que ela, Alex pensou quando o olhou de cima a baixo.

— Srta. Quinlan? — disse o jovem, estendendo a mão. — Drew Estes. Sou o assistente do sr. McEwen. Ele vai atendê-la num instante. Se puder me acompanhar, vou levá-la até o escritório dele.

Após mais de um ano em Cambridge, Alex tinha se tornado capaz de ultrapassar os dialetos e sotaques para entender o inglês por trás de cada palavra. Porém, ela havia aprendido durante aquela viagem pela Europa que os dialetos em inglês variavam, não apenas de país para país, mas também nas diferentes regiões de cada país. Ali na Suíça, o inglês falado por um suíço tinha tons fortes de francês ou alemão. Drew Estes possuía um carregado sotaque alemão com vestígios britânicos, que fez Alex demorar um pouco para decifrar.

— Obrigada — retorquiu Alex, levantando-se e apertando a mão dele.

Enquanto ele segurava a sua mão, Alex notou que Drew Estes a encarou por um instante a mais e, então, semicerrou os olhos e inclinou a cabeça.

— Nós já nos conhecemos? — perguntou ele.

— Não — respondeu Alex.

— Tem certeza? Você parece familiar.

— Tenho certeza — disse Alex e sorriu. — Esta é a minha primeira vez na Suíça.

Já havia acontecido algumas vezes nas ruas de Cambridge e uma ou duas vezes no *campus* da universidade. Uma garota em que ela esbarrou perguntou se já não se conheciam de outro lugar ou época. Nem sequer um oceano era capaz de separar Alex totalmente da infâmia. Porém, com o passar dos meses e com o término do seu primeiro ano, a sua notoriedade desapareceu e ninguém voltou a prestar maior atenção a ela. Até aquele momento. Até Drew Estes encarar Alex com um olhar penetrante que fez a sua pele se arrepiar.

— Quanto tempo você disse que o sr. McEwen demoraria? — Alex finalmente perguntou.

— Ah, desculpe — disse Drew. — Fiquei olhando para você como um tapado. Ele não vai demorar. Está terminando uma reunião. Vou mostrar o escritório dele a você.

Um minuto depois, o jovem conduziu Alex até um escritório sofisticado.

— Posso lhe servir alguma coisa? — perguntou ele parado à porta. — Café ou água?

— Não, obrigada — respondeu Alex.

— Obrigado, Drew — disse um homem ao entrar no escritório. — Sou Samuel McEwen. Conversamos por telefone.

Alex sorriu e apertou a mão dele, aliviada por ser tirada da atenção de Drew Estes.

— Alex Quinlan.

McEwen sorriu e balançou a cabeça.

— Desculpe. Eu estava esperando uma pessoa mais velha.

— Não. Sou eu mesma.

— Muito bem. Sente-se.

McEwen apontou para uma cadeira em frente à sua mesa.

— Obrigado, Drew. Chamo você se precisar de alguma coisa.

Drew Estes sorriu da porta. Alex sentiu o olhar dele se demorar por mais um momento antes de ele sair. Samuel McEwen se sentou atrás da mesa e digitou no teclado.

— Então, você está interessada em fazer uma transferência de fundos de um banco americano para o nosso banco, correto?

— Sim — respondeu Alex.

McEwen continuou a ler na tela.

— Vejo que você já preencheu os formulários. Só terá que preencher mais alguns documentos hoje. E qual seria o valor da transferência?

— Um milhão de dólares — disse ela.

McEwen tirou os olhos do computador e fez uma breve pausa. Alex pôde perceber o desejo dele de querer saber como uma garota de vinte anos tinha conseguido um milhão de dólares. Ele deve ter suspeitado que ela fosse uma jovem herdeira metida a besta, e Alex queria que esse fosse o caso. A exposição midiática nos Estados Unidos, que havia atingido níveis extremos *durante* o julgamento do seu processo contra o estado da Virgínia, se converteu num fervor ruidoso quando o julgamento terminou com a decisão dos jurados de conceder dezesseis milhões de dólares para Alex em indenização, reduzida pelo juiz para oito milhões. Além da compra em caráter definitivo da casa da sua família e das despesas normais de subsistência, Alex não tinha tocado no dinheiro. Naquele dia, seria a primeira vez que ela colocaria algo dele em uso. Naquele dia, ela o usaria como um trunfo.

— Muito bem — tornou McEwen. — Você está com os documentos da instituição americana?

Alex tirou a pasta da sua mochila e entregou os documentos. McEwen passou os olhos na papelada rapidamente.

— Vou precisar verificar isso. Você tem uma identificação com foto?

Alex entregou a sua carteira de identidade.

— Isso vai levar alguns minutos.

— Claro — Alex disse.

Samuel McEwen saiu do escritório e desapareceu por quinze minutos. Ao retornar, estava com um sorriso jubiloso. Era engraçado o que o dinheiro podia fazer.

— Tudo conferido — afirmou ele. — Vamos conseguir fazer a transferência sem problemas e resolver tudo esta manhã.

Alex passou a hora seguinte preenchendo formulários e assinando o seu nome em uma dúzia de documentos. Na conclusão do processo, ela era a orgulhosa nova proprietária de uma conta bancária suíça no Sparhafen Bank, um prestigiado banco de Zurique, no qual agora um milhão de dólares estavam depositados, transferidos de uma conta de um banco americano.

Samuel McEwen prometeu manter contato e ajudar Alex com quaisquer outras necessidades bancárias.

— Me avise se houver mais alguma coisa que eu possa fazer por você — informou ele.

— Na verdade, há sim — confirmou Alex, agora que ela tinha a atenção dele. Agora ele a levaria a sério.

McEwen abriu um sorriso acolhedor.

— Claro.

Da sua pasta de couro, Alex tirou uma folha de papel.

— Esse é um antigo extrato do seu banco — declarou ela, entregando o papel por cima da mesa. — Encontrei nos pertences do meu pai e queria saber se o senhor poderia me dar alguma informação sobre a conta.

McEwen pegou o papel e o analisou. Após uma breve verificação, ele falou enquanto ainda examinava os dados.

— Essa é uma conta numerada. Nenhum nome está vinculado a ela.

— Sim — disse Alex. — Deu para perceber. Mas o escritório de contabilidade do meu pai está registrado como custodiante. Gostaria de mais informações sobre o proprietário da conta e por que o escritório dos meus pais está listado como custodiante.

— Não posso dar informações a respeito de contas particulares, srta. Quinlan. Talvez você devesse perguntar ao seu pai.

— Ele morreu.

A franqueza pegou McEwen desprevenido.

— Ah, sinto muito.

— A questão é a seguinte — continuou Alex. — Os meus pais morreram. Tudo o que eles tinham agora pertence a mim, de acordo com a vontade deles. — Alex deslizou o testamento dos pais pela mesa. — O senhor verá que sou a única beneficiária. Então, quando encontrei este extrato bancário nos pertences do meu pai, decidi investigar o assunto. Essa conta ainda existe?

— Srta. Quinlan, não posso fornecer informações sobre essa conta sem a documentação adequada que prove que o que está me dizendo é verdade. E mesmo assim, haveria diversos obstáculos legais a serem superados.

— Só estou tentando descobrir se a conta ainda existe. E em caso afirmativo, quem a abriu. Tenho mais dinheiro para investir e, se o senhor puder me fazer esse favor, pensaria em seu banco para os meus outros investimentos.

— Entendo — replicou McEwen. — Me sinto honrado em servi-la da melhor maneira que puder — acrescentou ele, devolvendo os papéis para ela. — Mas, infelizmente, não posso ajudá-la com isso. Existem leis que me proíbem de fazer o que está pedindo. Receio que eu não seria útil para você, ou qualquer um dos meus outros clientes, se perdesse a minha licença.

Então, Alex tirou uma folha de papel diferente da pasta e a deslizou pela mesa.

— Tenho mais um milhão de dólares e estaria disposta a transferi-los para o seu banco, se o senhor puder me ajudar com isso. Só preciso de um nome.

— Sinto muito, srta. Quinlan. Não tenho permissão para dar informações sobre uma conta numerada sem a documentação que comprove que a conta é sua. Essa é a minha resposta, não importa quanto dinheiro seja depositado em nosso banco.

Alex se levantou e sorriu. A antiga versão de si mesma talvez se preocupasse e protestasse contra aquele obstáculo em seu caminho. A nova Alex simplesmente encontraria outra maneira de contorná-lo. Se os últimos dois anos lhe ensinaram alguma coisa, foi que ficar à margem, paralisada pela inação, não trazia nada de bom para a sua vida.

— Obrigada pelo seu tempo — disse ela antes de sair.

10

Quarta-feira, 30 de setembro de 2015

Zurique, Suíça

11h30

DO SEU CUBÍCULO, DREW ESTES VIU QUANDO A GAROTA SAIU do banco. Ele a havia reconhecido de imediato. Foram os olhos que a denunciaram. Ele e a namorada acompanharam de perto a história de Alexandra Quinlan. No ano anterior, eles conheceram a casa onde a Olhar Vazio tinha assassinado a própria família. De férias nos Estados Unidos, Drew e a namorada tiraram duas semanas para conhecer Nova York e Washington D.C. Eles terminaram a viagem fazendo caminhadas pela Trilha dos Apalaches por uma semana. Fanáticos por crimes reais, nem Drew nem a namorada poderiam deixar passar a oportunidade de conhecer a infame casa em McIntosh, na Virgínia, onde Alexandra Quinlan havia matado a própria família.

Então, um ano depois, a Olhar Vazio em pessoa tinha entrado no banco suíço em que Drew Estes era funcionário temporário. Uma hora mais cedo, ele havia ajudado o sr. McEwen a preencher todos os formulários e fazer as verificações necessárias para abrir uma nova conta para Alex Quinlan no valor de um milhão de dólares. Agora, a fortuna com a qual a Olhar Vazio tinha se safado — pelo menos uma pequena fração dela — estava depositada numa conta no banco em que Drew trabalhava. Era quase surreal demais para acreditar. Drew havia acompanhado o caso de Alexandra Quinlan desde o início e prestado muita atenção ao julgamento do processo que ela abriu contra a polícia e a promotoria distrital. Drew sabia que ela tinha se safado com um valor muito maior do que um milhão de dólares e, desde então, o mundo havia estado em uma busca frenética por ela. De algum modo, por milagre, Drew Estes a tinha encontrado.

Depois de ajudar o sr. McEwen a terminar o serviço da manhã, Drew fez a sua pausa para o almoço. Saiu e acendeu um cigarro, que ficou pendurado em seus lábios enquanto fazia uma chamada pelo celular.

— Oi, amor — disse ele quando sua namorada atendeu. — Você não vai acreditar em quem apareceu no banco hoje.

A ligação durou cinco minutos. Quando o seu cigarro virou uma bituca, Drew Estes já tinha arquitetado o seu plano.

11

Quarta-feira, 30 de setembro de 2015

Zurique, Suíça

21h41

SENTADA JUNTO AO BALCÃO DO BAR, ALEX TOMOU UM GOLE de tônica com gelo e limão. A barreira do idioma havia dificultado a tarefa de pedir para o bartender servi-la apenas com gelo e água tônica, sem adicionar gim ou vodca. Ela faria vinte e um anos em poucos meses, alcançando a idade legal para consumir álcool nos Estados Unidos. Ali na Europa, ela tinha a liberdade para comprar e consumir bebidas alcoólicas desde que pisou pela primeira vez no *campus*. Mas nem álcool nem drogas nunca a atraíram. Talvez porque no ensino médio, quando muitos jovens começavam a se envolver com tais coisas, ela teve que interromper o curso, e os amigos com quem ela poderia ter consumido drogas ou bebidas a abandonaram quando ela foi enviada para o centro de detenção juvenil. E apesar da antecipação da independência que os últimos dois anos trouxeram, no fundo, ela ainda era a garota cuja mãe a mataria se ela fumasse um baseado ou pensasse em engolir alguma das muitas pílulas que ela viu os seus colegas consumirem no seu primeiro ano do ensino superior.

Também havia outro motivo para Alex passar longe do álcool. Ela podia ver um caminho claro em que os efeitos entorpecentes da bebida conseguiriam amenizar pelo menos um pouco da sua angústia e culpa. Talvez aquele caminho fosse mais fácil do que o que ela havia escolhido. Contudo, o caminho fácil levava apenas à autocomiseração, e não a respostas ou esclarecimento — algo que Alex estava determinada a encontrar.

Ela agitou o copo da sua tônica e pensou em seu dia. A tentativa de descobrir o nome da pessoa por trás da conta numerada administrada pelos seus pais não tinha dado certo. Alex estava convencida de que descobrir o nome era fundamental para desvendar o restante dos mistérios sobre aquela noite. Agora, todas as incógnitas passavam pela sua cabeça, duas delas sempre vindo à tona: as fotos deixadas na cama dos seus pais e a impressão digital descoberta na janela do seu quarto.

Alex tinha tomado conhecimento das fotos apenas durante o processo por difamação, quando Garrett as apresentou como mais uma prova de como a investigação havia sido mal conduzida. Na melhor das hipóteses, Garrett tinha sustentado que a polícia de McIntosh havia ignorado as fotos, considerando-as irrelevantes. O mais provável, porém, era que o promotor distrital tinha tentado suprimi-las, porque não se encaixavam na narrativa de que a autora do assassinato da família havia sido Alex.

As fotos sempre foram uma peça desconcertante de um quebra-cabeça já complicado. Porém, desde a descoberta dos extratos de um banco estrangeiro escondidos no sótão, Alex havia criado uma teoria quase factível que ligava as fotos à impressão digital solitária encontrada na janela do seu quarto. Estar presente na casa na noite em que a sua família foi morta tinha proporcionado a Alex certas verdades irrefutáveis acerca daquela noite. Uma delas era a de que o atirador havia entrado em seu quarto e escancarado a janela. Não demorou muito para ela se lembrar do som da janela rangendo quando se escondeu atrás do relógio de pêndulo. Portanto, sem dúvida alguma, a impressão digital solitária encontrada na janela pertencia à pessoa que matou a sua família. Nem o Departamento de Polícia de McIntosh nem Garrett Lancaster, em sua própria investigação para provar a inocência de Alex, conseguiram correlacionar a impressão digital com a pessoa. Garrett acessou as suas fontes policiais e conseguiu um rastreio através do sistema de identificação de impressões digitais do FBI. Nenhuma correspondência. Mas desde que encontrou os extratos bancários no sótão, Alex começou a elaborar uma teoria de que talvez a impressão digital solitária presente na janela do seu quarto pertencesse a quem quer que tenha aberto a conta. E talvez a descoberta da identidade dessa pessoa lançasse alguma luz sobre as mulheres nas fotos.

No entanto, sua visita ao Sparhafen Bank havia sido um fracasso. O impasse resultante da visita foi frustrante por si só, sem levar em consideração o outro problema criado. Sem dúvida, a transferência de um milhão de dólares faria com que sinais de alerta soassem nos Estados Unidos. Antes de entregar os oito milhões de dólares concedidos a ela no veredicto, o juiz impôs algumas restrições. A mais obstrutiva delas era que um consultor financeiro certificado teria que zelar pelo dinheiro e oferecer orientação até Alex completar a idade arbitrária de vinte e sete anos. Depois disso, ela poderia investir, gastar ou esbanjar o dinheiro como quisesse. Até aquele momento, porém, cada centavo que ela gastava deixava um rastro que chegava ao conhecimento de Garrett Lancaster.

Garrett sempre tinha dado a Alex o espaço necessário e, apesar de ele desempenhar um papel muito importante na vida dela, Alex nunca tratou questões de dinheiro diretamente com ele. Em vez disso, um consultor financeiro aprovava os gastos dela. Mas, apesar desse arranjo de intermediação, Alex tinha certeza de que Garrett acompanhava cada centavo que ela gastava. Levaria pouco tempo para que ele ficasse sabendo da transferência de um milhão de dólares para um banco suíço. Poderia levar um dia ou uma semana. Mas em algum momento, o consultor financeiro acabaria vendo a transferência e avisaria a Garrett, que, por sua vez, ligaria para Alex. Infelizmente, essa era a vida dela.

Alex retirava uma quantia modesta todos os meses para as despesas de subsistência, e toda essa quantia era proveniente de juros. Garrett foi categórico quanto ao fato de que Alex nunca mexesse no principal, mas vivesse apenas dos juros gerados pelo montante fixo. Como uma garota de vinte sem nenhuma posse — além de uma casa desabitada em McIntosh, na Virgínia —, viver de juros não era difícil. Com certeza a transferência de um milhão de dólares para um banco em Zurique levantaria suspeitas.

Alex já tinha elaborado um plano de contingência para quando Garrett ligasse. Ela havia escrito a sua resposta e ainda estava memorizando cada detalhe. O ponto principal era que o dinheiro era dela. Não importava o que o juiz havia dito a ela ou as condições impostas. Ela poderia fazer o que quisesse com o dinheiro. E diria a Garrett que abriu uma conta num banco suíço por razões tributárias. Ela não sabia nada a respeito de legislação tributária internacional além do que aprendeu numa pesquisa rápida na internet durante a elaboração do seu plano. Mas esperava que fosse bastante para parecer convincente quando Garrett ligasse. Ela divagaria acerca do seu raciocínio, explicando de forma tortuosa o seu processo de pensamento e chegaria ainda ao ponto de se desculpar pela ousadia de tocar em seu próprio dinheiro. Contudo, o que Alex não faria era contar a verdade para Garrett: que ela tinha transferido um milhão de dólares para o banco em Zurique, porque esperava que isso a aproximasse da verdade sobre o que havia acontecido com a sua família. Essa busca era dela, e só dela.

Alex tomou outro gole da água tônica, pegou o celular e consultou os horários dos trens do dia seguinte.

* * *

Do outro lado do bar, um casal estava sentado num compartimento. O olhar deles se desviou de Alex para o celular do homem e continuou indo e vindo. Por fim, Drew Estes ampliou a foto de Alexandra Quinlan. Sorriu para a namorada e, em seguida, continuaram a olhar do celular para a garota sentada junto ao balcão.

— É ela — animou-se Drew. — Não acredito. É ela.

Laverne Parker concordou.

— Claro que é ela. Ela se livrou dos óculos e cortou o cabelo, mas olha só aquele olhar. É inconfundível. Quanto a garota depositou?

— Um milhão de dólares. Vi no computador do meu chefe e cuidei da papelada.

— Um milhão de dólares — zombou Laverne, com uma expressão desdenhosa, olhando para o outro lado do bar. — Alexandra Quinlan, bem diante dos nossos olhos.

Verne sorriu, mostrando os seus dentes tortos.

— Sabemos quem você é — disse ela, cantarolando baixinho.

Ela colocou o celular na mesa. A imagem de Alex permaneceu na tela.

— Deram uns dez milhões para ela — comentou Laverne, enquanto continuava a encarar Alex. — Mate a sua família, finja que é uma idiota assustada e desapareça com uma fortuna.

Ela voltou à sua voz cantarolada.

— Você tentou desaparecer, mas nós sabemos onde você está.

12

Sexta-feira, 2 de outubro de 2015

Cambridge, Inglaterra

14h15

ALEX TEVE A IDEIA DO QUADRO APÓS UM SONHO PARTICULARmente lúcido acerca da noite do assassinato da sua família. Seus sonhos se tornaram tão vívidos desde que escapou do circo da sua antiga vida nos Estados Unidos que passou a anotar todos os detalhes que conseguia lembrar assim que acordava. Ela comprou um quadro de cortiça numa loja de artesanato — um quadrado de 1,20 metro — e o pendurou na parede da cozinha para organizar os pensamentos. Os horários das aulas e as datas das próximas provas do meio do semestre deveriam ter sido fixados nele. Assim como fotos da família e dos amigos. Em vez disso, Alex pregou no quadro fichas pautadas com todos os detalhes que ela conseguia se lembrar a respeito da noite do assassinato da sua família, além de novos fatos que havia descoberto ao longo de um ano de busca por respostas. A adição mais recente ao quadro foi uma foto do Sparhafen Bank, em Zurique, ao lado da qual estava um dos extratos bancários encontrados no sótão.

Mais à esquerda do quadro, havia uma ficha pautada com as palavras *Invasão de Domicílio* escritas e, por cima, um X feito com uma caneta hidrográfica vermelha. A teoria da invasão domiciliar, que era o posicionamento atual do Departamento de Polícia de McIntosh, era um subterfúgio. O departamento precisava culpar alguém pelos assassinatos após a absolvição da principal suspeita, então, resolveram que seria um roubo que deu errado. Era uma hipótese desleixada e pouco inspiradora e a sua falsidade tinha sido provada inúmeras vezes. O motivo de uma invasão domiciliar era roubar, mas nada havia desaparecido da casa dos Quinlan. Além disso, a explicação dos acontecimentos pelo departamento não correspondia ao que era do conhecimento de Alex. Ela tinha visto do seu quarto quando o irmão foi morto e havia se escondido atrás do relógio de pêndulo quando o assassino entrou no seu quarto à procura do último membro da família Quinlan. O assassino não tinha se assustado com o pai de Alex, como sugeriram os detetives incompetentes que tentaram explicar a cena. Se esse fosse o caso, seu pai teria que ter enfrentado o assassino. O fato de seu pai ter sido alvejado enquanto estava deitado na cama, sob as cobertas e provavelmente num sono profundo, provava que a linha oficial do Departamento de Polícia de McIntosh não só era impossível, mas bastante incompetente.

No meio do quadro ficavam as fotos das três mulheres encontradas na cama dos seus pais e uma imagem da impressão digital encontrada na janela do seu quarto. Mais à direita do quadro havia uma linha do tempo detalhada daquele dia. Incluía todos os pormenores de que Alex se lembrava, de quase todos os minutos daquele final de tarde e noite, começando com o momento em que ela chegou da escola até o momento em que ela foi para a cama à noite e, por fim, foi acordada pelos sons de tiro. Os detalhes eram meticulosamente específicos, incluindo minúcias como o capítulo exato de física que ela estudou naquela noite para fazer o dever de casa: a Primeira Lei de Newton, que Alex escreveu numa ficha pautada: *Um objeto em repouso permanece em repouso a menos que fique sujeito a uma força aplicada sobre ele.* Era um mantra que percorria os seus pensamentos em momentos estranhos nos últimos dois anos. A localização do quadro na cozinha, ao lado de onde Alex pendurava o seu casaco todos os dias, garantia que os seus pensamentos jamais se distanciassem daquela noite fatídica.

* * *

No dia seguinte ao retorno de Alex de Zurique, ela olhou para o quadro antes de pegar o casaco para ir para o *campus*. O estratagema começou no meio do primeiro ano da faculdade, quando Alex voltou para os Estados Unidos para passar as férias de Natal com os Lancaster. Naquela altura, Alex sabia que cursar uma faculdade na Europa, ou em qualquer outro lugar, não era para ela. Mesmo assim, ela não teve coragem de contar para Donna e Garrett. A mentira persistiu ao longo do segundo semestre do primeiro ano e durante o último verão. Alex não sabia por quanto tempo iria mentir a respeito da faculdade. Apesar de teoricamente matriculada, ela ainda não havia pisado numa sala de aula durante o seu segundo ano. Em algum momento, ela abriria o jogo com Donna e Garrett, nem que fosse só para começar uma discussão. Livre das rédeas de uma figura de autoridade ao completar a tenra idade de dezoito anos, ela ansiava por alguém que lhe dissesse o que fazer. Ela queria alguém para desobedecer. Desejava uma desavença com alguém que queria o melhor para ela. Uma discussão significaria que havia alguém que cuidava dela, que se preocupava com o rumo que as suas decisões a levavam e com o impacto que tinham em sua vida.

Esse desejo por afeto era a única razão pela qual Alex punha os pés no *campus* todas as semanas. Donna e Garret enviavam uma carta por semana, sempre para o endereço da universidade dela. Talvez essa fosse a maneira deles de garantir que Alex estivesse pelo menos de vez em quando no *campus*. O único motivo pelo qual ela ainda tinha uma caixa de correio ativa na universidade era porque o semestre tinha sido pago integralmente. Alex Quinlan existia no registro contábil da Universidade de Cambridge, e a sua conta estava em situação regular. Ninguém no *campus* lhe daria atenção até que a próxima conta semestral vencesse, ou até que as provas do meio do semestre revelassem não apenas notas baixas, mas nenhuma nota registrada. Esse desastre iminente era como um asteroide distante. A princípio, não passava de um pontinho no céu, longe demais para causar angústia. Mas, agora, no primeiro mês do seu segundo ano, Alex estava caminhando à sombra daquele asteroide que se aproximava. Porém, contanto que tivesse respostas a procurar e pistas a seguir, ela podia se convencer a ignorá-lo.

Alex atravessou o *campus* e cruzou uma ponte em forma de arco sobre o riacho, que serpenteava pelo terreno, imaginando como seria a sua vida naquele momento, se ela tivesse conseguido levar uma existência normal. Ao chegar à secretaria da faculdade, Alex entrou e se dirigiu à sala de caixas de correio. Abriu a sua caixa com a chave e retirou uma pequena pilha de envelopes. Em seguida, procurou a carta de Donna e Garret.

— Não foi você que frequentou a aula de criminologia no ano passado? — perguntou a garota ao lado de Alex.

O sotaque era carregado e misturado, e Alex não o reconheceu de imediato. Os alunos vinham para Cambridge de toda a Europa, e havia muitos dialetos e sotaques para acompanhar. Alex tirou os olhos da sua correspondência. A garota tinha um molho de chaves na mão e se preparava para abrir a sua caixa de correio. Alex examinou a garota e tentou reconhecê-la, mas estava certa de que nunca a havia visto antes. Porém era muito provável que tivesse cruzado com ela, pois tinha se matriculado em criminologia no primeiro semestre do seu ano de caloura e havia frequentado as aulas de vez em quando.

— Hã, sim — respondeu Alex.

— Com o professor Mackity?

Alex concordou. Esse devia ser o nome do professor que dava as aulas, mas ela não conseguiu se lembrar.

— Sim.

A garota sorriu.

— Achei que tinha reconhecido você. Meu nome é Laverne.

— Alex.

— Você se saiu bem?

Alex fez uma breve pausa.

— Com o quê?

— Na prova de criminologia. Mackity era um pé no saco. Eu tirei C e tive sorte de conseguir um.

Alex tinha passado com um D.

— Eu também tirei C.

— Ah, então, você e eu somos o que há de melhor. Sabe como eles chamam estudantes que tiram C depois de quatro anos de faculdade?

Alex esperou.

— De formados.

Alex forçou um sorriso.

— Ah.

— Vou encontrar um pessoal hoje à noite para bebermos alguma coisa. Quer ir com a gente? — perguntou Laverne.

— Ah. — Alex sorriu e fez um gesto negativo com a cabeça. — Não posso hoje à noite. Tenho que, hã, estudar.

— Numa sexta à noite? Caramba, você é bem esforçada, hein?

Alex fechou os olhos depois de ser pega nessa mentira terrível.

— Ah, que se dane — concluiu Alex. — Tá bom. Vou com vocês. Onde e a que horas?

A garota sorriu.

— No Old Ticket Office, às oito. Seremos apenas eu e algumas amigas. Posso pegar você para irmos juntas. Aí você não vai ter que entrar no pub como se fosse uma tapada.

O uso do termo trouxe uma vaga lembrança à mente de Alex. Era um alerta ou apenas confusão? Fosse como fosse, era um sinal fraco demais e fez só uma cócega em seu subconsciente.

— De onde você é? — indagou Laverne. — Quer dizer, dos Estados Unidos, é claro. Mas de que parte?

Alex fez uma pausa, lutando contra os pensamentos conflitantes, enquanto a sua mente trabalhava para descobrir o que a havia perturbado um momento antes. Ela sempre tinha evitado falar a respeito de si mesma para os outros alunos.

— Está tudo bem aí, colega? — perguntou Laverne.

— Ah, de Chicago.

— Sério? A cidade das brisas, não é assim chamam?

— A cidade *dos ventos*.

— Isso. — Laverne deu de ombros. — Não tenho nenhuma amiga americana. Você vai ser a primeira.

Alex sorriu. Já fazia muito tempo que ela não tinha uma amiga.

— Onde você mora? — quis saber Laverne. — Pego você no caminho. Vamos ser as melhoras amigas da noite.

Como se Alex fosse incapaz de evitar, o endereço escapou de seus lábios e Laverne o digitou no celular dela.

— Tipo, umas quinze para as oito? — sugeriu Laverne.

Alex engoliu em seco e forçou um sorriso.

— Combinado.

13

Sexta-feira, 2 de outubro de 2015
Cambridge, Inglaterra
19h45

ASSIM COMO PROMETIDO, HOUVE UMA BATIDA NA SUA PORTA às quinze para as oito da noite. Ao longo da tarde, Alex tinha passado por fortes mudanças de humor acerca do fato de ter aceitado o convite da garota da caixa de correio. Ela ficou confusa quanto ao motivo pelo qual havia dado o seu endereço de tão bom grado, em vez de apenas concordar em se encontrar no bar. A confusão se transformou em arrependimento. Então, o arrependimento se tornou desespero quando Alex se deu conta de que dar o seu endereço a Laverne significava que não havia saída para a situação. Elas nem sequer haviam trocado os números dos telefones, o que teria permitido que Alex cancelasse o encontro por meio de uma mensagem. Agora, só lhe restavam duas opções: primeira, se esconder em seu apartamento e se recusar a atender a porta. Ou, segunda, atender e agir como uma universitária normal que sai para se divertir. Se a noite ficasse chata, Alex poderia ir embora de fininho e escapar de voltar para o seu apartamento sem incomodar ninguém. Por uma fração de segundo, até considerou que conhecer novas pessoas poderia ser divertido, e ter alguém para chamar de amiga seria uma boa ideia, e não algo a evitar.

Alex se dirigiu até a porta, respirou fundo e a abriu. Laverne estava no corredor. Havia um rapaz ao lado dela.

— Aí está ela! — disse Laverne num tom jovial. — Achei que você tinha me dado o cano.

Alex sorriu e engoliu em seco.

— Não, não. Só estava me arrumando. Você ficou batendo na porta por muito tempo? Não devo ter ouvido.

Sem nenhum convite, Laverne entrou no apartamento.

— Sem problemas, amiga. Este é o Drew. Vocês já se conhecem.

Alex precisou de um instante para reconhecê-lo, até se lembrar do assistente de sua reunião no banco. Drew era o assistente de Samuel McEwen e a tinha recebido no saguão do Sparhafen Bank em Zurique. A primeira pergunta que Alex se fez foi o que diabos ele estava fazendo em Cambridge. A segunda, qual o motivo de ele estar em seu apartamento. E a terceira, e última, por que ela foi tão idiota de dar o seu endereço para aquela garota.

Drew fechou a porta e sorriu para ela, então girou a chave, trancando a porta, o que fez o estômago de Alex embrulhar.

— Oi, Alexandra — cumprimentou Drew, seu sorriso se alargou ainda mais no rosto. — Alexandra Quinlan, de McIntosh, na Virgínia.

A menção da sua cidade natal desencadeou um refluxo, que provocou uma queimação no fundo do seu esôfago e que começou a se propagar depressa pelo peito. Alex engoliu em seco outra vez para dissipar a queimação.

— Não era de Chicago, colega? — debochou Laverne. — A cidade *dos ventos*? Foi o melhor que você conseguiu inventar?

Laverne entrou ainda mais no apartamento, olhando ao redor como se estivesse fazendo compras numa loja de departamentos. Ela pegou uma estatueta que estava sobre a mesa ao lado do sofá, examinou-a por um instante e a recolocou de volta no lugar. Na sala, ela abriu as cortinas e olhou para a rua.

— Reconheci você na hora — disse Drew, ainda parado junto à porta trancada. — O corte de cabelo me confundiu um pouco, mas aí vi o seu olhar. Ele é inesquecível.

— Esse maldito olhar vazio vai denunciar você todas as vezes — afirmou Laverne, afastando-se da janela da sala e indo na direção de Alex.

Alex não se mexeu. Estava paralisada de medo, um medo tão absurdo que ela teve que apertar as coxas para impedir que a bexiga se esvaziasse. Em questão de segundos, ela tinha deixado de se preocupar em sair com algumas garotas que não conhecia e passou à condição de prisioneira em seu apartamento com dois marginais, um de cada lado dela.

Laverne sorriu, revelando dentes pavorosamente tortos.

— A Olhar Vazio, que desapareceu sem deixar rastros. Mas a gente encontrou você, não é?

Drew se afastou da porta e estendeu o celular para Alex ver. Ela encarou uma foto de si mesma. Era a imagem mais usada nas notícias a seu respeito, tirada de uma conta de rede social que ela havia excluído muito tempo atrás.

— O seu cabelo está mais curto e você não está usando óculos. Mas é você. Caramba, nem posso acreditar! — exclamou Drew.

De repente, o sotaque suíço-germânico de Laverne fez sentido. Assim como o termo que tinha feito Alex hesitar quando ela conversou com aquela garota na sala das caixas de correio. *Tapada*. Drew tinha usado o mesmo termo no banco.

— Você depositou um milhão de dólares no banco em Zurique na quarta-feira — afirmou Drew. — O negócio é o seguinte. Laverne e eu queremos uma parte, ou vamos expor você para o mundo inteiro. Você achou que estava segura só porque veio para a Inglaterra para fazer faculdade? Você vai dar uma parte do dinheiro que conseguiu para a gente, ou vamos postar tudo o que sabemos a seu respeito em todos os sites de crimes reais. Também vamos entrar em contato com a mídia. Se você acha que os tabloides americanos são terríveis, espere só para ver o que os daqui são capazes de fazer.

Um súbito clarão cegou Alex e ela ergueu a mão para proteger os olhos. Laverne tinha tirado uma foto com o celular.

— Caramba! — exclamou Laverne, rindo enquanto encarava a tela do celular. — Parece igualzinha à foto dela saindo da casa na noite em que atirou na família.

Drew olhou para a foto e gargalhou.

— Puta merda, parece mesmo. Como a porra de um fantasma voltando do mundo dos mortos.

Laverne olhou para Alex.

— Posso mandar esta foto agora mesmo; as redes sociais iriam bombar. Os tabloides viriam em seguida, e a Olhar Vazio voltaria ao noticiário. Aqui, nos Estados Unidos, na porra do mundo inteiro.

— Acho que você está supondo que sou mais popular do que sou — disse Alex.

— Você não é popular, colega. Você é infame. E eu não *acho*. Eu *sei*. Eu sigo essas coisas, e as pessoas ficariam loucas por saber que a Olhar Vazio apareceu numa cidadezinha universitária da Inglaterra. Em um dia ou dois, os paparazzi formariam fila na calçada na frente do seu prédio, porque eu revelaria o seu endereço em todos os lugares que pudesse.

— Quanto vocês querem? — perguntou Alex.

A pergunta pareceu atordoá-los. Drew e Laverne se entreolharam. Alex sentiu a surpresa deles por terem chegado tão longe com tanta rapidez. As negociações provavelmente aconteceriam no fim da noite, depois que tivessem feito outras ameaças ou agido com violência física. Alex não ia permitir que a noite se estendesse mais do que o necessário. Ela queria acabar com isso o mais rápido possível e sabia exatamente o que tinha que fazer. Porém, para isso, ela precisaria ir ao seu quarto. Ao seu armário e à caixa que estava na prateleira superior.

— Quanto? — Alex repetiu a pergunta.

Drew e Laverne trocaram palavras em alemão. Um diálogo rápido que pareceu uma discussão.

Agora foi Alex quem riu.

— Amadores — afirmou ela, se aproximando deles. — Vocês são como um casal de calouros no baile de formatura dos alunos do último ano. Vocês dois me seguiram desde a Suíça e devem ter planejado isso durante quase dois dias. Mas agora que estão aqui diante de mim, nem mesmo têm um número?

Alex entrou mais fundo no apartamento, se aproximando mais do seu quarto.

— Vocês não devem ter pensado que chegariam tão longe, e agora que chegaram, não sabem o que fazer com isso. Eu simplesmente deveria chamar a polícia.

Alex tirou o celular do bolso e o abriu. Drew começou a se aproximar dela, mas Laverne o impediu, segurando-o pelo ombro.

— Não — disse Laverne. — Deixe que ela faça isso. Vá em frente, colega. Liga para a polícia.

Houve um longo silêncio.

— Vá em frente. — Laverne apontou para o celular de Alex. — Liga para a polícia. O que vai dizer a eles? Que você concordou em tomar uma bebida comigo e que eu vim te buscar?

— Não, vou dizer que me seguiram desde a Suíça para me chantagear.

Laverne voltou a mostrar os seus dentes tortos.

— Chantagear você pelo quê? Isso é o que os policiais perguntariam. E o que você responderia para eles?

Houve outro longo e pesado momento de silêncio.

— Continue — insistiu Laverne. — Pense bem. O que diria a eles? Você teria que dizer a verdade para os policiais. Teria que dizer quem você é para eles. E se acha que *a gente* pode te expor num piscar de olhos, vá em frente e conta para as autoridades quem você é. O seu mundo explodiria na porra de um minutinho.

— Na porra de um *minutinho*! — enfatizou Drew.

Mais silêncio.

Alex recolocou o celular no bolso.

— Tudo bem. De volta à minha pergunta original. Quanto?

— Meio milhão — disse Laverne.

— Está maluca? Não tenho tanto dinheiro.

— Não me venha com essa *merda* — reiterou Drew. — Você acabou de transferir um milhão de dólares para o banco. Vi com os meus próprios olhos. Ajudei o McEwen com a documentação.

— Pois é — tornou Alex. — E vocês querem que eu saque metade disso para pagar vocês, dois idiotas? Como se isso não fosse soar nenhum alarme.

— Deram vinte milhões para você — proferiu Laverne. — Só por ter ficado chorando no banco de testemunhas e fingir que não foi você quem puxou o gatilho. Meio milhão não é nada.

A imprensa tinha exagerado muito o valor da indenização de Alex. Alguns meios de comunicação acertaram o valor: oito milhões de dólares, mas a maioria errou ou aumentou de propósito. Quanto mais duvidoso o meio, mais absurdo o valor. Um tabloide tinha afirmado que Alex havia desaparecido do mapa com cem milhões de dólares. Quem sabia o que esses dois psicopatas achavam que poderiam arrancar dela. A resposta era zero, mas Alex ainda não tinha contado para eles.

— Ou você passa o dinheiro ou vamos direto contar para a imprensa. Vamos espalhar a notícia de que a Olhar Vazio está matriculada na Universidade de Cambridge — continuou Laverne. — Vamos publicar informações pessoais suas. Vamos postar o seu endereço em todos os lugares. Na imprensa, nos sites, nas redes sociais. Vamos fazer uma turnê de divulgação com o que sabemos.

— Vocês não estão ouvindo — tornou Alex. — Não posso simplesmente sacar meio milhão de dólares de um banco alguns dias depois de depositá-lo lá.

— Deixe o dinheiro que você depositou no meu banco em paz — afirmou Drew. — Tire de outro lugar. De onde quer que o resto esteja.

— E estão pensando o quê? Que eu posso entregar a vocês hoje à noite? Acham que o dinheiro está debaixo do meu colchão? Vocês são mais burros do que parecem.

— Hoje à noite não — considerou Drew. — Amanhã. Até as cinco da tarde ou vamos tornar pública a sua identidade.

— Para alguém que trabalha com finanças, você não tem muita noção de como os bancos funcionam. Não consigo levantar meio milhão de dólares em vinte e quatro horas. E tudo em dinheiro vivo? Vocês, idiotas, têm visto muitos filmes de assaltos.

— Você vai ter que se virar — retrucou Laverne. — Vai por mim, colega. Você não vai querer deixar a gente bravo.

Alex respirou fundo como se estivesse avaliando as possibilidades.

— Para ter tanto dinheiro em mãos, vou precisar de uma semana, pelo menos.

Laverne e Drew se entreolharam e voltaram a trocar palavras em alemão.

— Vamos dar um prazo até segunda-feira para você — informou Laverne.

— É sexta à noite, gênia — objetou Alex. — Não vou conseguir entrar em contato com ninguém até segunda de manhã. Preciso de uma semana se vocês quiserem que eu faça isso do jeito certo.

— O que isso significa? — perguntou Drew. — Do jeito certo.

— Significa que nem vocês nem eu seremos pegos. Vocês querem meio milhão de dólares e acham que é tão fácil quanto ir a um caixa eletrônico. Não é. E a última coisa de que preciso é que vocês dois sejam parados com uma mala cheia de dinheiro no caminho de volta para a Suíça. Descobrir um jeito de vocês cometerem o crime perfeito é do meu interesse. Preciso de uma semana, e não vou dar meio milhão de dólares para vocês. Vou dar metade.

— Quinhentos mil — insistiu Drew.

— Duzentos e cinquenta ou vocês podem ligar para quem vocês quiserem e postar a minha foto em todos os lugares. Eu não dou a mínima.

— Ah, dá sim — afirmou Laverne, com um dente torto se projetando do seu lábio superior. — Ou você não estaria negociando. Quatrocentos mil.

— Trezentos — contrapôs Alex.

— Trezentos e cinquenta.

Alex fez uma breve pausa.

— Tudo bem. Mas preciso de uma semana.

— Não temos uma semana — disse Laverne. — Gastamos tudo o que tínhamos para vir atrás de você. Precisamos de dinheiro agora.

Alex revirou os olhos.

— Que tal isto: vou dar algum dinheiro para vocês se virarem hoje, e vocês me dão uma semana para conseguir o restante.

— Quanto?

— Tenho cerca de mil libras no meu quarto. Posso ir até o caixa eletrônico e tirar um pouco mais. Isso deve ajudar vocês. Posso conseguir o resto na próxima semana e entrego os trezentos e cinquenta na sexta.

Outra troca de olhares e comentários curtos em alemão.

— Tá bom — concordou Drew. — Mas vamos ficar aqui até você conseguir o resto do dinheiro.

— No meu apartamento?

— Pode crer — confirmou Laverne.

— Para onde vocês acham que eu vou?

— Você já desapareceu uma vez antes. Pode fazer isso de novo. Vamos ficar aqui. Agora vá pegar o dinheiro para a gente antes que Drew fique nervoso.

Alex concordou com um gesto lento de cabeça como se tivesse ficado sem opções. A verdade era que ela tinha muitas; estava apenas decidindo qual seria a melhor.

— Tudo bem — disse Alex, por fim. — Vamos dividir o apartamento por uma semana.

Alex foi para o quarto, se esforçando para parecer derrotada. Ela caminhou devagar quando tudo o que queria era correr. Uma vez em seu quarto e fora da vista do casal, Alex foi direto para o armário. Tinha sido ideia de Garrett que ela aprendesse a atirar com uma pistola antes de ir para a faculdade. Com a sua experiência anterior de caça a faisões e a sua proficiência com a espingarda calibre 12, o período de aprendizagem foi curto. Após um mês de instrução e algumas poucas horas no estande de tiro, Alex se tornou mais exímia em atirar em alvos com uma pistola semiautomática de 9 milímetros do que atirar em faisões com uma espingarda calibre 12. Porém, o problema não era aprender a atirar e manusear uma arma. O problema era conseguir uma arma no Reino Unido. Na verdade, era impossível conseguir uma legalmente. Mas Garrett tinha sido categórico quanto à questão de Alex dispor de uma maneira de se defender. Então, ele usou a sua considerável influência para fazer isso acontecer. Uma semana depois que Alex chegou à Inglaterra e se instalou em seu apartamento em Cambridge, um homem bateu na sua porta. Baixo e atarracado, com o rosto marcado por cicatrizes de acne, o homem quase não disse nada.

"Se for pega com isso, você vai em cana", foi tudo o que ele disse. Em seguida, o homem entregou uma pesada caixa metálica para Alex e desapareceu escada abaixo.

Desde aquele dia, a caixa tinha permanecido intacta na prateleira superior do armário. Alex nunca se sentiu motivada a transferir a arma para um lugar mais acessível. Na gaveta da mesa de cabeceira, por exemplo, onde estaria à mão caso precisasse. A verdade era que, logo depois que o homem atarracado a tinha entregado, a arma quase nunca voltou aos seus pensamentos após ela estabelecer sua nova vida em Cambridge. A sua fuga da imponente sombra da versão americana de Alexandra Quinlan foi tão perfeita que, apesar de, algumas vezes no início do primeiro ano da faculdade, alguns colegas de curso terem perguntado sobre a possibilidade de conhecer Alex de um encontro anterior, ninguém tinha chegado perto de reconhecê-la. Portanto, o medo nunca havia sido uma emoção com a qual Alex teve que lidar em sua nova vida na Inglaterra. Mas assim que a garota de dentes tortos entrou sem ser convidada em seu apartamento com Drew Estes, o medo se apossou dela e a arma ocupou todos os seus pensamentos.

Alex pegou a caixa e notou que as suas mãos estavam tremendo. Ficou contente por ter evitado a precaução adicional de trancar a caixa, pois inserir uma chave seria difícil com as mãos trêmulas. Ela abriu o trinco e ergueu a tampa, revelando a Smith & Wesson M&P Shield 9 milímetros.* Tinha capacidade para oito cartuchos e Alex sabia que estava carregada. Foi dessa maneira que a arma tinha sido entregue. Assim que tirou a arma do feltro em que estava encaixada, ela sentiu uma mão em seu ombro.

— Duas mil libras. Nem uma libra a menos — disse Laverne.

O toque de Laverne a assustou e ela deu um pulo, virando-se rápido e disparando a arma ao mesmo tempo. O estampido foi ensurdecedor e a levou de volta à noite em que a sua família foi morta. Sua visão se reduziu a um orifício e, então, desapareceu completamente quando o cheiro de enxofre da pólvora fez os seus sentidos rodopiarem para a noite em que ela se escondeu atrás do relógio de pêndulo, enquanto o mesmo cheiro impregnava a sua casa.

Alex não sabia qual tinha sido a duração da cegueira, mas quando a sua visão voltou, viu duas pessoas. A garota chamada Laverne estava caída no chão à sua frente, e Drew Estes estava parado à entrada do quarto,

* Smith and Wesson, famosa fabricante de armas de fogo nos Estados Unidos.

boquiaberto, com os olhos arregalados e com as mãos erguidas em sinal de rendição. Alex o espiou por cima do cano da pistola, que, durante a sua perda de consciência momentânea, tinha apontado diretamente para ele. Ela segurava a arma firme com as duas mãos e mantinha um dedo no gatilho, já não havia mais tremor algum. Alex ajustou a mira do meio do peito de Drew para o coração dele. Outra correção fez com que ela mirasse logo acima do ombro dele. Ela disparou outro tiro que voltou a cegar os seus sentidos e a levou de volta à noite fria de janeiro em que a sua família foi assassinada.

Ainda que algum tempo tivesse se passado, Alex não se deu conta disso. O que ela ouviu em seguida, quando o zumbido em seus ouvidos diminuiu e a sua visão voltou, foram as sirenes. As sirenes estranhas e engraçadas que ela conhecia apenas dos filmes. As sirenes de dois tons da polícia britânica que eram muito diferentes daquelas gravadas em sua mente de uma vida passada nos Estados Unidos.

Então, Alex ouviu outra coisa. Algo mais próximo. Fora do quarto, a porta da frente do seu apartamento se abriu. O fecho de segurança que Drew Estes tinha usado rachou a madeira que o prendia. Então, Alex ouviu alguém entrar correndo no apartamento e vir em direção ao seu quarto.

14

Sábado, 3 de outubro de 2015

Londres, Inglaterra

10h05

QUANDO OS SEUS MÚSCULOS FINALMENTE RELAXARAM DA tensão, Alex afundou na cama estranha e adormeceu. No entanto, sua mente continuava agitada. A sensação do disparo da arma voltou, e o estampido prolongado ecoou em sua mente. O tempo e o espaço se transformaram durante o seu sono agitado e a levaram para a casa da sua família em McIntosh. Dessa vez, porém, Alex era a autora dos disparos. Dessa vez, enquanto estava escondida atrás do relógio de pêndulo, os tiros que ressoaram pela casa vinham da arma que ela estava disparando de novo, e de novo, e de novo. Um tiro após o outro à medida que o som dos passos ia ficando mais alto e a sombra do sobretudo se projetava em direção ao relógio de pêndulo. Então, o rosto de Laverne Parker espiou pela borda do relógio e sorriu para Alex com aqueles dentes tortos. Alex ergueu a pistola 9 milímetros e puxou o gatilho: *bang, bang, bang*.

— Vamos lá.

Alex abriu os olhos e o rosto de Laverne Parker desapareceu. Em seu lugar, estava um homem corpulento cujo rosto tinha cicatrizes de acne em forma de crateras profundas.

— Vamos lá, mexa-se — disse o homem com um sotaque britânico carregado e direto.

Os resquícios do sonho de Alex desapareceram, e ela se sentou depressa, percebendo que tinha dormido numa cama king-size de um quarto desconhecido.

— Já se passaram doze horas — informou o homem. — Achei que era tempo suficiente. Temos trabalho a fazer.

Alex piscou para colocá-lo em foco. Levou apenas um momento para reconhecê-lo. O homem atarracado de pé ao lado da cama era quem tinha entregado a arma em seu apartamento quando ela chegou a Cambridge.

— O que está acontecendo? — perguntou Alex, empurrando as cobertas para o lado. Ela ainda estava usando as roupas que tinha escolhido ao se arrumar para sair na noite de sexta-feira.

— Só um pouco de emoção, parceira. Como uma típica americana, você resolveu dar tiros no seu apartamento. Tirei você de lá pouco antes dos tiras aparecerem. Está tudo bem agora.

— Eu não entendo.

— O que você não entende, parceira? Eu tirei você do seu apartamento para que não acabasse em cana.

Lampejos da noite anterior voltaram para ela. A arma. Laverne no chão. Drew na entrada do quarto, com a silhueta dele visível pelo cano da pistola 9 milímetros. O estampido do tiro, a rachadura da porta e os passos pesados correndo em direção ao quarto.

— Por quê? — perguntou Alex. — Por que você me ajudou?

— Porque é para isso que sou pago.

As palavras mal foram registradas. A mente de Alex remontou ao dia em que esse homem apareceu em seu apartamento.

— Eu conheço você. Foi você quem me deu a pistola quando cheguei aqui.

— Meu nome é Leo.

Alex fez uma pausa, tentando descobrir o que estava acontecendo.

— Por que apareceu no meu apartamento?

— Já falei. Sou pago para ficar de olho em você.

Alex ergueu as sobrancelhas.

— Você é pago? Por quem?

— Garrett Lancaster. Já faz tempo que a gente se conhece. Ele me pediu para cuidar de você. Desde o ano passado, mais ou menos, foi o que eu fiz. Não deixo que você se meta em grandes encrencas, e aí relato para ele.

— Você fica me espionando?

— Fui contratado para proteger você.

— Me proteger? E como é que você faz isso?

— Até ontem à noite não havia feito nada, pois você não tinha corrido nenhum perigo — respondeu Leo. — Eu só tinha ficado de olho em você. Não havia muito que relatar, além do seu não comparecimento às aulas na faculdade. Mas aí você fez a sua pequena viagem a Zurique e permitiu que aqueles dois mentecaptos te seguissem de volta a Cambridge. Ontem à noite foi a primeira vez que precisei agir.

— Você me seguiu até a Suíça? E contou para o Garret sobre isso?

— É o que ele me paga para fazer, parceira.

— Não acredito que ele paga você para me seguir.

— É uma medida muito boa por parte dele. Notei que os mentecaptos foram atrás de você quando saiu do hotel em Zurique. Percebi que algo estava errado quando eles te seguiram até Londres e depois até Cambridge. Quando vi os dois chegarem ao seu apartamento, esperei alguns minutos. Quando eu ia bater na sua porta para ver o que estava acontecendo, ouvi os tiros. Tirei você de lá antes que a polícia aparecesse.

— Como? Me conta o que aconteceu. A noite passada virou um grande borrão na minha mente.

Alex tentou se lembrar de como a noite tinha se desenrolado, mas só conseguiu trazer de volta a imagem de Laverne caída no chão, de Drew parado na entrada do quarto com as mãos para cima e de ela puxar o gatilho e do estampido ensurdecedor. Sua mente apagou depois disso.

— Eu já fui da polícia e ainda tenho contatos lá dentro — informou Leo. — Pessoas a quem agora devo muitos favores, devo acrescentar. Consegui abafar as coisas por enquanto, mas isso não vai durar para sempre.

— O que isso significa?

— Significa que não estamos nos Estados Unidos, onde um tiroteio é algo normal nas noites de sexta-feira. Você deveria ter sido presa, mas já arranjei as coisas. Não para sempre, mas dei um jeito de tirar você de lá. Fiz algumas ligações ontem à noite para aliviar a pressão. Por um tempo, pelo menos. Você vai ficar aqui comigo até a gente ter certeza de que as coisas se acalmaram. Ninguém vai incomodar você aqui. Mas, por ora, você não é o meu problema. Os outros dois é que são.

— Os outros dois?

— Bonnie e Clyde. Os mentecaptos que tentaram te chantagear. Enquanto você estava dormindo, tive uma conversa longa e agradável com eles. Eles me contaram tudo. Agora, tenho que descobrir o que fazer com eles.

— Eles estão aqui?

O homem atarracado sorriu.

— Esqueci que você ficou apagada durante doze horas. Perdeu toda a diversão. Vamos lá, parceira. Vou te mostrar o meu trabalhinho.

15

Sábado, 3 de outubro de 2015

Londres, Inglaterra

10h15

ALEX SEGUIU LEO PARA FORA DO QUARTO E PELO CORREDOR. Ela estava com a boca seca e precisava desesperadamente de um gole de água.

— Onde estamos? — perguntou Alex, sentindo-se estranhamente à vontade com um desconhecido chamado Leo.

— Na minha casa. No sul de Londres.

Leo se deteve no corredor e apontou para a porta fechada. Ele girou a maçaneta e abriu a porta, então, se pôs de lado para que Alex pudesse olhar para além dele. No quarto, Drew e Laverne estavam sentados no chão, ambos algemados a um aquecedor metálico. Eles aparentavam cansaço e abatimento. Leo fechou a porta, deixando a imagem de Drew e Laverne gravada na mente de Alex.

— Agora só preciso descobrir o que fazer com eles — disse Leo.

Alex tentou analisar o cara grande à sua frente.

— Você não pode machucá-los. Sabe disso, não é?

Leo deu uma risada.

— Diz a garota que tentou meter uma bala em cada um deles.

— Diz o homem que entregou a arma no meu apartamento.

— Eu só estava seguindo ordens. A pistola deveria fazer você se sentir segura. Nunca imaginei que você a usaria. Mas eu já deveria ter aprendido. Não há nenhum problema que os americanos não consigam resolver sem dar alguns tiros.

— Não me lembro de muita coisa da noite passada — afirmou Alex. — Eu estava morrendo de medo e não tinha ideia do que esses dois iam fazer comigo. Mas estou pensando com clareza agora. Ninguém vai se machucar ou vou ligar para Garrett.

— Calma aí. Ninguém vai se machucar. E precisamos controlar melhor essa situação antes de ligarmos para o sr. Lancaster. Eu já teria deixado esses dois irem embora, mas queria falar com você primeiro.

— Sobre o quê?

— Posso mexer alguns pauzinhos do meu lado, e nós dois sabemos que o Garrett é um homem poderoso. Mas, mesmo assim, se Bonnie e Clyde decidirem procurar a polícia, a sua situação vai ficar complicada.

— Eles tentaram me extorquir.

— É a sua palavra contra a deles. E você tinha a arma, aí você acabaria perdendo essa. Então, antes que o problema fique fora de controle, precisamos encontrar uma solução.

Alex começou a compreender o tamanho da encrenca em que tinha se metido.

— Então, qual é o plano?

Leo balançou a sua cabeça parecida com uma bola de boliche para a frente e para trás.

— Tive algumas ideias. Mas não importa o que a gente faça, esses dois serão variáveis desconhecidas. Dirijo a minha própria agência particular de investigação, mas eu era das forças especiais do exército antes de virar policial. Os nossos informantes mais imprevisíveis eram idiotas úteis. Esses dois me lembram muito deles. Eles sempre eram um tiro no escuro. Tinham a capacidade de dar qualquer informação que queríamos, mas, ao mesmo tempo, eram inconstantes.

Idiotas úteis.

A mente de Alex estava começando a acordar e a funcionar a todo vapor depois de doze horas de sono. Uma ideia lhe ocorreu. Bonnie e Clyde, como Leo os chamava, eram exatamente o que ela precisava.

16

Segunda-feira, 5 de outubro de 2015
Londres, Inglaterra
11h22

O SACO SOBRE A CABEÇA DE DREW ESTES FOI REMOVIDO COM um rápido puxão. Uma porta foi aberta, e ele foi empurrado para um beco. A luz intensa do sol o cegou depois de ter ficado na total escuridão nas últimas horas. Naquele momento, ele semicerrou os olhos diante da claridade e a porta se fechou atrás dele. Drew olhou ao redor para se orientar. Estava num beco entre dois prédios em algum lugar de Londres. Atravessou a rua e perambulou durante algum tempo. Então, encontrou o caminho para a estação ferroviária. Apressou o passo até o guichê e comprou uma passagem para Zurique. O tempo estava passando, o homem atarracado havia dito a ele, e Drew tinha um prazo a cumprir.

Duas horas depois, Drew Estes embarcou num trem para Paris, onde se transferiria para outro que o levaria à Suíça. Ele tinha três dias para voltar a Londres e resgatar Laverne. O homem atarracado tinha prometido não a machucar se Drew voltasse dentro do prazo, e com as informações que o homem havia pedido para ele obter em seu local de trabalho: o Sparhafen Bank de Zurique.

17

Quinta-feira, 8 de outubro de 2015
Londres, Inglaterra
16h20

— QUER MAIS UM REFRIGERANTE? — PERGUNTOU LEO.

Laverne fez que não com a cabeça. Eles estavam sentados a uma mesa num pub praticamente vazio. Pegando amendoins de uma tigela, ele assistia a um jogo de futebol na televisão situada atrás do balcão e ficava de olho na porta da frente. Quando o garçom serviu a bandeja de pizza, Leo pegou uma fatia.

— Sirva-se — disse ele para Laverne

— Não estou com fome.

— Você deveria estar. Mal comeu a semana toda.

Dez minutos depois, Drew Estes entrou no pub. Ele se dirigiu depressa até a mesa, sentou-se ao lado de Laverne, a beijou e pegou a mão dela.

— Você conseguiu, colega! — exclamou Leo num tom jovial, segurando a fatia de pizza pela metade. — Bonnie não tinha tanta certeza, mas eu botava uma fé em você. Como foi a viagem? — perguntou ele antes de dar uma mordida.

Nenhuma resposta.

— Foi tão divertida quanto a sua viagem para cá na semana passada? Não foi a mesma coisa, foi?

Nenhuma resposta. Em vez disso, Drew tirou três páginas dobradas do bolso e as deixou na mesa.

— Foi tudo o que consegui encontrar. Imprimi do computador do meu chefe e devo acabar perdendo o emprego por causa disso.

— Calma aí, colega — disse Leo enquanto limpava as mãos num guardanapo. — Você não vai me comover com uma história triste como essa.

Leo pegou os papéis e os colocou no bolso interno do seu paletó esportivo. Ele não se deu ao trabalho de lê-los, pois não sabia o que os documentos deveriam dizer a ele. Leo não precisava saber os detalhes; tinha certeza de que Drew Estes havia entregado o que Alex procurava. Esse suíço imbecil tremia como vara verde ao segurar a mão da namorada. O amor verdadeiro sempre foi fácil de explorar.

— Podemos ir? — perguntou Drew.

— Quase lá — respondeu Leo. Enfiou o resto da fatia de pizza na boca. Olhou para Laverne, apontou para a bandeja de pizza e falou enquanto mastigava: — Tem certeza de que não quer, querida?

Laverne balançou a cabeça, mas Drew estendeu o braço para pegar uma fatia. Leo deu um tapa na mão dele.

— A pizza é para mim e para a Bonnie.

— Eu já disse mil vezes para ele que o meu nome não é Bonnie — afirmou Laverne.

— Não — retrucou Leo, limpando a boca com o guardanapo antes de amassá-lo e colocá-lo na bandeja de pizza. — O seu nome é Laverne Parker.

Você mora na Kirchstrasse, 27, em Zurique. Tem uma irmã na universidade e pais que moram a trinta minutos da sua casa.

Leo enfiou a mão no bolso interno do paletó esportivo, tirou duas fotos e as deixou sobre a mesa. Apontou um dedo grosso para cada pessoa da primeira foto.

— Paige, Robert e Demi.

Leo ergueu os olhos das fotos e encarou Laverne.

— Os seus pais e a sua irmã, não é? Então, é o seguinte: se você disser uma só palavra a alguém sobre Alexandra Quinlan, sobre ela estar em Cambridge, de frequentar a universidade, de ter ido ao banco em Zurique ou de qualquer coisa a respeito da visita de vocês ao apartamento dela na outra noite, vou fazer uma visitinha a essas pessoas.

Leo fez uma pausa para permitir que a mensagem fosse captada.

— Depois de visitar os seus pais, vou ver a sua irmãzinha. Ela está no terceiro ano da Universidade de Friburgo, não é? Mora num apartamento fora do *campus* com outras duas colegas?

Laverne permaneceu em silêncio. Então, Leo desviou o olhar para Drew e ergueu a segunda foto.

— Em seguida, vou ver o seu irmão. Ele mora num sobrado em Wallisellen, na Höhenstrasse, 5, não é? E logo depois, vou visitar os seus pais.

Leo recolocou as fotos no bolso e apoiou os dois cotovelos na mesa, ficando com o rosto a centímetros de Drew e Laverne.

— Essas visitas não serão agradáveis. Serão brutais e rudes, e quando eu terminar, nenhuma dessas pessoas será a mesma. Deu para entender?

Drew e Laverne continuaram em silêncio, sem conseguir falar.

— Não estou ameaçando machucar os seus parentes se algum de vocês disser uma palavra sobre Alexandra Quinlan. Estou prometendo. Vou machucá-los muito.

Leo se levantou.

— Voltem para Zurique e esqueçam tudo a respeito da estada de vocês em Cambridge. Estamos entendidos?

Silêncio.

— Vou precisar da resposta de cada um de vocês para eu poder dizer ao meu chefe que vocês entenderam as minhas instruções de despedida — insistiu Leo.

Então, ele se inclinou e olhou para Drew.

— Você entendeu, colega?

— Sim, entendi — respondeu Drew.

Leo desviou o olhar para Laverne.

— Sim — sussurrou ela.

Leo sorriu, aprumou-se e deixou Laverne e Drew sentados, apavorados, à mesa, em seguida, saiu do pub. Por mais de um ano, Leo tinha tomado conta da garota americana para Garrett Lancaster. Entregou uma arma para Alex uma semana depois da chegada dela a Cambridge e ficou de olho nela todas as semanas. Nada muito intrusivo. Apenas o suficiente para monitorá-la e informar ao seu chefe nos Estados Unidos. Leo tinha ganhado um belo salário por seu trabalho e havia recebido um bom dinheiro por causa desse serviço final. Lamentou a partida da garota. Ficar de olho em Alex tinha sido uma fonte de renda fácil e constante. Mas, mais cedo ou mais tarde, todas as coisas boas chegam ao fim.

18

Quinta-feira, 8 de outubro de 2015

Londres, Inglaterra

17h15

ALEX ESTAVA À ESPERA NO APARTAMENTO DE LEO. O LUGAR estava se tornando claustrofóbico depois de tantos dias sem sair. Porém, as instruções de Leo foram claras: Alex não deveria deixar o apartamento até a situação com Drew Estes e Laverne Parker ser resolvida. Leo tinha saído algumas horas antes, prometendo que as coisas terminariam em breve. Depois do que pareceu ser uma eternidade, Alex ouviu as chaves girando na porta.

Ela desligou a televisão.

— Você conseguiu? — perguntou Alex assim que Leo entrou.

Do bolso interno do paletó, Leo tirou as três páginas dobradas que Drew Estes havia trazido de Zurique. Ele as entregou para Alex, que deu uma olhada nelas. As páginas continham tudo que ela erroneamente tinha esperado conseguir de Samuel McEwen em troca da transferência de um milhão de dólares para o banco dele: a data da abertura da conta numerada, o saldo atual, as transferências para a conta, os valores retirados e, na última página, o nome do homem que tinha aberto a conta que os seus pais haviam administrado. Alex queria ficar sentada, ler e analisar todos os detalhes, abrir o seu laptop, e começar a investigar aquele homem, e seguir o rastro para onde essa informação a levaria.

— Você pode conferir isso mais tarde — declarou Leo. — Chegou a hora de partir.

Alex tirou os olhos das páginas.

— Já?

Leo consultou o seu relógio.

— Já, parceira.

Alex enfiou os papéis na mochila e a ajeitou nos ombros. Ela seguiu Leo até o corredor e desceu um lance de escada nos fundos do prédio. Ele abriu a porta para o beco e se pôs de lado para que Alex pudesse passar.

— Foi uma aventura — afirmou Leo. — Um ano mais ou menos chato, mas a última semana foi um arraso.

— Ainda bem que você pensa assim — disse Alex. Ela fez uma breve pausa no vão da porta. — Obrigada... por tudo.

— Boa sorte, mocinha. Você é uma sobrevivente. Essa é uma qualidade que vai levar você longe na vida.

— Vou ver você de novo?

Leo sorriu.

— A menos que precise de um detetive particular na Inglaterra, é provável que não, parceira.

— Tchau, Leo, o britânico.

— Até mais, Alex, a pistoleira.

Alex ficou na ponta dos pés e deu um beijinho na bochecha de Leo antes de sair pela porta dos fundos do prédio. A porta se fechou e Alex ficou sozinha. Um Volkswagen estacionou na rua à sua direita. Logo em seguida, a buzina soou. Alex olhou para o carro, mas não se mexeu até a janela traseira se abrir, e ela ver Garrett Lancaster. Então, Alex começou a caminhar pelo beco. Por um instante, achou que isso talvez fosse uma extensão dos sonhos estranhos que ela vinha tendo ao longo da última semana desde que havia feito os disparos com a pistola. Porém, enquanto ela caminhava em direção ao carro parado, era tudo muito real. A luz do sol que lançava sombras em ângulos perfeitos, as rachaduras no concreto sob os seus pés, as rugas no rosto de Garret no momento em que ela se aproximou do carro, a voz grave dele quando rompeu o silêncio.

— Vamos — disse ele. — Entre.

Alex contornou o Volkswagen, abriu a porta e se sentou no banco traseiro ao lado dele. O carro partiu assim que ela fechou a porta.

— Eu não… — começou Alex, incapaz de encontrar as palavras. — O que está fazendo aqui?

— Vim buscar você — respondeu Garrett.

— Me *buscar*?

— É hora de voltar para casa.

— Mas… a faculdade — retrucou Alex.

Ela estava contando a mentira já arraigada havia muito tempo nela.

Garrett balançou a cabeça.

— Talvez a faculdade tenha sido uma má ideia. Pelo menos, fazer a faculdade aqui foi uma má ideia. Já não é mais uma opção.

— Vou ser expulsa da faculdade?

— Na verdade, você foi expulsa do país. Mas as coisas poderiam ter ficado muito piores, e ainda podem ficar, se não partir logo.

— Quão logo? — questionou Alex.

— Você vai pegar o que precisar do seu apartamento e depois vamos embora.

— Hoje?

— Hoje.

— E depois?

— E depois… — replicou Garrett. — Vou fazer uma proposta a você.

— Que tipo de proposta?

— Uma proposta de emprego.

Aquele dia, em que Alex deixou o apartamento de Leo, o britânico, no sul de Londres, marcou a segunda vez em sua curta vida que Garrett Lancaster a tinha salvado.

PARTE III

O REGRESSO

Onde está Alexandra Quinlan?
— Tracy Carr

ACAMPAMENTO MONTAGUE

MONTES APALACHES

Oito semanas em todos os verões. Era assim que o seu irmão mais velho sempre passava os meses quentes de junho e julho. Desde que ele tinha treze anos, ela via o ano letivo terminar um dia e ele partir para o acampamento logo no dia seguinte. Era como os verões sempre tinham transcorrido. Naquele ano, porém, foi diferente. Naquele ano, ela havia feito treze anos e finalmente tinha idade suficiente para se juntar a ele. Seu irmão completaria dezoito em julho e seria o seu quinto verão no Acampamento Montague: o último dele e o primeiro dela.

A empolgação havia começado em maio, com o aumento da temperatura. Ela sonhava acordada com um verão cheio de passeios de canoa pelo rio, fogueiras noturnas, filmes no telão sob a noite estrelada e inúmeras outras atividades que ela havia ouvido o irmão comentar ao longo dos anos.

Enquanto iam para as montanhas, ela, no banco de trás do carro, estava alheia à conversa de adulto dos seus pais. Era só o que conseguia fazer para conter a empolgação. Seu irmão mais velho estava sentado ao seu lado e se esforçava para aparentar indiferença — afinal, ele era um veterano do quinto ano de Montague —, mas ela ainda conseguia sentir a empolgação dele. Era surreal imaginar que ela finalmente teria a experiência de gloriosas oito semanas no Acampamento Montague pela frente.

Ela não fazia ideia dos horrores que a esperavam lá. Nenhuma ideia sobre o predador escondido nas sombras, salivando à espera dos recém-chegados. Mas ela logo ficaria sabendo.

* * *

A fogueira tinha começado a se apagar. Nas últimas duas semanas, ela havia aprendido que, quando os monitores do acampamento paravam de jogar lenha na fogueira, significava que a noite estava chegando ao fim. E quando o fogo se extinguia, era hora de se dirigir para a cabana e ir dormir. Os mais velhos — os veteranos do quinto ano — nem sempre seguiam essa regra. Eles ficavam acordados, jogando cartas e, às vezes, roubavam cerveja da geladeira do pavilhão principal. Seu irmão tinha lhe contado histórias. Em algumas noites, os veteranos até escapavam das suas cabanas para participar de aventuras noturnas. Porém, aquilo era reservado apenas para os jovens experientes, que passaram a maior parte dos verões da infância no Acampamento Montague. Para ela, o lento declínio da fogueira significava apenas o fim de outro grande dia no acampamento. Pelo menos, os dias foram assim nas primeiras duas semanas.

Aqueles primeiros dias foram maravilhosos e empolgantes. Foram tudo o que ela havia sonhado que Montague seria. E quando o fogo definhava a cada noite, ela ficava feliz em se enfiar debaixo das cobertas e ler enquanto a sua colega de quarto dormia. Na primeira semana, ela teve que lidar com as dores de crescimento e saudades de casa. O seu novo livro de suspense e mistério ajudava, assim como o fato de seu irrnão ser uma presença constante no acampamento. Como veterano, ele estava encarregado de organizar as atividades para os novatos e, embora ele nunca tivesse admitido, ela sabia que ele ficava de olho nela. Eles não conversavam muito, mas um aceno sutil aqui e um sorriso ali bastavam para aliviar a dor de estar longe de casa.

Porém, assim que a saudade de casa começou a diminuir, aconteceu. Foi a noite em que a sua vida mudou para sempre. A fogueira tinha perdido o seu esplendor trinta minutos antes e todos começaram a voltar lentamente para as suas cabanas. Depois de entrar na sua, escovar os dentes e vestir o pijama, ela se deitou na cama, se enfiou debaixo das cobertas e acendeu a lanterna para ler. Ela ouviu a sua colega de quarto sair do banheiro e se acomodar na cama. Dez minutos depois que as luzes se apagaram, ela ouviu a respiração profunda do sono da colega. Concentrada na história do livro, ela passou trinta minutos lendo. Então, a porta da cabana se abriu.

Ela ficou paralisada debaixo das cobertas e prestou atenção por um momento. Então, ouviu passos pesados entrarem na cabana. Ela foi aos poucos abaixando as cobertas e viu o sr. Lolland, um dos monitores do acampamento, de pé ao lado da sua cama. Havia diversos monitores que supervisionavam tudo o que acontecia em Montague. O sr. Lolland era o responsável pelos novatos. E agora, naquela noite, uma hora depois que a fogueira havia se apagado para marcar o fim de mais um dia no acampamento, ele estava de pé ao lado da sua cama.

— Eu só estava lendo o meu livro — disse ela, preocupada por ter quebrado as regras de luzes apagadas.

— Vamos — sussurrou ele. — Você precisa vir comigo.

Ela engoliu em seco.

— Para onde?

— *Shh.* — Ele levou o dedo aos lábios e indicou a colega de quarto adormecida. — Você tem que vir agora.

Ainda se livrando dos últimos resquícios de saudades de casa, ela achou um tanto reconfortante interagir com um adulto. Porém, naquele cenário estranho, quando o resto do acampamento estava dormindo, também era algo aterrorizante. Ela queria se cobrir e voltar a se perder na aventura que estava lendo, mas Jerry Lolland não cederia. Ele continuou a encará-la com os seus olhos inflamados, respirando alto pela boca. O impasse durou apenas alguns segundos. Então, ela afastou as cobertas para o lado e se levantou da cama.

— Boa menina — disse o sr. Lolland, segurando a nuca dela e a conduzindo para fora da cabana.

Ele fechou a porta sem fazer barulho e a conduziu pelo acampamento, que, povoado por mais de cem crianças apenas uma hora atrás, naquele momento estava deserto. As luzes da varanda de cada cabana brilhavam. Ela olhou para as janelas das cabanas ao passar, mas estavam todas escuras. Ao longe, ainda havia alguma atividade acontecendo no interior do pavilhão principal. Por um momento fugaz, ela pensou em correr para lá. Com certeza os outros monitores ainda estavam acordados àquela hora da noite e planejando as atividades do dia seguinte. Haveria adultos lá. Haveria ajuda. Dentro do pavilhão principal haveria alguém que não fosse Jerry Lolland.

Como se ele tivesse lido a sua mente, o sr. Lolland agarrou a nuca dela com mais força para afastá-la do pavilhão principal. Depois de mais alguns passos, chegaram à cabana dele.

— Preciso mostrar algo a você aí dentro — disse ele.

— Dentro da sua cabana? — perguntou ela.

— Sim. Só vai levar um minuto.

— Estou encrencada?

— Ainda não — respondeu o sr. Lolland, baixinho. — Mas vai ficar se contar para alguém a respeito disso. Esse é o nosso segredinho.

Ela engoliu em seco quando Jerry Lolland a fez entrar na cabana.

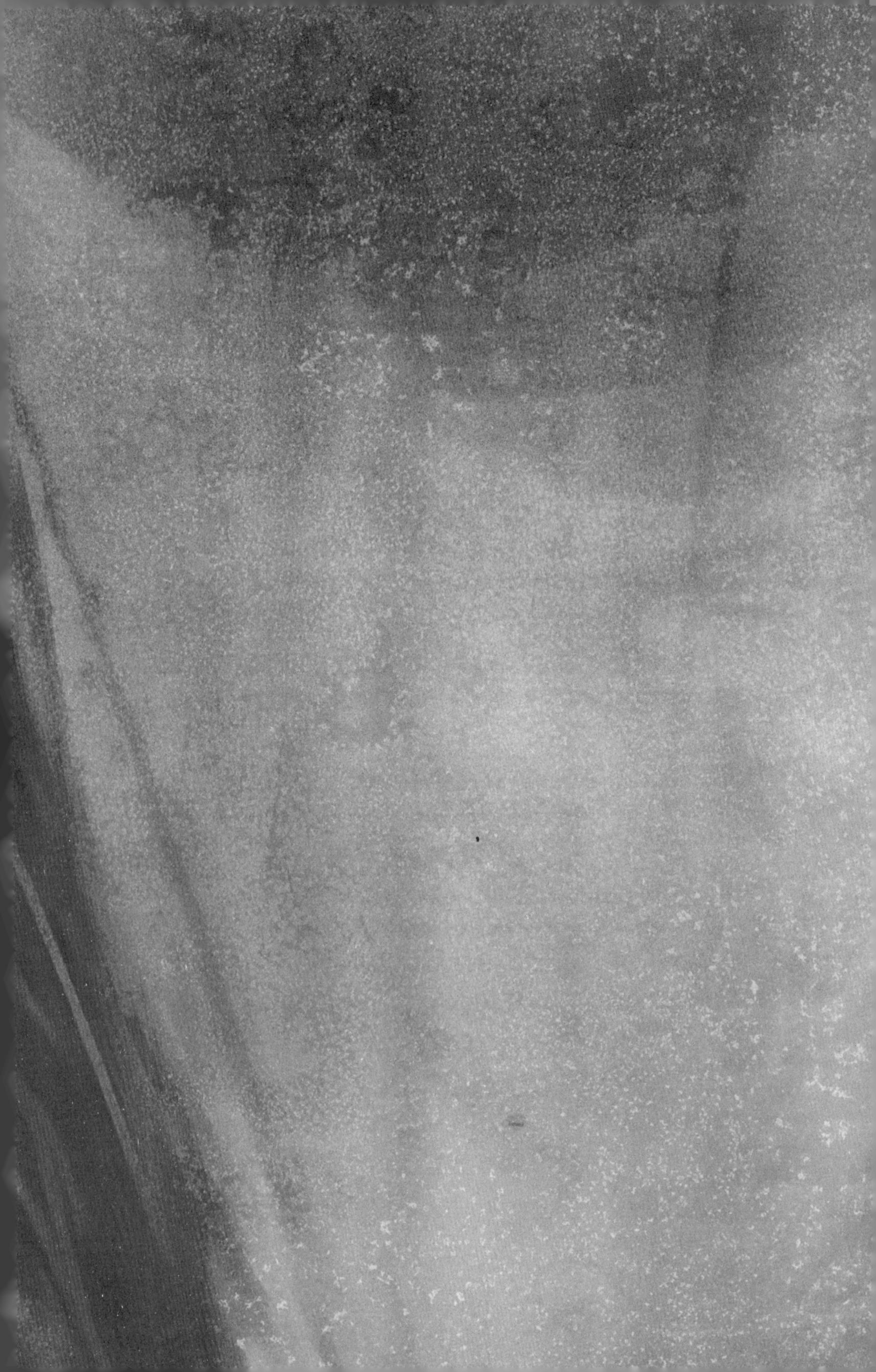

DIAS DE HOJE

19

Manhattan, Nova York

Domingo, 15 de janeiro de 2023

20h45

TRACY CARR DEU OS RETOQUES FINAIS EM SEU ARTIGO, RESISTIU ao impulso de lê-lo mais uma vez para fazer alterações adicionais, anexou ao e-mail e apertou o botão ENVIAR. Sempre havia um momento de pânico depois de enviar um artigo por e-mail ao seu editor e saber que estava fora do seu controle. Saber que o seu editor poderia ler o seu trabalho e achar que o conteúdo não tinha valor e a redação era amadora. Essa preocupação nasceu de uma mistura irracional de neurose e TOC — a maldição de quase todos os jornalistas que ela conhecia —, mas não de uma vivência. Nos cinco anos em que trabalhava como repórter investigativa para o *New York Times*, o seu editor nunca tinha rejeitado nenhum dos artigos de Tracy.

Tracy tinha algum grau de influência como repórter e sabia que isso ajudava. Após dar o furo jornalístico sobre o assassinato da família Quinlan dez anos antes, quando trabalhava como repórter local em Virgínia, Tracy ganhou fama e deixou o Channel 2 de Richmond em busca de novas oportunidades. Contratada primeiro pelo lendário Mack Carter, apresentador do *American Events*, Tracy foi correspondente do programa durante alguns anos. Até o momento em que a sua ascensão ao estrelato televisivo empacou quando uma jovem jornalista chamada Avery Mason irrompeu em cena e ofuscou tudo o que Tracy já havia conquistado no jornalismo. Avery Mason acabou assumindo o *American Events*, o programa pelo qual Tracy tinha lutado. O ambiente cruel do telejornalismo se mostrou intimidador demais para ela. Em vez disso, Tracy se dedicou à nova era da comunicação e floresceu nela: a internet. Suas reportagens ficaram tão importantes e os seguidores das suas redes sociais, tão numerosos, que o *New York Times* a contratou para escrever sobre crimes. Tracy ganhou prêmios por um artigo investigativo sobre o suborno de um senador americano. Para realizá-lo, Tracy se disfarçou de proprietária de uma pequena empresa que tentava obter incentivos fiscais e licenças de construções para fazer o seu negócio decolar, tudo em troca de vultosas doações de campanha. Quando o artigo foi publicado, o senador acusado foi forçado a renunciar ao mandato.

Escrever para o *New York Times* era o trabalho diário de Tracy. Porém, os crimes reais eram a sua verdadeira paixão. Mas os artigos no jornal conferiam a Tracy a credibilidade que faltava a muitos dos seus colegas dedicados aos crimes reais. E escrever para um dos principais jornais do país agregava valor à sua plataforma digital. Suas contas nas redes sociais ostentavam cinco milhões de seguidores e os seus vídeos de produção própria, abordando crimes reais, eram acontecimentos imperdíveis quando lançados. Se uma mãe do subúrbio era assassinada ou novas revelações surgiam sobre uma garota desaparecida anos antes, Tracy Carr se envolvia imediatamente na história e apresentava atualizações para os seus milhões de seguidores. O melhor de tudo era que, desde que ela entregasse o artigo para o jornal dentro do prazo, seu editor não se importava com o que Tracy fazia em seu tempo livre.

Tracy saiu da sua conta de e-mail e abriu o editor de vídeo para reassistir à filmagem que liberaria para ir ao ar naquela noite. No mês anterior, quando o aniversário de dez anos do assassinato da família Quinlan estava próximo, ela havia atraído os seus fãs com material promocional. Até havia retornado a McIntosh, na Virgínia, pela primeira vez em anos para registrar algumas imagens. Ela pressionou o botão PLAY e assistiu ao vídeo para ver se alguma edição de última hora seria necessária.

Tracy estava parada na frente da casa de dois andares. A fachada de cedro exibia uma nova camada de tinta, aplicada na primavera anterior. Durante todo o verão, o gramado bem cuidado tinha exibido uma tonalidade verde exuberante graças a um sistema de irrigação que funcionava como um relógio. Agora, no auge do inverno, uma empresa de remoção de neve limpava com regularidade a entrada da garagem e a calçada após cada nevasca. Sem qualquer conhecimento prévio da história da casa, seria impossível saber que uma década antes ela foi o palco de um homicídio triplo e tinha permanecido desocupada desde então.

Tracy aproximou o microfone do rosto e olhou para a câmera.

— Eu sou Tracy Carr e, atrás de mim, está a infame casa onde, dez anos atrás, ocorreu o brutal assassinato da família Quinlan. Naquela fatídica noite, o casal Dennis e Helen e seu filho, Raymond Quinlan, de treze anos, foram alvejados e

mortos a tiros. Naquela noite, fui a primeira repórter a chegar à cena do crime, dando uma notícia que acabaria por abalar não só a cidade de McIntosh, na Virgínia, mas todo o país.

A transição da imagem fora de foco levou a audiência de volta à noite de 15 de janeiro de 2013, quando Tracy Carr, então com trinta e dois anos, entrevistou o vizinho que tinha ligado primeiro para a polícia para comunicar o disparo de tiros no interior da casa dos Quinlan. A imagem avançou para a abertura da porta da frente e a saída de uma policial — desconhecida na época, mas agora bem conhecida pelos aficionados de crimes reais como Donna Koppel, que acabaria dando um testemunho-chave no processo de Alexandra Quinlan contra o estado da Virgínia — caminhando na direção da câmera que focalizava Tracy e dos faróis do Departamento de Polícia de McIntosh. A policial Koppel conduzia Alexandra Quinlan para fora de casa, com as mãos algemadas para trás e o seu olhar vazio perceptível a distância. Nos dias que se seguiram, aquela imagem de Alexandra Quinlan apareceu em todos os telejornais do país.

O vídeo ficou embaçado. Aos poucos o rosto de Alexandra Quinlan foi ficando desfocado à medida que a imagem fazia uma transição de volta para Tracy Carr.

— Dez anos se passaram desde que fiquei do lado de fora desta casa, sabendo apenas que tiros haviam sido disparados em seu interior. Na ocasião em que Alexandra Quinlan foi detida, eu sabia só o que o resto do mundo sabia. Mas então comecei a investigar. Em pouco tempo, descobri detalhes surpreendentes sobre aquela noite. O olhar vazio que Alexandra ofereceu à câmera continuou a assombrar aqueles de nós que buscam a verdade. Será que uma adolescente sobreviveu por milagre à noite em que uma pessoa armada entrou em sua casa e matou o restante da sua família? Ou será que aquele olhar vazio foi um nítido sinal de que Alexandra Quinlan não escapou dos tiros de espingarda que mataram a sua família, mas sim de que tinha sido ela quem puxou o gatilho?

Tracy caminhou até a entrada da garagem da casa.

— Durante dez anos, as perguntas se acumularam. Durante uma década, a casa dos Quinlan ficou vazia, mas perfeitamente conservada. Sabemos que o imóvel ficou sujeito a execução hipotecária por curto tempo, nos meses após a chacina, mas então foi comprada por um fundo anônimo. A casa foi mantida com esmero desde então. Ainda assim, quando procuro saber quem contratou a empresa de paisagismo que faz a manutenção dos jardins durante o verão e faz a remoção da neve no inverno, ou a empresa contratada para pintar a casa no ano passado, ou a companhia que instalou o sistema de irrigação, não encontro nada além de becos sem

saída. Da mesma forma, quando entro em contato com as empresas de serviços públicos para saber quem paga as contas de luz e gás, não consigo a informação.

"Sabemos que a suspensão da execução hipotecária do imóvel ocorreu logo depois de Alexandra Quinlan ganhar o seu processo contra o estado da Virgínia, que rendeu uma indenização de milhões de dólares a ela. Suspeitamos que Alexandra esteja por trás da aquisição anônima, e muitos de vocês, detetives de casa, procuraram por provas. Porém, protegida por uma pequena fortuna e um batalhão de advogados, Alexandra Quinlan não só conseguiu manter o anonimato do fundo, mas também ficou escondida durante a maior parte da década. Ninguém viu ou ouviu falar de Alexandra desde que ela saiu do tribunal no dia em que o corpo de jurados a tornou uma mulher muito rica.

"Existiram relatos sobre aparições de Alexandra na Califórnia, em Nova York e até mesmo em Londres. Mas nenhuma dessas pistas deu em nada. Ela sumiu anos atrás. Apesar dos meus esforços, e da busca incessante de muitos de vocês em casa, Alexandra Quinlan conseguiu permanecer escondida desde então. No décimo aniversário do crime, a minha pergunta é esta..."

Tracy olhou diretamente para a câmera.

— O que você está escondendo, Alexandra?

Tracy deu as costas para a câmera, caminhou até a porta da frente da casa dos Quinlan e bateu na porta. Esperou um pouco, como se alguém fosse atender. Então, virou-se para a câmera.

— Ao relembrarmos o décimo aniversário do assassinato da família Quinlan, continuamos em busca de respostas. Continuamos em busca da verdade. Continuamos em busca de Alexandra Quinlan. Se ela é a vítima inocente que alegou ser durante o julgamento que rendeu milhões a ela, por que ela se escondeu depois que o caso foi resolvido? Talvez haja uma explicação simples, e é esta: em vez de vítima inocente, Alexandra Quinlan é uma assassina cruel, que não só escapou impune, mas também ganhou milhões com isso.

Tracy se afastou da porta da frente e se aproximou bem da câmera. No ar frio de janeiro, a sua respiração formava nuvens de vapor.

— Sou Tracy Carr e prometo a vocês que, enquanto este dia, do décimo aniversário do assassinato da família Quinlan, começa e termina, passarei todos os dias em busca de respostas. Com a ajuda de vocês, talvez as encontremos. Com a ajuda de vocês, talvez encontremos a Olhar Vazio. Sabemos que ela está por aí em algum lugar.

Tracy parou a reprodução do vídeo. Satisfeita, ela enviou o material para as suas contas das redes sociais. Antes da meia-noite, já tinha acumulado três milhões de visualizações. Duas semanas depois, vinte e dois milhões de pessoas tinham assistido ao vídeo. O mundo, ou pelo menos um canto seleto dele, ainda estava obcecado por Alexandra Quinlan.

20

Washington, D.C.

Sexta-feira, 3 de fevereiro de 2023

23h48

NOS DEZ ANOS DESDE A NOITE TRÁGICA QUE MUDOU PARA sempre a sua vida, a perseguição da mídia a Alexandra Quinlan havia oscilado. Às vezes, quase deixava de existir quando as lentes da grande mídia focalizavam outras desgraças e fatalidades. Porém, o interesse nunca parecia morrer por completo e, devido ao aniversário de dez anos, a atividade nos sites de crimes reais tinha aumentado. Tracy Carr tinha voltado a tratar do assunto, e os relatos sobre aparições de Alexandra Quinlan ressurgiram. Mas até aquele momento, as precauções tomadas anos antes, depois do regresso de Alex do fiasco em Cambridge — quando dois fanáticos loucos por crimes reais a seguiram pelo continente europeu e tentaram extorquir meio milhão de dólares dela —, foram eficazes em proteger o seu anonimato.

A salvaguarda mais importante foi a mudança de nome. Na Seguridade Social, na Receita Federal, nos órgãos públicos do Distrito de Columbia e em todos os outros lugares em que se exigia documentação formal, ela era legalmente *Alex Armstrong*. Soava bem e, ao longo dos anos, Alex até se sentiu satisfeita com o seu novo nome, mas era apenas uma das muitas barreiras de proteção erguidas desde o seu regresso de Cambridge. A mudança de visual tinha sido tão importante quanto a de nome. Faltando apenas dois anos para o seu trigésimo aniversário, Alex estava muito longe da adolescente com cara de bebê que a maioria das pessoas conhecia como Alexandra Quinlan. Agora, ela estava irreconhecível em relação à imagem infame da garota de olhos arregalados que saiu da sua casa e ficou diante dos holofotes das câmeras dos canais de notícias na noite em que a sua família foi morta. Aquela imagem tinha circulado tanto em todo o país, e na maior parte do mundo, que havia ficado gravada na psique do público. Bastava mencionar o nome Alexandra Quinlan e a maioria das pessoas evocava aquela imagem na mente.

A evolução natural desde a adolescência — o afinamento do rosto quando a gordura infantil desapareceu, o amadurecimento do corpo, dos olhos e lábios — impedia o observador ocasional de reconhecê-la agora. Mas as alterações autoinduzidas em sua aparência também fizeram isso. Naquele momento, o seu cabelo antes longo e ondulado estava curto e espetado. Os reflexos castanho-avermelhados tinham sumido, substituídos por um loiro claro. Seus olhos nunca ficavam sem o contorno escuro de delineador e os *piercings* eram radicais e estavam em toda parte: no nariz, na sobrancelha, no lábio e em alargadores na cartilagem da orelha esquerda. Os óculos utilizados na adolescência e durante todo o famoso julgamento, que fixaram a sua persona, foram substituídos por lentes de contato que mudaram a cor dos seus olhos de castanho escuro para azul vibrante. Alex usava batom preto um dia e laranja brilhante no outro. A gama de cores extravagantes era escolhida todas as manhãs de acordo com o seu humor. O plano paradoxal de se destacar da multidão foi o que a ajudou a passar despercebida. Tudo isso tinha sido suficiente para Alex levar uma existência tranquila em Washington D.C. sem ser reconhecida ou molestada.

Claro que aceitar um emprego como investigadora jurídica para o Lancaster & Jordan foi outro passo importante. Trabalhar para o escritório de advocacia de Garrett Lancaster garantiu um emprego sem a verificação formal de antecedentes. O emprego veio quando Alex tinha chegado ao limite, não havia para onde ir e ela estava à beira de virar sua vida de ponta-cabeça de maneira irrecuperável. A oferta de emprego de Garrett foi a sua última chance de encontrar normalidade e equilíbrio numa vida que ficou por um fio dois anos depois do assassinato da sua família. Se Alex não encontrasse algum propósito em seu trabalho no Lancaster & Jordan, ela provavelmente nunca encontraria nenhum.

Em seus primeiros anos no emprego, logo após o seu regresso de Cambridge, Alex havia trabalhado sob a orientação de Buck Jordan, o principal investigador do escritório e irmão da cofundadora e sócia-diretora do Lancaster & Jordan. Buck foi a primeira pessoa a ser contratada pelo escritório, sendo assim, seu funcionário mais antigo. Ele seguia pistas a favor do Lancaster & Jordan havia mais de duas décadas. Um terço da sua vida tinha sido passado perseguindo suspeitos, tirando fotos de reconhecimento, dedicando horas a vigilâncias e preenchendo o seu quinhão de investigação criminal. Buck Jordan havia esquecido mais coisas a respeito da lei do que o que os novatos de nariz empinado que ingressavam no escritório logo após a Faculdade de Direito chegariam a aprender. E tudo o que Buck sabia, ele ensinou para Alex. Ela se tornou a sua protegida. Anos antes, ele tinha sido fundamental para realizar a investigação criminal quando Garrett Lancaster foi atrás do Departamento de Polícia de McIntosh e da promotoria distrital do condado de Alleghany durante o processo de Alex contra o estado da Virgínia por difamação. Alex ficou satisfeita de estar sob a sua orientação. O ensino era prático e ainda estava em curso, razão pela qual Buck a tinha acompanhado na vigilância daquela noite.

Alex estava sentada ao volante do seu SUV, estacionado junto a um parquímetro que ela havia abastecido durante horas. Ela direcionou a lente da sua câmera fotográfica profissional para a entrada principal do arranha-céu do outro lado da rua. Sua perna direita estava começando a ficar dormente perto da meia-noite. Mas a espera não a incomodou, a dor do nervo ciático foi ignorada, e Alex considerou a transição convencional de um dia para o outro como apenas o começo da noite. Vinte e oito anos de idade e movida por rebelião, remorso e energético, era necessário mais do que uma longa e tediosa vigilância para desencorajá-la.

Seu suspeito ficou à vista pela lente da câmera fotográfica assim que saiu do prédio. Buck estava sentado no banco do passageiro e desviou os olhos do celular quando Alex começou a tirar fotos.

— Encontramos o nosso homem — disse Buck. — Você está conseguindo tirar boas fotos do rosto dele?

— Não — respondeu Alex. — Só dos sapatos dele.

— Sempre bancando a espertinha.

Quando o alvo ficou fora do alcance, Alex entregou a câmera para Buck. Sua vigilância tinha oficialmente terminado. Então, era hora de começar a trabalhar.

Garrett a tinha colocado no caso de Byron Zell para obter informações, e ela não tinha a intenção de decepcioná-lo.

21

Washington, D.C.

Sexta-feira, 3 de fevereiro de 2023

23h56

UMA DAS MUITAS RESPONSABILIDADES DOS INVESTIGADORES do escritório era analisar os clientes em potencial para determinar se eram inocentes ou culpados dos crimes de que eram acusados. Era prática corrente na defesa criminal nunca perguntar aos clientes a respeito da sua culpa ou inocência. Se o advogado tiver que perguntar, significa que ele está com dúvidas. E se há dúvidas, não há como preparar uma defesa viável. Porém, no Lancaster & Jordan, a questão era desnecessária. Todo cliente era inocente até a prova em contrário, e o escritório tinha vários investigadores para verificar isso.

O ex-empregador de Byron Zell o havia acusado de desviar dinheiro da empresa, e o sr. Zell procurou o Lancaster & Jordan em busca de assistência jurídica após ele ter sido demitido e indiciado. Zell, vice-presidente executivo, com quase duas décadas de lealdade à empresa, negou com veemência as acusações em sua primeira conversa com Garrett Lancaster. Alex tinha sido encarregada de investigar o sr. Zell. Teoricamente, o caso era dela, e apenas dela, mas como era comum, ela, a discípula, e Buck, o mentor, trabalhavam juntos no dia a dia. Oito anos depois, Alex não precisava mais de supervisão, mas ela preferia a companhia dele.

O objetivo de Alex era investigar o suficiente da vida de Byron Zell para determinar — não de modo inequívoco, mas quase isso — se ele era um homem inocente que lutava por seu sustento ou se era culpado. Alex realizava essa tarefa segundo um processo que se enquadrava na nebulosa área legal da investigação criminal, cujas especificidades eram deixadas à imaginação de cada investigador. E Alex Armstrong tinha uma imaginação ativa.

Alex achava que as finanças de Zell eram o melhor lugar para começar a mergulhar na vida dele. Zell já tinha entregado documentos financeiros para o escritório de advocacia, e Alex passou a última semana vasculhando as contas bancárias, os investimentos e os bens do homem. Até então, tudo o que Byron Zell havia apresentado ao Lancaster & Jordan estava em ordem.

Porém, Alex não tinha esperado encontrar nada abominável nos documentos entregues voluntariamente ao escritório por Zell. Se ele estivesse escondendo alguma coisa, estaria em seu computador pessoal, e Alex estava prestes a dar uma olhada.

Assim que Zell desapareceu ao virar a esquina, Alex puxou o boné para baixo sobre os olhos.

— Você praticou? — perguntou Buck.

— Sim.

— Por quanto tempo?

— Toda a noite passada.

— Não, quanto tempo você levou para arrombá-la?

— Menos de dois minutos.

— É melhor você se apressar.

Alex abriu a porta do carro e atravessou a rua correndo. A averiguação dos clientes era fundamental para ganhar os casos, e nenhuma lei poderia ser infringida no processo. Garrett havia sido claro acerca disso com Alex na entrevista formal dela para conseguir o emprego no escritório. O escritório precisava saber a verdade sobre os clientes em potencial, mas a verdade tinha que ser obtida de acordo com a lei. Garrett havia lhe dado um sermão a esse respeito *uma vez*. Ele explicou as regras do escritório e os desdobramentos de conseguir informações ilegalmente na entrevista de admissão, uma reunião que incluiu Jacqueline Jordan — sócia de Garrett e a outra fundadora do escritório — e Buck Jordan. Garrett disse aquilo a Alex para que ficasse registrado e nunca mais tocou no assunto. Em vez disso, estimulou Alex, na tenra idade de vinte e um anos, a aprender os truques do ofício com o lendário Buck Jordan, alguém que infringiu mais leis na busca da justiça do que qualquer um dos clientes defendidos pelo Lancaster & Jordan.

Ao longo dos anos, Garrett nunca tinha perguntado a respeito dos métodos usados por Alex para coletar as informações fornecidas por ela. No começo da sua carreira, Alex havia imaginado que o silêncio de Garrett era um sinal de confiança por parte dele. Anos depois, após ver pessoalmente as traquinagens nos bastidores dos seus colegas investigadores, ela entendeu melhor a atitude de Garrett. Ele não perguntava, porque não queria saber.

A situação de Alex no Lancaster & Jordan era complicada. Alex tinha uma necessidade indefinível de causar boa impressão em Garrett, e isso a forçava a praticar um malabarismo delicado para não importunar nenhum outro investigador do escritório. Ela estava disposta a quebrar regras e infringir leis, mas nunca colocaria Garrett em perigo. O relacionamento deles era complexo e havia se originado no momento em que Garrett invadiu a sala de interrogatório na noite em que a sua família foi morta.

Alex tinha apenas dezessete anos quando Garrett e Donna entraram em sua vida. Com os seus pais e o seu irmão mortos, nenhum outro parente para acolhê-la, e a única casa que ela já havia conhecido, isolada com fitas amarelas de cena do crime, ela não tinha para onde ir. Garrett e Donna convenceram um juiz a lhes conceder a guarda temporária (e anônima). Como a provação de Alex tinha começado quando ainda era menor de idade, e ainda estava em curso quando completou dezoito anos, os termos de sua soltura do centro de detenção juvenil incluíram cláusulas sobre orientação e supervisão. Alex concordou em ficar com os Lancaster após eles se oferecerem para acolhê-la. Seu processo judicial contra o estado da Virgínia começou alguns meses depois, levado a julgamento pela natureza flagrante do que havia acontecido e pelo poder jurídico do escritório de advocacia de Garrett Lancaster. Ao longo do julgamento, ninguém da mídia tinha descoberto que Alex estava sob acolhimento do advogado que a representava. E tantos anos depois, ninguém descobriu que ela estava trabalhando para o mesmo homem que tinha salvado a sua vida.

Agora, enquanto atravessava correndo a rua, Alex sabia que o acesso ao prédio não seria fácil, mas estava longe de ser impossível. Só precisava seguir o plano. Ela havia feito um ensaio no dia anterior e tinha confiança de que a missão não teria obstáculos naquela noite. Pelo menos, até chegar à porta do apartamento de Zell. Ali, ela precisaria confiar nas habilidades desenvolvidas durante o aprendizado com Buck Jordan se quisesse ir mais longe. Ela passou pela entrada principal e virou a esquina rumo à garagem. Usou um cartão-chave roubado no dia anterior para entrar nela, depois se esgueirou pelos carros estacionados até chegar ao elevador de serviço, onde digitou o código de quatro dígitos (também roubado) que permitiu o seu acesso. Alex presumiu que os seus movimentos estavam sendo gravados pelas câmeras de segurança presentes em todos os cantos da garagem. Ela tinha certeza de que o boné, os óculos de sol e a capa de chuva extragrande camuflariam o seu tamanho e sexo. Alex também tinha certeza de que as câmeras de segurança do trigésimo oitavo andar tinham ficado inutilizadas.

Desde que a polícia e a imprensa queimaram a sua antiga vida — e todas as amizades do ensino médio —, suas atuais e únicas amizades tinham vindo dos setenta e um dias passados no centro de detenção juvenil. Era um parentesco formado por um grupo de aliados improváveis, forçados a lutar uns pelos outros dentro de Alleghany assim que as luzes se apagavam e os delinquentes de verdade perambulavam pelos andares. Aqueles relacionamentos perduraram, incluindo uma pequena lista de pessoas que estavam mais do que dispostas a aceitar alguns estranhos serviços oferecidos por Alex quando ela precisava de algo duvidoso. Para a missão daquela noite, ela tinha pagado mil dólares a um desses seus amigos para pintar com tinta spray as câmeras de segurança do trigésimo oitavo andar, onde ficava o apartamento de Byron Zell. Se ele viesse fazer isso, e ela sabia que ele viria, ele estaria saindo de fininho do trigésimo oitavo andar naquele momento.

Após abrir as portas sanfonadas do elevador, Alex deu uma rápida olhada na garagem para confirmar que não havia ninguém e, em seguida, entrou. Um minuto depois, desembarcou no sexto andar, que era até onde o elevador de serviço levava. Ela tinha planejado a sua rota no dia anterior — primeiro com uma cópia das plantas do prédio, que havia baixado do site do condado, e depois com um passo a passo prático — e, agora, ziguezagueou com facilidade pelo labirinto de salas de manutenção. Perto da meia-noite, havia pouca gente da equipe de zeladoria e Alex não encontrou obstáculos ao passar de sala em sala. Finalmente, ela empurrou uma porta e saiu no corredor principal. Um elevador comum estava logo ali. Alex apertou o botão e esperou apenas alguns segundos para que as portas se abrissem. Dentro do elevador, ela apertou o botão do trigésimo oitavo andar e manteve a cabeça baixa, usando a aba do boné para manter o rosto escondido da câmera de segurança do elevador. Menos de dez minutos depois de ver Byron Zell sair do prédio, Alex estava diante da porta do apartamento dele.

Em sua visita de reconhecimento, Alex tinha se disfarçado de funcionária do prédio e se misturou às dezenas de pessoas contratadas para limpar e organizar o lugar. Na verificação do trigésimo oitavo andar, Alex havia tirado fotos da porta do apartamento de Byron Zell e passou o resto da noite analisando a fechadura para ver o que iria enfrentar. Agora, ela tirou um estojo de couro do bolso de trás. O kit de ferramentas para abrir fechaduras, dado de presente a ela por Buck quando completou um ano de trabalho no escritório, lhe foi muito útil ao longo do tempo. Muitos anos depois, o pequeno estojo de couro parecia íntimo e confortável em suas mãos.

Alex tirou um dos tensores do estojo e escolheu a gazua de tamanho adequado, definidos durante a sua pesquisa na noite anterior. Em seguida, inseriu o tensor no ferrolho da fechadura, torceu-o um pouco para a esquerda e manteve uma pressão constante sobre ele. Então, inseriu a gazua acima do tensor, e começou a trabalhar no quebra-cabeça interno. Abrir uma fechadura era exatamente isto: um quebra-cabeça. Em vez de peças espalhadas, o enigma de uma fechadura envolvia descobrir a disposição dos pinos de travamento e quanta pressão era necessária para destravá-los. Tentar fazer isso numa fechadura nunca trabalhada antes era chamado de arrombamento às cegas, e Alex tinha muita experiência nisso.

Essa fechadura em particular tinha cinco pinos. Alex fechou os olhos e moveu a gazua de pino em pino, procurando aquele com maior resistência. Assim que o encontrou, o segundo pino no caso, ela curvou a gazua para cima para ajustar o contrapino e, então, ouviu-o clicar no lugar. Ela voltou para o primeiro pino e recomeçou o trabalho, dessa vez encontrou a nova resistência no quarto pino. Alex o colocou no lugar com um movimento leve do pulso. Repetindo o processo para cada um dos cinco pinos, ela precisou de pouco mais de três minutos até colocar todos eles no lugar. Alex girou o tensor, agarrou a maçaneta da porta do apartamento de Byron Zell e pressionou o polegar para baixo na lingueta. A porta se abriu como um passe de mágica.

Lá dentro, Alex guardou as ferramentas no estojo de couro e o enfiou no bolso. O apartamento estava escuro, e ela precisou de algum tempo para permitir que os seus olhos se adaptassem. Em seguida, vestiu um par de luvas de látex e se esgueirou pelo apartamento. Ela estava atrás de uma coisa, e apenas uma coisa: os registros financeiros de Byron Zell. Usando uma pequena lanterna para se orientar, Alex encontrou o escritório dele, sentou-se à escrivaninha e ligou o computador. A tela acendeu e iluminou o espaço com uma tênue luz azul. O primeiro golpe de sorte de Alex foi que o computador do sr. Zell não tinha senha de proteção. Navegando pelos arquivos, ela chegou à pasta de documentos financeiros de Zell alguns minutos depois. Não havia tempo para lê-los, mas esse nunca havia sido o plano. Copiar os arquivos era muito arriscado, pois ela poderia deixar um rastro digital no processo. O plano de Alex era muito mais simples e deixava apenas Byron Zell como cúmplice.

Alex logo se conectou à conta de e-mail de Zell, que já estava com a senha sincronizada. Ao redigir uma nova mensagem, Alex anexou todos os documentos financeiros ao e-mail, endereçou-o a Garrett Lancaster, do Lancaster & Jordan, e deu o título de *Documentos particulares para a sua análise*. No corpo do e-mail, Alex digitou uma única frase:

Sr. Lancaster, em anexo, os documentos solicitados.

— Byron Zell

Alex enviou o e-mail, saiu da internet no momento em que o seu celular vibrou.

— Alô — ela sussurrou ao levar o celular ao ouvido.

— Ele está de volta — disse Buck. — Você precisa se apressar.

— De volta onde?

— Ele acabou de entrar no saguão. Deve estar no elevador agora.

— Puta merda, Buck! Você *acabou* de vê-lo? Ele apareceu do nada?

— Grite comigo mais tarde. Mas agora, dê o fora daí, Alex!

Alex desligou o celular, o enfiou no bolso e desligou o computador. Recolocou a cadeira no lugar e correu pelo apartamento. Verificou se a fechadura travou após a porta se fechar atrás dela, limpou a maçaneta com um lenço e se apressou até o elevador. Prestes a pressionar o botão, o elevador emitiu um som, indicando uma chegada. Alex se virou e disparou pelo corredor, abrindo a porta de acesso à escada no exato momento em que Byron Zell saiu do elevador. Ela impediu a porta de se fechar por completo e olhou pela fresta entre a porta e o batente. Observou Zell percorrer o corredor, afastando-se do lugar onde ela estava escondida, enfiar a chave na fechadura e entrar em seu apartamento. Assim que ele entrou, Alex deixou a porta de acesso à escada se fechar completamente e desceu às pressas a escada para o trigésimo sétimo andar. Ali, dirigiu-se até o corredor e pegou o elevador para o sexto andar. Fez o caminho de volta pelas salas de manutenção, entrou no elevador de serviço, desembarcou na garagem e, um momento depois, chegou à rua onde o SUV estava estacionado. Abriu a porta do carro, sentou-se ao volante e olhou para Buck.

— Você fez isso de propósito, não foi?

— Do que está falando?

— Você esperou até o Zell entrar no saguão do prédio para me ligar.

— Claro que não — respondeu Buck num tom falso, fingindo estar chocado com a acusação. — Eu me distraí. Só isso.

— Papo furado. Buck Jordan não se distrai em vigilâncias.

Em resposta, Buck só sorriu. Alex balançou a cabeça, deu a partida e pôs o SUV em movimento.

— Um tempinho a mais teria sido ótimo — reclamou ela. — Quase dei de cara com ele no elevador.

— Fora isso, deu tudo certo?
— Consegui tudo do que precisávamos.
— Então, eu diria que foi uma noite de sucesso bem cronometrada.

22

Manhattan, Nova York
Sexta-feira, 3 de março de 2023
9h20

LAURA MCALLISTER ESTAVA COM OS NERVOS À FLOR DA PELE ao se sentar no estúdio do *Wake Up America*, o programa matinal de maior audiência do país. Ela mal podia acreditar que estava diante de Dante Campbell, a rainha das manhãs da televisão americana. Logo cedo, quando Laura chegou ao prédio da NBC, a produtora do programa a acomodou no camarim. Pouco depois, Dante Campbell entrou para se apresentar e dar as boas-vindas a Laura ao estúdio. Agora, as luzes estavam ofuscantes e sua pele, quente. Estava com as axilas pegajosas e a blusa grudada nas costas. Com a boca seca demais, cogitou pegar numa mesinha ao seu lado o copo de água colocado por alguém da produção, mas temeu que o copo escapasse das suas mãos úmidas. Em vez disso, Laura olhou para a câmera exatamente como foi orientada a fazer e tentou respirar com naturalidade, esperando que, ao falar, não gaguejasse nem tremesse.

O produtor gritou instruções de última hora e Laura ouviu a contagem regressiva começar. Então, de repente, o estúdio ficou em silêncio, exceto pela voz de Dante Campbell.

— O Jornalismo é um curso muito procurado nas faculdades americanas — disse Dante Campbell para a câmera em seu tom perfeito e experiente. — Mais de quinze mil alunos se formam todos os anos em cursos de duração de quatro anos com a esperança de ingressar no mundo do jornalismo. Quando os cursos de Comunicação são incluídos no total, o número fica ainda maior. Eu mesma fiz o curso de Jornalismo e estou aqui hoje por causa do caminho que escolhi na faculdade. Mas a cara do jornalismo está mudando. As redes sociais estão permitindo que uma maior diversidade de vozes seja ouvida, e alguns jornalistas estão apresentando reportagens de maneiras que eram impossíveis não muito tempo atrás. Podcasts, newsletters e outros veículos não tradicionais estão permitindo que os jornalistas contem as suas histórias e atinjam o seu público de maneiras novas e únicas.

"Laura McAllister é um exemplo perfeito. Ela está no último ano da Universidade McCormack, uma pequena faculdade de humanidades situada no coração de Washington. Essa universidade tem apenas mil e quinhentos alunos, e é por isso que a história de Laura é tão impressionante. No primeiro ano do curso, ela criou um programa de rádio universitária chamado *O flagra*, que, no começo, deveria ter sido um programa informal de fofocas e cultura pop que alguns dos seus amigos poderiam ouvir. Hoje, Laura está no último ano, e *O flagra* é muito mais do que um programa de rádio universitária. Laura conseguiu transformar seu pequeno programa em algo ouvido em todo o país e estamos muito contentes em tê-la com a gente hoje."

Dante desviou o olhar da câmera e olhou para a sua convidada.

— Bem-vinda ao programa, Laura.

— Obrigada. É ótimo estar aqui.

As palavras saíram claras e sem gaguejar.

— Você virou o exemplo perfeito de fazer uma pequena voz ser ouvida e ouvida a plenos pulmões. *O flagra* é transmitido de um pequeno estúdio de uma pequena universidade. Você e a Universidade McCormack tiveram a gentileza de permitir que a nossa equipe entrasse no estúdio na semana passada para gravar algumas imagens. Mas, apesar do pequeno tamanho do seu microfone, muitas pessoas estão ouvindo o que você tem a dizer.

— Tive muita sorte mesmo de ter tido tanto apoio da faculdade e também de ter conseguido uma divulgação tão grande para algumas das histórias que cobri.

— E é sobre isso que eu queria falar como você agora: a divulgação de notícias e informações hoje em comparação com anos atrás, e a maneira como as redes sociais estão mudando o jornalismo. Há algumas décadas, a maioria das pessoas se informava por meio dos telejornais noturnos ou dos jornais locais. Os canais de notícias pagos fizeram esse meio crescer nos anos 1990. O surgimento da internet mudou mais uma vez o panorama da comunicação. E agora as redes sociais estão repavimentando a rodovia da informação.

Dante Campbell olhou para a ficha de papel em seu colo.

— No segundo ano do seu curso, você produziu um programa que focava na maneira pela qual as faculdades e universidades podem tornar a vida no *campus* e a experiência universitária em geral mais segura para as alunas. Você realizou entrevistas com um grande número de especialistas que, não só chamaram a atenção para os perigos inerentes aos *campi* universitários, mas também deram ideias de como enfrentá-los. Com o boca a boca, esse episódio se difundiu da Universidade McCormack para outras universidades. Eu mesma ouvi falar dele e criei um link de acesso a ele nas minhas próprias contas das redes sociais. Agora, hoje, muitas universidades, incluindo a McCormack, adotaram a totalidade ou parte do Projeto Porto Seguro pelo qual você lutou. Uma das principais estratégias do Porto Seguro envolve motoristas contratados pela universidade e com verificação de antecedentes para transportar as alunas de locais fora dos *campi* com segurança de volta aos dormitórios. Uma ideia que foi adotada por instituições de ensino superior de todo o país. É uma conquista notável se considerarmos que o seu episódio se destinava a alcançar apenas os mil e quinhentos alunos da Universidade McCormack, mas passou a alcançar quase todas as universidades do país.

— Sim — respondeu Laura. — Ainda estou impressionada com a repercussão desse episódio e com a ampla adoção do Projeto Porto Seguro. Estou muito orgulhosa desse episódio e fico muito grata que tantos administradores escolares tenham ouvido. Não apenas *ouvido*, mas prestado atenção ao conteúdo e agido. E queria transmitir a minha gratidão a você, por ter criado um link de acesso ao episódio e apresentar *O flagra* aos seus seguidores.

Dante sorriu.

— Claro. Era um assunto importante e impactante. Agora você está no último ano da Universidade McCormack. Onde você se vê após a formatura e qual papel você vê as redes sociais desempenhando na sua carreira?

— Após a formatura, me vejo buscando alguma forma de jornalismo investigativo. Não sei ainda como será e de que maneira. No que diz respeito às redes sociais, acho que há muitas armadilhas, com certeza. Ainda mais para crianças pequenas e, em particular, meninas. Mas também acredito que, se usadas do jeito certo, muitas coisas boas podem vir dessas plataformas. Fiquei muito contente em transmitir meu pequeno programa de rádio universitária para qualquer pessoa da Universidade McCormack que quisesse ouvir. Mas também fico muito animada por ter encontrado uma audiência maior, e sei que, com um número maior de seguidores, vem também mais responsabilidade de relatar não apenas histórias interessantes, mas também precisas.

— E isso é uma mudança e tanto para você. Você se descreveu como uma fofoqueira. Acho que até usou a expressão "fofoca pop" para descrever os mexericos sobre celebridades que você costuma apresentar no seu programa.

— Sou uma viciada em cultura pop e acho que isso nunca vai mudar. Uma grande parte da minha audiência adora a pegada do programa sobre a cultura pop, e não vejo isso mudando. Mas, sim, quando a audiência do programa começou a crescer e mais pessoas começaram a ouvir as histórias mais sérias que eu estava contando, tive que mudar. Mas foi natural para mim. Nunca quis ser uma repórter da editoria de entretenimento. Sempre planejei abordar assuntos mais contundentes. O problema da segurança nos *campi* foi apenas o primeiro de muitos, assim espero.

— O que é uma ótima deixa para a minha próxima pergunta. O que podemos esperar de você e de *O flagra* no seu último semestre na Universidade McCormack?

— Algo bom de ser uma estudante de Jornalismo, e não uma jornalista *de verdade*, é que posso escolher o que vou relatar, e fazer isso sem prazos. Tenho algumas pautas planejadas para *O flagra* antes de me formar.

— Alguma dica?

Laura sorriu.

— Acho que você vai ter que sintonizar para saber.

— Falou como uma verdadeira jornalista. Que bom ter você no programa, Laura. Continue assim. Mal posso esperar pela história bombástica que você vai cobrir.

No final daquela manhã, as contas das redes sociais de Laura McAllister superaram um milhão de seguidores. De fato, ela estava se tornando uma voz a ser levada em consideração.

23

Washington, D.C.

Sábado, 4 de março de 2023

23h58

JÁ ERA TARDE DA NOITE DE SÁBADO QUANDO A GAROTA SE VIU sozinha em um lugar escondido na residência da fraternidade. Não sozinha

— ela estava com um cara —, mas longe das amigas com quem tinha vindo para a festa da fraternidade. Ela se lembrou de uma escada escura, e dos passos arrastados, e do cara rindo, e a pressionando a continuar. Lembrou-se de uma das mãos pegando o seu braço e a ajudando a subir a escada, porque ela estava trançando as pernas. Ela não tinha bebido muito, mas a sua tolerância era baixa, para começo de conversa. Então, tentou se convencer de que era possível que tivesse exagerado. Em geral, ela se limitava a um chá alcoólico ou a uma água com gás e álcool, porque tinham gosto bom e não eram mais fortes que cerveja. Naquela noite, porém, na festa da fraternidade, tinha aceitado um copo cheio de ponche servido de um tonel gigante. Agora, seus pensamentos estavam confusos e o quarto estava girando. O rosto do rapaz que a levou até ali estava fora de foco e tremeluzente. A voz dele estava distorcida, como se ele estivesse falando debaixo d'água.

Ele ergueu o braço dela, fazendo uma leve pressão em seu cotovelo e levando o copo que segurava com a mão próximo à boca da garota. Ele disse a ela para beber mais ponche. Apesar da relutância, ela obedeceu. Agora, a garota não conseguia lembrar o nome do cara. Ela e as suas amigas decidiram de última hora ir à festa da fraternidade, e o rapaz com quem ela estava a tinha encontrado perto da pista de dança. Durante algum tempo, ele a tinha paquerado, e logo ela estava conversando com ele num canto, enquanto suas amigas se enturmavam. Agora, de alguma forma inexplicável, a garota estava sozinha com ele, apesar de não conseguir se lembrar exatamente de como tinha chegado ali.

Ela sentiu o beijo dele em seu pescoço. A barba rala do queixo dele a deixou assustada. Ela se forçou a rir apesar de se sentir apavorada e tentou levantar a mão para afastá-lo. Porém, os músculos de seu braço estavam fracos demais para empurrá-lo. Ela voltou a tentar, com o mesmo resultado, e sentiu como se estivesse num sonho do qual não conseguia acordar. Engoliu em seco, enquanto o cara continuava a beijar seu pescoço e então a sua boca. Ele enfiou a língua em sua boca e tudo o que ela queria era se safar dele. Então ela o sentiu pressionar seus ombros para trás. Tentou resistir quando ele a empurrou para o sofá.

* * *

Ela acordou no chão, o tapete emaranhado arranhava o seu rosto. Ao abrir os olhos, sentiu-se atordoada com a claridade e a dor de cabeça que emanava de trás de seus olhos e latejava fundo em seu cérebro. Quando a sensibilidade à luz diminuiu, a primeira coisa que ela notou foi que estava nua da cintura para baixo. Desorientada e envergonhada, sentou-se e se cobriu com as mãos. O sutiã ainda estava no lugar, mas a regata estava puxada para cima dos seios. A calça jeans estava amontoada ao seu lado, e a calcinha, enrolada no tornozelo esquerdo.

A garota logo estendeu a mão para puxar a calcinha para cima, lutando contra uma segunda onda de dor na cabeça antes de sentir a dor aguda entre as pernas. A adrenalina permitiu que ela ignorasse o desconforto ao recuperar a calça e vesti-la. Ela olhou em volta e tentou descobrir onde estava. Algumas lembranças da noite anterior voltaram a ela. A festa. A residência da fraternidade. As amigas na pista de dança, bebendo e se divertindo. Mas então a memória falhou. Não desvaneceu nem faltaram pedaços; desapareceu por completo. Ela não conseguia se lembrar de nada depois da pista de dança. Nem a respeito de suas amigas, nem a respeito de como foi parar ali, no chão ao lado de um sofá do que parecia ser um quarto da residência da fraternidade.

Ficar de pé foi difícil por causa da dor de cabeça e da dor entre as pernas. Havia algo errado, e ela temeu pelo pior. Procurou os sapatos, mas abandonou a busca para satisfazer à urgência que sentiu de sair dali. Caminhou até a porta e a abriu, encontrando um corredor que levava a uma escada. Desceu os degraus com cuidado, colocando uma das mãos no corrimão e a outra na barriga ao descer. Quando abriu a porta no patamar ao pé da escada, a luz brilhante do sol matinal a cegou e provocou uma agonia latejante na sua cabeça. Seus ouvidos zumbiram. Do lado de fora, procurou se orientar, dando-se conta de que havia saído da residência da fraternidade no estacionamento dos fundos. Seu apartamento ficava a dois quarteirões de distância e ela foi se encaminhando até lá com cuidado. Quando chegou ao estacionamento do seu prédio, tirou a chave do carro do bolso da calça e apertou o botão algumas vezes, até ouvir o breve toque da buzina do seu carro. Semicerrando os olhos para enfrentar a claridade, cambaleou até o veículo, abriu a porta e se acomodou no assento do motorista.

Dez minutos depois, ela entrou no pronto-socorro e se aproximou da recepção. Ficou satisfeita ao ver uma mulher atrás do balcão. De repente e de forma inexplicável, se preocupou menos com a sua aparência desgrenhada — cabelo todo despenteado, maquiagem borrada e sem sapatos — do que se um homem a atendesse.

— Olá, como posso ajudá-la, querida? — perguntou a mulher, com um ar preocupado.

— Estudo na Universidade McCormack... — A garota engoliu em seco e os seus olhos se encheram de lágrimas, que rolaram pelo rosto. — Acho que fui estuprada ontem à noite.

24

Washington, D.C.

Segunda-feira, 6 de março de 2023

9h10

LARRY CHADWICK TINHA SIDO UNGIDO. EMBORA NÃO CONVOcado pelo próprio Deus, o excelentíssimo Lawrence P. Chadwick, do Tribunal de Recursos dos Estados Unidos para o Distrito de Columbia, havia sido convocado pelo presidente dos Estados Unidos, e estava bem perto disso. Ao longo dos anos, rumores sempre surgiam acerca de o nome de Larry estar na pequena lista de candidatos em potencial para a Suprema Corte quando houvesse uma vaga, mas ele tinha visto inúmeros colegas depositarem grande esperança naquelas chances improváveis. Tão improváveis, de fato, que quando eram preteridos para o cargo, o desgosto acabava corrompendo a carreira deles. O objetivo de Larry jamais tinha enfraquecido: fazer o trabalho, fazê-lo bem e fazê-lo com honestidade. E quando a honestidade não era possível — e havia muitos casos em que não era —, encobrir os rastros de maneira que, se uma comissão de fiscalização decidisse investigar, não encontraria nada.

Enquanto ascendia na carreira profissional, Larry sabia que a elite e os poderosos do país estavam de olho em cada um dos seus movimentos, avaliando o seu caráter e registrando as suas decisões em algum banco de dados invisível, que ponderava os prós e contras das suas opiniões, posições e princípios. Ele desempenhava o seu papel e agia com indiferença em relação aos que marcavam os pontos. Ele se aferrou ao seu plano, acreditando que um dia, talvez, seu nome fosse cogitado. Aquele dia finalmente chegou.

O nome de Larry havia sido pré-selecionado para preencher a mais recente vaga na Suprema Corte, aberta quando Jonathan Miller morreu no mês anterior. A morte do juiz Miller não foi uma surpresa. Oitenta e oito anos de idade e obeso, ele havia lutado contra o diabetes durante toda a sua vida adulta. Nem mesmo um diagnóstico de câncer de pâncreas foi capaz de convencer Miller a renunciar ao cargo. Sulista teimoso da velha guarda, ele enfrentou dois anos de quimioterapia sem perder um dia de trabalho, até que morreu durante o sono.

A saúde debilitada do juiz Miller tinha sido por muito tempo um tema de discussão política, e o novo governo chegou ao poder com uma lista de candidatos em potencial para substituí-lo. Doze nomes compunham a lista, mas a maioria era apenas fachada. Os candidatos eram diversificados e distintos, oferecendo esperança para quase todos os grupos demográficos de eleitores. Porém, quando a lista foi reduzida, apenas dois nomes chegaram ao topo. Lawrence P. Chadwick era um deles.

Larry cancelou os compromissos agendados para a tarde e, agora, estava do lado de fora do prédio do seu escritório na capital americana, usando terno cinza e gravata azul-marinho. O SUV preto com vidros escuros parou junto ao meio-fio e Annette Packard, a agente especial do FBI designada para averiguar a vida dele, saiu do carro.

— Larry — cumprimentou Annette, caminhando na direção dele com a mão estendida. — É bom revê-lo.

Larry apertou a mão da mulher.

— Igualmente, Annette.

Eles compartilhavam o mais falso dos relacionamentos falsos. Fingiam gostar um do outro, quando na verdade cada um tinha interesse dissimulado em ver o outro falhar. Annette Packard era a guardiã em relação ao cargo dele na Suprema Corte. Seu trabalho envolvia investigar a vida de Larry e encontrar toda e qualquer transgressão que pudesse torná-lo uma má escolha como candidato do presidente. O trabalho de Larry envolvia garantir que ela não encontrasse nada.

— Vou informá-lo durante o caminho — afirmou Annette, abrindo a porta de trás do SUV do governo para Larry embarcar.

Larry ocupou o seu lugar ao lado de um homem de aparência séria trajando um terno caro, mas comprado em liquidação. O motorista parecia estar usando um terno idêntico.

— Senhor — o homem cumprimentou Larry com um ligeiro aceno de cabeça.

Larry retribuiu com um sorriso tímido assim que o SUV se pôs em movimento. Annette, no assento dianteiro, se virou para falar com Larry.

— O presidente está em reunião com a comissão de inteligência de relações exteriores. Deve terminar às dez e dez. Ele reservou trinta minutos para falar com o senhor.

Essa seria a terceira reunião de Larry com o presidente. Terceira, e última, se os rumores fossem verdadeiros. Se tudo corresse bem ao longo do mês seguinte, a próxima vez que ele se encontraria com o líder do mundo livre depois desse dia seria durante uma recepção pública no Roseiral da Casa Branca diante de toda a imprensa credenciada. Seria então que o país teria certeza de que Lawrence P. Chadwick era a escolha do presidente para preencher a vaga na Suprema Corte.

Nos últimos três meses, Larry havia convivido com integrantes do Serviço Secreto e do FBI, e Annette Packard era a mediadora e supervisionava o processo. Ela vasculhou o passado de Larry — oficialmente chamado de processo de inquirição e escrutínio —, procurando sinais de alerta que pudessem prejudicar as chances de ele sobreviver ao exaustivo processo de indicação. Mais do que isso, Annette procurava coisas que se mostrassem embaraçosas para o presidente. Esse processo de escrutínio era um exame pericial da vida de um candidato, e Larry tinha ficado sabendo por meio de sua própria pesquisa que Annette Packard se destacava nisso. Ela já havia feito o escrutínio de senadores, deputados, candidatos a vice-presidente e governadores. Larry Chadwick era o seu primeiro escrutínio para a Suprema Corte.

Começando com os dias dele no ensino médio, Annette Packard havia escolhido metodicamente o seu caminho através da vida de Larry, farejando qualquer situação que considerasse suspeita e averiguando qualquer elemento que acreditasse poder estar escondendo segredos. Annette fazia isso desde a adolescência. Larry sabia que ela estava buscando transgressões, gafes embaraçosas, erros estúpidos, encobrimentos, crimes ou qualquer coisa desagradável que pudesse manchar a reputação dele e, portanto, do presidente, nas audiências de confirmação.

— Pode acreditar — Annette disse a Larry no primeiro encontro. — Se o senhor fez alguma coisa, vamos descobrir.

Eles poderiam procurar, mas Larry tinha certeza de que não encontrariam nada. Desde o início, ele havia decidido seguir uma trajetória correta em sua vida. Filho de um capitão de fragata da marinha que se tornou um homem de negócios importante, Larry cresceu velejando em Connecticut e estudando em escola particular. A pior coisa que ele tinha feito no ensino médio foi ter deixado Renee Beckham de coração partido ao trocá-la por uma líder de torcida. Mas Larry acreditava que mesmo essa leve transgressão havia sido expiada. Cinco anos depois, quando era estudante de Direito do primeiro ano, ele se casou com Renee. O fato de seu casamento ter sobrevivido vinte e cinco anos e gerado três filhos era prova de que Renee o tinha perdoado. As atividades extraconjugais desde então foram bem enterradas, e Larry tinha certeza de que Annette Packard não cavaria fundo o suficiente para encontrá-las.

Se a experiência de Larry no ensino médio havia sido benigna, seus dias de faculdade foram anêmicos. Em Yale, ele nunca havia caído no mito das sociedades secretas, rejeitou a sedução da vida da fraternidade e passou a maior parte do tempo na biblioteca. Seus três anos de faculdade de Direito, na Universidade Duke, foram repletos de livros, trabalhos e estágios. Larry Chadwick simplesmente nunca tinha encontrado tempo para se meter em confusão.

Assim, Annette Packard e a sua equipe de agentes do FBI e os brutamontes do Serviço Secreto que estavam investigando a sua vida poderiam procurar tudo o que quisessem. Não havia nada para encontrar. Pelo menos, nada que poderiam encontrar com facilidade.

25

Washington, D.C.

Segunda-feira, 6 de março de 2023

20h36

SEU APARTAMENTO FICAVA NO ÚLTIMO ANDAR DE UM PRÉDIO de cinco andares com vista para o rio Potomac. Alex nunca tinha sido uma garota da cidade antes de Cambridge, que de modo algum poderia ser considerada uma cidade grande, mas ainda assim, contrastava bastante com a minúscula McIntosh, na Virgínia, mas ela não conseguia mais se imaginar vivendo numa cidadezinha. Ela havia crescido num bairro suburbano, onde a cidade mais próxima ficava a duas horas de carro, mas agora a agitação da vida na cidade era indispensável para ela. Talvez o apelo fosse a dupla sensação de se sentir invisível sem nunca estar sozinha.

Apesar da segunda casa de Donna e Garrett — onde Alex tinha se refugiado durante o julgamento e onde ficou após a sua tentativa fracassada de cursar a faculdade — ficar escondida no sopé dos Montes Apalaches, Alex sempre temia ser reconhecida quando estava ali. Nos meses seguintes ao seu retorno de Cambridge, ela sentia que chamava a atenção na cidadezinha, em suas ruas desertas e estabelecimentos comerciais despojados. A preocupação contínua de ser reconhecida como a garota do Olhar Vazio, que antes tinha sido acusada de assassinar a família, era mais uma cicatriz que marcava a sua psique desfigurada, que foi produzida por Drew Estes e Laverne Parker. Mas agora, muitos anos tinham se passado, e o mal-estar havia esmorecido. Ela comprou o apartamento em Georgetown quando tinha vinte e três anos e, agora, sentia-se apenas mais um rosto na multidão. Ninguém a olhava mais atentamente, e ela se sentia em casa nas ruas movimentadas de Washington.

Alguns considerariam isso como progresso e maturidade: uma jovem desbravando o mundo. Outros considerariam isso como superação de um passado difícil, que incluía um trauma terrível, e o aproveitamento ao máximo de uma situação horrorosa. Mas Alex sabia a verdade. Sua capacidade de lidar com o passado resultava da organização esmerada da sua vida em três categorias. Seu eu *anônimo*, Alex Armstrong, a rebelde de cabelo espetado, que se movia de forma invisível pelo mundo, trabalhava como investigadora para o escritório Lancaster & Jordan e levava uma existência quase normal. Seu eu *antigo*, Alexandra Quinlan, que o mundo conhecia apenas como a garota do Olhar Vazio e cuja família havia sido assassinada. E o seu eu *verdadeiro*: uma combinação dessas outras personas, mas com algum ingrediente adicional misturado. Ainda que não definido com facilidade, esse ingrediente mantinha Alex ávida por respostas sobre o que tinha acontecido com a sua família e confiante de que, por mais que o tempo passasse, ela acabaria descobrindo a verdade.

O círculo de pessoas que conheciam cada uma das personalidades era pequeno. Incluía Donna e Garrett Lancaster, assim como um pequeno número de advogados do Lancaster & Jordan que trabalharam no caso de Alex. E então, havia os seus amigos de reformatório, que sabiam quase tudo desde que conheceram Alex em Alleghany. E, por fim, havia o seu psiquiatra, que, ao longo de anos de sessões semanais, tinha extraído todos os detalhes do passado de Alex do seu inconsciente. O dr. Moralis devia conhecê-la melhor do que ela mesma.

Embora Alex tenha hesitado a princípio, as sessões semanais permitiram que ela entendesse do que era composto o seu DNA. Anos de terapia forneceram a Alex as ferramentas necessárias para ela compreender que a sua jornada ao longo de uma década tinha sido distorcida desde o início. Ela sabia que existiam outras pessoas que sofreram perdas semelhantes ou suportaram tragédias comparáveis. Porém, elas devem ter passado pelo processo de luto de maneira mais estruturada e tradicional. A jornada de Alex tinha começado com o pé esquerdo. Ela não teve tempo para um luto adequado pela perda da sua família, nem mesmo de processar a morte dela. Alex tinha passado do trauma daquela noite direto para um centro de detenção juvenil cruel, onde o tempo necessário para o luto foi passado tentando sobreviver e se defender de jovens verdadeiramente desprezíveis com os quais ela ficou presa. Após Donna e Garrett conseguirem a sua soltura, as salvaguardas implantadas para evitar a mídia pairaram sobre o trabalho que Alex precisava fazer para elaborar o que havia acontecido naquela noite fatídica. Então, veio o processo contra o estado da Virgínia por difamação. A primeira vez que Alex falou a respeito da noite em que a sua família foi morta tinha sido no banco das testemunhas de um tribunal lotado, que a encarava enquanto as câmeras de TV registravam cada palavra sua. De fato, sua jornada havia sido distorcida, e o seu terapeuta continuou a enfatizar que corrigir a trajetória ao longo da vida era mais importante do que chegar a alguma utopia imaginária no final.

Portanto, não era descabido, nem mesmo inesperado, que dez anos depois da morte da sua família, as horas de sono de Alex continuassem a transportá-la de volta ao momento em que o primeiro tiro a havia acordado. No decorrer dos anos, os sonhos se tornaram vívidos ao ponto da lucidez. Em raras noites, Alex ficava totalmente consciente durante o sonho, sabendo que o que acontecia estava se desenrolando num estado onírico. Ela criava coragem durante esses sonhos lúcidos e saía de trás do relógio de pêndulo e avançava devagar rumo ao quarto dos pais. Mas então realidade e ficção se chocavam — dois mundos que se sobrepunham, mas nunca se fundiam por completo — e a detinham junto à porta do quarto dos pais. De vez em quando, durante esses sonhos, Alex procurava enganar a própria mente, dizendo a si mesma que só queria chegar perto da porta do quarto dos pais e escutar. Em vez disso, ela irrompia pela porta, esperando ver o que a sua mente só podia imaginar. Esperando ver o seu irmão no quarto dos pais, vivo e esperando que ela o salvasse. Também esperando ver a pessoa que portava a espingarda. Enfim, dar um rosto à figura que ela conhecia apenas como a sombra que tinha visto de trás do relógio de pêndulo. Mas, assim que irrompia pela porta nos sonhos, ela acordava assustada.

Foi depois de um desses sonhos, em seu pequeno apartamento em Cambridge que Alex começou a criação do seu quadro. Ao acordar, ela anotou todos os detalhes dos quais conseguiu se lembrar em fichas pautadas e as prendeu no quadro. Alex tinha lido num livro de autoajuda que jovens motivados criavam acervos semelhantes, chamados de quadros de visualização. Aquelas colagens continham os objetivos de vida das pessoas e as coisas que esperavam realizar em suas carreiras. Aqueles quadros incluíam promoções, carros, casas. O quadro de Alex continha evidências. Seu quadro continha tudo o que ela já havia lembrado — imaginado ou real — sobre a noite em que sua família foi morta. Continha todas as evidências que já haviam sido coletadas ou atribuídas ao caso. O que começou com um quadro de avisos pendurado na parede da cozinha do seu apartamento em Cambridge tinha se transformado anos depois num quadro de 1,80 por 2,50 metros apoiado sobre um cavalete, que ocupava boa parte da sua sala de jantar.

Ainda que Alex tivesse culpado Drew Estes e Laverne Parker pelo hábito constante de olhar à sua volta com desconfiança, eles também foram responsáveis por viabilizar a melhor pista exposta no seu quadro. Anos antes, com a ajuda de Leo, o britânico, Drew Estes foi "motivado" a fornecer o nome da pessoa que tinha aberto a conta bancária numerada e administrada pelos pais dela, cujos extratos Alex encontrou escondidos numa caixa abandonada no sótão da sua antiga casa. Aquela pessoa era um homem chamado Roland Glazer. Ao longo dos anos, Alex tinha investigado meticulosamente o dono da conta ao ponto da obsessão. A investigação não foi difícil. O nome de Roland Glazer esteve em todos os noticiários. Megaempresário americano condenado por tráfico sexual de garotas adolescentes, Glazer morreu em 2012, na prisão, enquanto aguardava julgamento, alguns meses antes do assassinato da família de Alex.

Roland Glazer era ligado a figuras de grande destaque do mundo dos negócios, do entretenimento, da política e da tecnologia, e os artigos que Alex havia lido a respeito dele — muitos dos quais estavam pregados em seu quadro — revelavam que ele era dono de uma ilha na costa de Miami, onde dava festas frequentes para os ricos e famosos. E, naquela ilha, durante aquelas festas, as adolescentes eram oferecidas aos homens de negócios, às celebridades e aos magnatas das empresas de tecnologia. Enquanto os agentes do FBI se movimentavam e os rumores de acusações de tráfico sexual vazavam, três daquelas garotas desapareceram. As jovens eram funcionárias de longa data de Glazer e moravam em sua ilha particular. A suspeita era de que as mulheres talvez tivessem fornecido detalhes importantes a respeito de quem havia frequentado as festas clandestinas e também sobre as garotas oferecidas por Glazer na ilha. Muito se especulava que Glazer tinha algo a ver com o desaparecimento delas. As imagens das três jovens foram incluídas em reportagens e postadas na internet. Foi então, enquanto investigava a respeito de Roland Glazer, que Alex tinha feito a descoberta mais importante em sua busca para encontrar respostas acerca do motivo pelo qual a sua família foi morta. As três mulheres ligadas a Glazer eram as mesmas mulheres nas fotos encontradas na cama dos seus pais na noite em que foram assassinados.

As denúncias e as matérias jornalísticas que Alex havia lido sugeriam que Roland Glazer era uma bomba-relógio que teria arruinado algumas carreiras importantes e exposto um submundo clandestino, se a história dele se tornasse amplamente divulgada e o seu caso chegasse a julgamento. Em vez disso, Glazer se enforcou em sua cela na noite anterior ao início do julgamento. O que diabos os seus pais tinham a ver com aquele homem era a maior incógnita com que Alex havia se deparado em seus anos de busca pela verdade.

Uma tachinha vermelha prendia a foto de Roland Glazer no meio do quadro. Ao redor da imagem de Glazer e das fotos das mulheres encontradas na cama dos seus pais havia dezenas de fichas pautadas e matérias jornalísticas. A imagem de uma impressão digital solitária e encontrada na janela do seu quarto ocupava a sua própria seção, no lado direito do quadro; um mistério tão grande agora quanto era no início. Enquanto Alex examinava o quadro, ela não sabia se estava mais perto de descobrir a verdade naquele momento do que quando criou o quadro anos antes. A sua falta de progresso era um diálogo interno que Alex trabalhava sempre para silenciar.

Talvez o psiquiatra tivesse razão. O importante não era o destino, mas sim a jornada.

26

Washington, D.C.

Segunda-feira, 6 de março de 2023

20h36

O CAVALETE EM QUE O SEU QUADRO DE EVIDÊNCIAS SE APOIAVA ficava num espaço do seu apartamento, onde a mesa de jantar e as cadeiras deveriam estar. Ele ficava visível para Alex todos os dias. Quando alguém vinha visitá-la, o que era raro, ela abria um biombo dobrável diante do quadro para ocultá-lo.

O interfone tocou e desviou a atenção de Alex do quadro. Ela se dirigiu até a cozinha e atendeu.

— Alô?

— Oi, Alex, sou eu — disse Garrett. — Posso subir? Preciso falar com você sobre um assunto do escritório.

— Claro — respondeu Alex e apertou o botão para destrancar a porta de entrada do prédio.

Voltou até o quadro e abriu o biombo dobrável na frente dele. No momento em que Alex abriu a porta da frente, o elevador chegou ao seu andar. Logo depois, Garrett apareceu no final do corredor.

— Quer uma cerveja ou outra coisa? — perguntou Alex depois que Garrett entrou em seu apartamento.

— Uma cerveja — respondeu ele.

Alex pegou uma garrafa na geladeira e a entregou para ele.

— E aí, qual é o motivo da visita? O que não pode esperar até amanhã de manhã?

— Talvez até pudesse — respondeu Garrett, tomando um gole de cerveja. — Mas não queria ter esta conversa no escritório.

Garrett se dirigiu até a janela e observou o rio Potomac.

— O caso de Byron Zell teve um desdobramento interessante.

Alex engoliu em seco e fez o possível para aparentar indiferença.

— Ah, é? Ainda estou trabalhando nesse caso. O cara tem sido um osso duro de roer. Não consegui encontrar muita coisa na internet. Os registros financeiros que ele entregou pareceram limpos. Foi até onde cheguei.

Garrett continuou junto à janela e não respondeu de imediato, deixando as palavras de Alex pairando no ar como um odor rançoso.

— O que está rolando? — Alex finalmente perguntou.

— Byron Zell me mandou um e-mail contendo todos os registros financeiros dele.

— Sério? Achei que ele já tinha mandado. Não são os que você me deu para averiguar?

— Sim — redarguiu ele, virando as costas para a janela. — Foi por isso que fiquei surpreso quando ele me mandou os documentos pela segunda vez.

— É, que esquisito. — Alex fez uma pausa. — Coincidem com os que ele já tinha mandado?

— Palavra por palavra.

— Bom, então acho que você tem a sua resposta. Byron Zell parece ser honesto. A menos que...? Você acha que os arquivos que ele mandou não são autênticos?

— Não, eles são autênticos — confirmou Garrett, afastando-se da janela e indo até a cozinha, onde Alex estava. — Mas um outro problema veio à tona com o e-mail. Havia algo a mais nos documentos que Byron Zell enviou.

— Algo a mais? — Dessa vez, seu tom foi sincero. Ela só tinha anexado documentos financeiros ao e-mail. Assim, o "algo a mais" era uma novidade para ela.

— Um dos arquivos continha pornografia infantil bem perturbadora.

— Como é que é?

— Uma coisa horrível — disse Garrett, ignorando a surpresa de Alex. — Então, me vi numa situação difícil. Tenho a obrigação legal de manter a confidencialidade dos documentos financeiros, já que estão ligados diretamente ao meu cliente e ao caso para o qual ele me contratou. Mesmo que algo nefasto aparecesse neles, o sigilo entre advogado e cliente me impediria de denunciá-lo. Mas pornografia infantil é coisa grande. Não tive escolha a não ser alertar a polícia. Se não fizesse isso, eu poderia ser responsabilizado pelo crime. As autoridades estão investigando a situação agora. Tenho certeza de que a equipe de informática forense vai examinar cada detalhe do computador de Zell.

— Merda — disse Alex para si mesma.

— Ótimo — afirmou Garret. — Você está percebendo a minha preocupação. Então, podemos continuar sem rodeios, tenho que fazer uma pergunta e preciso que me diga a verdade. Sem enrolação.

Alex assentiu.

— Há alguma hipótese, *qualquer* hipótese, Alex, de que o e-mail que veio do computador de Zell possa estar vinculado ao nosso escritório?

Alex sabia o suficiente para não falar algo sem pensar. Ela sabia que Garrett estava fazendo uma pergunta que precisava de uma reflexão criteriosa, e foi o que ela fez. Reviveu em sua mente a noite em que forçou a entrada no apartamento de Zell. Repassou cada detalhe, passo a passo, e não conseguiu se lembrar de ter cometido algum erro.

— Não — ela finalmente respondeu.

— Tem certeza?

— Sim.

Ao longo dos anos, Alex sabia que, desde a sua contratação como investigadora jurídica, Garrett havia depositado muita confiança nela. Ela precisava se equilibrar entre tentar impressioná-lo com as informações que descobria para o escritório e tomar cuidado para nunca o colocar em perigo.

— Juro — insistiu Alex. — Não há nenhuma maneira disso trazer problemas para a gente. É por isso que os documentos chegaram até você num e-mail dele. É impossível de rastrear, exceto de volta para o próprio Zell.

Alex viu Garrett concordar com um gesto de cabeça e tomar um gole de cerveja.

— E eu não sabia nada a respeito de pornografia infantil. Só queria ter certeza de que os registros financeiros que ele forneceu ao escritório coincidiam com os arquivos particulares dele.

Garret voltou a concordar.

— Tudo bem. Está com fome? Vamos sair para jantar.

Alex forçou um sorriso.

— Estou morta de fome — disse ela e foi para o quarto se trocar.

Era como ela e Garrett agiam. Nunca houve muita enrolação. Informações eram trocadas, ambos acreditavam que o outro estava falando a verdade, a discussão era encerrada e eles seguiam em frente.

Alguns minutos depois, Alex saiu do quarto e encontrou Garrett diante do seu quadro de evidências. Ele tinha fechado o biombo dobrável e agora analisava as fotos, e anotações, e artigos jornalísticos pregados no quadro.

Alex pigarreou.

— Está pronto?

Garrett não se afastou do quadro. Respondeu de costas para ela.

— Achei que você tinha desistido disso.

— É, eu também, mas descobri que não conseguiria. Então, voltei atrás.

Por fim, Garrett se virou.

— Está tudo bem?

— Sim.

Houve um longo silêncio.

— Isso não é bom para você, Alex. Manter tudo tão fresco na sua mente. Não é saudável. Não é isso o que o psiquiatra diz para você?

Garrett tinha conhecimento das sessões de terapia de Alex. A psicoterapia não foi ordenada pelo tribunal, mas foi muito recomendada pelo juiz que concedeu a Alex a indenização de oito milhões de dólares. Parte dela foi destinada ao tratamento psiquiátrico, e ela foi incentivada a realizá-lo.

— O dr. Moralis e eu não concordamos em tudo.

— Às vezes é bom esquecer o passado — comentou Garrett. — Não tudo. Não as coisas boas. Mas parte dele.

— Bem, as coisas ruins também fazem parte de mim. Eu tentei deixá-las pra lá, mas não funciona para mim. Procurar, nem sempre encontrar algo, mas *procurar*... me faz sentir que não estou me esquecendo deles. E como não quero esquecê-los, nunca vou parar de procurar.

Houve outro longo silêncio.

— Ainda vamos sair para jantar? — perguntou Alex.

— Sim. Pizza?

27

Washington, D.C.

Segunda-feira, 10 de abril de 2023

19h48

AOS CINQUENTA E SEIS ANOS, ANNETTE PACKARD MANTINHA A forma atlética por meio de uma combinação de Pilates e natação. Pilates era uma prática nova na meia-idade; a natação estava em seu sangue. Na adolescência, ela tinha sonhado em nadar pela equipe olímpica dos Estados Unidos e teve uma chance razoável de isso acontecer. Porém, uma lesão do labrum acetabular roubou meio segundo do seu tempo na prova dos 400 metros de nado borboleta e, com isso, sua carreira de nadadora de competição chegou ao fim. Apesar da aposentadoria precoce como nadadora olímpica, e assim como muita gente que cresceu fazendo algum tipo de esporte, ela nunca deixou a água. O fato de o quartel-general do FBI abrigar uma piscina olímpica ajudou. O prédio foi considerado o mais feio de Washington, e a piscina se enquadrava bem nessa consideração. Situada no segundo subsolo, o centro aquático era uma bagunça degradada de azulejos ausentes e concreto mal remendado. O volumoso espaço não tinha janelas ou luz natural, sendo precariamente iluminado por lâmpadas fluorescentes suspensas, que funcionavam mal e precisavam ser trocadas com frequência. Mas quando Annette trabalhava até tarde, como naquela noite, o acesso vinte e quatro horas à piscina era conveniente. Ela frequentava uma academia particular no subúrbio, mas a piscina fechava às sete da noite, e o seu projeto atual quase nunca a deixava livre antes desse horário.

Annette saiu dos chuveiros na área intermediária entre o vestiário feminino e a piscina, contente em ver apenas uma das seis raias ocupada. Um homem mais velho estava nadando em um híbrido de nado de peito e cachorrinho. Seu nome era Len Palmer, agente especial aposentado de oitenta anos, que estava se recuperando de uma cirurgia de quadril. Annette ficou sabendo da história de vida dele pela conversa da semana anterior, quando a piscina estava cheia, e ela foi forçada a dividir uma raia com ele. Naquela noite, ela se encaminhou para o lado oposto de onde Len estava.

Fazia vinte e cinco anos que Annette trabalhava no FBI. Depois de ingressar como agente de campo, ela logo deduziu que empunhar uma arma e perseguir bandidos não era a sua vocação. Após um ano, foi transferida para a vigilância e, dois anos depois, foi encarregada de fazer uma investigação preliminar acerca de um promotor público com aspirações políticas a governador. Foi nessa força-tarefa, como uma desiludida agente do FBI de trinta e quatro anos de idade, que ela descobriu a sua vocação. Annette aprendeu que, às vezes, os talentos eram descobertos sem serem cultivados, e os objetivos, alcançados sem serem perseguidos, ou mesmo sem se saber que existiam.

Ao ser colocada numa força-tarefa com seus trinta e poucos anos, Annette Packard cultivou um dom especial para investigar os assuntos privados das pessoas. Ao longo dos anos, ela provou ser muito boa naquilo.

Implacável talvez descreva melhor a sua capacidade de desmascarar a vida alheia e ficar na torcida por fofocas preocupantes. Nos últimos anos, quando um político importante passava pelo processo de escrutínio, era Annette Packard quem era convocada para a investigação. O FBI ainda exigia que ela portasse arma de fogo o tempo todo, mas em vez de perseguir bandidos, ela farejava os segredos que os políticos tentavam enterrar e esconder.

Annette enfiou algumas mechas de cabelo debaixo da touca e entrou na água. Com os braços cruzados no peito, pulou de pé até o fundo. A água fria era como o abraço de um velho amigo. Muita gente reclamava da temperatura fria da piscina, mas ela preferia assim. A água fria a impedia de se aquecer demais e deixava a sua mente num estado apurado de concentração. Annette flexionou os joelhos quando os pés tocaram o fundo e se projetou para cima, soltando ar dos pulmões até emergir. Posicionando-se na borda, ela respirou fundo e apoiou os pés nos azulejos rachados para se impulsionar, percorrendo metade do comprimento da piscina submersa. Em seguida, começou um nado em estilo livre.

Após três braçadas, encontrou o seu ritmo e o manteve constante por trinta minutos, quase sem reparar no aumento da frequência cardíaca. Após tantas décadas na água, ela tinha que forçar muito se quisesse fazer um treino cardiovascular, o que às vezes fazia. Na maioria das vezes, porém, preferia uma queima de gordura lenta e constante. Isso mantinha o seu peso e seus músculos torneados. Também ajudava a manter os pensamentos organizados; algo que o seu cargo no FBI exigia.

Depois de quarenta minutos, Annette decidiu queimar a energia restante num nado a toda velocidade de 100 metros. Após uma virada na borda, ela deu braçadas vigorosas, mandando qualquer energia que ainda restava nela no rastro de água que deixava atrás de si. Ao se aproximar da outra borda, sentiu uma presença fora da água: alguém estava junto à beira da piscina e a observava. Ela interrompeu a sua virada no meio e emergiu, em seguida, ergueu os óculos e os deixou sobre a testa.

— James — ela disse ao seu assistente e agente número dois envolvido na investigação de Lawrence Chadwick. — O que houve?

— Temos um problema — respondeu ele.

Havia três meses que estavam investigando Chadwick e não tinham encontrado nada significativo, uma situação reconfortante, e também preocupante. O trabalho de Annette gerava suspeitas, e não confiança, sempre que ela levava tempo demais sem encontrar nenhum podre a respeito da pessoa investigada. Annette *sempre* encontrava algum podre, e quando não encontrava, em geral significava que a pessoa o estava escondendo.

— Que tipo de problema? — perguntou ela, ofegante pelo esforço.

— Um bem ruim. Precisamos de você lá em cima agora mesmo.

— Quão ruim? — Ela limpou a água com cloro dos olhos. — Uma correção de curso ou uma falha do motor?

Ao longo dos anos, a equipe de Annette tinha passado a descrever os problemas que surgiam nas investigações em termos de navegação num cruzeiro marítimo. As correções de curso eram comuns e administráveis. Significava que algo menor havia surgido e eles precisavam desviar e se reorganizar para contornar a questão. Uma falha do motor acontecia com menos frequência, mas em geral podia ser reparada se detectada com antecedência.

— Bem, eu classificaria o problema mais como um iceberg bem no nosso curso.

— Droga — disse Annette, tirando a touca de natação. — De que tamanho?

— Do tamanho do que afundou o *Titanic*.

28

Washington, D.C.

Quinta-feira, 13 de abril de 2023

22h32

NO CAMPUS DA UNIVERSIDADE MCCORMACK, LAURA MCALLISTER estava sozinha no pequeno estúdio de rádio. Ela tirou os fones de ouvido e afastou o microfone. Além do brilho fraco do seu laptop e das poucas lâmpadas do painel de controle, o lugar estava escuro. Após o término da gravação, Laura respirou fundo para acalmar os nervos, mas a sua mão ainda tremia ao tirar o pen drive do computador. Ele continha a edição final do episódio em que ela havia trabalhado no último mês. Com a locução concluída e os depoimentos editados, o episódio estava quase pronto para ir ao ar. No mês anterior, quando ela foi entrevistada no *Wake Up America*, Dante Campbell tinha perguntado em que ela trabalharia na sequência. Naquela ocasião, Laura não fazia ideia. Um mês depois, ela acreditava ter uma história que chocaria toda a universidade.

Armazenado no pen drive havia um episódio que abordava a sua investigação de todo o mês acerca de acusações de estupro na Universidade McCormack, e o flagrante encobrimento por parte de professores e administradores que esperavam poder enterrar a história bem fundo, onde morreria e se decomporia antes de alguém saber da sua existência. O episódio era a reportagem investigativa mais abrangente que ela já havia feito. Continha entrevistas com os alunos que conheciam os fatos, professores que tiveram coragem de falar, cientistas que explicaram como funcionavam as drogas do tipo "boa noite, Cinderela" e psiquiatras que esclareceram por que as vítimas de estupro nem sempre se apresentavam para contar as suas histórias ou não se apressavam em contá-las. O episódio dava os nomes dos estupradores e confirmava as acusações com cronologias e fotos. Laura tinha até ido praticamente disfarçada a uma festa da fraternidade para provar que os seus membros estavam servindo bebidas batizadas com gama-hidroxibutirato, uma droga conhecida como GHB, muito usada em casos de estupro.

Laura McAllister estava prestes a demonstrar mais uma vez que pequenos meios de comunicação, como o seu programa de rádio universitária, podiam divulgar grandes histórias. Sua denúncia estava pronta para causar um grande impacto. Ela não só abordava os estupros no *campus* da Universidade McCormack, drogas do tipo "boa noite, Cinderela" e encobrimentos, mas também examinava com contundência o debate sobre sexo consensual e mergulhava fundo nas escolhas que os jovens universitários faziam a respeito do sexo.

Sem dúvida, o episódio deixaria a universidade e os responsáveis em maus lençóis. Tinha o poder de arruinar vidas e acabar com carreiras, razão pela qual Laura estava começando a se questionar se deveria transmiti-lo. A reportagem era tão volátil que Laura se preocupava com as consequências. Ela tinha feito o dever de casa, confirmado todas as acusações e coletado provas de cada bomba que ia ao ar, mas alguma parte da sua psique questionava se ela deveria passar por isso. Para um dos acusados, em particular, as coisas iriam desandar de uma maneira que Laura sabia que não poderia prever. Ela imaginou ter que testemunhar perante o Congresso sobre a legitimidade das suas descobertas, e estava preocupada com as pessoas poderosas que fariam qualquer coisa para desqualificar a reportagem, desacreditando a sua pessoa como nada mais do que uma universitária com sonhos de ser uma futura ganhadora de prêmios de reportagem investigativa. Laura se perguntava se o escrutínio valeria a pena.

Então, pensou nas vítimas. As garotas cujas histórias ela contaria já tinham tido a vida arruinada e, de algum modo, Laura havia se tornado a voz delas. Laura tinha passado a ser a única que jogaria uma luz sobre o drama delas, porque os responsáveis queriam que a história sumisse. Laura e o seu pequeno programa de rádio tinham se convertido no único meio de divulgar as histórias delas, e ela se sentiu na obrigação de usar a sua plataforma para ajudar. Se a vida daqueles que cometeram os crimes e depois tentaram encobri-los fosse destruída ao longo do processo, que assim fosse. E se gente poderosa viesse atrás dela e tentasse manchar a sua reputação, ela reagiria. Ela tinha os dados de Dante Campbell em seu celular e a oferta de uma das jornalistas mais poderosas e conhecidas do país para ajudá-la, se precisasse de conselhos.

O celular tocou, interrompendo a linha de pensamentos de Laura. Ao olhar para o identificador de chamadas, ela viu o nome de Duncan Chadwick. O pai dele tinha estado em todos os noticiários ultimamente como o provável candidato do presidente para preencher a vaga na Suprema Corte. Enquanto Laura olhava para o celular, duas coisas lhe ocorreram. A primeira era que, apesar de seus esforços para manter o sigilo, a reportagem tinha vazado. A segunda era que, naquele momento, ela estava numa corrida contra o tempo.

29

Washington, D.C.

Sexta-feira, 14 de abril de 2023

18h45

ANNETTE PACKARD ESTAVA SENTADA NO BANCO DE TRÁS DO SUV e lia as suas anotações. Durante a sua carreira, ela havia supervisionado o escrutínio de dezenas de juízes, senadores e candidatos ao Congresso. Quase um terço dos atuais governadores tiveram a vida esmiuçada por Annette Packard antes de iniciarem as suas campanhas e concorrerem ao cargo. Nunca se esperava um mar de rosas quando se vasculhava a vida privada dos aspirantes a políticos. Mas até pouco tempo atrás, Annette tinha descoberto exatamente isto nos últimos três meses de investigação da vida de Larry Chadwick: céu azul e calmaria. O homem era um anjo. Tinha sido uma mudança revigorante, mas agora a sujeira vinha à tona. Costumava acontecer. Dessa vez, era o filho de Chadwick que ameaçava inviabilizar o processo.

Quando o SUV se aproximou da casa de Chadwick, Annette ponderou que, até esse último desdobramento, o pior que ela havia encontrado durante a sua análise pericial da vida e carreira do juiz foram alguns favores pedidos para safar o filho delinquente de encrencas. Não eram nada que a maioria dos pais não teria feito se tivessem poder e influência. Pelo menos, foi assim que ela e a sua equipe apresentaram as informações ao presidente. Não havia como negar que Larry Chadwick poderia ser acusado de abusar do seu cargo para livrar o filho de problemas, mas, em última análise, as transgressões eram leves. A maior tinha sido a de Larry livrar o filho de uma acusação de dirigir embriagado quando Duncan Chadwick tinha dezessete anos. Atitude duvidosa, mas não grave o suficiente para anular a indicação de Larry. No máximo, o incidente levaria a algumas perguntas incômodas e acusações de privilégio por parte de senadores bastante desagradáveis em busca de sangue. E isso só aconteceria se os incidentes fossem descobertos. Em particular, o de Duncan Chadwick dirigir sob o efeito de álcool tinha sido tão bem encoberto que Annette e a sua equipe quase não conseguiram descobri-lo, e ela tinha o poder de todo o Departamento de Justiça ao lado dela.

Na hipótese de que um senador *conseguisse* descobrir o incidente de direção sob efeito de álcool e outros sem importância, Larry conseguiria lidar com as perguntas. Eles o instruiriam sobre como responder. Atacar o filho de um candidato ao cargo de juiz da Suprema Corte era perigoso. Se a tática fosse classificada como um ataque mesquinho ao filho do candidato, o tiro sairia pela culatra. Em resumo, atacar Larry Chadwick pelos delitos não violentos do seu filho seria uma abordagem imprudente da oposição. No entanto, atacar Larry Chadwick pelo papel do seu filho numa série de estupros no *campus* da Universidade McCormack não seria apenas jogo limpo, mas fatal para as chances de Larry.

Quando o motorista parou próximo ao meio-fio, Annette saiu do SUV e se encaminhou para a casa de arenito vermelho dos Chadwick. Nuvens negras estavam se formando no horizonte, ameaçando arruinar meses de céu limpo e calmaria.

30

Washington, D.C.

Sexta-feira, 14 de abril de 2023

19h

A PRESENÇA DO FBI EM SUA CASA NÃO O SURPREENDIA MAIS. Foi quando os agentes apareceram sem aviso prévio que Larry Chadwick se sentiu incomodado. Annette Packard e a equipe dela reviraram do avesso o seu passado, analisando tudo o que era questionável e vasculhando tudo o que era suspeito ou nefasto. Ele se resignou com o fato de que, para conseguir um cargo vitalício na mais alta corte do país, a sua vida seria esmiuçada com antecedência para assegurar que não havia nada podre escondido debaixo do tapete. No entanto, a investigação parecia nunca ter fim.

Ao parar na entrada da garagem da sua casa de arenito vermelho, Larry viu o SUV preto do governo estacionado na frente dela, com o pisca-alerta ligado e um agente ao volante. As visitas domiciliares sempre significavam o surgimento de um "desdobramento", para o qual Annette precisava da atenção imediata de Larry. Eles estavam chegando ao fim do período de escrutínio. Em diversas ocasiões, Larry havia relatado a história de sua vida para Annette e não conseguia pensar em mais nada que pudesse revelar a seu respeito. Nas últimas semanas, Annette havia deixado os anos acadêmicos de Larry e começado a se concentrar na vida adulta e na carreira dele. Suas finanças estavam em ordem, sem sinais de subornos ou corrupção. Larry tinha confiança nas escolhas profissionais ao longo da sua carreira. Ele tinha dado opiniões e decisões corretas como juiz, e todas se fundamentavam em análise jurídica lógica. Suas contratações e nomeações foram diversas e sem controvérsia. Tudo até aquele momento tinha sido considerado bastante limpo. Então, ele queria saber que novo desdobramento trouxe o FBI para a sua casa às sete da noite.

Larry entrou pela porta da frente, pendurou o paletó no armário e foi até a cozinha. Ali, encontrou Annette Packard sentada à mesa de frente para a sua mulher.

— Annette, não esperava vê-la hoje — disse Larry.

— Desculpe aparecer sem avisar — pediu Annette. — Algo surgiu.

Ela usava calça social escura e um blazer, parecendo profissional como sempre. Annette era a própria definição do prático e eficiente.

Larry se aproximou da sua mulher e a beijou.

— Oi, amor, tudo bem?

— Sim — respondeu Renee Chadwick. — Annette e eu estávamos pondo a conversa em dia até você chegar. Ela tem uma questão que precisa da atenção de nós dois.

— Tudo bem — afirmou Larry num tom casual. — Vou pegar uma bebida. Posso servir algo para a senhora?

— Não, obrigada — retorquiu Annette.

— Uma taça de vinho? — Larry perguntou para a sua mulher.

— Talvez daqui a pouco. Estou ansiosa para ouvir o que Annette tem a nos dizer.

Larry foi até o balcão da cozinha e colocou gelo num copo de vidro.

— O que há de tão urgente? Não podia esperar até amanhã de manhã?

— Receio que não — respondeu Annette. — Temos um problema, Larry.

Larry sentiu uma pontada de dor no estômago, medo de que talvez um dos seus casos tivesse sido descoberto.

— O que foi agora? Os meus impostos estão em ordem. Você não acabou de revisá-los?

— Sim. Os impostos estão em ordem. Temo que o problema tenha a ver com o seu filho.

— Duncan? — Larry se afastou do balcão, segurando um copo de uísque. — É o caso de quando ele foi pego dirigindo embriagado? O resultado do exame de sangue foi inconclusivo, Annette. Eles o liberaram mais por falta de provas do que por qualquer influência da minha parte.

— Não é esse caso.

Larry percebeu a expressão séria e impassível de Annette.

— Então, o que é? — perguntou.

— O senhor já ouviu falar de um programa de rádio da Universidade McCormack chamado *O flagra*?

Larry se sentou ao lado de Renee.

— Não. Eu deveria?

— É produzido por uma aluna chamada Laura McAllister. O programa é transmitido semanalmente do estúdio da faculdade de Jornalismo e é bastante popular. Parece que toda a universidade se liga nele. A garota ganhou notoriedade nacional por dar furos jornalísticos e apareceu recentemente no *Wake Up America*, de Dante Campbell.

— Certo — tornou Larry.

— O que começou como um programa de uma rádio universitária se transformou num fenômeno da cultura pop. Pelo estilo combativo e provocativo, Laura McAllister está sendo considerada a versão feminina de Joe Rogan. Ele é um *podcaster* conhecido, que tem uma grande audiência entre os jovens.

— Sei quem ele é.

— Apesar de ser uma simples aluna do último ano da faculdade, Laura McAllister foi capaz de atrair celebridades para o programa dela, e nenhum assunto está fora de questão. Pelas redes sociais, mais de um milhão de pessoas, sobretudo universitários de todo o país, ouvem o programa dela todas as semanas quando ela envia os episódios para as contas dela. A audiência do programa está crescendo exponencialmente.

— Certo — repetiu Larry. — E isso me afeta de que maneira?

Annette cruzou as mãos e as colocou sobre a mesa.

— Temos fontes que nos dizem que Laura McAllister está investigando denúncias de estupro no *campus* da Universidade McCormack e está se preparando para veicular um programa que vai revelar todos os detalhes.

Larry deixou escapar um suspiro de exaustão.

— Será que vou querer saber disso?

— É provável que não, mas o senhor precisa saber. Ela está se preparando para fazer acusações contra a fraternidade Delta Chi, isto é, a fraternidade do seu filho, alegando que os integrantes dela, nas festas promovidas por eles, serviram bebidas misturadas com GHB. É uma droga líquida, insípida e inodora, muito usada em casos de estupro. Muitas garotas fizeram acusações, mas uma delas, uma garota chamada Kristi Penny, disse que foi violentada no início do semestre na fraternidade Delta Chi e registrou um boletim de ocorrência na polícia.

— Pelo amor de Deus! — exclamou Larry e tomou um gole generoso de uísque. — Por que não ouvi falar nada a respeito disso na faculdade?

— Segundo as minhas fontes, estão fazendo uma investigação interna. O senhor não ouviu falar sobre isso, porque a universidade está desesperada para abafar a crise. A McCormack recebe uma doação substancial e um grande apoio financeiro dos ex-alunos. A universidade está bem posicionada como uma instituição acadêmica de elite que rivaliza com as melhores universidades americanas. Um escândalo envolvendo casos de estupro seria muito ruim para os negócios, devastador para a imagem da universidade e fecharia a torneira de doações dos ex-alunos. Colocaria o presidente e o reitor da universidade numa situação difícil, da qual é improvável que qualquer um deles saia ileso. Sem falar que o escândalo atrapalharia a contratação de professores. Esses casos de assédio sexual já estão acontecendo há algum tempo, de acordo com as minhas fontes. A universidade tem trabalhado duro para manter as histórias em segredo, mas agora que a última vítima registrou um boletim de ocorrência na polícia, não será possível manter as coisas escondidas por muito mais tempo. E se Laura McAllister transmitir o programa dela, dependendo do que ela descobriu, o escândalo estará em todos os noticiários.

— Duncan está envolvido? — perguntou Renee.

— Isso é o que precisamos descobrir. Mas mesmo que Duncan não esteja envolvido, talvez pouco importe no que diz respeito à sua indicação. O escândalo por si só pode ser suficiente para queimar o seu nome.

— Droga! — exclamou Larry.

— Antes de reagirmos de forma exagerada, precisamos falar com Duncan — afirmou Annette. — Tudo o que ouvimos até agora provém de fontes secundárias. Podemos ser capazes de sair na frente se soubermos os detalhes. Talvez Duncan possa fornecê-los. Se ele não estiver envolvido, então poderemos fazer uma declaração antes de a história ir ao ar. Com sorte, isso desativará a bomba.

— Que tipo de declaração? — Larry perguntou.

— O senhor, Renee e Duncan vão fazer uma declaração pública por meio de uma coletiva de imprensa, denunciando transgressões da fraternidade e se pronunciando decididamente contra o assédio sexual. O senhor vai fazer uma declaração enfática a respeito de relações sexuais consensuais. Claro, Duncan também vai precisar falar e terá que se afastar da fraternidade. O senhor não tem filhas, então isso vai funcionar contra você, porque não será capaz de mencionar o quanto se sente empático em relação às vítimas. As pessoas vão criticar se o senhor tentar. Seja como for, há uma saída para contornar isso. É estreita, traiçoeira e precisa ser percorrida com muito cuidado. Mas existe. A primeira coisa que precisamos fazer é falar com Duncan.

Larry terminou de tomar o seu uísque num único gole.

— Como a senhora disse que essa garota se chamava? A estudante de jornalismo?

— Laura McAllister. Por quê? O senhor a conhece?

Larry fez que não com a cabeça.

— Não, só estou tentando entender tudo isso.

31

Washington, D.C.

Segunda-feira, 17 de abril de 2023

12h20

SITUADA ÀS MARGENS DO RIO POTOMAC, A BELA E PRESTIGIOSA Universidade McCormack ficava a uma curta distância da casa dos Chadwick. O fato de Duncan Chadwick ter acabado numa faculdade tão perto da sua casa não foi por acaso. Larry sabia do perigo de largar o filho delinquente numa faculdade distante, onde a capacidade de Larry de livrá-lo de apuros seria limitada. Larry havia insistido para que Duncan permanecesse na Costa Leste para manter disponível a sua influência política. Permanecer em Washington seria ainda melhor. Agora, seu filho precisava de poderes políticos amplos mais do que nunca. Porém, dessa vez, Larry não estava lutando para manter o caso de um menor pego alcoolizado ao volante fora do atestado de antecedentes. Dessa vez, ele estava lutando pelo futuro de Duncan e pelo seu próprio.

A coletiva de imprensa ao ar livre não tinha assentos; os expectadores costumavam ficar de pé. Cinquenta cadeiras dobráveis foram colocadas de frente para o pódio posto do lado de fora dos portões em arco da Universidade McCormack. Todas as cadeiras estavam ocupadas e a enorme quantidade de jornalistas se espremia num semicírculo atrás delas. As câmeras dos canais de notícias esperavam prontas e, às 12h20 em ponto, Larry conduziu Renee e Duncan para perto do pódio. Ele e Duncan estavam usando ternos cinza e gravatas azuis, transmitindo uma mensagem não tão sutil de que Duncan era a imagem escarrada do pai, um respeitado servidor público.

Larry se posicionou no pódio e ajustou o microfone, permitindo que as câmeras dos canais de notícias focalizassem nele e na sua família perfeita.

— Boa tarde — iniciou ele. — Fui informado de que algo terrível aconteceu na Universidade McCormack, onde o meu filho, Duncan, está matriculado. Uma garota, cujo nome não mencionarei no afã de respeitar a privacidade dela, foi violentada. A informação de que disponho diz que esse caso aconteceu não só no *campus* da universidade, mas na fraternidade da qual Duncan é membro. Antes de tudo, os meus pensamentos e as minhas orações vão para essa jovem.

Larry fez uma pausa e olhou para as suas anotações. Os obturadores das câmeras fotográficas clicaram em uma rápida sucessão na plateia.

— Essa notícia foi um grande choque para Renee e para mim, e foi uma revelação assombrosa para Duncan. Como uma frente única, queremos nos manifestar contra toda e qualquer forma de assédio sexual. Renee e eu tivemos discussões longas e até constrangedoras com Duncan sobre relação sexual consensual e sobre o que constitui abuso. Nós nos orgulhamos dos valores que incutimos no nosso filho, e Duncan está ansioso para falar sobre esse incidente hoje.

Larry olhou para Duncan.

— Filho?

Duncan assentiu e substituiu o pai no pódio. No momento em que o filho de Larry Chadwick se posicionou atrás do microfone, os obturadores das câmeras fotográficas voltaram a clicar com uma nova intensidade. Ele pigarreou e começou a falar com um tremor audível na voz.

— Como meu pai disse, foi um grande choque saber que uma colega foi violentada. E fiquei ainda mais surpreso ao saber que o estupro aconteceu na minha fraternidade. Os detalhes ainda estão sendo investigados, mas estou aqui hoje com os meus pais para dizer que acredito na vítima, que, como o meu pai disse, não vamos revelar o nome, porque ela quer manter o anonimato. Mas eu acredito nela e estou do lado dela. Também quero dizer que, apesar das amizades incríveis que fiz na fraternidade Delta Chi, vou renunciar a partir de agora à minha condição de membro e vou trabalhar o máximo possível para ajudar a vítima a buscar justiça. Obrigado.

Duncan saiu do pódio e os jornalistas começaram a gritar perguntas. Larry retomou o seu lugar e levantou as mãos para acalmar a plateia.

— Juiz Chadwick! — gritou um jornalista de forma mais agressiva. — Isso vai afetar a sua nomeação para a Suprema Corte?

— Não vamos responder a perguntas hoje — informou Larry. — Mas antes de encerrarmos esta coletiva, quero prometer à vítima e aos pais dela que farei tudo o que estiver ao meu alcance para ajudar a levar o agressor a julgamento. Encorajo a vítima e a família dela a entrarem em contato comigo se acharem que posso ajudar de alguma forma. Também gostaria de mencionar que logo após esta coletiva, Duncan vai procurar a polícia para ajudar as autoridades no que for possível.

— Juiz Chadwick, o senhor ainda é o candidato do presidente para a vaga na Suprema Corte?

— Obrigado pelo tempo de vocês — concluiu Larry. — Deus abençoe a todos vocês. E que Deus abençoe a vítima desse crime terrível.

Os jornalistas continuaram a gritar perguntas. Enquanto isso, Larry saiu solenemente do pódio, reuniu a sua família e entrou num carro que o esperava.

32

Washington, D.C.

Sexta-feira, 21 de abril de 2023

23h35

FOI UM DEUS NOS ACUDA.

Sua reportagem tinha vazado. Laura sabia que quanto mais tempo ela levasse investigando e quanto mais falasse com as pessoas, certos detalhes sobre a reportagem começariam a circular pelo *campus*. Ela sempre tinha achado que conseguiria ficar à frente das fofocas, mas de alguma forma, sua reportagem havia vazado. Não só o material promocional, mas quase todos os detalhes do seu episódio estavam circulando pela Universidade McCormack. O telefonema de Duncan Chadwick a tinha alertado. O pronunciamento dos Chadwick só confirmou. Laura não tinha atendido o telefonema de Duncan e manteve a discrição na semana anterior para evitar um encontro com ele ou com os outros membros da fraternidade Delta Chi.

O pronunciamento havia chocado o *campus* e se tornado o assunto mais comentado em todas as rodas de conversas. Tinha surgido do nada, e Laura sabia que as declarações haviam sido programadas para se anteciparem à divulgação do seu episódio e tirar o fôlego da sua reportagem. O pronunciamento acelerou as coisas de uma forma que ela não havia previsto e, agora, Laura tinha uma decisão a tomar: liberar o seu episódio para ir ao ar e revelar tudo o que havia descoberto no último mês, ou cruzar os braços e deixar que a polícia descobrisse tudo por conta própria. Mas a universidade tinha tomado conhecimento do estupro semanas antes e não havia feito nada a respeito. Laura temia que as autoridades seguissem o mesmo caminho de culpar a vítima até a história desaparecer, mantendo a reputação da universidade imaculada. Embora apreensiva com a situação em que o episódio a colocaria — no centro de uma grande controvérsia que envolvia uma figura política proeminente e seu filho —, Laura não teve escolha a não ser seguir em frente.

Ela girou um cartão de memória entre os dedos e se sentou no estúdio da Faculdade de Jornalismo. Laura tinha concluído as entrevistas, finalizado o trabalho investigativo, editado pela última vez o seu trabalho de locução e armazenado o episódio completo tanto no pen drive como no celular após baixar o arquivo. Claro que o episódio inteiro também estava armazenado no disco rígido do computador do estúdio, mas transmiti-lo do estúdio não era mais uma opção. Tudo tinha mudado desde a semana anterior. Naquela ocasião, Laura achava que teria tempo para decidir quando e como levar o episódio ao ar. Porém, no momento em que a sua reportagem havia vazado, os nomes dos envolvidos começaram a circular pelo *campus*, e os Chadwick estavam na ofensiva. Ela ouviu dizer que a universidade estava pensando na possibilidade de suspender seu programa. Laura precisava agir, e agir logo.

Seu plano era ousado. Ela não usaria a faixa de frequência e a plataforma de transmissão da Universidade McCormack, que sempre foi o primeiro meio para Laura distribuir as suas reportagens antes de postá-las nas suas contas das redes sociais. Em vez disso, ela só faria uso das redes sociais e postaria o episódio direto na internet para os seus mais de um milhão de seguidores. Depois, ela ia se esconder por alguns dias. Talvez ela se escondesse num hotel e acompanhasse o desenrolar dos acontecimentos. Ela tinha pensado em ir para casa, mas não queria chamar a atenção dos pais caso a imprensa ou a polícia — ou até mesmo o governo federal — aparecessem para procurá-la.

— Puta merda — sussurrou Laura no estúdio pouco iluminado, procurando entender como essa história havia ganhado tamanha repercussão.

Laura guardou o pen drive na mochila e fechou o zíper. Após puxar as alças sobre os ombros, ela trancou o estúdio e atravessou o *campus*. Ela tinha pensado a sério em entrar em contato com Dante Campbell pela manhã para discutir a reportagem e pedir a ajuda da apresentadora para a divulgação. Porém, ela sabia que isso poderia levar muito tempo, porque Dante e a NBC precisariam checar todos os detalhes da reportagem para confirmar a sua exatidão. Mas Laura já tinha feito a checagem e sabia que a sua reportagem não tinha nenhum erro.

Ao sair do *campus*, ela decidiu cortar caminho por Horace Grove, uma área arborizada que margeava a universidade. Era um atalho que economizava cinco minutos no trajeto para o seu apartamento e era frequentado por alunos quase todas as horas do dia e da noite. Embora naquela noite, estivesse estranhamente vazio. Ela ajustou os fones de ouvido e ativou o arquivo do seu episódio para ouvi-lo uma última vez. Se ela não encontrasse erros, a decisão estava tomada. Naquela noite mesmo, enviaria o episódio para as suas contas das redes sociais e deixaria as coisas se desenrolarem. A introdução do programa *O flagra* soou nos fones de ouvido e ela começou a percorrer o caminho pelo bosque.

Foi a última vez que alguém viu Laura McAllister viva.

PARTE IV

UM CASO DE PESSOA DESAPARECIDA

Tenho um prazo a cumprir.
— Annette Packard

ACAMPAMENTO MONTAGUE
MONTES APALACHES

Eles esperaram até tarde para sair. Já fazia mais de uma hora que a fogueira tinha sido apagada, e eles passaram o tempo jogando pôquer na cabana dele até terem certeza de que todos no acampamento estavam dormindo e os monitores não estavam mais em sua ronda noturna para pegar as crianças depois do toque de recolher. Após cinco verões em Montague, ele e os seus amigos sabiam como se virar. Sua primeira vez no acampamento foi no verão após a oitava série, quando ele tinha treze anos: a idade mínima permitida para frequentar Montague. Agora, ele tinha acabado o seu último ano do ensino médio e logo ia para a faculdade. Aquele era o seu último verão em Montague. O caráter definitivo das coisas permitiu que ele, e o restante dos veteranos, se sentissem livres para correr mais riscos. Não poderia haver nenhuma penalidade real por quebrar as regras. O procedimento normal a cada verão era que os monitores somassem os méritos de cada frequentador do acampamento, subtraíssem os deméritos e então ajustassem a classificação de cada um para o verão seguinte. Como nem ele nem os seus amigos voltariam para o Acampamento Montague, esse era o primeiro verão que ganhar méritos e acumular deméritos não fazia sentido. Todos os veteranos tinham consciência daquela falta de sentido, e isso explicava por que em todo verão aquele seleto grupo de frequentadores do acampamento seguia as próprias regras.

Ele abriu a porta da cabana e olhou ao redor com cautela. Quando percebeu que o acampamento estava em silêncio, acenou com a cabeça, e o grupo de quatro garotos saiu correndo da cabana e desapareceu na floresta, acendendo as lanternas para encontrar o caminho. Após quinze minutos, o som da queda d'água ressoou entre as árvores, e eles aceleraram o passo. Ao chegarem à clareira, a cachoeira refletiu a luz da lua e tingiu a lagoa com um sereno tom prateado.

— Ei. — Um sussurro veio do outro lado da lagoa.

Ele sorriu e acenou ao ver as meninas. Ele e os seus amigos se apressaram. Eram oito: quatro garotos e quatro garotas. Um dos garotos tinha roubado um engradado de cervejas do acampamento. Eles preferiam água com gás frutada, mas pegavam o que conseguiam roubar do pavilhão principal. Naquela noite, foi cerveja, que caiu mal. Ninguém reclamou. Eles eram um grupo de jovens de dezoito anos em seu último acampamento de verão em Montague, um lugar que tinha definido a experiência da adolescência deles.

Nenhum deles se via fora do acampamento de verão. Moravam em cidades e estados diferentes. Porém, naquele verão, eles reinavam em Montague, tirando proveito de cada segundo de aventura do último verão deles ali.

Depois de todos terem tomado algumas cervejas, os garotos jogaram as camisetas nas pedras e mergulharam na lagoa. As garotas tiraram os shorts curtos, revelando os maiôs por baixo, e seguiram os garotos. Juntos, nadaram até a cachoeira e, durante vinte minutos, encararam a água que caía da montanha. Na hora de voltar, entraram na floresta e pegaram a trilha. Quando chegaram ao acampamento, separaram-se e seguiram direções diferentes, procurando se manter nas sombras.

Ele contornou o lado leste do acampamento e, prestes a sair da floresta, ouviu um rangido da porta da cabana de um dos monitores do acampamento. Ele se escondeu às pressas atrás de uma árvore, se certificou de permanecer no ponto mais escuro e ficou observando. Viu o sr. Lolland — um dos principais monitores de Montague — sair da cabana. Uma menina estava com ele. O sr. Lolland envolvia a nuca dela com a mão, como se a estivesse consolando.

Ele se esgueirou pela floresta e os seguiu pelo acampamento, usando a vegetação como cobertura, enquanto observava o sr. Lolland levar a garota de volta para a cabana dela, conduzindo-a para dentro. Um momento depois, ele viu Jerry Lolland voltar para a própria cabana. Uma sensação de náusea tomou conta do garoto. Ele sabia o que tinha acontecido. No seu primeiro verão em Montague, ele também foi uma das vítimas do sr. Lolland.

* * *

A fogueira estava se apagando. Ele ficou escondido no lugar que tinha examinado depois do jantar: uma pequena clareira na floresta atrás do tronco de um grande carvalho. O local proporcionava uma visão perfeita da cabana do sr. Lolland. A distância, ele viu o acampamento começar a se esvaziar depois que os seus companheiros concluíram a noite com o Juramento de Montague e se dirigiram para as suas cabanas. Quarenta minutos mais tarde, após as luzes das cabanas se apagarem, ele viu a porta da cabana do sr. Lolland se abrir.

Ele se encostou no tronco do carvalho e esperou até o sr. Lolland estar a uma boa distância. Então, saiu da sombra da grande árvore e começou a sua caminhada silenciosa pela floresta enquanto o seguia. Através da vegetação, observou o sr. Lolland passar pela área reservada para os segundanistas do acampamento. Após atravessar um riacho, ele se aproximou da orla da floresta para ter uma visão melhor. Então, viu o sr. Lolland entrar na área onde os novatos estavam alojados e se aproximar de uma cabana.

Um minuto depois, o sr. Lolland saiu da cabana com uma garota ao lado. O garoto refez os seus passos seguindo os dois pelo acampamento, enfim retornando à pequena clareira atrás do carvalho. Foi ali que a sua vida mudou. Foi ali que ele viu Jerry Lolland levar a garota para a cabana dele. Foi ali que ele hesitou. Ele deveria ter feito tantas coisas. Ele deveria ter saído correndo da floresta e impedido o sr. Lolland de levar a garota para a cabana dele. Ele deveria ter saído correndo para o pavilhão principal e contado para os outros monitores o que estava acontecendo. Porém, fazer aquilo significaria admitir que o mesmo havia acontecido com ele, e a vergonha que sentia do tempo que tinha passado na cabana de Jerry Lolland era maior do que a culpa que sentia por permitir que aquilo acontecesse com outra pessoa.

Ele não deteve o sr. Lolland naquela noite. Mas durante a sua permanência nas sombras da floresta, ele elaborou um plano para garantir que Jerry Lolland nunca mais machucasse ninguém.

33

Washington, D.C.
Sábado, 22 de abril de 2023
23h45

BYRON ZELL ESTAVA SENTADO À SUA ESCRIVANINHA E DIGITOU em seu novo computador: um pequeno MacBook que havia comprado para substituir o seu computador de mesa depois que as autoridades o confiscaram. Em apenas algumas semanas, sua vida tinha virado um inferno. Além dos crimes financeiros de que a sua empresa o tinha acusado, ele precisava lidar com o problema maior das diversas acusações criminais relativas à posse de pornografia infantil. Garrett Lancaster cortou todos os laços com ele e, embora Byron ainda não pudesse provar, tinha certeza de que alguém havia entrado em seu apartamento ou, mais provavelmente, invadido o seu computador. Era a única explicação de como a sua pasta de documentos financeiros, na qual ele mantinha os seus arquivos de pornografia da *dark web*, tinha sido enviada para o escritório Lancaster & Jordan.

Byron tinha entrado em contato com três diferentes escritórios de advocacia criminal até finalmente encontrar um que aceitou o seu caso. Mas o escritório estava muito longe de ser o poderoso Lancaster & Jordan. Ainda assim, a melhor abordagem de Byron foi atacar o método pelo qual as autoridades obtiveram as suas informações pessoais, ou seja, por meio de um e-mail fraudulento enviado a Garrett Lancaster. Byron possuía um recibo da loja de conveniência onde tinha comprado dois energéticos e um pacote de batatas chips. A data e a hora da compra constavam no recibo, que coincidiam com a data e a hora do envio do e-mail. Seu novo advogado estava no processo de obter as imagens das câmeras de segurança da loja de conveniência para provar o paradeiro de Byron. Se ele conseguisse provar que não estava no apartamento e não estava usando o computador na hora e na data que o e-mail foi enviado, então as provas — dois gigabytes de pornografia infantil da *dark web* — não seriam aceitas e as acusações contra ele seriam retiradas.

Deveria bastar, mas mesmo assim haveria consequências. Em seus antecedentes criminais constaria o registro de pedófilo, e ele nunca mais conseguiria um bom emprego. E depois de deixar esse desastre para trás, ele recomeçaria a sua luta contra as acusações de apropriação indébita. Enquanto digitava no laptop, ele estava levando uma vida de merda.

Byron procurou não pensar no que aconteceria se o seu advogado não conseguisse retirar as acusações de pornografia infantil. Se condenado pelos crimes financeiros de que foi acusado, ele seria enviado para uma prisão de segurança mínima por alguns meses. Byron tinha amigos que cumpriram penas naquele tipo de prisão e saíram ilesos. Porém, a sua obsessão por crianças era outra história. Isso acarretava uma pena mais severa, e ser enviado para uma prisão de verdade seria uma sentença de morte, sobretudo se as bestas enjauladas descobrissem por que ele estava lá.

Ainda assim, com todo o medo e toda a preocupação em sua mente, sentado diante do seu novo computador, Byron sentiu um impulso familiar se apossar dele. Era um impulso que ele nunca tinha sido capaz de conter. Alguns minutos na *dark web* não fariam mal a ninguém. Dessa vez, ele resistiria à tentação de baixar as imagens mais excitantes. Byron tocou no teclado e ativou o recurso de navegação anônima para que o seu histórico de busca não fosse registrado. Então, passou por uma série de páginas da web e logins. Aquele recanto raramente explorado da internet era um lugar familiar, um lugar que ele visitava para se libertar das normas sociais que reprimiam a sua vida e os seus impulsos. Naquela noite, Byron planejou passar apenas alguns minutos ali. Meia hora, no máximo. Naquele recanto obscuro da internet, não havia reprovação ou vergonha. Ele podia gostar do que quisesse. E não importava *o que* fosse, podia ser encontrado naquela borda obscura da humanidade. Para Byron Zell, o seu vício eram as crianças.

Byron passou um pouco mais de tempo do que pretendia navegando. Convenceu-se de que, se conseguisse escapar de alguma forma da merda em que estava metido, aquela noite seria a sua última vez na *dark web*. Esse exame final das crianças seria uma maneira de tirar aquilo da sua vida, de uma vez por todas. Uma parte da sua psique acreditava nisso. Mas, no fundo, ele sabia que era mentira. Byron sofria de uma dependência que nunca poderia ser curada.

Depois de uma hora, ele fechou o laptop, desligou a luminária de mesa e saiu do escritório. As luzes da cidade eram visíveis pelas janelas da sala do apartamento do trigésimo oitavo andar. A noite estava sem nuvens, e a lua crescente iluminava o piso de madeira apenas o suficiente para Byron se dirigir até a cozinha, onde abriu a geladeira e pegou uma caixa de leite.

A luz da geladeira aberta lançou a sombra de Byron sobre a ilha da cozinha. Pelo canto do olho, ele vislumbrou a imagem de outra sombra que não lhe pertencia. Byron se virou e a caixa de leite caiu da sua mão quando ele viu a figura de preto do outro lado do cômodo, o cano de uma arma refletindo a luz do refrigerador.

Por instinto, ele ergueu as mãos.

— Eu tenho dinheiro.

A figura de preto mostrou fotos de pornografia infantil. Byron tentou protestar, negar, mas as palavras ficaram presas em sua garganta, e ele não conseguiu respirar. Em rápida sequência, dois silvos contidos escaparam da arma. O barulho foi registrado, mas foi só isso. Ele esperou pela dor, mas ela não veio. Num momento, ele estava consciente, e no outro, morto.

Byron Zell caiu no chão da cozinha. Ele não caiu para a frente, nem foi empurrado para trás pelas balas que perfuraram seu corpo: uma no rosto, e a outra no peito. Ele simplesmente desabou. Os joelhos envergaram e as pernas dobraram debaixo dele como um brinquedo inflável que tinha sido esvaziado.

A pessoa que atirou se aproximou do cadáver, jogou as fotos de pornografia infantil sobre ele e saiu depressa do apartamento.

34

Manhattan, Nova York

Terça-feira, 25 de abril de 2023

8h02

ÁGUA PINGAVA DO CORPO DE TRACY CARR ENQUANTO ELA SAÍA do chuveiro e pegava uma toalha na prateleira. Ela se secou antes de se inclinar para a frente, envolver o cabelo molhado na toalha e enrolá-la no topo da cabeça. Foi até o quarto, ligou a televisão e deixou o noticiário matinal passar em segundo plano enquanto vestia a calcinha e o sutiã.

Na mesa de cabeceira, seu celular tocou, e Tracy viu que era uma ligação do seu editor. Ela pegou o aparelho.

— Oi, Gary — atendeu ela.

— Você está vendo o noticiário?

Tracy voltou a atenção para a TV, onde um âncora da CNN estava falando. Na parte inferior da tela, uma tarja vermelha de notícia de última hora reluzia. Já fazia tempo que esse estratagema tinha perdido a sua capacidade de chocar. Um cachorro perdido era notícia urgente na maioria dos canais de notícias vinte e quatro horas da TV por assinatura.

— Acabei de sair do banho — respondeu Tracy. — O que está acontecendo?

— Lembra-se do pronunciamento de Larry Chadwick na semana passada?

— Como poderia esquecer? Foi basicamente um comercial de campanha para mostrar como ele e o filho dele se preocupavam com as vítimas de assédio sexual. Teatro político.

— Sim, mas o pronunciamento está começando a parecer menos com teatro e mais com uma tentativa de desviar a atenção do culpado. Uma garota da Universidade McCormack chamada Laura McAllister está desaparecida. Ouvi dizer que ela estava investigando o estupro que Larry Chadwick e o filho dele mencionaram durante o pronunciamento. Não há muitos detalhes, mas tenho certeza de que existe uma história maior aí. Quero você nisso.

Tracy leu a tarja reluzente na parte inferior da tela do programa da CNN: ESTUDANTE UNIVERSITÁRIA ESTÁ DESAPARECIDA EM WASHINGTON.

— Quando?

— Agora mesmo. O quanto antes. Vá para Washington e veja o que consegue descobrir. Quero um artigo de primeira página para a edição de amanhã. O máximo que você conseguir. Depois, outros detalhes à medida que for descobrindo. Você vai ficar na história até vermos como isso termina, e se há alguma ligação com Larry Chadwick.

— Deixa comigo. Ligo para você de Washington.

Tracy desligou o celular. Ela terminou de ver o restante da notícia na CNN. Uma estudante universitária desaparecida logo após um pronunciamento estranhamente programado pelo provável escolhido do presidente para preencher a vaga da Suprema Corte. Será que havia uma ligação aí? Tracy planejava descobrir. Ela não poderia ter pedido aos céus por uma história melhor. Era um sucesso em potencial. Os fatos ainda eram desconhecidos, o que significava que a especulação seria desenfreada; perfeita para atrair audiência para as suas redes sociais. Significava que a verdade ainda estava esperando para ser descoberta, e o seu público voraz devoraria qualquer migalha de informação que ela conseguisse apresentar. Tracy era mestre da manipulação da triste, mas real, aflição da sociedade: um apetite ávido pelos detalhes sangrentos de um crime real. Era como Tracy ganhava a vida. Adicione uma quase celebridade — como Lawrence Chadwick havia se tornado ao longo do último mês ao ser cortejado pelo presidente — ao desaparecimento de uma jovem e atraente universitária, e Tracy Carr teria índices de audiência enormes diante dela.

Além do trabalho como repórter investigativa do *New York Times*, Tracy Carr tinha um canal de grande sucesso no YouTube que tratava de crimes reais. Ela tinha seis milhões de assinantes e o canal era totalmente monetizado, gerando valores de seis dígitos apenas com a receita de anúncios. Ela empregava três pessoas para manter o canal no ar: a sua antiga colega da faculdade organizava a publicidade e otimizava a veiculação do canal no YouTube e na internet. Um editor de produção visual coletava o material bruto que Tracy gravava e o editava em vídeos curtos e fáceis de assistir. E havia Jimmy, seu cinegrafista. Em geral, as gravações eram roteirizadas e programadas, mas a reportagem de última hora para a qual ela tinha acabado de ser escalada exigia ação rápida. Ela pegou o celular.

— Jimmy — disse Tracy. — Surgiu um imprevisto. Preciso que arrume a mala e pegue todo o seu equipamento. Vamos para Washington.

— Quando? — perguntou Jimmy.

— Agora mesmo. Uma universitária está desaparecida. Mas isso é só o começo da história. Pego você dentro de uma hora.

35

Washington, D.C.

Terça-feira, 25 de abril de 2023

9h15

O ESCRITÓRIO DE ADVOCACIA LANCASTER & JORDAN SE SITUAVA no décimo andar do edifício One Franklin Square, em Washington. A sala de reuniões foi preparada para a reunião daquela manhã. Garrett tinha cancelado os compromissos agendados, assim como Jacqueline Jordan, a outra sócia-fundadora do escritório. De fato, Jacqueline seria a advogada principal caso o Lancaster & Jordan aceitasse Matthew Claymore como cliente.

Garrett e Jacqueline ficaram de pé quando Matthew e os seus pais entraram na espaçosa sala de reunião, dominada por uma comprida mesa de mogno, brilhando com a luz do sol da manhã, que penetrava pelas janelas que davam para o Franklin Park. Ao longe, via-se a cúpula do edifício do Capitólio.

— Matthew — cumprimentou Garrett, estendendo a mão. — Garrett Lancaster, prazer em conhecê-lo. Esta é a minha sócia, Jacqueline Jordan.

— Estes são os meus pais — apresentou Matthew. — Patrick e Sheila.

Apertos de mão foram trocados.

— Obrigado por marcar a reunião tão depressa — disse Patrick Claymore.

A pesquisa de Garrett e Jacqueline revelou que Patrick e Sheila Claymore eram donos de diversos supermercados na Costa Leste e eram incrivelmente ricos. O filho deles, Matthew, estudava Administração na Universidade McCormack. Na semana anterior, a escola tinha ganhado destaque no noticiário após o pronunciamento de Larry Chadwick. Quando os Claymore solicitaram uma reunião para saber do interesse do Lancaster & Jordan de advogar a favor de Matthew num possível caso de pessoa desaparecida, que envolvia uma estudante da Universidade McCormack, Garrett e Jacqueline logo agendaram a reunião.

— É claro — respondeu Jacqueline. — Sentem-se. Espero que possamos ajudar. Querem café antes de começarmos?

Os Claymore recusaram.

Matthew sentou-se à cabeceira da mesa, já que seria ele quem falaria mais. Seus pais se sentaram à sua esquerda e Garrett e Jacqueline à sua direita. Jacqueline abriu uma pasta de couro e folheou algumas páginas de um bloco de notas.

— Matthew, os seus pais nos deram algumas informações prévias pelo telefone, mas Garret e eu vamos precisar que você nos atualize — explicou Jacqueline.

— Tudo bem — respondeu Matthew. — Estou no último ano da Universidade McCormack. No fim de semana, a minha namorada… sei lá, ela parou de responder às minhas mensagens e desapareceu das redes sociais. Ela já fez isso antes, quando ficava muito ocupada com o programa dela.

— O programa dela? — questionou Jacqueline.

— Sim, ela é estudante de Jornalismo e tem um programa de rádio muito popular no *campus*.

— Popular? Você está sendo modesto, filho — interceptou Patrick Claymore. — O programa de rádio da Laura, que na verdade é um podcast, é ouvido por centenas de milhares de pessoas toda semana, baseado nas visualizações.

Jacqueline fez algumas anotações.

— Qual é o nome da sua namorada?

— Laura McAllister.

Jacqueline continuou a fazer anotações em seu bloco de nota.

— Prossiga.

— *O flagra* começou como um programa de rádio que a Laura fazia toda semana no estúdio da Faculdade de Jornalismo. No começo, tratava apenas de cultura pop e fofocas. E ela criou um segmento, o *Fofoca no Campus*, que era a respeito das histórias mais bizarras que rolavam nas faculdades de todo o país. Qualquer coisa, desde transas entre professores e alunos até bailes que acabavam mal. No primeiro ano, muita gente começou a ouvir o programa todas as noites de quinta-feira. Era, tipo, uma coisa da Universidade McCormack, e o programa da Laura se tornou bastante popular.

"Aí, no segundo ano, ela começou a produzir um programa mais sério, falando a respeito de como os *campi* podem parecer, e podem *ser* de verdade, lugares perigosos para as alunas. Ela entrevistou garotas de todo o país, não só da McCormack, e o consenso a que se chegou era que elas se sentiam mais amedrontadas e vulneráveis quando saíam sozinhas no *campus*. Então, Laura propôs uma ideia para dar um jeito nisso, que foi de a universidade contratar motoristas particulares para transportar alunas no *campus* à noite e nos fins de semana. Ela apelidou a solução de "Uber U". E pegou. Não só a McCormack adotou o plano Uber U, mas muitas faculdades em todo o país também. Laura foi convidada para participar do *Wake Up America* e foi entrevistada pela Dante Campbell. Desde então, a audiência do programa da Laura disparou. Ela tem mais de um milhão de seguidores nas redes sociais."

Matthew balançou a cabeça para voltar ao que mais interessava.

— Seja como for, nas últimas semana, Laura me contou que estava investigando uma história de estupro no *campus*.

— No *campus* da Universidade McCormack? — indagou Jacqueline.

— Sim. Não sei todos os detalhes, porque a Laura não falou muito a respeito. Ela não queria que a reportagem vazasse. Mas aí, na semana passada, o *campus* ficou em polvorosa depois do pronunciamento dos Chadwick. Tinha tudo a ver com a história que Laura estava se preparando para contar. Então, como eu disse, ela parou de atender às minhas ligações e de responder as minhas mensagens no fim de semana, e desapareceu das redes sociais. No domingo, os pais da Laura me ligaram para perguntar se eu tinha notícias dela. Disse para eles que não e, logo em seguida, eles registraram um boletim de ocorrência para relatar o desaparecimento dela. Então, ontem, dois policiais apareceram no meu apartamento para fazer um monte de perguntas.

— Sobre a Laura? — perguntou Jacqueline.

— Sim, a respeito da Laura, e se a gente tinha brigado recentemente e mais um monte de outras coisas.

— Você respondeu às perguntas dos policiais?

— Sim, mas depois de um tempo comecei a ficar assustado e disse para eles que queria ligar para os meus pais.

O sr. Claymore se inclinou sobre a mesa de reunião.

— A polícia perguntou para o Matthew se ele poderia ir até a delegacia para responder a mais perguntas durante um interrogatório oficial e fornecer amostras de DNA. Eu o orientei a não fazer isso até que obtivéssemos assessoria jurídica. Rezo para a Laura estar segura e que isso acabe sendo um grande susto ou mal-entendido. Mas já ouvi muitas histórias tenebrosas para saber que, se algo aconteceu com essa pobre garota, a primeira pessoa que as autoridades vão mirar é o namorado dela.

Jacqueline assentiu.

— Você teve algum contato com a polícia desde que eles interrogaram você ontem?

— Não — respondeu Matthew. — Um detetive deixou uma mensagem de voz hoje de manhã, me pedindo para retornar a ligação.

— Mas você não retornou?

— Não.

— Certo — disse Jacqueline. — E até onde você sabe, ninguém teve notícias da Laura?

— Não. — Matthew deu de ombros. — Mandei várias mensagens para ela e falei com algumas amigas dela. Ninguém tem notícias dela e ninguém a viu.

Pensativa, Jacqueline deu uma batidinha com a caneta no bloco de notas.

— Antes de tudo. Só fale com a polícia se Garrett ou eu estivermos presentes. Se algum policial aparecer no seu apartamento, diga que vai ligar para a sua advogada e então entre em contato comigo imediatamente. Vou passar o número do meu celular para você. Enquanto isso, um dos nossos investigadores entrará em contato com você para examinar mais a fundo os detalhes do seu relacionamento com a Laura, assim como outras informações de que vamos precisar. Então, e só então, vou marcar um interrogatório oficial com a polícia. Mas vamos fazer isso segundo as nossas regras. E eu estarei ao seu lado quando isso acontecer.

Apertos de mão de despedida foram trocados e, assim, o Lancaster & Jordan tinha um novo caso de grande repercussão nas mãos.

36

Washington, D.C.

Terça-feira, 25 de abril de 2023

10h

NOS ANOS DE FORMAÇÃO, ALEX RECONHECEU OS PERIGOS representados pelo álcool e tomou a decisão de nunca se envolver com ele. Se ela tivesse vivido uma adolescência normal, poderia ter sido diferente. Talvez ela tivesse experimentado álcool na época do ensino médio, como a maioria dos jovens, e saísse ilesa. Porém, após a tragédia que sofreu quando era jovem e influenciável — que a fez saltar entre continentes, fugir da imprensa e ser encurralada por psicopatas que tentaram chantageá-la —, Alex sabia que a atração pelo álcool vinha repleta de armadilhas. Agora, aos vinte e oito anos de idade e já numa fase mais madura na vida, ela estava num ponto em que o álcool talvez pudesse ser curtido como um instrumento social em vez de uma muleta. Mas ela não era uma pessoa muito sociável e o seu trabalho nunca a colocava em situações em que a existência social fosse necessária — com exceção de uma festa anual de Natal do Lancaster & Jordan a que ela não costumava comparecer. E por isso, em algum momento entre se libertar da angústia da sua adolescência e chegar aos quase trinta anos, a janela de oportunidade tinha se fechado, e ela não sentiu mais curiosidade no que o álcool poderia fazer por ela ou com ela. No entanto, café era outra história.

Uma cafeteira a vácuo era o seu mais recente objeto de desejo. Era um dispositivo que continha duas câmaras de vidro, permitindo que a pressão do vapor forçasse a água quente a se misturar com o café moído. Alex havia experimentado o tempo certo e descoberto que seis minutos e meio produziam a melhor mistura. Agora, ela estava saboreando a sua bebida matinal e, satisfeita, levou a caneca para o sofá e abriu o seu laptop. Tinha se tornado o seu ritual de todas as manhãs. Café e leitura do noticiário seguidos por uma hora de trabalho no quadro de evidências antes de ir para o escritório. Após trinta minutos de leitura das manchetes das principais notícias internacionais, Alex limitou o seu interesse para a região de Washington. Então, chegou a um artigo que a deixou paralisada. Era do *Washington Times*.

ALTO EXECUTIVO ALVEJADO EM INVASÃO DE DOMICÍLIO

Byron Zell, ex-diretor financeiro da Schuster Industries, foi encontrado morto em seu apartamento em Washington na manhã de segunda-feira. A polícia forneceu poucos detalhes sobre o homicídio, exceto que Zell morreu devido a ferimentos por arma de fogo e foi encontrado por um parente.

Zell estava envolvido em um processo judicial movido pela Schuster Industries por suposta apropriação indébita de fundos da empresa. Porém, os problemas legais de Zell não terminavam aí. Recentemente, ele também havia sido acusado de posse de pornografia infantil. O caso ainda estava sob investigação no momento da sua morte.

Nenhuma outra informação foi divulgada. Novos detalhes estão em desenvolvimento.

Alex começou a procurar outros artigos, mas o seu celular tocou. Era Garrett.

— Alô.

— Preciso de você no escritório agora. Temos um novo caso. É urgente.

— O que foi?

— Há uma pasta no escritório que trata dos detalhes e vai atualizar você. Novo cliente, um caso de pessoa desaparecida e uma possível conexão com a confusão que está acontecendo com Larry Chadwick e a Universidade McCormack. Ainda não sabemos todos os detalhes. Queremos você no caso, mas precisamos ser rápidos. O potencial de cobertura da mídia é alto e, em pouco tempo, a Universidade McCormack vai estar apinhada de jornalistas abelhudos. Queremos saber com o que estamos lidando antes de nos aprofundarmos demais. Jacqueline vai estar no comando do caso e ela vai instruir você no escritório.

— Estarei aí em trinta minutos.

— Até logo.

— Ei, Garrett? Você viu as notícias sobre Byron Zell?

— Vi.

— O que você acha?

— Falaremos a respeito de Byron Zell mais tarde. Sabe, bem lá no fundo, estou preocupado com a sua pequena aventura agora que o apartamento dele virou uma cena de crime. Mas estou tentando administrar um escritório de advocacia, e temos preocupações maiores no momento. Tenho certeza de que a polícia vai querer falar comigo a respeito de Byron Zell e da perspectiva de pornografia infantil. Não pretendo mencionar que você era a investigadora designada para o caso dele, a menos que eu seja pressionado. Por favor, me ajuda aqui, Alex. Fique longe do caso de Byron Zell.

Houve um silêncio na conversa.

— Alex?

— Sim.

— Você está entendendo o que estou dizendo para você?

— Sim, estou.

— Vejo você daqui trinta minutos?

— Sim — respondeu Alex, encarando o artigo sobre Byron Zell. — Vejo você daqui a pouco.

Ela desligou o celular e sem demora voltou a procurar outras notícias a respeito da invasão do apartamento de Byron. Quando terminou de tomar o café, Alex tinha quase se convencido de que não havia deixado nada para trás que denunciasse a sua presença, mesmo que uma unidade de perícia examinasse todas as superfícies.

37

Washington, D.C.

Quarta-feira, 26 de abril de 2023

10h32

NO DIA SEGUINTE, ALEX PAROU O CARRO NO ESTACIONAMENTO de um condomínio de apartamentos localizado nas imediações do *campus* da Universidade McCormack. A fachada do prédio de três andares ostentava um conjunto de escadas em zigue-zague que dava acesso a cada andar. Alex saiu do carro, subiu a escada até o segundo andar e bateu na porta do apartamento 211. Um momento depois, um jovem a abriu.

— Matthew Claymore?

— Sim?

— Alex Armstrong. Trabalho no escritório Lancaster & Jordan. Jacqueline Jordan pediu que eu conversasse com você a respeito de alguns assuntos antes de você e ela se reunirem com a polícia ainda esta semana.

— Sim, vamos entrar — convidou Matthew.

Alex entrou no pequeno apartamento estilo universitário, composto por dois quartos, sala, cozinha e banheiro. Deixou a pasta que carregava na mesa da cozinha e se sentou.

— Quer beber alguma coisa? — perguntou Matthew. — O café ainda está quente.

Alex olhou para a cafeteira, cuja jarra de vidro estava manchada de um marrom imundo.

— Não, obrigada.

Matthew sentou-se de frente para ela.

— Uma garota chamada Laura McAllister está desaparecida — disse Alex. — A polícia quer saber se você está envolvido.

— Sim.

— Você e Laura estavam namorando?

— Sim.

— Antes de tudo, você tem algo a ver com o desaparecimento da Laura?

— Não.

— Vamos nos aprofundar em alguns detalhes específicos sobre o fim de semana. Se estiver mentindo, vai atrapalhar a capacidade do Lancaster & Jordan de defender você.

— Não estou mentindo.

— Tudo bem — retorquiu Alex. — Meu trabalho é provar isso.

— Como você faz isso?

— De muitas maneiras. Em primeiro lugar, precisamos criar um álibi sólido e depois confirmar esse álibi com provas.

Alex abriu o dossiê que Jacqueline Jordan tinha lhe dado. Continha os pormenores do "Caso Matthew Claymore", como era chamado agora no Lancaster & Jordan.

— Primeiro, você vai me falar a respeito da Laura — afirmou Alex. Eis o que eu sei: Laura McAllister foi dada como desaparecida pelos pais dela na tarde de domingo. De acordo com as nossas fontes, a última vez que alguém a viu foi na noite de sexta-feira. A pessoa que a viu por último foi a colega de apartamento de Laura, que disse que ela tinha ido ao estúdio da Faculdade de Jornalismo para terminar um projeto em que estava trabalhando. Ninguém mais a viu desde então. Isso coincide com o que você sabe?

— Sim.

— Laura tinha inimigos? É razoável pensar que algo aconteceu com ela, ou é mais provável que ela tenha ido embora por algum motivo?

Matthew balançou a cabeça para cima e para baixo.

— Acho que as duas hipóteses são possíveis. Laura estava se preparando para levar ao ar um episódio do programa dela, e havia muita polêmica em torno dele. A sra. Jordan te falou a respeito?

— *O flagra.* Sim, está no dossiê.

Alex sabia tudo a respeito de Laura McAllister, do seu programa de rádio e das suas redes sociais, que tinham mais de um milhão de seguidores. Jacqueline havia feito um resumo sobre a situação, e Alex passou uma hora lendo com atenção os detalhes do arquivo preliminar que a sua chefe tinha elaborado.

— Tudo bem — continuou Matthew. — Então, mesmo que a Laura estivesse tentando manter em segredo a história do estupro que ela estava averiguando, os rumores começaram a circular pelo *campus*. E aí, tipo, depois do pronunciamento do pai de Duncan Chadwick, as coisas ficaram muito loucas na universidade durante a última semana, mais ou menos.

— Muito loucas como?

— Com os rumores sobre o que a Laura estava prestes a revelar. Rumores a respeito de quem eram as garotas estupradas e quais membros da fraternidade estavam envolvidos. As pessoas estavam surtando. Além disso, Laura me contou que a universidade a estava pressionando.

— A universidade? — questionou Alex.

— A Universidade McCormack é… bem, é uma universidade com muito prestígio. É uma espécie de alternativa às universidades da Ivy League e atrai estudantes com pais ricos e poderosos. Pelo pouco que me falou a respeito da investigação, Laura confirmou que os caras da fraternidade, em uma das festas, tinham misturado uma droga na bebida que é muito usada em casos de estupro. Há um boletim de ocorrência registrado na polícia por uma das garotas que foi violentada. A reportagem da Laura não só focalizaria essa ocorrência de assédio sexual, mas também destacaria problemas do passado que a universidade havia varrido para debaixo do tapete. Laura disse que a McCormack estava mais interessada em preservar a reputação imaculada e manter os seus ex-alunos felizes e orgulhosos, para que as doações continuassem a afluir a cada ano. A universidade recebe doações que rivalizam com as de Harvard, e a Laura ia acusar a McCormack de tomar todas as medidas possíveis para proteger isso, inclusive a de guardar silêncio sobre uma história de estupro no *campus*.

Alex fez algumas anotações.

— Então, de volta à sua pergunta original — prosseguiu Matthew. — Laura fez alguns inimigos e tinha boas razões para ir para algum lugar e se esconder até toda essa poeira baixar.

— Quem eram os caras que Laura ia entregar? — perguntou Alex. — Quais são os nomes deles?

Matthew fez um gesto negativo com a cabeça.

— Ela nunca me contou. Como falei, Laura estava bastante reservada quanto à reportagem em que estava trabalhando.

— Então como vazou em tão alto grau?

— Não tenho a mínima ideia. As pessoas sabiam que Laura estava xeretando a história do estupro, mas havia apenas alguns rumores circulando até o pronunciamento de Duncan Chadwick. Aí, uma grande agitação tomou conta do *campus*.

— Faltava pouco para Laura terminar a reportagem?

— Bem pouco. Acho que ela já tinha até terminado, talvez só faltasse alguma locução para fazer no estúdio.

— Por que ela não liberou o episódio? Se ela tinha terminado, por que ela não levou ao ar na noite de quinta-feira? Não é o dia em que o programa é transmitido?

— É, mas Laura estava com receio de levar a reportagem ao ar. A universidade a advertiu, por meio de uma carta, que qualquer trabalho que ela fizesse no estúdio da Faculdade de Jornalismo pertencia à instituição e não poderia ser divulgada sem a aprovação dela.

Alex fez outras anotações.

— Tudo bem. Vamos passar para você e Laura. Quando foi a última vez que você a viu?

— Sexta-feira de manhã. Ela dormiu no meu apartamento na quinta à noite e saiu cedo na sexta para uma aula.

— Aula de quê? — quis saber Alex. — Vamos entrar em assuntos mais específicos e eu preciso de todos os detalhes.

— Hã, acho que aula de lei e ética de imprensa — respondeu Matthew, confirmando com um gesto de cabeça. — Sim, isso mesmo. Essa era a aula dela nas manhãs de segunda, quarta e sexta-feira.

— Ótimo. Os detalhes vão ajudar.

— Ajudar com o quê?

— Com a sua credibilidade. Quanto mais tempo Laura ficar desaparecida, mais suspeitas vão recair sobre você. Precisamos de todos os detalhes do seu fim de semana delineados. Que horas ela saiu daqui na sexta-feira?

— A aula era às nove horas. Então, ela saiu, tipo…

— *Tipo* não, Matthew. A que horas exatamente Laura saiu do seu apartamento?

— Oito e vinte. Ela queria passar na casa dela antes da aula para tomar banho e se trocar.

— E você não voltou a vê-la?

— Não, não a vejo desde então.

— Você se comunicou com ela depois que ela saiu do seu apartamento na manhã de sexta-feira? Telefonema ou mensagem? Alguma coisa nas redes sociais?

— Não.

— Quando a polícia apareceu pela primeira vez para falar com você sobre a Laura?

— Na segunda-feira à tarde. Tipo… quer dizer, logo depois de uma da tarde.

— Tudo bem. No momento, temos dois delimitadores: você estava no seu apartamento às oito e vinte da manhã de sexta-feira e a polícia apareceu no seu apartamento à uma da tarde de segunda-feira. Você e eu vamos ficar sentados aqui e você vai se lembrar do que fez de hora em hora nesse intervalo de tempo. E não vai só me *dizer* onde estava; vamos ter que *provar* isso.

— De hora em hora?

— Sim.

— Como vamos provar todos os passos que dei durante todo o fim de semana?

— De diversas maneiras. Você vai me conduzir ao longo do seu fim de semana e vai me contar todos os detalhes de que conseguir se lembrar de cada hora. Tenho uma longa lista de perguntas que vão ajudar a refrescar a sua memória. Então, por conta própria, vou confirmar o que você me contar. E, Matthew, se mentir para mim, vou descobrir, porque vou falar com todas as pessoas que você se lembra de ter visto, incluindo amigos, colegas de classe e professores. Vou examinar o seu celular e verificar todas as ligações que fez, todas as mensagens que enviou e todos os rastros que deixou nas redes sociais. Vou conseguir os *logs* das antenas das operadoras para confirmar os *pings* registrados pelo seu celular e rastrear os seus movimentos. Vou confirmar tudo usando o localizador GPS do seu celular para mapear todos os passos que você deu. Vou conseguir os vídeos das câmeras de segurança de todos os estabelecimentos em que esteve e vou compará-los com os recibos. Cartões de crédito, cartões de débito e pagamentos digitais vão confirmar o seu paradeiro.

— Puta merda.

Alex fez beicinho.

— É difícil transitar por este mundo sem deixar vestígios. E vou usar essa invasão completa da sua privacidade para provar que você não teve nada a ver com o desaparecimento de Laura McAllister. E aí? Está pronto para me provar que a última vez que viu a sua namorada foi na manhã de sexta-feira ou gostaria de alterar a sua declaração antes de começarmos?

— Sem alterações. A última vez que vi a Laura foi na manhã de sexta-feira. Vamos começar.

38

Washington, D.C.

Sexta-feira, 28 de abril de 2023

8h15

O "COVIL" SE SITUAVA NO NONO ANDAR DO EDIFÍCIO ONE Franklin Square, um andar abaixo dos escritórios principais do Lancaster & Jordan. O covil destinava-se aos investigadores, aos assistentes jurídicos e aos recém-formados em Direito que passavam dez horas por dia com o nariz enterrado em livros de leis ou navegando por milhares de registros arquivados nos computadores para realizar pesquisas para os advogados de verdade do andar de cima. Os sócios do Lancaster & Jordan ditavam diretrizes no décimo andar, mas os investigadores comandavam as coisas no nono. O perímetro do covil abrigava alguns escritórios modestos em comparação com os enormes espaços do andar superior, mas ainda tinham quatro paredes, e uma porta, e simbolizavam poder. Os mais antigos e mais graduados os reivindicavam e, com oito anos de experiência em seu currículo, Alex tinha direito a um deles.

Ela estava sentada à sua escrivaninha e a impressora a laser funcionava a todo vapor. Ela havia passado dois dias muito atarefados e produtivos desde o seu encontro com Matthew Claymore. Agora, estava imprimindo o resultado dos seus esforços para a reunião com Jacqueline Jordan. Alex já tinha trabalhado em casos suficientes com ela para saber exatamente o que Jacqueline queria e exatamente como queria. E Alex sabia que a sua investigação sobre esse caso em particular precisava ser perfeita. Muitas vezes parecia que Jacqueline adotava um viés familiar ao designar o investigador para os casos comandados por ela, quase sempre nomeava o seu irmão para os mais importantes. Porém, a verdadeira razão para Jacqueline nomear Buck para aqueles casos era porque ele era o melhor investigador do Lancaster & Jordan. Algo que Alex jamais contestaria. Mas o fato de Jacqueline ter escolhido Alex para o caso de Matthew Claymore — um que tinha potencial de se tornar midiático — era uma demonstração de que, embora Buck Jordan ocupasse o primeiro lugar entre os investigadores do escritório, Alex vinha logo em seguida.

Ela ouviu uma batida na porta. Ergueu os olhos e viu Buck enfiar a cabeça no vão.

— Ei, garota — disse ele. — Apareceu aqui antes das nove. Isso quer dizer que está trabalhando num caso para a patroa.

Alex sorriu.

— Temos que trabalhar no horário da Jacqueline quando somos designados para um dos casos dela.

— Só estou zoando. Todos sabemos que você pegou o caso dos Claymore. Bom para você. Algo quente?

O sorriso de Buck empurrou as suas bochechas de buldogue para cima, fazendo com que os seus olhos quase se fechassem. Com quase sessenta anos, Buck Jordan exibia em seu rosto as marcas do tempo como investigador. Vigilâncias longas e alimentadas a cigarros e noitadas regadas a álcool cobraram o seu preço. Alex conhecia bem o colega e, ao longo dos anos, até tentou amansar o consumo de álcool dele com incentivos sutis destinados a apontar que os alcoólatras funcionais ainda são alcoólatras.

— Estou trabalhando nisso — Alex afirmou.

— Me avisa se precisar de alguma coisa.

— Valeu, Buck.

Quando a impressora finalmente ejetou a última página, Alex pegou o material, passou as páginas por uma perfuradora, encadernou tudo em um único volume e subiu para o décimo andar. Dirigiu-se ao escritório do canto, ergueu o material encadernado para a secretária de Jacqueline ver — uma senha implícita que significava que a chefe estava esperando por algo importante — e recebeu um aceno de cabeça para seguir em frente. Alex bateu na porta e, ao mesmo tempo, a abriu.

— Oi, Jacqueline. Fiz a investigação inicial sobre Matthew Claymore.

Símbolo de uma advogada de cidade grande, Jacqueline Jordan sempre se vestia com perfeição. Naquela manhã, ela usava um elegante traje feminino de negócios, incluindo blusa de seda branca sob um blazer cinza, que combinava com a saia na altura dos joelhos. A mulher estava sempre revigorada e perspicaz. Famosa no escritório por ser a primeira advogada a chegar, em geral começava a trabalhar antes das sete da manhã e quase nunca terminava antes das sete da noite. E não havia espaço para enrolação em sua agenda. Ela era sócia-fundadora de um dos maiores escritórios de advocacia criminal da Costa Leste e os seus serviços eram muito demandados. Casada com um importante médico anestesista, Jacqueline Jordan era metade de um poderoso casal da capital americana e, Alex sabia pelas conversas com Garrett, que ela tinha dinheiro aos montes. Ela trabalhava muito não por necessidade de dinheiro, mas porque estava em seu sangue.

Na casa dos cinquenta anos, a única evidência da meia-idade de Jacqueline eram os óculos de leitura que se equilibravam na ponta do seu nariz enquanto ela trabalhava. Ao contrário de Buck, o seu irmão mais velho, cuja carreira obstinada nos becos da investigação criminal havia marcado o rosto dele com sulcos profundos, Jacqueline Jordan não tinha rugas, resultado, Alex supunha, de sessões de Botox mensais. Jacqueline ergueu os olhos do dossiê que estava lendo e espiou Alex por cima dos óculos.

— E então, como foi?

— À primeira vista, o garoto parece inocente — respondeu Alex, sentando-se numa das cadeiras de frente para a escrivaninha de Jacqueline.

Alex entregou o material encadernado que continha o seu trabalho.

— Posso afirmar com certeza que ele estava com a Laura McAllister na manhã de sexta-feira no apartamento dele, fato confirmado pelo colega de apartamento do Matthew, que viu a Laura sair, e pelo GPS do celular dele. Dois professores confirmaram ter visto Laura em suas salas de aula na sexta-feira de manhã e à tarde. Então, temos provas de que Laura estava viva e bem depois da última vez que Matthew a viu. Laura foi vista pela última vez por sua colega de apartamento na noite de sexta-feira, supostamente a caminho do estúdio da Faculdade de Jornalismo. Ninguém mais a viu desde então. Ela foi dada como desaparecida no domingo à tarde pelos pais dela, e a polícia bateu na porta de Matthew à uma e vinte da tarde de segunda-feira, confirmado por um relatório policial que obtive.

"Consegui criar uma cronologia detalhada de todos os passos de Matthew desde o momento em que Laura deixou o apartamento dele na manhã de sexta-feira até quando a polícia o procurou na tarde de segunda-feira, tudo confirmado por meio do uso do cartão de crédito, da câmera do caixa eletrônico, das postagens nas redes sociais e dos *pings* e do rastreador GPS do celular dele. Tudo. É bastante rigoroso, com exceção das horas de sono de Matthew, que tecnicamente não podem ser atestadas. Um promotor sedento ou um detetive desonesto poderiam usar essas horas sem registro para alegar que foram as horas em que Matthew ficou à espreita."

— Algum jeito de contornar essas horas em que Matthew estava dormindo?

— Não. Falei com o colega de apartamento dele e ele confirmou que *acredita* que Matthew estava dormindo no quarto. Mas nenhuma prova de testemunha ocular. Infelizmente, são horas sem registro na linha do tempo de Matthew que não podemos explicar.

— Que tal um *smartwatch*?

Alex fez um gesto negativo com a cabeça.

— Já perguntei. Matthew não usa um. O celular dele o coloca no apartamento durante essas horas, mas é possível argumentar que ele tenha deixado o aparelho no apartamento para fazer o trabalho sujo.

— Tudo bem, então vamos ter que lidar com as horas sem registro depois. Isso se o assunto vier à tona. Algum sinal de alerta?

— Ele e Laura estavam namorando. Então, ele é um suspeito logo de cara, pouco importa o que a gente faça. E ele era membro da fraternidade Delta Chi, que era a turma que Laura McAllister estava prestes a acusar de ter misturado drogas do tipo "boa noite, Cinderela" nas bebidas durante as festas. Ainda não tenho muitas informações a esse respeito, mas estou trabalhando nisso.

— Tudo bem — disse Jacqueline, folheando o trabalho de Alex. — Até agora, eu diria que o bem supera o mal. Qual é a sua opinião pessoal sobre o garoto?

— Acredito nele. Já trabalhei com mentirosos antes. Matthew Claymore não está mentindo. Ele está morrendo de medo, mas não está mentindo.

Jacqueline assentiu.

— Então, eis o plano, Alex. Preciso de munição caso Laura McAllister não apareça ou, Deus nos livre, algo tenha acontecido com ela. Precisamos blindar Matthew das acusações que a polícia talvez faça contra ele. Isso vai exigir que nós não só tenhamos certeza de que ele é inocente como ele diz, mas também que elaboremos teorias alternativas quanto ao que pode ter acontecido com Laura McAllister. Precisamos saber os detalhes. Quem, como e por quê. Você conhece a rotina.

— Já estou trabalhando nisso — replicou Alex. — A pergunta óbvia é se o desaparecimento de Laura McAllister tem algo a ver com a reportagem que ela estava prestes a divulgar.

— Exato. Preciso que descubra o máximo que puder sobre essa garota e a reportagem que ela estava fazendo. Quem estava envolvido, quem seria identificado, quem teria interesse em impedir que a reportagem chegasse à grande mídia. Temos que ter certeza de que Matthew não fazia parte da reportagem da Laura, mas também precisamos dos nomes daqueles que faziam. Espero que essa garota apareça logo e nunca tenhamos que usar nada disso, mas ela está desaparecida há quase uma semana e precisamos nos preparar para o pior cenário. Essa cronologia dos movimentos de Matthew é um bom começo, mas é necessário mais do que isso se as coisas ficarem feias.

— Entendido — disse Alex enquanto se levantava. — Terei um quadro melhor na próxima semana.

— Obrigada, Alex. Estou contente que esteja trabalhando comigo neste caso.

Alex assentiu. Em seguida, deixou o prédio e voltou para o *campus* da Universidade McCormack para continuar a sua investigação a respeito do que poderia ter acontecido com Laura McAllister. Dessa vez, incluiria alguns métodos heterodoxos de coleta de informações.

39

Washington, D.C.

Sexta-feira, 28 de abril de 2023

9h

— ELE ESTÁ PREOCUPADO — INFORMOU ANNETTE PACKARD.

Sentado no banco de frente para ela, Larry Chadwick mexeu o café, fazendo o vapor subir em espiral da caneca.

Quinze minutos antes, Annette o tinha tirado da sua sala de audiências para falar em particular.

— O que mais ele quer que eu faça? Duncan mudou a vida dele por causa disso. Ele está cooperando com a polícia. Não há nada que o ligue a essa garota a não ser a fraternidade, a qual ele denunciou em público e da qual se afastou.

— A coisa está feia, Larry, e o presidente está preocupado que a oposição no Senado use a crise a seu favor. Se ele indicar você e o Senado rejeitar o seu nome, isso fará o presidente parecer fraco num ano eleitoral.

— Nós temos os votos no Senado — afirmou Larry. — Não é o que diz a pesquisa interna?

— *Dizia*. Essa pesquisa é de duas semanas atrás, antes dessa história aparecer. Estamos avaliando os números outra vez, e muitos senadores que votariam a seu favor agora estão indecisos.

— Uma universitária rebelde que espera ser eleita a melhor jornalista investigativa do ano foge por alguns dias e devemos agir como se fosse o crime do século. Pior, devemos dar satisfações aos nossos adversários e ficar negando o envolvimento do meu filho. Basta mencionar Duncan e o nome dessa garota na mesma frase para que comecem a associá-lo a ela. Você entende, não é, Annette? Por favor, me diga que entende como funciona uma campanha de difamação.

— Entendo, Larry, mas parece que está funcionando.

— Duncan não tem nada a ver com o sumiço dessa garota. Ponto-final.

— Receio que esse seja apenas o começo da história.

Larry respirou fundo.

— Achei que os filhos estivessem fora de questão na política.

— Não numa investigação sobre uma garota desaparecida.

— Uma que não tem nada a ver com o meu filho. A associação mais próxima com essa garota é o fato de o meu filho frequentar a mesma faculdade? É nisso que o outro lado está se baseando?

— Estão se baseando em mais do que isso, Larry. Mesmo que ele tenha se afastado da fraternidade, Duncan *foi* membro dela, e ela agora está sob investigação por supostamente ter batizado as bebidas em suas festas com uma droga muito usada em casos de estupro.

— Se isso é verdade ou não, e não sabemos se é verdade; no momento, não passa de um rumor, Duncan não estava envolvido.

— Não importa se você acredita que é uma campanha de difamação ou uma história legítima envolvendo o seu filho, espero que leve em consideração o problema.

Larry mexeu o café sem responder. Finalmente, ele a encarou.

— Você está recomendando que ele deixe de indicar o meu nome?

— Não. Ainda não. Você é a primeira opção do presidente. Ele quer você e, nesse momento, ele *só* quer você. O meu trabalho é garantir que, se ele indicar o seu nome, o seu nome será confirmado na audiência do Senado. Caso contrário, não será ruim só para ele, também será ruim para mim. Estou batendo um recorde, Larry. Todas as pessoas que investiguei e atestei chegaram à Terra Prometida. Se eu aprovar o seu nome para o presidente, e essa confusão acabar queimando a sua confirmação, a minha carreira estará em jogo tanto quanto a do presidente. Posso não ter o país para administrar, mas tenho contas e uma hipoteca para pagar.

— Isso é uma tremenda confusão — disse Larry. — O trabalho da minha vida está indo pelo ralo.

Annette não deveria ter se surpreendido pelas ambições políticas de Larry Chadwick o cegarem para o fato de uma garota estar desaparecida. Ou que considerava o possível fracasso da sua nomeação para a Suprema Corte uma tragédia maior que o desaparecimento de uma estudante universitária de vinte e dois anos. Ele era um político, afinal.

— Pode pedir ao presidente para dar um pouco mais de tempo a esse assunto? Peça a ele para esperar só mais uma semana. Deixe que a polícia pelo menos inicie uma investigação antes de jogar fora a minha indicação.

Annette pensou um pouco e então assentiu com um gesto lento de cabeça.

— Tudo bem. Vou pedir a ele para dar uma semana — concordou ela.

Uma semana daria tempo para Annette encontrar respostas para perguntas que o presidente com certeza gostaria de ver respondidas. Daria tempo para Annette descobrir se deveria dizer ao seu chefe para apoiar Larry Chadwick com confiança ou desistir da indicação e evitar um *tsunami* político.

40

Washington, D.C.

Sexta-feira, 28 de abril de 2023

13h35

NA SEXTA-FEIRA À TARDE, ALGUMAS HORAS DEPOIS DE ELA TER saído do escritório de Jacqueline Jordan, Alex estava sentada à mesa dos fundos de uma lanchonete, em Georgetown. Ela mexeu o café; uma infusão filtrada servida numa jarra de vidro redonda que deve ter armazenado diversas infusões anteriores naquele dia. Em seu primeiro gole, o café se provou tão ruim quanto ela esperava. Após sofrer ao tomar mais alguns goles, Alex viu Matthew Claymore entrar na lanchonete. Ele se sentou diante dela.

— Como foi o interrogatório na polícia? — perguntou Alex.

O primeiro interrogatório oficial de Matthew na polícia tinha acontecido mais cedo naquela manhã.

— Tudo certo, acho. A sra. Jordan falou muito e ela teve... acho que você deu para ela todo o trabalho que fizemos juntos, porque toda vez que um dos detetives me perguntava onde eu tinha estado no fim de semana, ela apresentava uma prova. Valeu por fazer tudo isso por mim.

— É para isso que vocês pagam a gente. Mas caso algo *tenha* acontecido com a Laura, vamos precisar de muito mais do que uma cronologia.

— Como o quê?

— Tenho que saber mais coisas sobre a reportagem que a Laura estava fazendo. Quanto mais tempo ela ficar desaparecida, mais a polícia vai procurar por respostas. E quanto mais procurar, maior a probabilidade de encontrarem o que procuram, quer exista ou não.

— Como assim?

— Confie em mim. Estou no ramo há muito tempo, e já tive a minha própria experiência desagradável com uma investigação policial. Você já está na mira da polícia. Você ainda está à frente no jogo, porque assegurou assistência jurídica boa, muito boa mesmo. Mas a polícia tem uma teoria sobre o que aconteceu com a Laura, e podemos afirmar que você faz parte dessa teoria. Não podemos nos acomodar e esperar que eles criem uma narrativa. Precisamos partir para o ataque, apresentando a nossa própria teoria do que pode ter acontecido com a Laura.

— Mesmo que eu tenha contado e *mostrado* onde estive durante todo o fim de semana?

— Não importa, Matthew. É isso o que estou tentando dizer a você. Não importa que seja inocente. Há espaços em branco no seu fim de semana. E se referem às horas em que você esteve dormindo. E como você estava sozinho nessas horas, a polícia e os detetives vão usá-las para encaixar a narrativa criada por eles. Vão dizer que você passou esse tempo, as horas em que ninguém consegue explicar os seus movimentos, sequestrando a Laura e escondendo o corpo dela.

— Meu Deus! Nem sabemos se aconteceu algo com ela.

— Só estou explicando como a polícia e os detetives agem. O meu trabalho é mantê-lo protegido da tempestade que pode estar chegando. Para conseguir isso, preciso da sua ajuda.

Uma garçonete se aproximou e serviu café na caneca de Alex.

— Quer alguma coisa, querido?

— Uma Coca-Cola, por favor — respondeu Matthew.

Após a garçonete se afastar, Matthew olhou para Alex.

— Os meus pais me disseram para fazer tudo o que a sra. Jordan dissesse. Então, vou te ajudar. Vou dar o que você precisar. O que estiver ao meu alcance.

— Ótimo. Vamos começar com algumas perguntas. O relacionamento entre você e Laura era restrito?

— Tipo, se a gente estava saindo com outras pessoas?

— Sim.

— Não. O nosso relacionamento era pra valer.

— Há quanto tempo vocês estavam juntos?

— Quase um ano e meio. Desde a metade do terceiro ano.

— Você sabe de alguém que talvez estivesse interessado romanticamente na Laura?

— Não que eu saiba.

— Laura teve algum ex-namorado?

— Deve ter, mas ela nunca mencionou o nome de um. Laura não chegou a namorar no primeiro nem no segundo ano da faculdade. Então, pode ser que no ensino médio.

A garçonete entregou o refrigerante de Matthew.

— Vocês vão pedir algo para comer?

— Não, obrigada — respondeu Alex.

A garçonete deixou a conta na mesa.

— O refil da sua bebida é gratuito. Basta me chamar, caso queira mais — disse ela e se afastou para atender outra mesa.

— Certo — prosseguiu Alex. — Me fala sobre a reportagem que Laura estava fazendo.

Matthew deu de ombros.

— Não sei muito sobre ela. Laura estava bastante reservada a respeito desse trabalho. O que ela me disse foi que havia sido comunicada sobre um estupro ocorrido no *campus*. E depois de começar a investigação, Laura me falou que o estupro tinha acontecido na residência da minha fraternidade. Ou *dizem* ter acontecido.

— Você sabia disso?

— Não. Quer dizer, havia boatos, mas eram só boatos.

— Que tipo de boatos?

— Que talvez alguns caras tivessem batizado o ponche com GHB.

— Quem? Quais eram os nomes deles?

— Não sei. Era só um boato. Eu não fazia parte disso. Então, não sabia se era verdade ou não. Mas aí, tipo, algumas semanas atrás, ouvimos dizer que uma garota tinha procurado a polícia e registrado um boletim de ocorrência de que havia sido estuprada na residência da fraternidade. A gente entrou em pânico. Imaginamos que a polícia apareceria e começaria a fazer perguntas. Ou o reitor chamaria a gente ou a fraternidade seria fechada. Mas nada disso aconteceu. Por isso achei que não era verdade.

— O que a Laura disse para você?

— Nada. Como eu disse, Laura estava preocupada que a reportagem dela vazasse antes de divulgá-la. Aí, ela teve o cuidado de não me contar nada.

— Você estava preocupado a respeito da reportagem de Laura?

— Não sei, talvez. Eu não sabia o que era verdade e o que era invenção. Não queria que nenhum dos meus amigos se metesse em encrenca, ainda mais se nada daquilo fosse verdade. E, tipo, para ser bem sincero com você, Laura e eu brigamos por causa disso uma noite antes de ela... sabe, antes de ela desaparecer.

— Que tipo de briga?

— Só uma discussão. Eu queria saber que tipo de prova a Laura tinha e ela não quis me contar nada a respeito. Ela estava estressada, porque muitos boatos estavam circulando pelo *campus* sobre a reportagem dela. Eu estava estressado, porque tinha a ver com a minha fraternidade. Então, tudo explodiu numa grande discussão.

— Você falou para a polícia a respeito dessa discussão?

— Não. Não me perguntaram nada. E a sra. Jordan me disse para não dar nenhum detalhe se não perguntassem.

Alex fez uma pausa longa o suficiente para tomar um gole de café.

— Como a Laura se envolveu nessa história toda, para começo de conversa? Como ela ficou sabendo disso?

— No ano passado, ela criou uma conta de e-mail quando o programa começou a ficar conhecido. As pessoas mandavam e-mails com todo tipo de histórias, e a Laura selecionava as mais interessantes. E aí, ela começava a investigá-las para ver se eram verdadeiras.

— Quem deu a informação sobre o estupro no *campus* da Universidade McCormack?

Matthew balançou a cabeça.

— Não sei.

Alex conseguiu tomar um último gole do café.

— Tudo bem. Vou fazer algumas averiguações. Talvez eu tenha que fazer algumas perguntas para você. Se eu ligar, atenda o telefone. Entendeu?

— Sim. Você precisa de ajuda? Posso ajudar.

A última coisa de que Alex precisava era de um cúmplice enrolado a ajudando a infringir ou desrespeitar a lei em seu esforço para protegê-lo.

— Só deixe o seu telefone ligado — disse Alex, ficando de pé. — Vou ligar se precisar de alguma coisa.

41

Washington, D.C.

Sexta-feira, 28 de abril de 2023

14h45

ALEX ESTAVA SENTADA NO CARRO E OBSERVAVA O CONJUNTO de apartamentos. Sua investigação revelou que Laura McAllister morava na unidade 7 e que a colega com quem dividia o apartamento se chamava Liz Chamberlain, que também era aluna do último ano e estava cursando quinze créditos naquele semestre. Ela devia estar prestes a sair para a aula de ciências políticas às três da tarde. Alex estava esperando e vigiando. Às 14h48, a porta da unidade 7 se abriu e Liz apareceu. A garota trancou a porta e saiu caminhando em direção ao *campus* da Universidade McCormack. Alex deu uma última olhada ao redor do estacionamento, não viu ninguém e saiu do carro. Ela tirou o seu estojo de couro contendo o kit de ferramentas para abrir fechaduras ao se aproximar da porta do apartamento de Laura. O mecanismo da fechadura era menos complicado do que o da fechadura do apartamento de Byron Zell, e Alex conseguiu abri-la em menos de sessenta segundos.

Ela fechou a porta e enfiou as mãos nas luvas de látex. O apartamento tinha uma planta semelhante à do de Matthew Claymore: dois quartos, sala, cozinha e banheiro. Alex se encaminhou ao primeiro quarto, viu uma foto de Laura McAllister e dos pais dela na escrivaninha e entrou. A cama de Laura estava feita. A escrivaninha estava muito bem organizada, e uma olhada rápida no armário revelou roupas perfeitamente penduradas em cabides. As prateleiras acima das roupas penduradas continham calças jeans, leggings e moletons dobrados. Não havia nada fora do lugar que sugerisse que algo abominável tivesse ocorrido nesse quarto ou que Laura tivesse saído às pressas.

Alex sabia que os detetives já tinham estado, ou logo estariam, naquele quarto em busca de provas. Ela tomaria cuidado para não deixar sinais da sua presença. Alex guardava uma profunda desconfiança em relação aos detetives; o desprezo estava enraizado na investigação malconduzida do assassinato da sua família e muitas vezes foi irrigado por lembranças do seu tempo no Centro de Detenção Juvenil de Alleghany. Todos os casos para os quais ela foi designada no Lancaster & Jordan eram realizados com a lembrança bem fresca na mente do seu interrogatório ilegal e de todas as táticas desonestas usadas para retratá-la como uma assassina. Numa conversa franca com Garrett anos antes, Alex prometeu usar o seu talento como investigadora para impedir que o que tinha ocorrido com ela acontecesse com qualquer outra pessoa. No momento, a "outra pessoa" era Matthew Claymore, e ela não sentia nenhum remorso pelas estratégias que empregava para protegê-lo, incluindo invadir o apartamento de uma garota desaparecida e vasculhar as coisas dela.

Alex sentou-se à escrivaninha e mexeu no mouse que estava ao lado do computador. O iMac de Laura ganhou vida e um protetor de tela de flores primaveris a saudou. Alex clicou no ícone de e-mail no canto superior direito da tela inicial, levando-a direto para a caixa de entrada de Laura McAllister após a sincronização de senhas. Ela escolheu a pasta intitulada "Disque-Denúncia de *O flagra*" e começou a navegar pelas mensagens. Alex passou quinze minutos lendo linhas de assunto em busca de algo que lhe chamasse a atenção. Finalmente, uma chamou. Tinha a data de 13 de março, mais de um mês atrás, e a linha de assunto dizia: "Estupro na Universidade McCormack". Alex abriu. Havia uma troca de dois *e-mails*. Alex navegou para o começo.

Querida Laura,

Estou escrevendo para te contar sobre a minha experiência recente no *campus*. Você já ouviu falar de gama-hidroxibutirato? É uma droga mais conhecida como GHB. Está sendo usada para que as garotas possam ser estupradas. Bem nesta universidade. Eu tenho provas.

— Ashley Holms

Mais adiante, Alex leu a resposta de Laura.

Ashley, você despertou o meu interesse. Vamos conversar.

— Laura

Alex desconectou o e-mail e deixou o computador em suspenso. Ela se certificou de que nada estava fora do lugar e saiu do apartamento em busca de Ashley Holms.

42

Washington, D.C.

Sexta-feira, 28 de abril de 2023

15h30

DURANTE A SUA CARREIRA DE OITO ANOS COMO INVESTIGADORA do escritório de advocacia Lancaster & Jordan, Alex tinha sido encarregada de seguir a pista de diversas pessoas repugnantes, incluindo membros de gangues de rua de Washington com nada mais do que os primeiros nomes deles. Encontrar Ashley Holms, que morava no *campus* da Universidade McCormack, levou trinta minutos. Havia apenas um dormitório do segundo ano, hospedando 156 estudantes. Bastou uma mentira convincente para o garoto atrás do balcão de recepção do dormitório, explicando que ela estava ali para fazer uma surpresa à sua prima Ashley, mas que não sabia o número do quarto dela, para que Alex acabasse batendo na porta 455.

— Ashley? — perguntou Alex quando a porta se entreabriu.

— Sim?

Alex percebeu a confusão na expressão facial de Ashley Holms. Alunos de famílias abastadas constituíam o corpo discente da Universidade McCormack, e Alex tinha certeza de que havia regras que proibiam tatuagens e *piercings*. O braço direito de Alex coberto de tatuagens, parte de outra tatuagem visível em seu pescoço e um *piercing* em forma de argola em sua narina esquerda deviam ser o suficiente para fazê-la ser expulsa do *campus*. Pelo menos foi o bastante para Ashley Holms lhe dar uma segunda olhada. O cabelo loiro espetado e a cor do batom do dia — magenta brilhante — devem ter aumentado a confusão de Ashley quanto ao porquê daquela criatura estranha ter batido na sua porta.

— O meu nome é Alex Armstrong. Estou prestando um serviço jurídico que envolve alguns acontecimentos na Universidade McCormack. Podemos conversar por alguns minutos?

— Hum, acho que sim — respondeu Ashley. — Tem a ver com a Laura McAllister?

— Não especificamente. Posso entrar?

Ashley passou pela porta, saiu para o corredor e a fechou.

— Podemos conversar aqui fora? — perguntou ela.

— Claro, tudo bem.

— Para quem você disse que trabalha mesmo?

— Para um escritório de advocacia. Lancaster & Jordan.

Foi uma resposta vaga e Ashley pareceu aceitar. Mesmo que ela quisesse fazer outras perguntas, Alex não lhe deu a chance.

— Quando foi a última vez que você viu Laura McAllister?

— Na semana passada. A polícia já me perguntou a respeito disso.

— Você se lembra exatamente do dia?

— Quinta-feira. Estávamos fazendo um trabalho para *O flagra*. É um programa de rádio produzido por ela para os estudantes.

— Sim, é sobre isso que quero falar com você. Estou tentando descobrir o quão grave era a reportagem de Laura.

— Como você chegou ao meu nome? — indagou Ashley.

Pelas suas conversas com Matthew, Alex sabia que, desde o pronunciamento dos Chadwick, o clima no *campus* incluía um sentimento geral de mau agouro. E desde que a notícia do desaparecimento de Laura tinha chegado às manchetes, a Universidade McCormack andava repleta de jornalistas. Alex teria que ser honesta acerca do que precisava se esperava conseguir a cooperação dessa garota.

— Matthew Claymore contratou os serviços do escritório de advocacia para o qual trabalho. Você o conhece?

— Sim, ele é o namorado da Laura.

— No trabalho que estou fazendo para o Matthew, comecei a investigar os detalhes da reportagem da Laura. Sei que foi você quem alertou a Laura, e preciso saber se o nome de Matthew aparecia nessa reportagem que Laura estava fazendo. Ou seja, se ele estava envolvido nas acusações de estupro no *campus* da McCormack.

— Matthew? Não, o nome dele jamais foi citado.

Uma sensação de alívio tomou conta de Alex e fez a ponta de seus dedos formigar. Ela já tinha trabalhado em casos em que a inocência do cliente era menos certa. Era sempre mais fácil se comprometer totalmente com um caso quando ela tinha confiança que estava trabalhando pela liberdade de uma pessoa inocente.

— Quando você viu Laura na semana passada, onde foi que isso aconteceu?

— No estúdio da Faculdade de Jornalismo.

— Para algo que tinha a ver com a reportagem dela?

— Sim. Laura queria terminar uma entrevista que estava fazendo comigo. Ela precisava de alguns esclarecimentos e, aí, disse que iria fazer algumas locuções que estavam faltando.

— Qual foi o seu papel na reportagem da Laura? Você a alertou sobre o que poderia estar acontecendo na fraternidade Delta Chi. O quanto você sabia?

— Muito.

— Você sabe quem estava envolvido?

— Sim, conheço um deles.

— Quem?

Ashley ficou calada. Alex percebeu que a garota estava com alguma dificuldade de decidir o quanto revelar.

— Escuta, Ashley, sei que sou uma figura estranha que bateu na sua porta. Mas acredite em mim quando digo que, embora o meu escritório esteja representando Matthew Claymore, tenho em mente o bem da Laura. Preciso saber o máximo que puder a respeito da reportagem dela. Qualquer coisa que me ajude a descobrir o que aconteceu com ela também vai me ajudar a garantir que Matthew não seja acusado injustamente por algo que ele não fez.

Houve outro breve silêncio.

— Preciso da sua ajuda, Ashley.

— Contei para Laura tudo o que eu sabia. Ela fez o resto do trabalho para confirmar isso.

— Me diga o que você contou para a Laura.

Ashley engoliu em seco e olhou para o teto. Então, finalmente, encarou Alex.

— Há cerca de um mês, uma garota foi estuprada. Ela é minha amiga e não quer ter o seu nome revelado. O estupro aconteceu quando estávamos na residência da fraternidade Delta Chi. Me falaram que ela tinha dado uma escapada com um cara. Imaginei que era para dar uma transada. Não fiquei preocupada nem nada. Nem sequer me perturbou. Mas, no dia seguinte, ela me contou o que tinha acontecido. Ela havia apagado e não conseguia se lembrar de nada. Na manhã seguinte, quando ela acordou na residência da fraternidade, descobriu que tinha sido estuprada. Ela foi ao hospital e fez um exame de sangue. Quando o resultado saiu, mostrou que ela tinha GHB no organismo.

— A polícia encontrou o cara que fez isso?

— Não. Nem procuraram. Disseram que, pelo fato de a minha amiga ter consumido drogas e álcool, e não se lembrar do estupro, não podiam fazer nada a respeito.

— Ela sabia quem era o cara?

Ashley fez um gesto negativo com a cabeça.

— Esse é o problema. Ela só consegue se lembrar de fragmentos daquela noite. Isso é o que o GHB faz. É uma droga muita usada em casos de estupro, porque deixa a garota incapaz de se defender e, em seguida, apaga a memória dela. Mas…

— Mas o quê?

— Mas a gente sabe… minhas amigas e eu sabemos quem era o cara. Temos fotos do início da noite. Estávamos todos juntos na festa e tiramos várias fotos. Ela estava com o mesmo cara em todas elas, e uma amiga nossa viu os dois subindo a escada para os quartos de madrugada.

— Quem era o cara? Quem era ele?

Ashley passou a mão pelo cabelo.

— Não sei se devo dizer mais alguma coisa. É por isso que a Laura estava tão preocupada. Muitos boatos estavam começando a se espalhar, e ela queria divulgar a reportagem antes que fosse tarde demais.

— Já pode ser tarde demais, Ashley. Escuta, ninguém sabe o que aconteceu com a Laura, mas a polícia decidiu que Matthew Claymore está envolvido.

— Matthew? Mas eu já disse a você que ele não tem nada a ver com a reportagem da Laura.

— Me ajude a provar isso. A polícia está com o Matthew na mira, e eu fui contratada para ajudá-lo. Me conta quem estuprou a sua amiga e prometo levar essa informação à polícia e fazê-la agir.

Ashley fez outra pausa.

— Foi Duncan Chadwick. Foi por isso que ele e o pai deram aquele pronunciamento, porque o Duncan sabia que a Laura estava prestes a ligá-lo ao estupro.

Alex sentiu a ponta dos dedos formigar outra vez, como se um choque elétrico tivesse percorrido o seu corpo. Jacqueline Jordan a enviou para descobrir teorias alternativas sobre o que poderia ter acontecido com Laura McAllister. No momento, Duncan Chadwick era uma delas.

— Laura tinha concluído a reportagem?

— Sim. Ela só estava fazendo uma revisão final e uma espécie de última edição da minha entrevista, mas estava preocupada com o fato de que a universidade pusesse um ponto-final no programa. As denúncias de estupro envolviam um grande número de caras, não só Duncan Chadwick e a fraternidade dele. A universidade estava tentando manter a história em segredo. Como tudo foi gravado no estúdio, e como o estúdio pertence à universidade, Laura disse que, teoricamente, a McCormack controla tudo o que é gravado lá. Por isso ela estava pensando em só enviar o episódio para as contas dela nas redes sociais e ignorar o estúdio.

— Então, Laura deve ter armazenado o episódio em algum lugar.

— Sim. Num pen drive. Não sei como tudo funcionava, eu só coloquei os fones de ouvido e falei ao microfone. Laura fez o resto. Mas eu a vi conectar um pen drive no computador dela quando terminamos a gravação. Laura disse que tudo o que é gravado no estúdio também fica armazenado num disco rígido e teoricamente pertence à universidade.

— Um disco rígido no estúdio? — perguntou Alex.

— Sim. Mas o estúdio está trancado. Passei por lá um dia desses. Ninguém pode entrar lá por enquanto. A gente costumava usar os nossos cartões magnéticos da universidade para destrancar a porta, mas quando tentei, não funcionou.

— Que pena — disse Alex. — Acho que se trata de um beco sem saída. De qualquer forma, obrigada. Você me ajudou muito.

Alex se virou e saiu andando pelo corredor antes que Ashley Holms pudesse responder ou fazer alguma pergunta. Alex empurrou as portas da frente do dormitório e começou a atravessar o *campus*.

43

Washington, D.C.

Sexta-feira, 28 de abril de 2023

16h05

ALEX APRESSOU O PASSO PELO CAMPUS EM DIREÇÃO À FACULDADE de Jornalismo. Ela notou dois furgões de um canal de notícias estacionados do lado de fora da entrada principal, com as equipes puxando fios e cabos e se preparando para transmitir reportagens ao vivo para o noticiário do começo da noite. O pronunciamento de Larry Chadwick na semana anterior tinha atraído a imprensa de Washington para a Universidade McCormack, mas o sumiço de Laura McAllister escancarou as comportas para a mídia nacional. A Universidade McCormack e os arredores estavam repletos de jornalistas, e, com certeza, quanto mais tempo a garota permanecesse desaparecida, pior ficaria essa situação.

Ao se aproximar, Alex observou o movimento. As equipes de reportagem, os jornalistas, os furgões e as câmeras trouxeram de volta as imagens daquela noite fatídica de uma década antes, quando Donna a conduziu para fora da sua casa, colocando-a sob os vários flashes de equipes de reportagem semelhantes. Um gosto amargo de bile provocou uma queimação em sua garganta. A única coisa que poderia ser considerada mais suculenta para a imprensa do que uma jovem desaparecida seria descobrir que uma garota acusada de matar a própria família no passado estava investigando o caso.

Alex sentiu o súbito desejo de ficar o mais longe possível das câmeras e das equipes de reportagem. Enquanto olhava para a agitação do lado de fora dos portões da Universidade McCormack, onde os jornalistas buscavam o melhor local para realizar as suas reportagens, ela esbarrou em alguém na calçada.

— Ah, desculpa — disse Alex, se orientando e se dando conta de que tinha se chocado com uma mulher que segurava um microfone e gravava uma reportagem.

O cinegrafista baixou a câmera do ombro e acenou com a mão em desgosto.

— Corta — pronunciou ele. — Vamos ter que regravar tudo.

Alex olhou para o cinegrafista. O fato de ter que regravar a cena significava que não era uma transmissão ao vivo. Alex voltou a olhar para a repórter.

— Me descul…

Alex tentou terminar o seu pedido de desculpas, mas as palavras ficaram presas em sua garganta. Parecia que a sua traqueia havia se estreitado, e por mais que ela tentasse falar, as palavras não saíam. Levou apenas um momento para Alex entender por que o seu corpo estava paralisado: ela estava diante de Tracy Carr, a repórter que tinha enfiado o microfone em seu rosto dez anos antes quando ela foi conduzida para fora de casa na noite em que a sua família foi assassinada.

Ela estava cara a cara com a repórter que a tinha perseguido durante uma década e que ganhou vários seguidores ao oferecer atualizações periódicas sobre o paradeiro de Alexandra Quinlan. Alex sabia que essa era a mulher que havia criado o apelido de "Olhar Vazio". E ali estava Tracy, olhando diretamente para ela.

— Desculpe — Alex finalmente conseguiu dizer. — Eu estava distraída.

Alex desviou o olhar, quebrando o contato visual por medo de que, apesar dos anos desde o último encontro delas e da transformação física de Alex, Tracy Carr a tivesse reconhecido. Alex não deu tempo para a mulher juntar as peças, se afastando depressa com a sensação inquietante de que todo o encontro, ainda que breve, tinha sido captado pela câmera da reportagem. E se Tracy Carr suspeitasse de quem havia atrapalhado a sua reportagem, ela tinha a prova digital para revisar e confirmar. Distanciando-se às pressas, Alex deu uma olhada por cima do ombro ao estar prestes a virar a esquina do prédio da Faculdade de Jornalismo. Tracy Carr continuava a observá-la e, por um instante, elas se entreolharam. Então, Alex desapareceu atrás do prédio.

* * *

Alex passou algum tempo perambulando pelos corredores da Faculdade de Jornalismo, procurando o estúdio e tentando acalmar os nervos. Com o coração disparado e a cabeça girando, ela viu um banheiro e abriu a porta. Após cambalear até a pia, lavou o rosto com água fria. Ao erguer os olhos e se observar no espelho, ela viu Alexandra Quinlan olhando de volta. Aquela adolescente ainda existia em sua mente, mas de fato vê-la no espelho era algo novo e espantoso. A imagem de Alex Armstrong — com o cabelo loiro espetado, *piercings*, tatuagens e cores extravagantes de batom — havia suplantado durante anos a imagem do seu antigo eu. Pelo menos a tal ponto de nunca pensar na garota que ela já havia sido ao se olhar no espelho. Até agora. Até alguns momentos depois de ficar cara a cara com a repórter que havia destroçado a sua vida.

Alex piscou algumas vezes e Alexandra Quinlan desapareceu. Mas ela percebeu que, por mais fácil que fosse para a sua mente desalojar a antiga imagem de si mesma, seria preciso algo muito maior para impedir Tracy Carr de juntar as peças. Para um observador ocasional, com pouca ou nenhuma lembrança de Alexandra Quinlan, olhar para a Alex atual não era nada mais do que olhar para uma estranha. Porém, para a mulher que, durante uma década, havia ficado obcecada por aquela garota que apelidou de Olhar Vazio, encarar Alex nos olhos com certeza desencadearia um reconhecimento.

Alex passou mais alguns minutos acalmando os nervos e finalmente saiu do banheiro. Perambulou pelos corredores vazios até encontrar o estúdio. Ficava no segundo andar do prédio da Faculdade de Jornalismo e, como Ashley Holms havia dito, a porta estava trancada quando Alex tentou abri-la. Por uma janela encaixada na parede, Alex viu que o estúdio estava escuro. Ela esperou no corredor para avaliar o nível de tráfego de pessoas. Após cinco minutos, nenhum aluno ou professor apareceu. Alex tirou do bolso o seu kit de arrombamento de fechaduras e fez um trabalho rápido em abrir a porta do estúdio, apesar de suas mãos ainda estarem um pouco trêmulas por causa do encontro com Tracy Carr.

Ali dentro, Alex ponderou se deveria acender as luzes ou trabalhar no escuro, mas decidiu que ser vista no estúdio com as luzes apagadas seria mais suspeito do que estar sentada à mesa de som com o estúdio totalmente iluminado. Após acender as lâmpadas fluorescentes suspensas no teto, Alex logo reconheceu o espaço por ter passado a noite anterior assistindo à entrevista de Laura McAllister no *Wake Up America*. Era difícil acreditar que reportagens produzidas num estúdio tão pequeno alcançassem tantos ouvintes. Dez minutos depois de acender as luzes, Alex ainda não tinha visto ninguém passar pelo corredor de frente para o estúdio. Ela passou a trabalhar no computador do estúdio, levando pouco tempo para contornar *firewalls* rudimentares e chegar aos documentos salvos no disco rígido. Os arquivos receberam os nomes dos estudantes e os números de identificação. Alex navegou até localizar o último documento salvo por Laura McAllister, datado de 21 de abril, a sexta-feira anterior, que representava a última vez que alguém a tinha visto ou ouvido falar dela. O documento era um arquivo de áudio MPEG-4.

Alex deu uma olhada rápida pela janela. O corredor permanecia vazio e silencioso. Tirou um pen drive da mochila, inseriu-o na unidade USB e copiou o arquivo. O arquivo era grande e a transferência dos dados levou cerca de quinze minutos. Alex passou o tempo sentada à mesa de som, agindo de forma casual para não levantar suspeitas se alguém a visse pela janela. Ninguém a viu. No final da transferência, ela tirou o pen drive, trancou o estúdio ao sair e foi bastante cautelosa ao deixar o prédio. Sem ver repórteres ou equipes de reportagem, foi para casa para ouvir o episódio do programa de Laura McAllister.

44

Washington, D.C.
Sábado, 29 de abril de 2023
7h15

NO INÍCIO DA MANHÃ DE SÁBADO, POUCO MAIS DE UMA semana desde que Laura McAllister havia sido vista pela última vez e, enquanto o *campus* ainda dormia, o professor Martin Crosby terminou as anotações das aulas da semana seguinte, respondeu a alguns e-mails e, em seguida, trocou de roupa no banheiro dos professores. Saiu dali usando short atlético e tênis de corrida. Entrar em forma havia sido a sua promessa de Ano-Novo, e os quatro meses do seu ritual de trabalhar uma hora todo sábado de manhã e, depois, enfrentar uma corrida de 5 quilômetros o ajudaram a perder os ganhos acumulados durante a semana. Martin tinha conseguido perder quase sete quilos desde o Ano-Novo e se manteve assim. Ele até começou a gostar de correr. Deixou o prédio da faculdade, acertou o cronômetro do relógio e saiu correndo pelo *campus*.

Trinta minutos depois, Martin ofegava ao terminar o seu quinto quilômetro, correndo ao longo do caminho arborizado que cortava a Horace Grove. Mas ele estava se sentindo bem e decidiu se esforçar por mais um quilômetro. Acabou sendo uma má ideia. Ao fazer uma curva no meio do sexto quilômetro, sentiu uma fisgada no tendão da coxa e diminuiu o ritmo. Viu uma pequena clareira logo à frente, mancou com cuidado até lá e se curvou para se alongar. Ao tocar as mãos no chão, notou algo brilhar por entre a vegetação da área arborizada ao lado da pista de corrida. Um olhar mais atento revelou um anel de prata com uma pedra verde que parecia empoleirado no alto da folhagem. Martin se inclinou mais um pouco e tentou arrancar o anel da folhagem. Sua primeira tentativa fracassou, pois os seus dedos escaparam da pedra. Era uma esmeralda ou um peridoto. Ao se preparar para uma segunda tentativa, afastou a folhagem e então percebeu que o anel ainda estava preso a um dedo, com a mão coberta pela vegetação.

Martin cambaleou para trás até conseguir ser capaz de compreender o fato de que a mão branca, desbotada e inchada, levava a um pulso e a um antebraço. Com esforço, ele puxou o celular do bolso.

* * *

Uma hora depois, as viaturas da polícia estavam bloqueando a pista de corrida com as luzes das sirenes piscando. O furgão do necrotério tinha encostado junto à clareira com as portas traseiras abertas. A fita amarela de cena do crime isolava a área e o fotógrafo criminal tirava fotos do corpo. Uma detetive estava esperando na retaguarda. O legista estava ao lado dela. Depois que tudo foi documentado, a detetive se aproximou do corpo e deu uma primeira olhada. A vítima estava coberta de folhas, como se o assassino tivesse tentado esconder o corpo de maneira desleixada. O rosto da garota estava cor de marfim, em contraste com as mechas de cabelo escuro que cobriam parte dele.

— Vítima do sexo feminino — a detetive disse ao legista, agachando-se ao lado do corpo e colocando o cabelo da garota morta para o lado. — Ferimentos de corda no pescoço.

O legista também se agachou. Passou a mão enluvada no pescoço da vítima.

— Parece que foi usada uma corda de espessura reduzida, talvez de 10 milímetros — informou o legista. — Farei as medições quando levar o corpo para o necrotério. Devo conseguir recuperar fibras para ajudar a identificar o tipo de corda usada.

A detetive tirou as folhas do resto do corpo da garota.

— Merda! — exclamou ela ao ver que a vítima estava nua da cintura para baixo. — Deve ter sido estuprada.

— Vamos ter que presumir — disse o legista. — Mas teremos certeza depois que eu começar o exame. Vamos precisar que os pais sejam chamados para fazer uma identificação.

Nem a detetive nem o legista mencionaram o nome da vítima. Não era necessário. Era evidente para ambos que estavam olhando para Laura McAllister.

45

Washington, D.C.

Sábado, 29 de abril de 2023

9h20

ALEX HAVIA PRESSIONADO PARA QUE O ENCONTRO FOSSE numa cafeteria, mas foi voto vencido. E como foi ela quem havia solicitado o encontro em busca de detalhes, não teve chance para negociar o local. Após a sua visita ao estúdio da Faculdade de Jornalismo, Alex passou a noite anterior ouvindo e fazendo muitas anotações a respeito do episódio bombástico de Laura McAllister. Ela se deparou com muitas informações e ainda tinha mais trabalho a fazer. Porém, apesar das exigências do caso de Matthew Claymore, Alex não conseguia parar de pensar em Byron Zell desde que havia tomado conhecimento da morte dele. Isso a preocupava e, apesar da advertência de Garrett para ficar longe do caso, Alex não conseguiu se conter.

O Benjamin's Tavern era um bar escondido no porão de um prédio em Truxton Circle e frequentado por policiais de todos os tipos, incluindo policiais de ronda, seguranças do *campus*, policiais de trânsito, detetives e todo o resto. Para se adaptar à agenda da nata de Washington, o Benjamin's mantinha horários estranhos. Como um bar de aeroporto que servia bebidas fortes para clientes atordoados com a mudança de fuso horário às oito da manhã, o Benjamin's tinha um fluxo constante de clientes durante toda a noite e pela manhã, quando policiais cansados terminavam os seus turnos e procuravam um lugar para relaxar.

Hank Donovan era um detetive divorciado de pouco mais de cinquenta anos que bebia demais. Porém, bebidas à parte, ele era uma fonte útil de informações. Alex tinha um relacionamento de trabalho com Hank que, ao longo dos anos, havia produzido muito toma lá dá cá. Como detetive de Washington, Hank Donovan tinha acesso a informações que de vez em quando eram úteis para Alex, dependendo do caso do Lancaster & Jordan em que ela estivesse trabalhando. E Alex — como investigadora extraoficial, que trabalhava no submundo da investigação criminal por quase uma década, e ainda era próxima de uma dúzia ou mais de amigos duvidosos de Alleghany, muitos dos quais passaram de delitos juvenis para formas mais sofisticadas de crime — tinha o seu quinhão de conexões nas ruas que, às vezes, eram úteis para as investigações de Hank.

Alex conheceu Hank anos atrás por meio de Buck Jordan e, como os dois tentavam se equilibrar na corda bamba dos alcoólatras funcionais, Alex não se surpreendeu ao ver Buck e Hank sentados juntos ao balcão quando entrou no Benjamin's. Parecia que eles estavam ali havia algum tempo. A Primeira Lei de Newton surgiu no pensamento de Alex quando ela viu os dois homens: um objeto em repouso permanece em repouso a menos que fique sujeito a uma força aplicada sobre ele. A lei da inércia tinha ficado para sempre gravada em sua mente desde que ela a havia estudado para uma prova de física na noite em que a sua família foi morta. De vez em quando, e do nada, as leis de Newton se tornavam evidentes na prática. Naquela manhã, ela sabia que seria necessária uma bela força aplicada sobre aqueles dois para tirá-los daquele bar.

— Rapazes — disse Alex ao se aproximar. — Estou atrasada?

Buck olhou para ela com os olhos injetados de tanto uísque.

— De forma alguma — respondeu ele. — Hank e eu estávamos pondo a conversa em dia. Faz um tempo que a gente não se vê.

— Bom te ver, Hank — cumprimentou Alex.

O detetive ergueu o copo para ela.

— Alex, já faz um tempo.

— O que posso servir para você? — perguntou a bartender.

Alex percorreu o bar lotado com os olhos, espantada que tantas pessoas estivessem bebendo àquela hora da manhã.

— Por acaso você serve café expresso?

A bartender fez que não com a cabeça e sorriu.

— Só cerveja e bebida destilada. Vinte e quatro horas por dia, sete dias por semana.

— Vou querer só um copo de água, obrigada.

— Quero outra dose de uísque irlandês. — Hank empurrou o seu copo através do balcão. — Continua abstêmica, Alex?

— Você nunca dá um tempo, Hank. E não são nem nove e meia da manhã.

— Acabei um turno noturno.

— Talvez uma lanchonete para tomar um café da manhã tivesse sido uma ideia melhor.

— Eu ficaria acordado o resto do dia se começasse a tomar café no final do meu turno. Preciso de duas doses de uísque para conseguir dormir e me preparar para hoje à noite.

— Tudo bem, mas responda algumas perguntas para a gente antes de pregar os olhos — tornou Buck.

— Manda brasa.

— Byron Zell — disparou Buck. — Conta o que você sabe.

— Não sei muita coisa — respondeu Hank.

— Mas é mais do que a gente sabe — retrucou Alex. — Já que não sabemos nada mesmo.

— Por que vocês estão tão curiosos a respeito de um pedófilo que rodou?

Alex estava curiosa por diversas razões, entre as quais o fato de ela ter estado recentemente no apartamento de Byron. Um apartamento que agora era um local de crime, em que cada centímetro estava sendo periciado em busca de impressões digitais e fibras. Ela havia sido cuidadosa durante a sua operação de invasão, mas só até certo ponto. Seu parâmetro tinha sido passar a perna num executivo rico, que queria descobrir como alguém havia conseguido entrar em seu computador para enviar um e-mail. O nível que Alex havia estabelecido era baixo e não incluía enganar equipes de investigação criminal, ou especialistas em impressões digitais, ou peritos forenses. Desde que tinha lido a notícia sobre Byron Zell, sua preocupação era que ela tivesse deixado para trás, por descuido, uma impressão digital. Embora Alex Armstrong não aparecesse em nenhum banco de dados, Alexandra Quinlan apareceria. Em algum lugar nos cantos empoeirados do banco de dados nacional de impressões digitais estavam as que Alex havia fornecido quando era uma garota de dezessete anos e tinha sido presa pelo assassinato da sua família. Que prato cheio a imprensa teria se as impressões digitais de Alexandra Quinlan fossem encontradas no apartamento de um homem morto a tiros. Santo Deus, que confusão isso causaria.

— Byron Zell foi cliente do Lancaster & Jordan — respondeu Alex. — Buck e eu fomos designados para o caso dele por um breve período.

— O Lancaster & Jordan estava defendendo o cara nas acusações de pedofilia?

— De jeito nenhum! — respondeu Buck com uma eloquência que acentuou a sua fala arrastada. — Não defendemos pervertidos.

Alex olhou para Buck. Ela tinha se atrasado para o encontro das nove da manhã, mas tinha certeza de que Buck havia chegado muito antes disso. Hank Donovan tinha uma desculpa para beber tão cedo: ele havia acabado de sair do turno noturno. Buck não tinha tal pretexto.

— Não aceitamos esse tipo de clientes— disse Alex. — Como Buck declarou de modo tão eloquente.

— Pervertidos — repetiu Buck.

— Hank já entendeu, Buck. O Lancaster & Jordan não defende pedófilos — afirmou Alex e pôs a mão no ombro de Buck. — Está tudo bem? — perguntou ela, baixinho.

Buck voltou para o seu uísque. Ao longo dos anos, Alex tinha se acostumado com os vales sombrios aos quais Buck de vez em quando descia. Certos assuntos pareciam puxá-lo para um abismo de raiva e depressão. Os episódios sempre eram alimentados por álcool. Alex sabia que Buck estava preocupado com o fato de ela ter estado no apartamento de Byron Zell e que estava agora à beira de um colapso, porque a considerava sua responsabilidade, pelo menos no que dizia respeito ao trabalho dela no Lancaster & Jordan.

Alex olhou de volta para Hank.

— Zell veio em busca de defesa contra as acusações de apropriação indébita. Eu estava investigando as finanças dele.

— Um pedófilo *e* um ladrão. O Lancaster & Jordan está atraindo uma bela clientela hoje em dia.

— Não sabíamos a respeito do lance da pedofilia quando concordamos em defendê-lo, Hank. E cortamos relações assim que ficamos sabendo.

— Imediatamente — acrescentou Buck.

— Se você verificar, verá que quem apresentou o lance da pornografia infantil para a polícia foi Garrett Lancaster — informou Alex.

— Sério? Como isso aconteceu?

— Bem — sussurrou Alex, erguendo o copo e tomando um gole de água. Ela e Buck trocaram olhares furtivos. — Zell enviou sem querer fotos obscenas para Garrett Lancaster.

— Sem querer?

— As fotos estavam incluídas num lote de documentos financeiros que ele enviou para o escritório. Pelo visto, o cara escondia a pornografia nos arquivos financeiros do computador.

— E o Lancaster o dedurou?

— Garrett entregou os arquivos ilegais para a polícia. Isso é tudo o que sei a respeito.

— Então temos um pedófilo, um ladrão e um idiota.

— Bem, se serve de consolo, parece que ele não estava desviando fundos da empresa — informou Alex.

— Nossa, vamos prestar uma homenagem ao cara.

— Conta o que você sabe sobre o homicídio, Hank — decretou Buck.

— Não há muito o que contar. Os nossos homens foram chamados ao local por uma parente de Zell. Uma sobrinha, acho. Ela não conseguiu falar com ele durante uns dois dias. Aí, ela convenceu o zelador a deixá-la entrar no apartamento do tio para ver como ele estava. Ela o encontrou morto na cozinha. Dois ferimentos à bala. Um no rosto e outro no peito. Os policiais chegaram e isolaram o local. O pessoal da perícia documentou tudo. Em seguida, o meu pessoal entrou em ação.

— E?

— E o quê, Buck? Você quer tim-tim por tim-tim?

— Apenas uma visão geral — respondeu Buck. — Precisamos saber o que você encontrou no apartamento do cara.

— O legista disse que o sujeito morreu de imediato. O tiro no rosto foi o primeiro e teria matado Zell por si só, mas o segundo no coração garantiu isso. A arma era uma Smith & Wesson calibre 40. Os peritos forenses estão tentando rastreá-la, mas ainda sem sucesso. Isso é tudo até agora.

Buck olhou para Alex e tomou outro gole de uísque.

— Ah, *havia* algo interessante. O pessoal de investigação criminal encontrou fotos de pornografia infantil ao redor do cara. Então, também estamos rastreando isso, tentando identificar as crianças nas fotos para ver se talvez fosse um pai zangado de uma delas.

Alex olhou para Hank. Semicerrou os olhos e inclinou a cabeça em uma postura curiosa.

— Havia fotos ao redor do corpo? — perguntou ela para confirmar.

Hank confirmou.

— Sim. O ponto de vista inicial é que quem puxou o gatilho espalhou as fotos ao redor do corpo como uma espécie de explicação para o assassinato. As fotos foram impressas a partir de arquivos no computador de Zell. Os peritos forenses encontraram as imagens no disco rígido dele. Os *geeks* estão analisando agora. Aliás, computador novo. O antigo dele tinha sido confiscado. Então, parece que ele estava voltando a mexer com pornografia infantil.

O coração de Alex disparou enquanto gotas de suor brotavam em sua testa. Ela pensou em seu quadro de evidências, no qual havia trabalhado inutilmente ao longo dos anos, fixando qualquer detalhe marginal nele, acreditando que algum dia os detalhes fariam sentido e levariam à pessoa que havia assassinado a sua família. Contudo, já fazia anos que ela não encontrava nada significativo. Seu último progresso tinha acontecido havia muito tempo. Mas agora, dez anos depois da morte da sua família, ela havia tropeçado em Byron Zell, cujo assassinato parecia vagamente com o dos seus pais e do seu irmão. Havia milhares de homicídios com armas de fogo todos os anos nos Estados Unidos. Então, Alex não podia contar isso como uma semelhança. Mas as fotos com certeza eram. Quem matou a sua família também tinha colocado fotos ao redor do corpo dos seus pais; fotos de três mulheres consideradas vítimas de abuso e tráfico sexual.

— Está tudo bem? — Hank perguntou para Alex. — Você está pálida como um fantasma.

— Credo, garota! — exclamou Buck. — Não vá desmaiar. Toma um gole d'água. — Agora foi Buck quem abaixou a voz. — Não precisa se preocupar. Se tivessem que encontrar alguma coisa que ligue você àquele apartamento, já teriam encontrado.

Alex fechou os olhos e se esforçou para conseguir se acalmar. Sua presença dentro do apartamento de Byron Zell era a coisa mais distante que passava pela sua mente.

— Vocês dois podem me dizer o que está rolando? — perguntou Hank.

Alex balançou a cabeça.

— Será que vão conseguir identificar as crianças das fotos?

— Como já disse, ainda não conseguiram e acho que não vão conseguir. A maioria dessas crianças não é localizável. O mundo do tráfico sexual é deplorável, mas é de onde vem noventa e nove por cento dessas coisas. O rastreamento não vai levar a lugar nenhum, mas os meus homens vão continuar correndo atrás. Eles vão fazer uma busca no Centro Nacional para Crianças Desaparecidas e Exploradas, mas duvido que dê algum resultado.

Desconfiado, Hank continuou a observar a reação de Alex e, então, tomou um gole de uísque.

— Então isso é tudo o que eu tenho para vocês. O apartamento estava limpo. Nenhuma impressão digital útil. Um monte de impressões do próprio Zell e mais algumas, mas nenhuma que corresponda a de alguém no nosso banco de dados.

Buck ergueu a cabeça e piscou para Alex. Ela deveria ter relaxado um pouco os ombros, sentindo alívio ao saber que não tinha deixado nenhuma impressão para trás, mas a tensão permaneceu em seu corpo. As fotos deixadas ao lado do corpo de Byron Zell a afetaram diretamente.

— Você está me assustando, garota — disse Hank. — Tem certeza de que não quer uma bebida de verdade? Uma que será tiro e queda?

Alex piscou, deixando de lado a hipótese que passou por sua mente: a ideia de que a cena do crime de Byron Zell era assustadoramente semelhante à da sua família.

— Ela está só assustada com a situação — interveio Buck. — Estávamos investigando esse cara e agora ele está morto. Um pedófilo morto não é algo negativo. É só a ligação com o Lancaster & Jordan que nos deixou curiosos. Nos mantenha informados se algo surgir ou se você conseguir alguma pista, está bem? Sei que Garrett Lancaster também estará interessado.

— Claro — concordou Hank. — Agora, nenhum de vocês se esqueça de atender o telefone da próxima vez que eu ligar pedindo um favor.

— Pode deixar — afirmou Buck.

Alex ofereceu um fraco sorriso, enquanto Buck deixava o dinheiro no balcão.

— Vou levar Alex para casa. Obrigado pelas informações, Hank.

Alex se virou para sair, com a mente a levando de volta para a noite em que a sua família foi morta. Nos últimos dez anos, ela tinha administrado bem aquilo, permitindo que as lembranças ocupassem a sua consciência só quando ela permitia. Porém, enquanto Buck a conduzia para fora do bar, Alex foi inundada por pensamentos e imagens descontrolados daquela noite e por uma forte ideia de que ela estava mais perto da verdade do que percebia.

46

Washington, D.C.

Sábado, 29 de abril de 2023

9h50

NO BENJAMIN'S TAVERN, ANNETTE PACKARD ESTAVA SENTADA na ponta do balcão. Embora ela não frequentasse mais o lugar, conhecia-o bem. O lugar não era só para policiais. O Benjamin's era popular entre os agentes de campo e, anos atrás, Annette havia sido frequentadora assídua do bar. Tinha sido a sua tentativa de se integrar antes de perceber que a sua vocação não era perseguir bandidos para o FBI, e que se adaptaria melhor à função de vasculhar a vida de políticos, embora, às vezes, bandidos e políticos parecessem uma coisa só.

Ela esperou alguns minutos depois de ver a mulher ir embora para levantar a mão e gritar.

— Hank Donovan?

Ela viu o seu velho amigo virar a cabeça ao ouvir o nome. Ela se levantou da banqueta e se aproximou dele, abrindo um sorriso largo, como se o encontro fosse fruto do acaso e não da pura sorte de que a mulher que Annette estava seguindo desde a manhã anterior tinha acabado num bar ao lado do velho amigo policial dela.

— Annette? Não acredito! — exclamou Hank, se levantando para abraçá-la com força. — O que está fazendo aqui? Achei que você já tinha caído fora dessa vida.

— Não, já faz alguns anos que estou de volta a Washington. Vivo viajando. Então, parece que nunca estou aqui.

Annette e Hank foram policiais de ronda em Washington muito tempo atrás.

— O que tem feito todos esses anos? — perguntou Annette. — Você está de terno e gravata. Não me diga que foi promovido a detetive.

— Chefe de Homicídios — respondeu Hank, sorrindo.

— Caramba, Hank. Parabéns.

— Valeu. E você? Ainda está no FBI?

— Em junho, completo vinte anos.

— Uma condenada à prisão perpétua, hein?

— Tenho essa sensação — comentou Annette, sorrindo.

— Você ainda faz trabalho de vigilância?

— De certa forma. Me puseram para investigar políticos, acredita?

— Acredito — replicou Hank. — Na verdade, ouvi dizer que você está fazendo um ótimo trabalho e que os seus serviços são muito requisitados.

— Me mantêm ocupada o tempo todo e continuam me pagando. Então, devo estar fazendo alguma coisa certa.

Hank consultou o seu relógio.

— Não colocaram você para fazer um terceiro turno, não é?

— Não — respondeu Annette. — Estava num encontro com um contato. Ele escolheu o lugar. Eu concordei.

Hank deu um tapinha no relógio e Annette percebeu a expressão de constrangimento dele.

— Me puseram no turno da noite. Então, é como se o meu dia estivesse chegando ao fim. É só por isso que estou bebendo uísque a esta hora.

— Eu entendo, Hank. Sei que horários irregulares podem ser cruéis. Ei, só por curiosidade, quem era aquela mulher com quem estava conversando?

Hank apontou para a banqueta vazia ao seu lado. O copo vazio de Alex ainda estava sobre o balão.

— Ah, era uma investigadora jurídica com quem trabalho às vezes. Nós nos ajudamos em alguns casos sempre que podemos. O nome dela é Alex Armstrong. Trabalha para o Lancaster & Jordan, um grande escritório de advocacia daqui de Washington. Estávamos trocando informações sobre um caso. E, a propósito, sou divorciado, caso esteja preocupada com o fato de ter me pegado num relacionamento ilícito.

— Você ficou paranoico com a idade.

— Devo ter ficado. — Hank voltou a sorrir. — Annette Packard. Caramba, faz muito tempo. Sei que é cedo, então não vou perguntar se posso oferecer uma bebida para você, mas quer tomar um café da manhã?

— Quem me dera, Hank, mas estou no meio de um caso agora e estou atolada nele. Vamos deixar para outro dia?

— Claro. Obrigado por vir até aqui falar comigo. Gostei de ver você.

— Também foi bom ver você, Hank.

Hank voltou a consultar o relógio.

— É melhor eu ir embora. Mas me passa o seu número para a gente marcar o café da manhã.

Eles trocaram informações de contato e ambos se viraram para ir embora. Annette deixou que Hank saísse na frente. Num movimento rápido, ela estendeu o braço até o balcão, pegou o copo vazio de Alex Armstrong e o colocou em sua bolsa antes que alguém percebesse. Se Annette fosse pressionar a mulher em busca de informações sobre Larry Chadwick e o filho dele, precisava verificar os antecedentes dela para ter certeza de que não havia sinais de alerta; protocolo normal antes de recrutar alguém como fonte de uma de suas investigações.

47

Washington, D.C.

Sábado, 29 de abril de 2023

10h30

A MENTE DE ALEX AINDA ESTAVA GIRANDO QUANDO ENTROU em seu apartamento. A ideia de que o assassino de Byron Zell havia deixado fotos de pornografia infantil ao lado do corpo dele tinha evocado imagens do quarto dos seus pais em McIntosh. Embora Garrett nunca tivesse compartilhado as fotos da cena do crime com Alex — apesar de ele ter tido acesso a elas quando estava lutando pela liberdade dela nas semanas após Alex ter sido presa —, ela ainda tinha conseguido vê-las. Foram vazadas pelo Departamento de Polícia de McIntosh numa tentativa equivocada de conquistar as boas graças da opinião pública, como se ver o horror que havia acontecido dentro do quarto dos pais dela provasse ao público em geral que Alex era uma assassina.

Ela viu as fotos pela primeira vez quando um grupo de jovens em Alleghany as imprimiu da internet e as fixou nas paredes do seu quarto, enquanto ela estava numa sessão de terapia em grupo. Outras fotos continuaram a aparecer ao longo do seu tempo no centro de detenção juvenil: em seu quarto, no banheiro, na área de lazer e em envelopes enfiados em sua caixa de correio. Alex não teve escolha, então. Foi forçada pelos jovens desprezíveis que constituíam a população de Alleghany a ver as fotos da noite em que a sua família foi assassinada. Só após a sua soltura, a visualização delas se tornou voluntária.

Ela tinha se dedicado a horas e mais horas de terapia para organizar e compartimentar aquelas imagens e os pensamentos suscitados por elas, procurando descobrir o que fazia sentido e o que era produto da sua imaginação. Naqueles dias sombrios, houve um período em que Alex até tinha se permitido acreditar no que todos ao seu redor — detetives que a interrogavam, jornalistas que escreviam a seu respeito e fanáticos por crimes reais que a perseguiam — estavam sugerindo: que ela tinha puxado o gatilho naquela noite e que a sua mente havia apagado aquilo da memória e substituído a verdade pela fantasia de ter escapado da morte ao se esconder atrás do relógio de pêndulo do corredor. Alex tinha mergulhado tão fundo nessa ilusão que uma parte distante da sua mente ainda considerava isso uma possibilidade.

Embora Alex não tivesse sido capaz de admitir totalmente o seu fracasso, o fato de ter procurado por uma década sem encontrar uma teoria alternativa reforçou essa parte distante da sua mente onde residia aquela teoria nebulosa. Mas agora ela tinha algo. Agora, ela tinha uma ligação com outro homicídio. Não era muito — as fotos deixadas ao redor do corpo de Byron Zell —, mas era mais do que ela teve um dia antes. Era a primeira pista que ela havia encontrado desde o regresso de Cambridge anos antes. E bastou para fechar um pouco mais a porta daquela parte obscura da sua mente.

Alex sempre soube que as fotos das garotas deixadas na cama dos seus pais eram a chave para descobrir a verdade sobre aquela noite. As fotos eram de três mulheres que trabalharam para Roland Glazer, o magnata dos negócios preso sob acusação de tráfico sexual infantil e que havia se enforcado em sua cela na noite anterior ao início do seu julgamento. O conhecimento de que o assassino de Byron Zell também tinha deixado fotos ao redor do corpo da vítima colocou a mente de Alex num círculo vicioso do qual ela não conseguia escapar. O massacre da sua família poderia estar ligado de alguma forma a Byron Zell?

Ela correu para a sala de jantar, onde fechou o biombo dobrável e se pôs diante do quadro de evidências. Olhou para as fotos das três mulheres que continuavam desaparecidas. Com base em seu mergulho profundo no caso de Roland Glazer, Alex tomou conhecimento de que havia uma enorme suspeita de que o magnata tinha assassinado as mulheres para proteger os seus segredos. Alex desviou o olhar das fotos das mulheres para as fotos dos seus pais. Então, encarou a foto da fachada do Sparhafen Bank, em Zurique, e o extrato da conta numerada encontrado no sótão da sua antiga casa. Uma conta que havia sido aberta por Roland Glazer. Havia uma conexão ali que ela ainda não conseguia entender.

Alex deu as costas para o quadro e correu para a cozinha. Pegou o artigo do *Washington Times* que tratava da morte de Byron Zell. Abrindo mão da tesoura, Alex rasgou o artigo do jornal, fixou-o no quadro e percorreu com os olhos as fotos dos seus pais, os artigos sobre Roland Glazer, o extrato bancário, as fotos das três mulheres e, por fim, o artigo sobre Byron Zell. Durante vinte minutos, ela não tirou os olhos do quadro, em busca de um entendimento que não viria. Só quando o interfone tocou, Alex finalmente desistiu.

Ela se afastou do quadro e se encaminhou até a cozinha, para atendê-lo.

— Alô?

— Alex, sou eu, Jacqueline. Temos um problema.

Alex estava acostumada com o hábito de Garrett lhe fazer visitas. O relacionamento deles era tal que não era incomum Garrett aparecer sem avisar. Às vezes era relacionado ao trabalho, mas muitas vezes era com Donna e sem nenhum outro propósito além de uma visita. Para Jacqueline Jordan ter aparecido ali, significava que algo estava acontecendo em relação ao caso de Matthew Claymore. Alex abriu a porta da entrada e esperou com a porta do apartamento aberta até a chegada do elevador. Quando isso aconteceu, Jacqueline ficou à vista.

— Desculpe aparecer num sábado — disse Jacqueline ao sair do elevador e atravessar o corredor.

— Não tem problema — replicou Alex. — O que houve?

— Encontraram o corpo de Laura McAllister hoje cedo.

— Meu Deus! Que horror!

Jacqueline entrou no apartamento de Alex.

— Só consegui alguns detalhes. O corpo foi encontrado por um professor numa pista de corrida perto do *campus*. Minha fonte policial disse que os primeiros indícios são de que ela foi estuprada e estrangulada.

Alex levou as mãos ao rosto, mas ficou em silêncio.

— Os pais de Matthew Claymore acabaram de me ligar. A polícia levou Matthew para interrogá-lo.

— Com base em quê?

— Os detetives descobriram uma mochila perto do corpo de Laura que associaram a Matthew.

— Associaram como?

— Estão dizendo que a mochila é dele.

Alex engoliu em seco.

— E agora?

— Se for verdade, e os primeiros indícios dizem que é, então a mochila liga Matthew à cena do crime, e temos um grande problema.

— Não acredito nisso, Jacqueline. Passei muito tempo com Matthew na semana passada. Ele não é um assassino.

— Matthew forneceu amostras de DNA quando tivemos o nosso interrogatório ontem. Então, logo saberemos.

— Encontraram DNA no corpo de Laura?

— A minha fonte não soube dizer, mas contou que era uma cena de crime confusa. Se o DNA de Matthew estiver ausente da cena, isso vai livrá-lo das suspeitas, sendo a mochila dele ou não. Se o DNA dele aparecer no corpo de Laura, então teremos que tomar algumas decisões. Mas a mochila encontrada no local é a minha prioridade. Estou a caminho da delegacia para me encontrar com Matthew, mas antes queria saber se você descobriu alguma coisa desde ontem de manhã.

— Sim, muita coisa — respondeu Alex, apontando para o sofá. — Sei quase tudo a respeito da reportagem da Laura. Sente-se e vou contar a você. Quer beber alguma coisa?

— Água gelada, por favor. — Jacqueline se sentou no sofá.

Alex foi até a cozinha e pegou um copo de água gelada. Ela o entregou a Jacqueline e se sentou em frente à sua chefe. Ao se sentar, percebeu que o seu quadro de evidências estava à vista. Ela tinha se esquecido de abrir o biombo dobrável na frente dele, e agora, o quadro de cortiça apoiado sobre um cavalete, repleto de fotos dos seus pais, artigos de jornal e adesivos *post-it*, estava em exibição para Jacqueline ver.

Alex se levantou e abriu o biombo dobrável para ocultar o quadro.

— Desculpe, é apenas um projeto de estimação meu — disse Alex.

— Vi uma foto dos seus pais — afirmou Jacqueline.

Alex sorriu.

— Tenho certeza de que Garrett falou sobre isso para você.

Apesar da crise com o mais novo cliente da Lancaster & Jordan, Alex viu Jacqueline assumir uma expressão mais suave. Embora Jacqueline tivesse desempenhado apenas um papel secundário anos atrás durante o processo de Alex contra o estado da Virgínia por difamação, ela havia sido o braço direito de Garrett na luta dele para convencer o juiz a retirar as acusações contra Alex e libertá-la de Alleghany. O passado de Alex, e o processo que Garrett e Jacqueline ganharam para ela, foi um acontecimento nunca mencionado no Lancaster & Jordan, mas continuaria a ser um tempo na história em que os três se tornaram intrincadamente ligados entre si.

Jacqueline balançou a cabeça.

— Ele não falou.

O silêncio de Garrett acerca do seu quadro era mais uma prova de que ele era o homem mais honrado que ela conhecia. Se havia alguém com quem Garrett compartilharia os detalhes da obsessão permanente de Alex, era Jacqueline.

— É só... uma coisa que faço — explicou Alex. — Sempre que encontro novos detalhes sobre o caso da minha família, eu os coloco no quadro. Sei que parece bobagem.

Jacqueline semicerrou os olhos.

— Nem um pouco. E não deixe ninguém dizer que é. Se é importante para você, então é importante. Ponto-final.

Alex sorriu.

— Obrigada, Jacqueline.

Jacqueline apontou para o lugar em que o quadro estava agora escondido pelo biombo.

— Não quero me intrometer, mas a foto de Byron Zell estava ali?

Alex confirmou.

— Estava. Mas, sei lá, é só uma coisa estranha que encontrei.

— Quer falar sobre isso?

— Na verdade, não — respondeu Alex, sorrindo.

Jacqueline retribuiu o sorriso.

— Então vamos voltar ao trabalho?

— Sim.

Alex respirou fundo.

— Bem, a reportagem de Laura McAllister ia abordar supostos estupros cometidos por membros da fraternidade Delta Chi. Embora apenas uma ocorrência de agressão sexual tenha sido relatada à polícia, Laura havia descoberto diversas outras vítimas que estavam dispostas a falar sobre a provação delas. Na reportagem da Laura, o nome de Matthew Claymore não era mencionado em nenhum lugar. Mas a parte que mais vai interessar a você é que Laura descobriu fortes evidências de que a garota que registrou o boletim de ocorrência acreditava que Duncan Chadwick a estuprou.

— O filho de Larry Chadwick?

— Sim. Por isso eles fizeram aquele pronunciamento, que foi um espetáculo que basicamente impediu o escândalo.

— Em vez de permitir que Laura veiculasse a reportagem, eles tentaram neutralizar as coisas saindo na frente dela.

— Exato. E nem é preciso dizer que o juiz Chadwick teria muito a perder se uma reportagem acerca de estupro envolvendo o filho dele chegasse à grande mídia. Então, temos uma perspectiva aí, e foi isso que você me disse para encontrar. Temos alguém com motivos para manter a reportagem da Laura em segredo.

— Acusar um juiz em exercício prestes a ser nomeado para a Suprema Corte é arriscado.

— Não o juiz Chadwick, mas o filho dele.

— Me apresente a sua teoria — pediu Jacqueline.

— Obtive as minhas informações depois que tive acesso à reportagem da Laura. Ouvi o episódio que ela ia veicular. Então fiquei sabendo que uma garota foi estuprada na festa da fraternidade Delta Chi depois de beber ponche misturado com GHB, uma droga muito usada em casos de estupro. Ela adotou todas as medidas corretas: foi ao hospital, fez um exame médico de estupro e registrou um boletim de ocorrência na delegacia. Há provas de que ela estava na festa da fraternidade naquela noite com Duncan Chadwick: uma amiga dela tem fotos dos dois juntos. Laura McAllister foi alertada sobre o estupro por e-mail e começou a investigar. Ela encontrou testemunhas que disseram ter visto Duncan e a garota juntos naquela noite. A amiga, uma garota chamada Ashley Holms, foi a outra festa da Delta Chi duas semanas após o estupro e pegou uma bebida no bar, que ela contrabandeou para fora da residência da fraternidade. Ela e Laura a testaram para confirmar a presença do GHB. Laura começou a compilar todas essas evidências para a reportagem, incluindo o trabalho feito pela universidade para manter os detalhes em segredo. Mas então trechos da reportagem começaram a vazar. Duncan ficou sabendo que estava prestes a ser mencionado no escândalo. No dia seguinte, os Chadwick fizeram um pronunciamento no qual Duncan Chadwick desempenhou o papel de colega de classe preocupado e indignado, renunciou à sua condição de membro da fraternidade e prometeu trabalhar com a polícia de todas as formas possíveis.

Jacqueline concordou com a cabeça.

— Excelente trabalho investigativo, Alex. Parabéns! — Jacqueline ficou de pé. — Você pode reunir todos os detalhes num dossiê para mim, com os nomes das fontes?

— Vou cuidar disso já.

— Vou ver Matthew agora. Ele sabe que não deve dizer nada até que eu chegue lá. E se não tiverem algo mais substancial do que uma mochila, não vão conseguir mantê-lo detido.

— Tenho uma fonte na Divisão de Homicídios. Posso entrar em contato para ver o quão convincente é o lance da mochila.

— Perfeito. Faça isso — exortou Jacqueline. — Enquanto isso, vou dando notícias se ficar sabendo de alguma coisa. No momento, a polícia está de boca fechada, mas não terão escolha a não ser me contar tudo se quiserem manter Matthew sob custódia. Nos falamos em breve.

Depois de um aceno de mão, Jacqueline saiu e Alex ficou sozinha no apartamento. Com o silêncio veio uma sensação de desesperança. Apesar dos assuntos urgentes do caso de Matthew Claymore, Alex entrou na sala de jantar, fechou o biombo dobrável e se posicionou diante do seu quadro. As palavras de sua chefe foram amáveis, mas Alex tinha percebido a tristeza na expressão de Jacqueline quando ela se deu conta de que, mesmo dez anos após o assassinato da sua família, Alex ainda estava procurando por respostas que talvez nunca viriam.

Seus esforços pareceram inúteis de repente, e Alex se perguntou quanto tempo seria necessário até que ela admitisse para si mesma que havia chegado a um beco sem saída muitos anos atrás. E, por mais qualificada que fosse como investigadora jurídica, seus talentos não bastavam para descobrir qualquer pista que pudesse levar a quem tinha matado a sua família.

48

Washington, D.C.
Sábado, 29 de abril de 2023
11h35

APÓS O ENCONTRO COM JACQUELINE, UMA SENSAÇÃO DE claustrofobia tomou conta do apartamento de Alex, e então ela se dirigiu até o The Perfect Cup, um café na esquina da sua rua. Ela não considerava o café expresso dali perfeito, mas o local era o melhor que encontraria na região. O nome de bebidas doces demais que apenas se assemelhavam a café estava escrito em letras garrafais em um quadro-negro na parede atrás do balcão. Alex pediu um café expresso diluído em água quente, dirigiu-se até uma mesa alta com dois lugares e se sentou. Ela pegou o celular e começou a escrever uma mensagem para Hank Donovan. Já fazia mais de duas horas que Alex tinha se despedido do detetive no Benjamin's, e era provável que uma de duas coisas pudesse ter acontecido desde então: Hank ainda estava no bar, caindo de bêbado, ou já estava em casa dormindo. Ambas as situações significavam que ela não teria notícias dele tão cedo. E, como o corpo de Laura McAllister foi encontrado no início daquela manhã, Hank desconheceria os detalhes. A essa altura, o turno dele já tinha terminado, e ele se consideraria sortudo pelo fato de o caso ter ido parar nas mãos de outro detetive. Ainda assim, embora não estivesse à frente do caso de Laura McAllister, Hank, que era o seu único contato no Departamento de Polícia de Washington, teria acesso a ele. Valeria a pena pelo menos mandar uma mensagem para descobrir.

Alex pressionou o botão ENVIAR assim que uma pessoa se sentou de frente para ela. Alex tirou os olhos do celular.

— Olá — cumprimentou a mulher.

Alex franziu a testa.

— Posso ajudá-la?

— Talvez. Meu nome é Annette Packard. Trabalho para o FBI.

Alex viu a mulher enfiar a mão no bolso interno do blazer e tirar a sua identificação. Assim que o fez, Alex notou a alça de ombro, o coldre e uma arma situados sob a axila esquerda dela. A mulher deixou o seu distintivo sobre a mesa.

— Acho que você e eu estamos atrás da mesma coisa. Pelo menos, é o que deduzi depois de ver você correndo de um lado para o outro no *campus* ontem.

Alex semicerrou os olhos.

— Você trabalha mesmo para o FBI?

— Desculpe — disse Annette. — Isso sempre parece intimidador quando digo sem a devida contextualização. Trabalho para uma divisão de vigilância do FBI e o meu último cliente é Lawrence P. Chadwick, o pai de Duncan Chadwick.

Alex escolheu as palavras com cuidado.

— Por que o FBI está interessado em Lawrence Chadwick?

— Não interessado, mas forçado a ser curioso. Quando alguém concorre a um cargo público ou, digamos, está prestes a ser nomeado para um cargo vitalício na Suprema Corte, precisa passar por uma verificação de antecedentes minuciosa. É o que costumo fazer.

Alex ergueu o queixo, encarando o volume saliente sob o braço esquerdo de Annette.

— E você precisa de uma arma para fazer isso?

— De forma alguma — respondeu Annette, fechando o blazer para ocultar o coldre e a arma. — Odeio esta coisa, mas o FBI exige que os agentes sempre trabalhem armados. Então, não tenho escolha. E preciso esclarecer o que quero dizer quando me refiro à verificação de antecedentes. Investigo políticos para ter certeza de que eles não têm segredinhos sórdidos. Estou envolvida com a família Chadwick há algumas semanas. Aposto que você já ouviu dizer que o nome de Larry Chadwick foi apresentado como o próximo indicado do presidente para a Suprema Corte. Me encarregaram de garantir que o juiz Chadwick não tinha nada a esconder. Tudo estava se mostrando muito bem. Na verdade, eu estava prestes a dar a minha aprovação ao nome dele. Eu estava muito perto de relatar ao presidente de que não havia nada incriminador em relação a Larry Chadwick e à família dele. Mas então comecei a ouvir boatos sobre Duncan, o filho de Larry, e o envolvimento da fraternidade dele em estupros no *campus* da Universidade McCormack. Uma história assim poderia ser prejudicial se fosse ligada de forma contundente ao juiz. E se os boatos de que Duncan Chadwick está diretamente envolvido nos casos de agressão sexual forem verdadeiros... bem, isso seria uma guinada. Então, comecei a minha devida diligência. Arregacei as mangas e comecei a procurar as respostas. Assim que comecei a investigar, Laura McAllister desapareceu. Imagine a situação em que fiquei, ainda mais porque o meu chefe precisa nomear um candidato em breve. Há muita pressão para que o processo de confirmação comece e termine antes de o ciclo eleitoral do próximo ano esquentar. Ou seja, tenho a bela de uma bagunça nas minhas mãos.

Alex ergueu as sobrancelhas.

— A bagunça é maior do que você imagina — disse ela. — O corpo de Laura McAllister foi encontrado hoje cedo. Alguém a estrangulou e a largou na mata.

Annette recostou-se na cadeira.

— Cacete. Sem dúvida, isso complica as coisas.

Alex percebeu uma surpresa genuína no tom de voz da mulher.

— Então, por que você está falando comigo? — perguntou Alex.

Annette fez uma pausa antes de responder:

— Vi você invadir o apartamento de Laura McAllister — disse ela finalmente. — Você fez um trabalho impressionante com aquela fechadura.

A respiração de Alex ficou presa na garganta, impedindo-a de responder mesmo que tivesse sido esperta o suficiente para pensar em algo para dizer.

Annette balançou a cabeça.

— Não se preocupe. Os meus dias de prender bandidos terminaram décadas atrás quando deixei o departamento de polícia. Hoje em dia, corro atrás de informações, não de criminosos. E as informações que tenho me dizem que você é investigadora de um escritório de advocacia chamado Lancaster & Jordan, e que estava bisbilhotando a Universidade McCormack, porque o seu escritório representa Matthew Claymore, o namorado de Laura McAllister. Matthew deve ser um suspeito; o namorado de uma garota desaparecida, e agora morta, costuma ser.

— Então, você quer algo de mim? É isso?

— Sim. Preciso saber o que você descobriu a respeito da reportagem de Laura McAllister e se Duncan Chadwick estava envolvido.

— E o que isso quer dizer? Ou eu ajudo você ou você me denuncia por ter invadido o apartamento da Laura? Isso equivale a uma pequena tentativa de extorsão?

— Não. Acho que não entendeu por que mencionei o fato de você ter invadido o apartamento de uma garota morta para obter informações. Eu não desprezo esse tipo de coisa. Na verdade, até admiro. Quem me dera poder infringir as regras quando estou procurando informações, mas o governo federal fica pegando no meu pé o tempo todo. Tenho que manter a minha bisbilhotice estritamente de acordo com as regras. Não posso ser tão audaciosa quanto você. Sou forçada a ser mais sutil. Vou dar um exemplo. Depois que vi você entrar no apartamento de Laura McAllister, imaginei que estivesse trabalhando num caso ligado diretamente à minha investigação de Larry Chadwick. Então, comecei a seguir você. Eu estava no Benjamin's quando se encontrou com Hank Donovan, que por acaso é um velho colega meu. Ele me falou que você era investigadora de um grande escritório de advocacia. Foi então que me dei conta de que talvez precisasse saber o que você sabe, e que poderia usar você como fonte. Viu? Há uma brecha aí. *Pessoalmente,* não posso infringir nenhuma lei para obter informações, mas posso obtê-las de outras pessoas que são mais livres em suas habilidades de coleta de informações. Se concordar em me ajudar, você se tornará uma fonte de informação. E quando recruto uma fonte de informação, preciso ficar de olho nos detalhes para ter certeza de que não estou me envolvendo com um criminoso ou uma pessoa desagradável, que poderia acabar se tornando de pouca confiança. Então, peguei o copo que você deixou no balcão e pesquisei as impressões digitais.

Alex recostou-se na cadeira e cruzou os braços sobre a mesa. Foi uma tentativa precária de esconder a sua angústia, e ela tinha certeza de que Annette Packard sabia que Alex estava suando frio.

— Para minha surpresa, as impressões não pertenciam a Alex Armstrong da Lancaster & Jordan, mas sim a uma mulher chamada Alexandra Quinlan. Não há muito no banco de dados do FBI sobre Alex Armstrong, mas, ao digitar o nome "Alexandra Quinlan" no mecanismo de busca, caramba, o meu computador quase enlouqueceu.

Com calma, Alex enfiou a mão na bolsa e tirou um tubo de batom laranja brilhante. Passou nos lábios e os friccionou quando terminou. Era tudo o que ela podia fazer para impedir que as suas mãos tremessem.

— Não estou querendo intimidar você — disse Annette.

— Sério? Você me embosca num café, coloca um distintivo do FBI sobre a mesa, garante que eu veja que você está armada e me diz que pesquisou as minhas impressões digitais secretamente. Acho que essa é a própria definição de intimidação.

— Só estou mostrando a você como eu atuo. E achei que poderia usar as informações que descobri sobre você para ganhar a sua confiança. Não me importa quem você era. Só me importo com o que você sabe. Você ficou bisbilhotando o *campus* da universidade durante alguns dias, e estou interessada no que descobriu. Tenho interesse em saber se Duncan Chadwick fazia parte da história que Laura McAllister ia contar. O meu emprego depende de eu fazer isso direito. Minha equipe está investigando isso, mas pode demorar um pouco para me darem os detalhes. Detalhes que você, com a sua capacidade de tomar certas liberdades em relação à maneira como investiga, talvez já tenha. Então, estou aqui para fazer uma proposta.

Alex recolocou o batom na bolsa. Olhou para Annette e concordou com a cabeça.

— Estou ouvindo.

— Tenho todo o Departamento de Justiça ao meu alcance. Se me ajudar com esse caso e me revelar o que descobriu sobre a reportagem que Laura McAllister estava fazendo, me considere em dívida com você. Se alguma vez precisar de ajuda com um caso, talvez você precise de algo para impressionar o seu chefe nesse grande escritório em que trabalha, usarei as minhas credenciais e as minhas conexões para ajudar você. Uma troca de favores direta. Você me ajuda agora, e eu te ajudo quando você precisar. Sem questionar.

— E os detalhes sobre a reportagem de Laura McAllister? Se eu os revelar a você, o que vai fazer com eles?

— O meu único objetivo é determinar se algo que envolve Laura McAllister e a reportagem que ela estava fazendo prejudicará as chances de Larry Chadwick de ter o nome aprovado na audiência de confirmação do Senado.

Alex fez uma pausa. Sentiu que o pêndulo da conversa tinha finalmente oscilado para lhe dar alguma margem de manobra. Ela concordou.

— Prejudicará — afirmou Alex.

Annette inclinou a cabeça.

— Ah, um progresso. Pode ser mais específica?

— Ainda não. Preciso fazer a minha própria verificação de antecedentes. E não sei o que posso compartilhar com você até falar com o meu chefe no Lancaster & Jordan.

— Me parece justo.

Annette deslizou um cartão de visita pela mesa.

— Me ligue quando estiver pronta para falar. E, por gentileza, se decidir que tem algo a me contar sobre o filho de Larry Chadwick, quanto antes, melhor para mim. Tenho um prazo a cumprir.

A mulher se levantou e saiu do café antes de Alex ter a chance de recuperar o fôlego ou responder. Então, Alex olhou para o cartão: ANNETTE PACKARD, AGENTE ESPECIAL, FEDERAL BUREAU OF INVESTIGATION.

49

Washington, D.C.
Sábado, 29 de abril de 2023
14h30

NA CAMA DO HOTEL, TRACY CARR ESTAVA CONFORTAVELMENTE sentada de pernas cruzadas e com o laptop diante de si. Usando fones de ouvido, com uma caneta entre os dentes e o cabelo preso num coque, ela estava se equilibrando entre os seus dois trabalhos. Com um prazo apertado para entregar um artigo de mil palavras destinado a atualizar os leitores do *New York Times* sobre os últimos acontecimentos do caso de Laura McAllister, ela também estava enviando conteúdo para os seus canais nas redes sociais para saciar o apetite dos seus seguidores fanáticos por crimes reais. Muitos deles nunca tinham lido um jornal em sua vida e se informavam por meio de notícias (ou fofocas) veiculadas em vídeos nas redes sociais.

Nos últimos dois dias, Tracy havia gravado dois programas. O caso de Laura McAllister estava se tornando uma verdadeira mina de ouro e atraindo a atenção nacional devido à conexão tangencial com Lawrence Chadwick, cuja possível nomeação para preencher a vaga na Suprema Corte parecia estar perdendo força numa velocidade incrível. O fato de o filho de Chadwick potencialmente ter alguma ligação com o desaparecimento de Laura McAllister era um crime real e que não podia ser ignorado. Agora que a garota tinha aparecido morta, a história estava bombando na internet.

Ainda assim, apesar da demanda nas redes sociais e do prazo para o *New York Times* — restavam apenas duas horas para entregar o artigo, e estava escrito só até a metade —, Tracy não conseguia se livrar da lembrança do encontro inesperado da sexta-feira. No meio da sua reportagem, uma garota tinha invadido a gravação e esbarrado nela. Isso, por si só, não era incomum. Para uma repórter de rua, lidar com um público inepto fazia parte do trabalho. A interrupção não era o que perturbava a sua mente. Era a mulher em si. Tracy passou a gravação do vídeo para o seu computador para rever o incidente. Na tela, ela se viu anunciando seu relato, e então, no lado direito da tela, uma mulher de cabelo loiro curto apareceu. Ela estava olhando para a esquerda, para o lugar onde os outros repórteres estavam gravando, e não viu que Tracy estava na frente dela até se esbarrarem.

Tracy reduziu a velocidade do vídeo quando a mulher entrou no quadro. Interrompeu o vídeo no momento logo após o esbarrão, quando a mulher se virou, confusa, e olhou direto para a câmera. Tracy examinou a mulher. Cabelo loiro, curto e espetado com gel. *Piercings* na orelha esquerda, sobrancelhas, nariz e lábio inferior. Tracy ampliou a imagem congelada, concentrando-se nos olhos. Eram muito azuis, mas artificiais. Deviam ser lentes de contato coloridas. Tracy conhecia aqueles olhos como castanhos e, ao focar além dos disfarces, ela se deu conta.

— Puta merda — sussurrou para si mesma. Levantou o laptop da cama e o aproximou do rosto. — É a Olhar Vazio em carne e osso.

50

Washington, D.C.

Segunda-feira, 1º de maio de 2023

13h55

— LIGUE A TELEVISÃO. — ALEX OUVIU JACQUELINE DIZER ASSIM que atendeu o celular.

— O que houve?

— Ligue em um dos canais locais — insistiu Jacqueline.

Alex e Jacqueline estavam trabalhando sem parar desde que Matthew Claymore tinha sido levado para interrogatório na manhã de sábado. Como prometido, Jacqueline havia usado todo o seu poder para evitar a prisão enquanto o resultado do teste de DNA não saísse. Ela tinha sustentado que uma mochila por si só não era prova de assassinato. A polícia prometeu um exame expresso do laboratório forense e deu ordens estritas a Matthew para não deixar o Distrito de Columbia, nem mesmo a casa dos pais.

— Você está assistindo? — perguntou Jacqueline pelo telefone.

Alex pegou o controle remoto e ligou a televisão. O noticiário do canal local NBC tinha uma tarja de notícia de última hora com uma manchete que dizia: PRISÃO REALIZADA NA INVESTIGAÇÃO DO ASSASSINATO DE LAURA MCALLISTER.

Alex aumentou o volume e viu o âncora do estúdio chamar uma repórter que estava do lado de fora dos portões da Universidade McCormack.

— Estamos do lado de fora da Universidade McCormack, onde surgiu algo novo na investigação da morte de Laura McAllister, a estudante de Jornalismo cujo corpo foi encontrado no início da manhã de sábado. O namorado de Laura, Matthew Claymore, foi interrogado por várias horas ainda na manhã da descoberta do crime e depois foi liberado. Agora, há poucos instantes, a polícia prendeu outro homem. O chefe de polícia de Washington fez uma declaração informando que a prisão ocorreu após uma prova de DNA ter vinculado o suspeito à cena do crime.

A reportagem passou para a imagem de um homem — branco, de meia-idade, cabelo oleoso, óculos de lentes grossas e barba grisalha — sendo retirado do seu trailer duplo. Usando uma camiseta suja e com as mãos algemadas às costas, ele foi levado por um policial até uma viatura e colocado no banco de trás.

— O suspeito foi identificado como Reece Rankin, um mecânico de automóveis de quarenta e oito anos de Maryland. Ele foi detido no estacionamento de trailers onde mora. A polícia informou que a prova de DNA ligou Rankin à cena do crime, mas não revelou mais nada por enquanto, exceto que está confiante de ter descoberto o assassino. Esperamos obter outras informações durante uma entrevista coletiva marcada para o fim desta tarde.

A imagem voltou para o âncora no estúdio e Alex tirou o som da televisão.

— Quem é ele? — perguntou Alex.

— Não faço ideia — respondeu Jacqueline. — Não sei mais do que acabei de assistir do que você. Os pais de Matthew me ligaram quando souberam. Nem uma palavra da polícia. Nenhum pedido de desculpas. Nenhuma declaração de que Matthew foi acusado injustamente. Tudo bem típico. Estou indo vê-lo agora.

— Tudo bem — disse Alex em tom hesitante. — Você está acreditando nisso?

— Acreditando no quê?

— Que um mecânico de Maryland apareceu do nada na Universidade McCormack e, por acaso, estuprou e estrangulou uma estudante de Jornalismo que estava prestes a divulgar uma reportagem bombástica sobre a universidade e o sistema de fraternidades apoiado por ela?

O silêncio do outro lado da linha era uma evidência de que Jacqueline também duvidava da conclusão repentina da saga de Laura McAllister.

— Concordo que a evolução do caso é surpreendente, mas as evidências não mentem, Alex. O DNA de Reece Rankin estava em todo o local do crime. Mas Reece Rankin não é da minha conta no momento. Matthew é. E até ele estar totalmente fora de perigo nesse caso, e não estar mais na mira da polícia, ele continua sendo a nossa prioridade.

Agora, foi Alex quem permaneceu em silêncio.

— Matthew Claymore é o nosso cliente e a nossa única preocupação — declarou Jacqueline.

— Entendido — disse Alex finalmente. — Espero que esse pesadelo acabe para o Matthew.

— Eu também — afirmou Jacqueline. — Entro em contato quando tiver novidades.

Alex desligou o telefone e continuou a assistir à televisão sem som, sabendo que ou Matthew Claymore tinha tido muita sorte ou havia algo estranho naquela história.

51

Washington, D.C.

Segunda-feira, 15 de maio de 2023

10h

DUAS SEMANAS TINHAM SE PASSADO DESDE QUE REECE RANKIN, um estranho qualquer de um estacionamento de trailers de Maryland, foi preso e acusado do assassinato de Laura McAllister. Embora não houvesse outro motivo para o crime além do desequilíbrio mental de um homem que perseguiu uma estudante universitária que percorria uma trilha arborizada perto do *campus*, a evidência da sua culpa era bastante clara. Ele havia deixado o seu DNA espalhado por todo o corpo de Laura McAllister — incluindo as células epiteliais de onde a corda que ele usou para estrangulá-la descamou a pele das suas mãos, os pelos pubianos e o esperma. Além disso, as fibras recuperadas do cabelo de Laura correspondiam a um carpete que revestia o porta-malas do Toyota de Rankin, e as pegadas encontradas perto do corpo de Laura eram idênticas às botas de trabalho dele. Tratava-se de uma certeza, sem sombra de dúvida, de que aquele homem havia estrangulado e estuprado Laura McAllister por um motivo que parecia não ser mais complicado do que luxúria, falta de autocontrole e total desrespeito pela vida.

A cobertura da imprensa tinha se acalmado desde a prisão de Reece Rankin. Claro, houve um mergulho intenso, mas breve, no passado do assassino — quem ele era, onde trabalhava, o que os vizinhos pensavam dele —, mas o interesse em Reece Rankin durou pouco, e a mídia estava atrás de outras histórias sensacionalistas naquele momento. A imprensa voltaria a Laura McAllister para breves atualizações quando Reece Rankin aparecesse no tribunal e quando fosse sentenciado. Mostrariam fotos da bela garota em telejornais e tabloides. Mas a mídia e o público logo esqueceriam Laura McAllister. Uma garota desaparecida era mais interessante do que uma garota morta. E uma garota morta só era interessante enquanto o seu assassino estivesse à solta. Era uma triste realidade da sociedade americana. Delitos sórdidos conquistavam o interesse do público, sobretudo se envolviam mulheres jovens e atraentes. Porém, a curiosidade durava apenas enquanto houvesse um mistério em torno do crime e da garota. A sede do público era saciada assim que as peças eram expostas e o quebra-cabeça, montado. Até que outra garota sumisse ou outra família fosse ceifada no meio da noite. Então, a sociedade se transformava num nômade sedento, vagando pelo deserto e privado de água por dias. O público engoliria insaciavelmente qualquer gota que pingasse da torneira da mídia. O crime real tinha se tornado cultura pop; um prazer culposo, feio e tortuoso ao qual a maioria das pessoas estava tão acostumada que nem se sentia constrangida por aquilo.

Apesar do caso encerrado em torno de Laura McAllister, ninguém tinha sido capaz de explicar a presença da mochila de Matthew Claymore na cena do crime. Era uma incógnita que manteve o Lancaster & Jordan ativo no caso e interessado em quaisquer novos desdobramentos relacionados ao seu cliente. Durante o interrogatório complementar, que ocorreu sob o olhar atento de Jacqueline Jordan, Matthew tinha dito aos detetives que havia perdido a sua mochila uma semana antes. Ele supôs, sob interrogatório, que talvez Laura a tivesse pegado sem querer na manhã em que havia deixado o seu apartamento — a última vez em que ele a viu. A polícia não ficou nem um pouco satisfeita com a explicação, mas sem nenhuma outra prova pericial que ligava Matthew ao crime, não tiveram alternativa a não ser descartá-lo como suspeito.

O trabalho de Alex no caso havia terminado, e ela já tinha sido designada para outro. Matthew Claymore havia ficado para trás, mas o caso a levou a uma encruzilhada interessante. Em sua investigação, ela tinha conseguido pôr as mãos no episódio inédito de Laura McAllister que incluía as acusações de estupro na Universidade McCormack. E essa informação havia gerado uma oportunidade.

Ela entrou no The Perfect Cup, pediu dois cafés expressos diluídos e se sentou à mesma mesa em que Annette Packard a havia emboscado duas semanas antes. Porém, agora, foi Alex quem marcou o encontro e faria a negociação. Ela estava na metade do seu café quando Annette entrou e se sentou em frente a ela.

— Obrigada por ligar — disse Annette. — Que bom que você entrou em contato.

— Peguei um café para você.

— Obrigada — agradeceu Annette, envolvendo o copo com a mão.

— Pensei na sua proposta.

— E?

— E acho que podemos nos ajudar.

— Continue.

— Consegui ter acesso à reportagem inédita de Laura McAllister. O fato de Laura ter sido assassinada não significa que a história dela morreu. Está bem viva, e eu me encontro na estranha posição de ser a única pessoa com acesso a ela. Bem, não é verdade. Fiz a cópia do disco rígido de um computador no estúdio da Universidade McCormack. Ou seja, a universidade também tem acesso à reportagem. Mas a administração da McCormack vai enterrar a história de Laura e esperar que se deteriore depressa. Sinto que devo isso a essa garota que nunca conheci para garantir que não aconteça.

E, acredite, você vai querer saber os detalhes da reportagem de Laura antes de ser veiculada. Terá um impacto direto em Larry Chadwick.

— Duncan Chadwick estava envolvido?

Alex confirmou.

— Laura tinha provas. Bem, ela não era uma detetive, então "provas" talvez seja um exagero, mas ela conseguiu comprovações contundentes de que foi Duncan Chadwick quem comprou o GHB usado para batizar as bebidas na festa da fraternidade e estuprou a menina que registrou o boletim de ocorrência. Laura fez muita coleta de dados. A reportagem dela está completa e imponente, e a sombra abrange muitas pessoas, incluindo a chefia da universidade, que fez de tudo para manter a história em segredo. Mas como a reportagem de Laura diz respeito a você, o filho de Larry Chadwick não só vai se dar mal, mas também deve ser interrogado quanto às alegações apresentadas na reportagem, e possivelmente acusado de estupro. Se forem capazes de rastrear a compra do GHB até Duncan, e Laura conseguiu identificar o traficante que vendeu a droga para ele, as coisas ficarão ainda piores para ele.

Annette ficou calada por um momento e Alex viu que ela estava avaliando as suas opções.

— Se a reportagem de Laura vier à tona, e Duncan estiver ligado ao escândalo, as chances do pai dele de ser confirmado na Suprema Corte afundariam — disse Annette finalmente. — Se eu tivesse acesso a essa informação antes que chegasse à grande mídia, não teria escolha a não ser aconselhar o presidente a não nomear Larry Chadwick.

— Vamos lá, agente especial Packard. Você seria uma heroína se descobrisse essa história antes que ela chegasse à grande mídia. Você seria a responsável por ajudar o presidente a evitar uma nomeação constrangedora em potencial que mancharia a reputação dele e daria aos adversários munição para a eleição do próximo ano. Já posso até imaginar a propaganda política de difamação. Como o eleitor americano pode confiar num presidente que depositou a sua fé em Larry Chadwick, um juiz cujos princípios morais são tão distorcidos que criou um filho para ser um estuprador?

Alex observou Annette com atenção e soube que tinha plantado um cenário realista.

— Vou precisar de provas — determinou Annette. — Sobre Duncan, o GHB e a ligação dele com a garota estuprada. Não posso simplesmente ir ao presidente com acusações.

— A reportagem de Laura apresenta provas. Ou, como disse, comprovações contundentes.

— O quão contundentes?

— O suficiente para que, assim que a reportagem de Laura for divulgada, as autoridades se mexam. A garota estuprada já registrou um boletim de ocorrência. Depois que a reportagem de Laura for amplamente disseminada, Duncan será apontado como o estuprador. A polícia investigará e tenho certeza de que, com as outras informações que Laura descobriu, Duncan será indiciado. Há um exame médico de estupro, e vão coletar uma amostra do DNA de Duncan para ver se é compatível.

— E a prova, o que Laura descobriu, você vai me dar?

— Sim. Criei uma série de dossiês para o meu chefe da Lancaster & Jordan. Posso entregar esses dossiês a você. Também posso deixar você ouvir o episódio que Laura estava prestes a veicular antes de torná-lo público. Mesmo no caso extraordinário de que a família Chadwick use o seu poder político para se esquivar e evitar que Duncan seja preso ou indiciado, o nome dele sempre estará ligado a Laura McAllister e ao estupro na Universidade McCormack.

Annette assentiu.

— Tudo bem. Não precisa tentar me convencer ainda mais. Preciso dessa informação e preciso para ontem. Então, acho que chegamos à parte dessa conversa que envolve a contrapartida. O que vai querer em troca?

Alex respirou fundo.

— Você verificou as minhas impressões digitais, o que significa que conhece a minha história. É em relação a isso que preciso de ajuda.

— A sua história? Quer dizer, o que aconteceu quando você era adolescente?

— Quero dizer, o que aconteceu com a minha família.

Alex tinha passado os últimos dias organizando esse acordo na mente. A verdade era que a busca pelo assassino da sua família tinha chegado a um impasse anos atrás, quando Garrett a resgatou de Cambridge e trouxe de volta para casa. Desde então — desde a descoberta dos misteriosos extratos bancários escondidos no sótão da sua casa, a visita ao Sparhafen Bank em Zurique e a descoberta de uma ligação entre os seus pais e um empresário de tráfico sexual chamado Roland Glazer —, Alex não fez nenhum progresso real na busca por quem tinha matado a sua família. Porém, a vaga semelhança entre a cena do crime da sua família e a de Byron Zell — em que fotos foram deixadas ao lado dos corpos pelo assassino — atiçaram as brasas que ainda ardiam dentro dela. O estímulo foi suficiente para reacender o desejo de continuar a sua busca.

Alex sabia que essa tentativa ousada provavelmente era a sua última chance. Deduzia que mexer naquelas últimas cinzas remanescentes poderia finalmente extingui-las para sempre. Mas também sabia que ter alguém como Annette Packard segurando o atiçador e cutucando aqueles carvões moribundos, poderia enfim causar uma combustão de uma maneira que Alex nunca conseguiria sozinha.

— Alex, é como eu disse antes — tornou Annette. — Verifiquei as suas impressões digitais, porque planejava recrutar você como fonte e precisava ter certeza de que não tinha antecedentes ou outros sinais de alerta que não tornariam você confiável.

— Ser acusada de matar a minha família pode me tornar pouco confiável aos olhos de alguns.

— Em termos jurídicos, você é Alex Armstrong agora. O seu passado não importa para mim.

— De qualquer forma, você não receberá a reportagem de Laura de mim. Na realidade, você receberá, mas poderá alegar que recebeu de uma fonte confiável.

— Não estou entendendo.

— Vou dar os detalhes assim que eu tiver tudo muito bem organizado. Mas antes de fazer isso, quero saber se vai me ajudar.

— Ajudar você com o quê, exatamente?

— A descobrir quem matou a minha família.

Alex percebeu a apreensão no olhar de Annette.

— Como *eu* posso ajudar nisso?

— Você me disse que tem todo o Departamento de Justiça ao seu alcance.

— Tenho acesso e permissões que dizem respeito ao meu trabalho. A sua família e o que aconteceu com ela não cabem na minha especialização.

— Não? Você se especializou em fuçar, e investigar, e em descobrir a verdade. Você encontra as pessoas certas que podem conseguir o que você precisa. Assim como eu faço no meu trabalho. Mas já usei todas as habilidades que aprendi e todas as intuições que desenvolvi para tentar entender por que a minha família foi morta. Não fiz nenhum progresso. Preciso de ajuda. E você é a única pessoa que apareceu na última década que pode ser capaz de proporcionar essa ajuda de verdade.

— Escuta, Alex, eu investiguei o seu passado e me lembro do caso da sua família. Considero terrível o que aconteceu. Adoraria dizer a você que posso ajudar, mas não sei no que estaria me metendo ou com o que estaria concordando. Preciso das informações que você tem sobre Duncan Chadwick, preciso muito mesmo. Mas não quero pegar essas informações e em troca prometer a você algo que eu não posso cumprir.

Alex estendeu o braço sobre a mesa, pegou o copo de café de Annette e o jogou com o seu próprio na lata de lixo ao lado da mesa.

— O café daqui é horrível — disse Alex. — Vamos até o meu apartamento. Vou preparar um café de verdade para nós e também vou mostrar a você exatamente no que está se metendo.

52

Washington, D.C.

Segunda-feira, 15 de maio de 2023

10h50

DE VOLTA AO SEU APARTAMENTO, ALEX PAROU PERTO DE Annette e fechou o biombo dobrável, revelando o quadro de evidências e a jornada percorrida por ela ao longo de uma década. Alex olhou para Annette, que permaneceu em silêncio, examinando o quadro.

— O que é isso? — perguntou Annette.

— Isto é tudo que já consegui decobrir a respeito da noite em que a minha família foi assassinada. Tudo de que me lembro sobre aquela noite. Tudo o que sempre sonhei sobre aquela noite. Todas as evidências que já encontrei por conta própria ou com base na investigação policial oficial.

Annette continuou a examinar o quadro.

— Ao longo dos anos, cheguei a isto — prosseguiu Alex. — Mas estou muito longe dos detalhes para ser capaz de perceber um padrão, se é que existe algum. Preciso de outro olhar para analisar o que encontrei. Preciso de alguém que analise este quadro sob uma nova perspectiva e sem as minhas ideias e os meus vieses preconcebidos sobre aquela noite.

Annette semicerrou os olhos e apontou o queixo para o quadro.

— Esse aí é Roland Glazer?

— É — respondeu Alex. — Ele é apenas uma das muitas peças estranhas neste quebra-cabeça sem solução.

Annette avançou devagar em direção ao quadro. Alex se deu conta de que tinha chamado a atenção da agente do FBI.

— Que tal o café que você me prometeu? — tornou Annette, sem tirar os olhos do quadro.

Alex concordou.

— Vou preparar agora mesmo.

Uma hora depois, cada uma saboreava o segundo café, preparado na cafeteira a vácuo, sentadas no sofá, enquanto observavam o quadro de evidências diante delas.

— Então, você pode me ajudar? — indagou Alex.

— *Pessoalmente*? — replicou Annette. — Não, como eu já disse, não é o que faço. — Annette apontou para o quadro de evidências. — Me deixa intrigada, mas não é o tipo de investigação que faço. — Annette olhou para Alex. — Só que conheço uma pessoa que pode ajudar.

— Quem?

— Lane Phillips. Um velho amigo meu do FBI. Ele é um psicólogo forense. Era um dos nossos melhores analistas de perfis criminais. Lane se aposentou há alguns anos e agora dirige uma empresa que rastreia, acredite se quiser, *serial killers*. E isto — Annette voltou a apontar para o quadro — é *exatamente* o que ele faz. Posso ligar para ele e ver se ele está interessado em ajudar.

Annette tomou outro gole de café.

— Então o acordo é o seguinte: se eu conseguir convencer um dos melhores analistas de perfis criminais que já passou pelo FBI a dar uma olhada no caso da sua família, você vai compartilhar tudo o que Laura McAllister descobriu a respeito de Duncan Chadwick antes de tornar pública a reportagem dela?

— Sim, esse é o acordo — respondeu Alex.

Então, Annette ficou de pé.

— Tudo bem. Vou fazer uma ligação e dou um retorno para você.

Annette se dirigiu até a porta da frente. Alex a abriu para ela. Em seguida, Annette saiu, pegou o corredor e, pouco depois, se virou.

— Só por curiosidade — disse Annette. — Você falou que as informações não viriam diretamente de você, mas de uma fonte confiável. Pode me explicar isso?

— Ainda não, mas conheço uma pessoa que talvez esteja interessada em divulgar a história de Laura num palco maior do que eu poderia proporcionar por conta própria. Mando mais detalhes em breve.

Era a outra parte do plano, que poderia funcionar perfeitamente ou que sairia pela culatra.

53

Washington, D.C.

Segunda-feira, 15 de maio de 2023

20h30

ANNETTE PACKARD SE SERVIU DE UMA DOSE DE BOURBON E SE sentou no sofá. Seu apartamento em Columbia Heights era pequeno, mas aconchegante, e a janela da sua sala tinha uma vista parcial das luzes da cidade e de um trecho do rio Potomac ao longe. Aos cinquenta e seis anos de idade, nos últimos tempos, ela tinha começado a se preocupar acerca de como ficaria o seu poder aquisitivo se saísse de baixo do cobertor confortável, mas fino, propiciado pelo governo federal. Em três anos, Annette poderia se aposentar do FBI em boa situação, com uma aposentadoria razoável, anos de energia considerável pela frente e algumas opções.

Annette recebeu algumas ofertas de emprego ao longo dos anos. Muitas foram atraentes. Porém, apenas as mais vantajosas financeiramente despertaram algum interesse. Seu papel como servidora pública que procurava podres na vida de políticos importantes a fez subir na hierarquia e a dotou de poder e influência, mas pouco fez para ajudá-la em termos financeiros. O governo americano e todos os seus órgãos, incluindo o FBI, eram famosos por pendurar medalhas e títulos no pescoço dos seus funcionários mais esforçados, mas sem recompensá-los financeiramente. Porém a promessa de uma aposentadoria vitalícia era a retribuição por um trabalho bem-feito e uma carreira árdua. Antes de completar sessenta anos, Annette ganharia setenta mil dólares por ano para apenas sair da cama. E o trem da alegria continuaria pelo resto da vida, não importava se ela arrumasse outro emprego.

Algumas das ofertas lucrativas vieram de grandes empresas que tentaram atrair Annette Packard e suas habilidades únicas de bisbilhotice para as suas equipes de segurança privada e divisões de crimes cibernéticos. Seu conjunto de competências poderia ser muito útil na América corporativa ou em Wall Street, não apenas nos casos de contratação de CEOs e outros altos executivos, mas também em investigações contra empresas rivais e transações criminosas que corriam soltas nos setores empresarial, financeiro e tecnológico.

Mas a oferta mais interessante havia vindo de Lane Phillips, ex-colega do FBI, que tinha se oposto às regras do sistema e seguido o próprio caminho. O grande sucesso que Lane teve na iniciativa privada causou inveja em todos os agentes que sonhavam em se beneficiar das suas habilidades e conhecimentos, convertendo a experiência deles no governo em ganhos substanciais. Em seu auge, Lane Philips foi o principal psicólogo forense e analista de perfis criminais do FBI. Agora, os jovens policiais aprenderam os segredos do ofício lendo a tese de doutorado de Lane, que dissecava em termos forenses a mente de um assassino e recebeu o apropriado título de "Alguns escolhem a escuridão". A tese foi tão consultada pela Unidade de Ciência Comportamental do FBI que o departamento a transformou no principal manual de treinamento e modelo para ajudar jovens psiquiatras e psicólogos a entenderem o processo mental dos *serial killers*.

Mais tarde, Lane transformou o seu estudo a respeito da mente dos assassinos, baseado em suas entrevistas com mais de cem *serial killers*, num livro de crimes reais, que vendeu milhões de exemplares. Na sequência, realizou um estudo profundo e original a respeito dos *serial killers* ainda ativos. Fez isso analisando, catalogando e arquivando meticulosamente assassinatos divididos em grupos nos Estados Unidos. Usando sua mente feroz e implacável, desenvolveu um programa de computador e um algoritmo sofisticado para fazer essa análise para ele. A partir disso, Lane criou uma empresa privada chamada Projeto de Controle de Homicídios, ou PCH, como é chamada no setor. A eficiência do algoritmo em reconhecer padrões entre homicídios não relacionados antes fez com que ele recebesse o crédito pela identificação e prisão de dezenas de *serial killers*, oficialmente definidos como indivíduos responsáveis pela morte de três ou mais vítimas.

O programa de computador e o algoritmo de inteligência artificial do dr. Philips fizeram tanto sucesso que foram licenciados para centenas de departamentos de polícia e escritórios de detetives de todo o país, e também foram implantados no próprio banco de dados do FBI. Os milhões de exemplares vendidos do livro de crimes reais de Lane o deixaram confortavelmente rico. Os licenciamentos do seu programa de computador, que rastreava e identificava semelhanças entre homicídios a princípio não vinculados, o deixaram multimilionário.

A oferta de Lane para que Annette fosse trabalhar para ele e para o Projeto de Controle de Homicídios tinha sido a mais atraente. Segundo Lane, ela teria a oportunidade de aproveitar melhor as suas habilidades de investigadora do que empregá-las para descobrir que um empresário que decidiu concorrer a um cargo público durante uma crise de meia-idade tinha sonegado impostos e estava mantendo uma amante com metade da idade dele. Ele tentou convencê-la afirmando que o trabalho dela no PCH teria impacto no mundo real, e Lane precisava muito das habilidades dela. Mas ainda assim, deixar o FBI antes da hora prejudicaria a sua aposentadoria. Então, Annette recusou gentilmente a oferta de Lane. Porém, concordou em reconsiderar o assunto ao completar cinquenta e sete anos, quando estaria livre para se aposentar do FBI em boa situação.

Annette mantinha contato regular com o gênio da análise de perfis criminais e pegou o celular para ligar para ele.

— Você finalmente decidiu vir trabalhar para mim. — Ela ouviu Lane dizer como cumprimento.

— Ainda não — respondeu Annette. — Preciso garantir a minha aposentadoria primeiro, lembra?

— Vou pagar a você muito mais do que o governo.

— Vou exigir que você cumpra essa promessa.

— Por favor, faça isso — disse Lane. — Mas se não está ligando a respeito do emprego, o que é então?

— Pode ser que nada. Mas acho que tenho um caso interessante... Não é nem um caso, na verdade, ou algo em que eu esteja trabalhando oficialmente. Mas *é* bem a sua especialidade e preciso da sua opinião a respeito.

— Diga.

— Você se lembra do assassinato da família Quinlan, anos atrás?

— Não. Refresque a minha memória.

— Uma mãe, um pai e um filho adolescente foram mortos no meio da noite. Alvejados com uma espingarda. Cena do crime sangrenta. A imprensa foi à loucura. A filha de dezessete anos foi encontrada segurando a espingarda e a polícia a manteve presa pelos homicídios até que a investigação foi por água abaixo. Um detetive péssimo e um promotor público extremamente agressivo ferraram o caso. Foi em McIntosh, Virgínia.

— Claro, agora me lembrei. A imprensa chamava a garota de Olhar Vazio. Qual era mesmo o nome dela?

— Alexandra Quinlan.

— Isso. Ela acabou processando o departamento de polícia.

— O estado da Virgínia, na verdade. Um processo por difamação que terminou com um veredicto que proporcionou milhões de dólares para a garota.

— Sim, sim, é isso mesmo. E o que é que tem?

— Em resumo, o caso atual em que estou metida, investigando um juiz renomado, cruzou o meu caminho com o dela.

— Com Alexandra Quinlan?

— Sim, mas ela não usa mais esse nome. Você não precisa dos detalhes, e não tenho permissão para fornecê-los. O que estou esperando é que dê uma olhada no assassinato da família Quinlan, assim como em algumas outras pistas que a garota encontrou ao longo dos anos, para ver se você consegue descobrir algo útil.

— Útil como?

— Os assassinatos ainda não foram resolvidos. No começo, a culpa foi atribuída à garota e, quando essa suspeita foi por água abaixo, o caso foi arquivado. Desconfio que ninguém investigou o caso com muita atenção depois do fiasco que envolveu a prisão e soltura da Alexandra Quinlan. Mas o fato é que ela nunca parou de procurar por si mesma.

— A garota Quinlan?

— Sim. Dez anos depois, ela ainda se esforça muito para tentar descobrir quem matou a família dela. Ela é a única que está fazendo isso. É tão injusto hoje o fato de ninguém a ajudar quanto foi há uma década o fato de ela ter sido falsamente acusada. Ela precisa da sua ajuda, Lane, e tenho a impressão de que você vai se interessar por alguns dos detalhes que ela conseguiu descobrir.

— Você está começando a me animar — replicou Lane. — Acha que existem assassinatos em série relacionados ao caso da família Quinlan?

— Não faço ideia. Essa é a sua especialidade. Mas só o dr. Lane Phillips pode admitir ter ficado empolgado com a perspectiva de descobrir um *serial killer*. Olha, não é minha área de atuação, mas a julgar por algumas das pesquisas feitas pela Alex e alguns dos nomes que ela foi capaz de vincular ao crime, acho que vale a pena você dar uma olhada. Ela reuniu todo o material e criou um quadro com as principais pesquisas. Tirei uma foto dele e quero enviar a você. Será o suficiente para você começar. Se encontrar algo interessante, tenho certeza de que poderei conseguir todas as outras pesquisas dela.

— Manda a foto — disse Lane. — Vou dar uma olhada e entro em contato com você.

— Obrigada, Lane.

— Como é que você se meteu nisso?

— A garota pode me ajudar num caso urgente em que estou trabalhando. Concordamos em trocar favores. Seria uma grande ajuda se você fizesse isso por mim.

— Fico feliz em ajudar. Vou considerar como um trabalho *pro bono* — declarou Lane. — Mas se eu descobrir alguma coisa, você vai ter que vir trabalhar para mim.

— Se conseguir descobrir isso, comunico o meu aviso prévio ao FBI.

— Cuidado com o que promete — avisou Lane.

PARTE V

REVELAÇÕES

Esse assassino está nessa há muito mais de dez anos.
— Lane Phillips

ACAMPAMENTO MONTAGUE
MONTES APALACHES

No dia seguinte ao que ele se escondeu atrás da cabana de Jerry Lolland e concebeu o seu plano, começava a semana de excursão. Era a época do verão em que todo o acampamento fazia um passeio de ida e volta de 80 quilômetros e com duração de três dias pelo rio Muscogee. Todas as noites, os jovens montavam acampamento próximo às margens do rio. Os monitores estavam presentes, mas quem comandava eram os veteranos. Eles eram os responsáveis por distribuir os jovens pelas canoas, conduzi-los rio abaixo, montar acampamento todas as noites e preparar o jantar. Era a chegada à maioridade para aqueles que frequentavam o Acampamento Montague por mais tempo, e uma oportunidade para os veteranos mostrarem os seus anos de experiência.

Apenas dois monitores acompanhavam os jovens na excursão de três dias e permaneciam em segundo plano. A presença deles era quase imperceptível, pois o objetivo da expedição era promover a união entre os jovens e permitir que os líderes ascendessem ao topo. Ele e os demais veteranos tinham passado a semana anterior fazendo planos e, agora, estavam executando a partida do acampamento. Eles dividiram os jovens em grupos e todos estavam em suas canoas: três em cada barco, num total de trinta canoas. Ele se certificou de que ela ficasse em seu grupo.

Passava pouco das três da tarde da segunda-feira quando chegaram ao primeiro acampamento-base. Levou uma hora para que todos tivessem colocado as canoas em terra firme, montado as barracas e acendido a fogueira. Havia churrasqueiras em cada um dos acampamentos-base e os veteranos acendiam o carvão e preparavam o jantar. Às oito da noite, todos estavam alimentados e davam início ao ritual noturno em torno da fogueira, como se estivessem de volta ao acampamento principal. Ele se sentou ao lado dela e sorriu.

— Tudo bem?

Era a primeira vez que eles se falavam durante o verão.

— Tudo bem — respondeu ela.

— Bolhas?

Ela olhou para as mãos.

— Sim, algumas pequenas.

— Trouxemos luvas. Vou dar uma para você de manhã. E pomada. Você deveria passar um pouco hoje à noite antes de dormir.

— Obrigada.

— Escuta — disse ele, olhando para a fogueira. — Eu meio que vi você ontem à noite.

Ela olhou para ele.

— Eu vi você com o sr. Lolland. Vi que ele levou você para a cabana dele.

Ela dirigiu o olhar de volta para a fogueira.

— Ele encostou a mão em você? — perguntou ele.

Não houve resposta.

— Está tudo bem. Você pode me dizer — garantiu ele.

Ela balançou a cabeça.

— Ele me disse para não contar a ninguém ou ele iria me machucar.

— Não é verdade. Ele não vai mais machucar você.

Ele olhou para ela, tentando fazer contato visual.

— Você acredita em mim? — perguntou ele. — Que ele não vai mais machucar você?

— Você não pode contar para o sr. McGuire.

— A gente não vai contar para o sr. McGuire — declarou ele. — A gente não vai contar para ninguém.

* * *

Três dias depois, o Acampamento Montague estava de volta ao normal. O que era considerado normal após a semana de excursão. Foi preciso o dia inteiro de quinta-feira para os jovens tirarem as canoas do rio e colocá-las no grande galpão que armazenava todas as coisas do acampamento. Coletes salva-vidas, capacetes, remos e barracas foram limpos, secos e guardados para a excursão do próximo ano. A limpeza levou dois dias, mas, no meio da tarde de sexta-feira, tudo estava como de costume, e houve um raro tempo ocioso no Acampamento Montague, sem nenhuma atividade planejada e uma tarde e uma noite livres.

Eles passaram a tarde sem chamar a atenção para si. Eles tinham passado a segunda e a terceira noites da excursão planejando e trocando ideias até chegarem ao plano perfeito. Às três da tarde, eles se encontraram atrás do barracão de trabalhos manuais. Era uma cabana de toras, onde eram realizados projetos de artesanato em madeira.

— Tudo o que precisamos deve estar no almoxarifado dos fundos — disse ele.

— Do que a gente precisa? — perguntou ela.

— Acho que só um alicate, mas vou pegar outras ferramentas, só por precaução.

O almoxarifado era um labirinto estruturado de ferramentas. Martelos e chaves de fenda estavam pendurados em fileiras organizadas em porta-ferramentas. Diversos armários de ferramentas se estendiam pela parede dos fundos, com as gavetas cheias de parafusos e pregos. Eles se aproximaram da parede e pegaram um alicate, um martelo e uma chave de fenda.

— Isso deve dar. — Ele olhou para ela. — Tudo bem. Fique longe da sua cabana. Encontro você na clareira às dez da noite.

54

Washington, D.C.

Terça-feira, 30 de maio de 2023

10h45

JACQUELINE JORDAN COLOCOU A BOLSA NA ESTEIRA E A OBSER-vou passar pela máquina de raios X. Um guarda da segurança olhou para o monitor do outro lado do detector de metais e inspecionou o conteúdo da bolsa, em busca de armas e contrabando. Jacqueline já tinha passado pelo processo antes. Era o mesmo em quase todas as prisões que visitava. Durante os seus anos no Lancaster & Jordan, ela havia ido à penitenciária central de Washington diversas vezes.

Ela passou pelo detector de metais sem incidentes e estendeu os braços para os lados, deixando que o guarda passasse o detector portátil para cima e para baixo pelo seu corpo.

— Obrigado, senhora — disse o jovem guarda com um sorriso.

Jacqueline pegou a bolsa, pendurou-a no ombro e seguiu outro guarda por um conjunto de portas trancadas até ser conduzida à área de visitas da prisão. Ela tinha pedido e conseguido uma sala reservada para o encontro daquela manhã. Afinal, Jacqueline havia alegado que era o seu primeiro encontro com o novo cliente. Eles precisariam do máximo de privacidade possível.

O guarda abriu a porta da sala de reuniões e a conduziu para dentro. Ela se sentou em uma das duas cadeiras e tirou a pasta da bolsa, colocando-a na mesa à sua frente. Dez minutos depois, um presidiário usando um macacão laranja entrou na sala. Jacqueline percebeu a expressão de confusão dele assim que ele a encarou. Ela era uma completa estranha para ele. O guarda prendeu os pulsos algemados do homem a um olhal na beirada da mesa.

— A senhora tem trinta minutos — informou o guarda. — Se precisar de algo antes disso, aperte a campainha.

— Obrigada — agradeceu Jacqueline e sorriu quando o guarda os deixou sozinhos.

— Quem é você? — perguntou Reece Rankin.

— Sou a sua advogada — Jacqueline mentiu.

— Você não é a senhora que encontrei antes.

— Ela era uma defensora pública, que foi designada a você pelo juiz do caso.

— É porque não tenho dinheiro para um advogado de verdade. Você é uma advogada de verdade?

— Sou.

Rankin sorriu, exibindo dentes amarelos e muito cariados.

— Como acha que vou pagar se não tenho dinheiro?

— O meu escritório pega um número limitado de casos *pro bono*. Isso significa que trabalhamos a seu favor, mas não pedimos remuneração em troca. Então não se preocupe com dinheiro. Apenas se concentre em responder algumas perguntas para mim. Depois, eu digo se vou poder ajudá-lo.

— *Pro bono*?

— Sim — respondeu Jacqueline. — Você estaria disposto a responder algumas perguntas para mim?

Rankin concordou e Jacqueline ficou satisfeita em saber que havia superado o seu primeiro obstáculo. Como Alex, ela também desconfiava da confissão de Reece Rankin. Seria algo muito maior que coincidência o fato de um pervertido qualquer de Maryland ter estuprado e matado uma garota que estava prestes a divulgar uma reportagem bombástica que abalaria a vida de mais do que algumas poucas pessoas poderosas.

— A polícia afirma que você confessou ter matado Laura McAllister. É verdade?

— Sim, até assinei alguns papéis. Mas só porque disseram que acreditaram em mim quando contei que alguém me pagou para matá-la. Disseram que se eu assinasse uma confissão, isso os ajudaria no resto da investigação, e eu pegaria menos tempo de prisão.

— Mas você a matou *mesmo*?

— Foi o que eu acabei de dizer.

— Mas a ideia não foi sua?

— Merda, não. Nem sabia quem era a vadia.

Jacqueline fez uma pausa diante da grosseria do homem, mas decidiu ignorá-la e seguiu em frente. Ela precisava mantê-lo no caminho certo.

— Então por que fez isso? Por que matou a garota?

— Porque me deram um monte de dinheiro e prometeram que eu receberia mais depois de cumprir o acordo.

— Alguém pagou você para matar Laura McAllister?

— A senhora tem algum problema de audição, é? Por que fica repetindo o que eu digo?

— Você contou isso à polícia? Que alguém pagou a você?

— Contei. Disseram que, se confessasse ter matado a garota, eu iria sair mais fácil da prisão, porque fui pago.

— Perguntaram quem foi que te pagou?

— Não, ainda não chegamos lá. Disseram que primeiro eu tinha que assinar os papéis, a confissão, e depois a gente entraria nos detalhes. Mas já faz um tempo que assinei esses papéis e nunca mais vi um policial desde então. Achei que talvez fosse por isso que você apareceu do nada.

— Você sabe o nome do homem que te pagou para matar Laura McAllister?

— Não. Só vi um monte de dinheiro e eles me disseram o que eu tinha que fazer. Não fiz nenhuma pergunta.

— *Eles*? Havia mais do que um homem?

— Sim. Um garoto foi quem falou a maior parte do tempo, mas havia outro cara com ele. Só que esse cara não falou nada. Meio que ficou na retaguarda.

Jacqueline abriu a pasta e pegou uma foto de Matthew Claymore. Ela a deslizou sobre a mesa.

— É esse o garoto com quem você falou?

Rankin olhou para a foto por um momento e fez um gesto negativo com a cabeça.

— Não. Não é ele.

Jacqueline pegou outra foto. Era uma de Duncan Chadwick. Ela a passou para o homem e esperou.

— Sim — afirmou Rankin, sorrindo com os dentes amarelados. — É ele. Um filho da puta bem arrogante.

— Tem certeza?

— Certeza absoluta.

Devagar, Jacqueline puxou de volta a foto de Duncan Chadwick e a recolocou na pasta, com a foto de Matthew Claymore. Em seguida, guardou a pasta em sua bolsa.

— A outra pessoa era alguém da idade dele? Outro estudante? — perguntou Jacqueline.

— Não. Era um cara mais velho. Meio que tive a impressão de que era ele quem estava no comando, mas foi o garoto quem ficou falando o tempo todo.

Jacqueline pegou o celular e acessou o mecanismo de busca. Navegou até encontrar uma boa foto, ampliou-a e estendeu o celular para Rankin poder ver.

— Este é o outro homem que pagou para você matar Laura McAllister?

Rankin semicerrou os olhos e sorriu.

— É ele, sem dúvida.

Jacqueline afastou o celular dele e observou a imagem de Larry Chadwick por apenas um momento. Então, fechou o navegador e recolocou o celular na bolsa.

— Também foram eles que me deram aquela mochila — disse Rankin. — Eu devia deixar perto do corpo da garota para despistar a polícia. Foi o que eles disseram.

Jacqueline abriu um sorriso.

— Sim, mas você deixou mais do que a mochila. Deixou o seu DNA em todo o corpo de Laura McAllister. Células de pele, pelos pubianos... o seu maldito sêmen. Então, entenda, *após* o crime, largar uma mochila que era de um garoto inocente não ia enganar ninguém.

Jacqueline se levantou e caminhou em direção à porta.

— Então, vai me ajudar agora que eu contei tudo isso a você?

Jacqueline se virou antes de apertar a campainha.

— Talvez — respondeu ela. — Só mais uma coisa. Esses dois homens que pagaram para você matar Laura McAllister também disseram para você estuprá-la?

— Sim — disse ele, dando de ombros. — Para parecer um crime passional. Foi o que o garoto disse. Eu não queria fazer isso, mas, sabe... o dinheiro fala mais alto. Só estou sendo sincero com você. Se vai ser a minha advogada, tenho que ser sincero, né?

— Sem dúvida — respondeu Jacqueline e apertou a campainha.

— Você vai me ajudar agora? Vai ser a minha advogada?

A porta se abriu e um guarda esperou a saída de Jacqueline da sala. Antes disso, ela se virou para Reece Rankin.

— Você precisa muito mais de um padre do que de uma advogada.

55

Washington, D.C.

Terça-feira, 30 de maio de 2023

12h30

ANNETTE PACKARD SE ESQUIVOU DO TRÂNSITO DO TERMINAL do Aeroporto Washington Dulles, avistou Lane Phillips e encostou junto ao meio-fio. Lane colocou a sua maleta no banco de trás e se acomodou no assento da frente.

— Obrigado pela carona, agente especial Packard.

— É um prazer ver você, Lane — disse Annette, dando uma olhada no espelho lateral e pondo o carro em movimento. — Não esperava que viesse de Chicago só por minha causa.

— Não foi só por isso. Também estou aqui, porque amanhã farei uma apresentação para os novos membros da unidade de ciência comportamental. Achei que a gente podia sair para jantar enquanto estou na cidade. Encontrei alguns fatos interessantes no caso da garota Quinlan. Você conseguiu falar com ela para ver se ela está disponível?

— Consegui. Ela ficou um pouco receosa. A cobertura da imprensa a respeito do caso dela diminuiu ao longo dos anos, mas não cessou completamente. Ela ainda é bastante cuidadosa com a nova identidade e com quem admite em seu círculo íntimo.

— Como você foi admitida?

— Na verdade, não fui. Ela está me ajudando, e eu a estou ajudando. Esse é o grau do nosso relacionamento. Mas, sim, Alex concordou em encontrar você hoje à noite, mas não num restaurante. Então, vamos nos encontrar na minha casa. Tudo bem?

— Sem problema — respondeu Lane. — Vou revisar a minha pesquisa no hotel e tomar um banho. Então, vejo vocês à noite. Que horas?

— Às oito.

56

Washington, D.C.

Terça-feira, 30 de maio de 2023

19h45

ELA ENCONTROU O PRÉDIO DE ANNETTE PACKARD NO BAIRRO de Columbia Heights, esforçou-se para controlar os nervos e, em seguida, subiu os degraus até a porta da frente do prédio. Respirou fundo pela última vez e apertou a campainha.

— Aí está você! — exclamou Annette quando abriu a porta. — Vamos entrar.

Alex a seguiu até a cozinha, onde Annette tinha colocado o jantar no forno: uma costela de cordeiro, cujo cheiro apetitoso tomava conta da casa.

— Quer beber alguma coisa? Cerveja ou vinho? — perguntou Annette.

— Água, se puder.

Annette pegou uma garrafa de água na geladeira e entregou para Alex.

— Então, me conta de novo quem é esse cara — pediu Alex.

— Dr. Lane Phillips. Ele é considerado até hoje o melhor analista de perfis criminais que já passou pelo FBI. A tese de doutorado dele foi sobre a compreensão de por que os assassinos matam e demonstrou a capacidade inata dele de entrar na mente de um homicida de uma maneira que ninguém mais consegue.

— Mas como um analista de perfis criminais vai me ajudar a desvendar o assassinato da minha família?

— Não sei ao certo. Só sei que sozinha eu não conseguiria. Por isso, entrei em contato com o Lane. Ele não é só um analista de perfis criminais talentoso, mas também é o criador do Projeto de Controle de Homicídios, um programa usado por inúmeros departamentos de polícia e unidades de homicídios em todo o país para ajudar a solucionar casos arquivados de assassinatos. Basicamente, Lane e a empresa dele analisam homicídios aleatórios para ver se e como eles estão ligados entre si. Mostrei a ele a foto do seu quadro de evidências e ele ficou bastante interessado. Então, com a sua permissão, enviei para ele os detalhes de tudo o que você descobriu ao longo dos anos.

Uma semana antes, Alex havia revelado os detalhes da sua jornada de uma década para entender a noite em que a sua família foi assassinada. Ela tinha entregado a Annette tudo o que tinha descoberto sobre aquela noite, na esperança de que um psicólogo forense chamado Lane Phillips pudesse, de alguma forma, decifrar tudo aquilo.

— Depois de analisar todo o seu trabalho, Lane acha que encontrou um padrão. Ele gostaria de falar com você. Então aqui estamos — resumiu Annette.

Alex sentiu uma pontada repentina no peito e tentou controlar as emoções.

— Ele veio de Chicago só para me falar a respeito desse padrão?

— Ele também está aqui a negócios. Aí as coisas se encaixaram.

A campainha tocou.

— Ele chegou — disse Annette.

Alex fechou os olhos e respirou fundo. Enquanto isso, Annette se dirigiu até a porta da frente. Sua ansiedade não vinha do pensamento de ouvir o que Lane Phillips tinha a dizer, mas da ideia de que as suas percepções poderiam de fato trazer respostas. Ela havia procurado por tanto tempo uma solução para a sua tragédia pessoal que a busca se tornou a sua identidade. As respostas eram um lance místico distante demais do caminho conhecido pelo qual ela esteve percorrendo para se preocupar. Sua personalidade havia sido moldada a partir da caça. Porém, ali estava ela, possivelmente chegando ao lugar distante onde o seu trabalho e a sua investigação colidiam com as respostas.

— Lane — apresentou Annette. — Esta é Alex Armstrong. Alex, este é o dr. Lane Phillips.

Alex se esforçou para superar o medo e sorriu.

— Obrigada por vir até aqui, dr. Phillips.

Lane Phillips não era o que Alex esperava. Em sua mente, ela havia imaginado um homem mais velho de aparência acadêmica, com cabelo branco, óculos e uma personalidade resignada, cultivada a partir de uma vida inteira exposta aos assassinos mais cruéis que a sociedade já havia conhecido. Mas, em vez disso, Lane era um homem de cinquenta e tantos anos de aspecto vibrante e cabelo desgrenhado, aparentando muito menos idade do que tinha. Ele estava usando calça jeans, paletó esporte cinza-claro e camisa de colarinho abotoado. Lane abriu um sorriso agradável para Alex — pelo visto, ele não era nem um pouco impactado pela obsessão por assassinos ao longo da vida.

— Me chame de Lane, por favor. Só os meus alunos usam essas formalidades.

— O jantar vai ficar pronto daqui a meia hora — informou Annette. — Vamos nos sentar à mesa da cozinha para conversar. Quer beber alguma coisa, Lane?

— Claro. Tem cerveja?

— Tenho uma variedade.

— Uma leve. As mais encorpadas não me caem bem.

Pouco depois, todos estavam sentados à mesa de jantar. Diante de Lane, havia uma pasta com capa de couro. Ele a abriu e tirou três maços.

— Se você estiver de acordo, vou direto ao assunto — declarou ele.

Alex concordou.

— E já vou pedindo desculpa. Entendo como pode ser comovente e traumático discutir os detalhes do caso da sua família, mesmo tantos anos depois. Então, peço desculpas de antemão pela minha franqueza. É um suplício o fato de eu deixar de lado uma conversa cordial e passar direto para um diagnóstico clínico em questão de segundos.

— Entendi — Alex disse. — Você... descobriu alguma coisa?

— Acho que sim. Sempre há lacunas nessas hipóteses. Então, não consigo ter certeza. Mas quanto mais olhos examinarem as minhas descobertas, maior a probabilidade de que alguém veja o que não fui capaz de ver.

Lane entregou um maço para Alex e outro para Annette, cada um com várias páginas presas por clipes.

— Peguei o trabalho e a pesquisa do seu quadro, além de tudo o que você forneceu para a Annette. A partir disso, fiz uma extrapolação. Aliás, excelente o seu trabalho, Alex. Você é bastante detalhista.

— Obrigada — disse Alex.

— Aqui está o que eu sei. A sua família foi morta em 15 de janeiro de 2013. A sua investigação revelou a inexistência de vínculos com crimes semelhantes envolvendo outras famílias, em especial na Costa Leste dos Estados Unidos. Porém, para lançar luz sobre quem assassinou a sua família, precisamos descobrir se a pessoa matou alguém antes ou depois. É claro que a minha tendência é presumir que estamos lidando com um *serial killer*. Mas se o assassinato da sua família foi um episódio de violência aleatório ou obra de uma pessoa que cometeu um único crime, então não são muito boas as chances de que eu possa te ajudar. A minha especialidade consiste em identificar semelhanças entre homicídios aleatórios e determinar se há uma ligação entre eles. Ao analisar as informações, o meu objetivo era descobrir se a morte da sua família fez parte de uma série de assassinatos cometidos pela mesma pessoa.

— E você conseguiu descobrir? — Alex perguntou.

— Pode ser que sim. — Lane apontou para o maço. — Está tudo aí. Então vamos dar uma olhada. Seguir algumas pistas que você descobriu, ainda mais a de que os seus pais estavam associados a um homem chamado Roland Glazer, foi a chave.

— Estive atrás dessa pista por muito tempo, mas não consegui decifrar o papel de Glazer. Aí, acabei desistindo — afirmou Alex.

— É que *sozinha* essa pista faz pouco sentido — disse Lane. — Junto com muitos outros fatores, ela compõe um quebra-cabeça complicado. Ou pelo menos nos leva a mais peças.

Lane ergueu uma cópia do seu maço, virou uma página e começou a ler.

— Roland Glazer se enforcou na prisão na noite anterior ao julgamento dele. Como o seu ótimo trabalho mostrou, Alex, ele estava ligado ao escritório de contabilidade dos seus pais. Foi aí que o meu algoritmo tomou um rumo interessante. E não esqueça, a inteligência artificial anexada ao meu programa de computador não é perfeita. Ela detecta conexões que costumam ser perdidas. Muitas vezes, essas conexões não levam necessariamente a lugar nenhum. Porém, nesse caso, o algoritmo detectou uma conexão com o seu escritório de advocacia.

Alex tirou os olhos do maço.

— Com o meu... escritório de advocacia?

— Sim. Os seus pais tinham uma conexão com o Lancaster & Jordan. Após as acusações de assédio e tráfico sexual contra Roland Glazer, chocando as celebridades, os megaempresários e os membros da realeza que se associavam a ele, muitos dos seus associados procuraram assistência jurídica. Os seus pais, como contadores que cuidavam de parte das finanças de Glazer, fizeram o mesmo.

— Os meus pais... eles foram clientes do Lancaster & Jordan? — indagou Alex.

— Sim. A minha pesquisa mostrou que, em 2012, Dennis e Helen Quinlan firmaram um contrato de assistência jurídica com o Lancaster & Jordan e pagaram um adiantamento de quinze mil dólares. Pelo que percebi, o serviço se resumiu a uma simples consultoria jurídica, pois nenhuma acusação foi feita contra os seus pais e nenhuma assistência jurídica formal foi necessária. Uma ocorrência comum, como você já deve saber. Mas o interessante é que o sr. Glazer também firmou um acordo legal com o Lancaster & Jordan. O meu algoritmo detectou esse fato como um *acerto*, ou seja, a inteligência artificial encontrou uma maneira de fazer uma conexão entre os seus pais e Glazer, só que diferente da conexão de Glazer como cliente do escritório de contabilidade dos seus pais. O ponto em comum é que eles estavam associados ao Lancaster & Jordan, mesmo que por um curto período.

Alex voltou a olhar para o maço, lendo e relendo a conexão que o dr. Phillips tinha descoberto entre os seus pais e Glazer, esforçando-se para entender o significado daquilo.

— Mais uma vez, essa conexão com o Lancaster & Jordan pode não significar nada — insistiu Lane. — O meu algoritmo apenas identifica conexões entre homicídios. Os meus analistas assumem a partir daí e verificam se essas conexões levam a algum lugar mais longe. Como Annette acabou de me pedir para investigar esse caso, os meus analistas não tiveram tempo de concluir a pesquisa. Mas aqui está o que descobrimos até agora.

Lane virou a página do maço.

— Desde 2013, consegui identificar quatro clientes do Lancaster & Jordan que foram vítimas de homicídio, todos na Costa Leste — leu ele.

Alex sentiu uma tontura e a cozinha pareceu girar. De relance, ela ergueu os olhos, mas nem Lane nem Annette perceberam a sua perturbação. Lane estava lendo em voz alta e Annette estava acompanhando, fisgada por cada palavra. Alex respirou fundo e voltou a prestar atenção nas descobertas de Lane.

— Em 2016, um homem chamado Karl Clément foi morto com um tiro após uma invasão de domicílio. A polícia nunca encontrou nenhuma pista e o caso permanece sem solução até hoje. Em janeiro daquele ano, Clément, como professor numa escola do ensino médio local, foi acusado de assediar sexualmente uma das alunas. Ele procurou a assessoria jurídica do Lancaster & Jordan. Em 2017, um homem chamado Robert Klein foi preso por lesão corporal grave e assédio sexual cometidos contra a filha de doze anos do vizinho dele. Ele também procurou a assistência jurídica do Lancaster & Jordan. E foi morto em casa seis meses depois.

Lane tirou os olhos do seu maço.

— Alguém adivinha como Klein foi morto?

— Ferimento a bala — respondeu Annette. — Numa suspeita de invasão de domicílio.

— É isso aí! A polícia atribuiu isso a um roubo malsucedido.

Lane virou a página.

— Tudo bem. Continuem comigo. Outros dois crimes. Em 2019, um cara chamado Nathan Coleman foi preso por assediar sexualmente uma menor. Ele procurou a assistência jurídica do Lancaster & Jordan, mas as acusações foram retiradas devido a uma filigrana legal. Dois meses depois, ele foi encontrado morto em sua sala. Versão oficial? Baleado e morto durante uma invasão de domicílio.

Lane virou mais uma página.

— Por fim, temos o caso de um cara chamado Byron Zell.

Ao ouvir o nome de Byron Zell, Alex sentiu o estômago embrulhar e começou a suar frio.

— Espera aí, já ouvi esse nome — disse Annette.

— Alex também — afirmou Lane. — O nome de Byron Zell estava no quadro de evidências dela.

Alex sentiu a visão embaçar ao se lembrar do seu encontro com Hank Donovan, o detetive que havia lhe dado detalhes sobre a cena do crime de Zell: fotos de pornografia infantil foram deixadas ao redor do seu corpo. Alex tinha feito uma fraca conexão com a cena do crime dos seus pais, porém ficou sem saída a partir daí. Mas agora, o mais renomado analista de perfis criminais do FBI também havia feito uma conexão do assassinato dos seus pais com Byron Zell, mas por meio de uma ligação diferente: todos foram clientes do Lancaster & Jordan.

Lane olhou para Annette.

— O nome deve soar familiar, porque o homicídio aconteceu aqui em Washington cerca de um mês atrás. Foi necessário um sofisticado algoritmo constantemente atualizado com a nova tecnologia de inteligência artificial para chegar até onde Alex chegou por conta própria.

— Assédio sexual — Alex conseguiu dizer.

— O quê? — perguntou Annette.

— Todos os casos têm a ver com assédio sexual.

— Isso mesmo — confirmou Lane. — Assédio sexual contra *menores*, para ser mais exato.

Por um momento, a tontura tomou conta dela. Então, ela se mexeu na cadeira e se agarrou à mesa para se endireitar.

— Está tudo bem? — perguntou Annette.

Alex se recompôs e então olhou para Annette.

— Havia fotos ao redor dele.

— Como é que é? — indagou Annette.

Alex sentiu a boca muito seca e deu um gole em sua garrafa de água antes de continuar:

— Meus pais. Quem os matou deixou fotos das vítimas de Roland Glazer perto do corpo deles. Eram de três jovens que trabalhavam para Glazer. Elas desapareceram logo depois de Glazer ser indiciado por tráfico sexual. Muita gente acredita que Glazer as matou para silenciá-las a respeito do que estava acontecendo na ilha particular dele. Quem matou Byron Zell fez a mesma coisa. Deixou fotos das vítimas dele ao redor do corpo.

Lentamente, Annette virou a cabeça e olhou para Lane.

— Faz alguma ideia se fotos foram deixadas perto do corpo dessas outras vítimas que você identificou?

Lane assentiu.

— Em todas elas. — Ele ergueu o maço. — Portanto, o que temos envolve um grupo de vítimas que estavam todas ligadas de alguma forma ao assédio sexual de menores. Todas foram clientes do Lancaster & Jordan. E todas foram mortas a tiros e com o mesmo cartão de visita deixado para trás: fotos das vítimas deles ao lado dos corpos.

Lane virou mais uma página.

— Isso nos leva ao momento da conversa em que vamos fazer uma transição de um algoritmo para a análise humana. Ou para a minha especialidade: análise de perfis criminais. Criei um perfil detalhado de como o assassino que cometeu esse crime pode ser.

Alex e Annette viraram depressa as páginas dos seus maços para acompanhar.

— O algoritmo encontrou uma conexão comum a quatro homicídios. Mas não se esqueçam, essa foi uma busca iniciada *depois* que a sua família foi morta em 2013. Então, temos cinco casos de homicídio que começaram em 2013, se incluirmos a sua família.

— Ou é uma coincidência bizarra ou é muito perigoso procurar consultoria jurídica do Lancaster & Jordan — brincou Annette.

Alex se manteve calada. Sua mente estava acelerada demais para organizar os pensamentos em perguntas coerentes.

— Não há coincidência — respondeu Lane. — Há apenas a ilusão de coincidência. E para chegar ao fundo dessa ilusão, concebi um perfil do tipo de pessoa que pode estar por trás de uma série de homicídios como os detectados pelo algoritmo.

Lane fez uma pausa para tomar um gole de cerveja.

— Vamos começar com idade e sexo. Tendo em vista que estamos falando de alguém que cometeu os assassinatos da família Quinlan em 2013, o assassino deve ter então entre trinta e cinco e quarenta anos. Levando em conta a sofisticação dos crimes, suspeito que seja hoje alguém entre quarenta e cinco e cinquenta e cinco anos.

— Sofisticação? — perguntou Annette.

— Todos os homicídios aconteceram na casa das vítimas. Para que isso fosse possível, o assassino teve que entrar na casa, matar a vítima e fugir. Isso exige astúcia, paciência e planejamento. Não se trata de um garoto correndo por aí e atirando nas pessoas.

Lane voltou ao seu maço.

— Portanto, trata-se de alguém que tem entre quarenta e cinco e cinquenta e cinco anos, esperto, inteligente e provavelmente tem um trabalho de certa importância. Tem muito mais chance de ser um colarinho branco do que um operário. E, acima de tudo, essa pessoa quer se vingar daqueles que cometem crimes de abuso sexual contra menores. Mas não é só uma vingança, é uma vingança *pessoal*. Com toda a probabilidade, o assassino foi abusado sexualmente na infância.

— E agora está se vingando do abuso que sofreu nos predadores atuais — concluiu Annette.

— Exato.

— Então, temos uma pessoa de meia-idade que foi abusada quando criança e agora descobre predadores sexuais e os mata — sintetizou Annette. — Esses predadores foram todos clientes do Lancaster & Jordan.

Annette lançou um rápido olhar para Alex e, em seguida, se voltou para Lane.

— Você acha que é alguém do Lancaster & Jordan? Essa é a ideia?

— Pode ser que sim — respondeu Lane. — Mas até agora apenas nos concentramos em homicídios *desde* 2013. Para compor um retrato completo desse assassino, examinei os anos *anteriores* ao assassinato da família de Alex e encontrei uma ocorrência interessante num acampamento de verão nos Montes Apalaches, em 1981.

— Um acampamento de verão? — questionou Alex.

— Sim. Acampamento Montague. O que descobri indica que esse assassino está nessa há muito mais de dez anos.

PARTE VI

O PERFIL DE UM ASSASSINO

Um objeto em repouso.
— Alex Armstrong

ACAMPAMENTO MONTAGUE
MONTES APALACHES

Na escuridão da clareira, os dois se esconderam atrás da cabana de Jerry Lolland. O canto ritmado das cigarras se misturava aos demais sons da noite. Nenhum dos dois falou ao se agacharem junto ao tronco do grande carvalho e tentaram ignorar os mosquitos. Por volta das onze da noite, as luzes das cabanas do Acampamento Montague enfim começaram a se apagar uma a uma. Contudo, as luzes da cabana do sr. Lolland permaneceram acesas e logo sua porta de tela rangeu ao se abrir. Sob o manto da escuridão, a dupla o viu parado na varanda, observando o acampamento, com certeza decidindo, pensaram eles, se seria seguro iniciar a investida. Será que ele iria até a cabana dela naquela noite? Ela esperava que sim, mas sabia que ele também tinha outras vítimas. Ela sabia, porque Jerry havia usado uma câmera Polaroid para tirar fotos dela em vários estágios de nudez. Ela sentia náuseas sempre que se lembrava dos disparos que a câmera tinha feito depois de ele apertar o botão e dos sons que as fotos faziam ao serem ejetadas dela.

"Ah, boa menina. Veja como você é bonita", Jerry havia dito na primeira vez que a tinha fotografado.

Ela mal havia conseguido olhar para a foto que Jerry lhe mostrou. Ela já tinha se visto nua no espelho do banheiro, mas a imagem só existia em sua mente e desaparecia logo que ela saía do banheiro. A foto que o sr. Lolland mostrou a deixou constrangida e envergonhada por saber que não desapareceria como o reflexo. Quando o sr. Lolland abriu a gaveta da cômoda para guardar as fotos dela ali dentro, ela pôde ver as fotos das outras vítimas dele. Havia uma quantidade grande demais para contar com uma rápida olhada, talvez dez, talvez quinze. As crianças das fotos também estavam nuas, como ela. Naquele momento, escondida na floresta, ela se lembrou daquelas imagens e soube que, naquela noite, não era apenas uma vingança por aquilo que o sr. Lolland tinha feito com ela, mas também uma vingança em favor de todas as vítimas dele: passadas, presentes e futuras.

Eles ficaram observando Jerry deixar a varanda e se dirigir para o meio do acampamento, onde ficava a cabana dela. Ele ficaria surpreso ao encontrar a cama dela vazia, e os dois contavam com a sua raiva para distraí-lo quando ele voltasse. Saíram correndo da clareira em direção a uma das laterais da cabana. A cabana de cada monitor era equipada com um botijão de gás para abastecer as churrasqueiras, que ficavam do lado de fora das varandas teladas. Eles se agacharam em frente à churrasqueira.

— Fique de olho nele — sussurrou o garoto, tirando as ferramentas do bolso.

Ela se dirigiu até a beira da cabana e espiou ao longe, semicerrando os olhos para ver o sr. Lolland desaparecer na escuridão do acampamento. Eles calcularam que tinham cinco minutos. Mas isso se ele simplesmente voltasse assim que não a encontrasse na cabana. Eles contavam com o fato de o sr. Lolland demorar mais alguns minutos à procura dela, verificando o banheiro externo e depois o pavilhão principal.

— Ele está longe — informou ela ao voltar para junto da churrasqueira.

Ela o viu estender o braço atrás da churrasqueira e encontrar a mangueira de gás que saía da cabana. Ele usou o alicate que pegou no almoxarifado para afrouxar o parafuso que prendia a mangueira à churrasqueira. Levou alguns segundos de esforço para afrouxar o parafuso e desatarraxá-lo com facilidade. O garoto girou o encaixe e a mangueira se soltou da churrasqueira. Em seguida, puxou a mangueira para cima até esticá-la em todo o seu comprimento. Ficou longa o suficiente para alcançar a janela do quarto do sr. Lolland.

— Está trancada — avisou ela ao tentar abrir a janela que dava para o quarto do sr. Lolland. — Vou entrar e destrancá-la.

— E se ele voltar?

— Não demoro — disse ela, engolindo em seco antes de continuar: — Já conheço o lugar.

Numa corrida desenfreada, ela passou por ele, virou a esquina e subiu depressa os degraus para a varanda — os mesmos degraus que ela havia subido pela primeira vez semanas antes com o forte aperto do sr. Lolland em sua nuca. A porta rangeu quando se abriu, e ela deslizou para dentro. Ela correu para o único quarto da cabana e tentou ignorar as imagens e as lembranças evocadas por sua mente ao colocar os pés dentro dele: Jerry Lolland sem camisa, expondo a sua barriga inchada e peluda; a sensação das suas mãos calosas ao tocá-la; o som da Polaroid ejetando a foto dela. Ela atravessou rápido o quarto e destravou da janela. Levou menos de trinta segundos. Ao sair e virar a esquina da cabana, eles viram o sr. Lolland ao longe, regressando para lá.

— Rápido! — disse ela, empurrando para cima a janela do quarto dele até abri-la por completo.

O garoto lhe passou a mangueira, ela a enfiou pelo parapeito e no interior do quarto e, em seguida, fechou a janela assim que ouviram o sr. Lolland subir os degraus da varanda. Seria muito perigoso correr de volta para a clareira, então, agacharam-se sob a janela e tentaram se esconder o máximo possível.

A luz do quarto se acendeu, iluminou o terreno diante deles e se espalhou pela floresta. Mal respirando, eles esperaram durante trinta minutos até a luz do quarto se apagar. Esperaram outros trinta minutos até pensar em se mover. E outros trinta até terem certeza de que Jerry estava dormindo.

Ele acenou com a cabeça para ela, e a garota alcançou a válvula vermelha na base da parede externa da cabana. Ela moveu a alavanca até ficar em paralelo com a mangueira, permitindo que o gás escapasse para dentro do quarto de Jerry Lolland. Esperaram mais um pouco, afastaram-se da cabana e voltaram ao acampamento. Ela estava com medo demais para dormir na própria cabana por temer que Jerry conseguisse escapar da armadilha deles e viesse atrás dela. Além disso, ela ainda tinha trabalho a fazer e, para aquela última parte do plano, não precisava de um cúmplice.

* * *

Enquanto o resto do acampamento dormia, ela se acomodou numa das cadeiras que rodeavam a fogueira da noite. Algumas brasas alaranjadas ainda brilhavam, e ela se forçou a contemplar os carvões em lenta combustão para se manter acordada. As horas se passavam, mas devagar, como se cada minuto fosse uma distorção do tempo, constituído de algum valor maior que sessenta segundos. Por fim, quando um brilho distante e nebuloso surgiu no horizonte, ela voltou para a floresta e seguiu até a clareira. A cabana do sr. Lolland estava silenciosa e escura. Ela foi saindo aos poucos da floresta e se aproximou dos fundos da cabana. Então, agachou-se sob a janela do quarto e, em seguida, ergueu-se um pouco para espiar por cima do parapeito. Estava escuro lá dentro, exceto pela luminosidade do despertador na mesa de cabeceira, oferecendo luz suficiente para ver o sr. Lolland deitado na cama. Ele parecia sem vida, mas simplesmente matar Jerry Lolland não era o suficiente. O mundo precisava tomar conhecimento dos seus pecados e julgá-lo de acordo.

Ela se dirigiu às pressas até a frente da cabana e subiu de fininho os três degraus da varanda. A porta rangeu, lhe provocando o medo de morrer caso o sr. Lolland ainda estivesse vivo, esperando por ela. Porém, após um momento de silêncio, ela soube que ele estava morto. A garota entrou na cabana e andou na ponta dos pés pelo corredor. O cheiro do gás era forte e impregnava o interior do quarto. Ao abrir a porta do quarto, viu Jerry deitado de costas com um braço pendurado sobre a borda do colchão. O lençol o cobria da cintura para baixo e o brilho fraco da manhã penetrava pela janela, iluminando a barriga peluda dele. Essa visão fez seu estômago embrulhar. Ainda assim, forçou-se a encarar o tronco do homem, o que ela fez por um minuto inteiro para ter certeza de que ele não estava respirando.

Após ter certeza, ela foi até a cômoda e abriu a gaveta de cima. Ali encontrou as fotos dela e das outras vítimas. Rostos se mesclaram, e ela mal conseguiu olhar para as fotos ao tirá-las da gaveta, sentindo-se tão envergonhada pelas outras vítimas de Jerry quanto por si mesma. Mas um rosto nas fotos se destacou dos demais. Ela levou a foto para perto dos olhos, pedindo ao amanhecer que provasse que ela estava enganada. Mas não havia lugar para dúvidas: era o seu irmão. Na foto, ele estava mais novo, e ela se deu conta de que a foto devia ter sido tirada quando ele veio pela primeira vez ao Acampamento Montague. Ele nunca tinha contado para ela.

Ela separou a foto do irmão e a enfiou no bolso. O segredo dele ficaria a salvo com ela. Assim como ela jamais falaria com outra pessoa o que Jerry Lolland tinha feito com ela, tampouco forçaria o irmão a fazê-lo. Ela protegeria o segredo dele enquanto ele quisesse mantê-lo. Mas as outras vítimas de Jerry não permaneceriam no anonimato. Não havia alternativa. A garota foi até a cama, ficou de pé, observando o corpo sem vida de Jerry Lolland e colocou as fotos, uma a uma, em seu peito e ao redor do seu rosto. O homem merecia morrer, mas ela não permitiria que a morte escondesse os pecados dele.

Ao terminar, a garota contemplou o homem que havia abusado dela. Sentiu uma satisfação imensa, que a preencheu com uma sensação de paz e dignidade, conscientizando-a de que a aflição que havia sofrido nas mãos daquele predador agora tinha um sentido. Ela precisou passar pela dor do abuso daquele homem, porque estava destinada a impedir Jerry Lolland de machucar outras pessoas. Seu sofrimento foi o estímulo usado por ela para puni-lo pelo que ele fez com ela, com as demais pessoas nas fotos e com o seu irmão. Jerry Lolland a havia iniciado a uma busca permanente para eliminar aqueles que abusavam das outras pessoas e fazer justiça a elas. Algo que uma sociedade com valores morais não podia fazer.

Duas horas mais tarde, pouco depois das sete de manhã, ela estava dormindo em sua cabana quando ouviu um barulho incomum que tirou da cama não só ela, mas todas as pessoas do acampamento. Naquela manhã, assim como outros jovens confusos, ela saiu da cabana e se reuniu na área da fogueira, enquanto o Acampamento Montague despertava da maneira mais atípica. Não pelos apitos dos monitores ou pela voz do sr. McGuire no alto-falante, como estavam acostumados a acordar a cada manhã, e sim pela sirene de uma ambulância.

57

Washington, D.C.

Terça-feira, 30 de maio de 2023

21h32

— **O ACAMPAMENTO MONTAGUE ERA UM ACAMPAMENTO DE** verão para jovens de ambos os sexos de treze a dezoito anos — explicou Lane. — Fechou em 1981 depois que um dos monitores se matou.

— E o lugar tem algo a ver com o assassinato da minha família? — perguntou Alex.

— Pode ser que sim. O que aconteceu no acampamento agregou ao perfil que criei a respeito desse assassino, me permitindo ligar o passado ao presente.

Alex deu uma rápida olhada em Annette, então voltou a olhar para o maço quando Lane continuou a falar:

— Um monitor do acampamento chamado Jerry Lolland morreu no meio do verão de 1981. Encontraram o corpo na cabana dele. O laudo da autópsia que consegui obter relata asfixia devido a envenenamento por monóxido de carbono como causa da morte.

— Ele se matou? — indagou Annette.

— Essa é a versão oficial.

— Como o suicídio de um monitor de acampamento em 1981 pode ter algo a ver com a minha família? — quis saber Alex.

— Bem, essa é a questão. Isso aconteceu há mais de quarenta anos. Então, foi difícil localizar qualquer pessoa envolvida diretamente no caso. Depois que encontrei a conexão, recorri sobretudo aos registros públicos. Mas eu *fui* capaz de utilizar as minhas fontes e encontrar um dos detetives que cuidaram do caso, um sujeito chamado Martin Crew. Ele está com quase oitenta anos agora e está aposentado há anos. Mas ele se lembrava do caso como se fosse ontem.

— O que havia de tão memorável? — perguntou Alex.

— O fato de que Jerry Lolland era um pedófilo.

Annette semicerrou os olhos.

— Como um pedófilo consegue um emprego como monitor de acampamento?

— Ninguém sabia disso até encontrarem o cara morto na cabana. E só descobriram porque encontraram fotos das vítimas espalhadas pelo corpo.

O maço de folhas caiu das mãos de Alex.

— Pois é — disse Lane. — É surpreendente. Se o meu perfil estiver correto, quem matou a sua família também matou Jerry Lolland. E isso significa que quem o matou foi uma das vítimas dele.

— Você tem os nomes? — questionou Alex.

— Das vítimas de Lolland? Não, os nomes não foram divulgados naquela época. Não tive tempo de investigar o suficiente para encontrá-los.

Alex se levantou. Passou a mão trêmula pelo cabelo.

— Você tem as informações de contato do detetive com quem falou?

Lane abriu a última página do seu maço e o ergueu para Alex ver. Ele apontou o nome e o número do telefone do detetive que conduziu a investigação do caso de Jerry Lolland.

— Já imaginei que você fosse pedir.

58

Washington, D.C.

Terça-feira, 30 de maio de 2023

21h45

ALEX SAIU DO APARTAMENTO DE ANNETTE EM COLUMBIA Heights e foi direto para o prédio do Lancaster & Jordan. O estacionamento estava vazio àquela hora da noite. Até os viciados em trabalho do covil tinham caído fora lá pelas nove da noite. Com o celular grudado ao ouvido, ela pegou o elevador para o nono andar. Ao sair dele, atravessou depressa o covil e entrou em seu escritório, acendendo as luzes pelo caminho.

— Espere um pouco. Ainda não estou lá — disse ela ao telefone.

A caminho do Lancaster & Jordan, ela ligou para Kyle Lynburg, um velho amigo de Alleghany cujos conhecimentos de informática provavelmente o salvaram de uma vida de crimes violentos. Ele acabou no centro de detenção juvenil por assalto à mão armada: aos dezesseis anos, foi preso ao tentar roubar uma loja de conveniência. Em Alleghany, Alex havia dito para ele o quanto era estúpido usar uma arma para conseguir o que queria. Ela era particularmente sensível em relação a essa questão, e as suas palavras repercutiram em Kyle Lynburg. Após a soltura dele, Kyle nunca mais pegou em uma arma. Em vez disso, aprimorou os seus conhecimentos de informática e fez bom uso deles. Agora, ganhava a vida prestando seus talentosos serviços para aqueles que precisavam invadir computadores. Alex estava feliz de tê-lo em sua lista de contatos do celular.

Alex disse a Kyle o que precisava que ele fizesse: superar o *firewall* que protegia os arquivos confidenciais do Lancaster & Jordan. O acordo de sigilo entre advogado e cliente do escritório exigia que os arquivos inativos fossem salvos e protegidos. Esses arquivos só eram acessíveis ao advogado que tinha cuidado do caso. Os casos ativos não eram tão protegidos. Muitos funcionários, incluindo Alex, podiam usar as senhas para obter acesso a eles. Porém, assim que o caso era concluído, os arquivos eram guardados num cofre digital, acessível apenas ao advogado responsável pelo caso.

Junto à sua escrivaninha, Alex colocou o maço de folhas de Lane Phillips ao lado do teclado e mexeu no mouse para ativar o monitor.

— Tudo bem — disse Alex, colocando o celular no viva-voz. — Já estou no meu computador.

— Digite a sua senha para eu conseguir acesso ao sistema do Lancaster & Jordan — pediu Kyle.

Alex digitou a senha e clicou em ENTER.

— Estou dentro — falou ela.

— Está bem — respondeu Kyle. — Vou assumir o controle do computador.

Alex ouviu um surto furioso de digitação quando Kyle começou a trabalhar. A tela do computador escureceu e diversos códigos sem sentido surgiram em caracteres brancos. Durante dez minutos, a tela ficou se enchendo sem parar de uma linguagem sem nexo. Então, por um instante, o monitor ficou completamente escuro e, em seguida, piscou e voltou à vida.

— Tudo certo — avisou Kyle. — O seu cara de TI quase sabe o que está fazendo. Tive que dissimular o *back-end* de alguns *firewalls* e deixar algumas pegadas digitais. Se um bom nerd de TI prestar atenção, verá que a gente invadiu o sistema. Ainda tenho tempo de apagar tudo, mas só se decidirmos não ir mais adiante.

— Não vai rolar — recusou Alex. — Posso abrir os arquivos agora?

— Sim. Use "morsecode4" sempre que um arquivo estiver protegido por senha. Essa senha vai sumir em doze horas. Depois disso, será inútil. Até lá, você terá acesso livre a qualquer arquivo do seu interesse.

— Obrigada, Kyle. Ligo para você se eu tiver algum problema.

— Você não vai ter. Pode me dizer por que está invadindo o seu próprio sistema?

— Na verdade, não.

— Mando a conta pelo correio — informou ele.

— Você levou só dez minutos.

— Preciso comer, garota — disse ele e desligou.

Alex se concentrou no computador e começou a acessar arquivos salvos que continham duas décadas de informações dos clientes do Lancaster & Jordan. Ela navegou até encontrar o ano de 2012. Todos os clientes que contrataram os serviços do escritório estavam listados em ordem alfabética pelo sobrenome. Alex navegou até a letra *Q* e encontrou o nome dos seus pais: Dennis e Helen Quinlan. Lágrimas encheram seus olhos ao encarar os nomes e tentar entender tudo aquilo. Ela digitou a senha temporária e verificou os arquivos dos seus pais.

Alex enxugou os olhos e pegou o maço de papéis do dr. Phillips. Ela levou mais quinze minutos para confirmar que todos os nomes de todas as vítimas do maço também estavam listados nos arquivos do Lancaster & Jordan: Karl Clément, Robert Klein e Nathan Coleman. Ela não precisava confirmar o nome de Byron Zell. Alex imprimiu uma única página de cada arquivo — a página do perfil do cliente — e as colocou sobre a escrivaninha. Ela precisava vê-las todas juntas em um único espaço, em vez de ficar alternando entre os arquivos. Na parte inferior de cada página, estava impresso o nome de quem do Lancaster & Jordan tinha cuidado do caso: Jacqueline Jordan.

Alex balançou a cabeça, tentando determinar se era possível o que estava pensando. Ela pegou as páginas impressas e as colocou ao lado da escrivaninha. Então, voltou ao computador. Fechou o banco de dados do Lancaster & Jordan e acessou a internet. Digitou *Acampamento Montague* no mecanismo de busca e, em seguida, estreitou a procura, digitando *Jerry Lolland*, o nome do monitor do acampamento. Quando digitou *Acampamento*

Montague e Jerry Lolland, Alex encontrou diversos artigos noticiando a morte por suicídio e o escândalo que se seguiu.

— Alex? — alguém disse, assustando-a.

Ao erguer os olhos, viu Jacqueline Jordan parada na porta da sua sala.

59

Washington, D.C.

Terça-feira, 30 de maio de 2023

23h05

JACQUELINE JORDAN ENTROU NO ESTACIONAMENTO DO Lancaster & Jordan e notou um carro solitário parado ali. Era normal ver alguns veículos estacionados no escuro, mas mesmo os pertencentes aos mais viciados em trabalho sumiam dali por volta das dez da noite. Jacqueline pegou o elevador até o décimo andar e percorreu com os olhos o escritório. Além das luzes de emergência que ficavam acesas vinte e quatro horas por dia, o lugar estava escuro e silencioso.

Ela deu uma volta pelos corredores, passou pelo escritório de Garrett e, em seguida, dirigiu-se ao seu próprio. Passou alguns minutos escrevendo o que havia descoberto em sua visita a Reece Rankin na prisão. A polícia estava basicamente satisfeita por tê-lo capturado, mas a mochila de Matthew Claymore ainda era uma evidência explosiva que talvez tivesse que ser neutralizada no futuro, ainda mais se a história de Rankin de que ele era um assassino de aluguel viesse à tona e ganhasse força. Mas era improvável que alguém sério ouvisse a história de Rankin. Mesmo assim, ela precisava estar preparada caso isso se tornasse algo do qual ela precisasse proteger Matthew.

Jacqueline terminou o seu dossiê e apagou a luz do escritório. No elevador, apertou o botão para o nono andar em vez de térreo e, então, saiu no covil, como era chamado pelos investigadores, assistentes jurídicos e recém-formados que passavam o tempo ali. Um escritório estava iluminado, se destacando em relação ao espaço mergulhado na escuridão. Ela se dirigiu até lá.

— Alex? — chamou ela. — O que está fazendo aqui tão tarde?

Jacqueline notou medo na expressão de Alex, como se a garota estivesse vendo um demônio.

— Desculpe, não quis assustar você.

— Não, não me assustou — disse Alex, levantando-se depressa e procurando arrumar os papéis que estavam espalhados em torno da escrivaninha. — Só estou… Não sabia que havia alguém aqui.

— Tem certeza de que está bem?

— Sim, sim. Só estava tentando adiantar um trabalho. Já terminei.

Jacqueline viu Alex se atrapalhar com os papéis até conseguir juntar todos numa pilha desordenada.

— E você? O que está fazendo aqui tão tarde? — perguntou Alex.

Jacqueline semicerrou os olhos ao observar o comportamento frenético de Alex.

— Eu estava trabalhando no caso de Matthew Claymore — respondeu Jacqueline.

— Sério? Achei que o caso estava encerrado.

— Está, na maior parte. Só estou resolvendo algumas pendências.

— Algo interessante ou algo com que precise da minha ajuda?

— Não — replicou Jacqueline. — Matthew não é mais um suspeito. Apenas me certificando de que nada vai reaparecer e prejudicá-lo se Reece Rankin decidir voltar atrás na confissão dele.

Alex assentiu.

— Bem, me avisa se precisar de alguma coisa.

Jacqueline se pôs de lado quando Alex passou por ela para sair. Ela percebeu que Alex estava querendo que ela a seguisse. Quando isso não aconteceu, Alex pegou a maçaneta da porta com a clara intenção de fechar o escritório.

— Estou de saída — disse Alex. — Você está chegando ou indo embora? Deve estar indo embora a essa hora da noite.

Jacqueline demorou um pouco para responder, evidenciando a fala rápida e o nervosismo de Alex.

— Indo embora — disse ela finalmente.

— Vou descer com você.

Alguns minutos depois, as duas entraram nos seus respectivos carros. Jacqueline deu a partida e viu, pelo espelho retrovisor, Alex acender os faróis. Em seguida, a observou sair do estacionamento. Jacqueline esperou um minuto e então desligou o motor e saiu do carro. Pouco depois, atravessou o saguão e pegou o elevador.

Quando as portas se abriram no nono andar, Jacqueline entrou no covil, foi direto ao escritório de Alex. Acendeu as luzes e se dirigiu para trás da escrivaninha dela. Alguns minutos antes, quando Jacqueline a tinha surpreendido, a escrivaninha estava cheia de papéis, mas agora estava vazia. Ela se sentou e moveu o mouse para ativar o monitor. Começou a analisar a tela. Precisou apenas de um instante para perceber que Alex estava acessando os registros arquivados do Lancaster & Jordan: uma lista alfabética dos clientes organizada de acordo com o ano.

Jacqueline clicou no menu na parte superior da tela para ver as últimas pesquisas realizadas, cada nome apareceu num menu suspenso:

NATHAN COLEMAN, 2019
ROBERT KLEIN, 2017
KARL CLÉMENT, 2016
DENNIS E HELEN QUINLAN, 2012

Jacqueline respirou com calma ao encarar os nomes. Ela se lembrou do nervosismo de Alex alguns momentos antes. Finalmente, arrastou o mouse para o canto da tela e fechou a janela contendo os arquivos confidenciais do Lancaster & Jordan. Ao fazê-lo, ela se deparou com uma imagem que a levou de volta ao passado. Como um portal através do tempo, a imagem do acampamento a transportou para anos antes e a converteu por uma fração de tempo na garota de treze anos que tinha passado o seu primeiro e único verão no Acampamento Montague. Na tela do computador de Alex, havia um artigo do *Washington Post* a respeito de um monitor do acampamento chamado Jerry Lolland, que havia se suicidado no verão de 1981.

Levou dez longos anos, mas agora Jacqueline sabia que a sua visita à casa dos Quinlan, em McIntosh, Virgínia, tinha finalmente sido detectada.

60

Wytheville, Virgínia

Quarta-feira, 31 de maio de 2023

19h32

O GPS DO CARRO ESTIMOU QUE A VIAGEM ATÉ WYTHEVILLE, NA Virgínia, levaria cinco horas. Alex não se apressou, dirigiu na faixa do meio e deixou que a sua mente vagasse. Ela havia saído do escritório mais cedo e pegado a estrada por volta das duas e meia da tarde. Ela deveria estar desvairada. Deveria estar dirigindo como uma louca. Deveria estar desesperada para chegar a Wytheville, onde morava o detetive designado para o caso de Jerry Lolland. O detetive Martin Crew havia concordado em se encontrar com Alex e conversar a respeito de tudo o que ele lembrava sobre os acontecimentos do Acampamento Montague em 1981. Com prováveis respostas à espera, Alex deveria estar sob o domínio da urgência e da ansiedade. Em vez disso, dirigia abaixo do limite de velocidade e deixava que os outros carros a ultrapassassem.

Dez anos de sofrimento e busca estavam chegando ao fim. Alex havia sonhado com aquele momento. Em suas horas de sono, ela havia sonhado muitas vezes que o mistério da morte da sua família estava do outro lado de uma porta que ela encontrava nos sonhos. Tudo o que ela precisava fazer era abrir a porta para as respostas irromperem. Porém, naqueles sonhos algo sempre a detinha. A porta não tinha maçaneta ou estava trancada com a única fechadura que ela já tinha encontrado que era à prova de arrombamento. Mas, agora, ali estava ela, dirigindo para se encontrar com o detetive que talvez tivesse a chave daquela porta. Ela deveria estar acima da velocidade máxima permitida. Ela deveria estar inquieta. Em vez disso, Alex estava cheia de tristeza pelo que temia encontrar.

* * *

Wytheville estava situada no sopé dos Montes Apalaches, tinha uma população de oito mil habitantes e um currículo hoteleiro à altura. Alex chegou à cidade pouco depois das sete e meia da noite. O detetive Crew havia concordado em se encontrar de última hora, mas só poderia fazer isso após às oito da noite. Alex sabia que não conseguiria fazer a longa viagem de volta para Washington após o encontro. Então, encontrou um hotel nos arredores da cidade, pagou por uma única noite e encostou o carro na frente do quarto 109. Saiu do carro, trancou a porta dele e entrou no quarto. Pequeno, mas limpo, havia uma cama de casal, uma mesa de cabeceira e uma cômoda com uma televisão. Ela deixou a bolsa de viagem sobre a cama, escovou os dentes e passou um batom escuro para combinar com o seu humor. Trancou a porta ao sair e dirigiu até a cidade. O bar Sly Fox, cujo nome era exibido num letreiro luminoso, ficava localizado numa esquina no meio da rua principal.

Lá dentro, Alex viu um homem de idade sentado junto ao balcão e, como o estabelecimento estava vazio, deduziu que devia ser Martin Crew. Uma música *country* soava dos alto-falantes e uma televisão atrás do balcão exibia um jogo de beisebol. Ela caminhou até o homem.

— Detetive Crew?

— Alex Armstrong? — perguntou o homem, olhando de soslaio para os *piercings* e tatuagens de Alex.

Alex confirmou.

— Isso, obrigada por concordar em me encontrar assim de última hora.

— Quando ouvi que estava disposta a vir de Washington para conversar, soube que era algo urgente.

— A viagem não foi ruim. Cerca de cinco horas.

— Não é a duração da viagem que me deixou curioso, mas sim o fato de você ser a segunda pessoa em duas semanas que me procurou para saber a respeito do monitor pedófilo do acampamento que se suicidou há mais de quarenta anos. Foi um caso espinhoso na época, e eu nunca fiquei satisfeito com o desfecho. O fato de estar ressuscitando tantos anos depois chamou a minha atenção. Estou muito curioso para saber por que você está interessada nesse caso e também por que quer ouvir o que tenho a dizer.

— Vamos conversar.

Alex se sentou na banqueta ao lado do detetive.

— O que você vai beber? — indagou o detetive Crew.

— Água com gás e limão.

O detetive acenou para o bartender.

— Então, a sua investigação está relacionada ao fato de o dr. Lane Phillips ter entrado em contato comigo há mais ou menos uma semana? — quis saber Crew.

— Sim — disse Alex. — Bem, na realidade, a investigação *dele* está relacionada à minha. De qualquer maneira, espero que o senhor consiga dar as respostas que estou procurando.

— Vamos lá. Sou todo ouvidos.

— Sou investigadora jurídica de um grande escritório de advocacia de Washington. O dr. Phillips trouxe ao meu conhecimento certas informações interessantes a respeito de alguns clientes do escritório.

— Que tipo de informações, interessantes em que sentido e o que têm a ver com Jerry Lolland?

— Pode ser que nada. Mas é isso que estou aqui para descobrir. Alguns dos clientes do escritório morreram sob circunstâncias suspeitas, e o dr. Phillips conseguiu conectar as mortes possivelmente ao suicídio de Jerry Lolland. O senhor pode me dizer do que se lembra do caso?

— Agora estou mais curioso do que nunca. O caso de Lolland foi há bastante tempo, mas depois que recebi a ligação do dr. Phillips, fui ao gabinete do xerife do condado de Wythe. Trabalhei lá durante vinte anos antes de atuar como detetive para o estado. Então, ainda conheço algumas pessoas lá com quem poderia entrar em contato.

— O senhor trabalhou como detetive para o estado da Virgínia?

— Sim. Foi assim que me envolvi com o caso de Jerry Lolland.

— Era normal convocar investigadores do estado para casos de suicídio?

— Não, de jeito nenhum. Fui convocado por causa das fotos de pornografia infantil encontradas ao redor do corpo de Lolland.

— Certo. O senhor pode me falar a respeito disso?

— O Acampamento Montague era conceituado na região. Ficava a cerca de 15 quilômetros de Wytheville. Os pais de todo o estado e até de fora dele mandavam os filhos para lá. Era um acampamento de verão com duração de oito semanas que ensinava aos adolescentes a importância de serem independentes e os ajudava a fazer a transição para a faculdade. O mantra típico dos acampamentos, sabe. Pelo menos, era assim que o lugar era anunciado. O Acampamento Montague encerrou as atividades após o suicídio de Jerry Lolland e o escândalo que se seguiu. Lolland era um dos monitores mais antigos. Ele basicamente administrava o lugar e também era o responsável pelo recrutamento. Se os pais estavam interessados em enviar os filhos para o Montague, eles se reuniam com Jerry Lolland para ouvir o discurso de apresentação, tudo o que o Montague tinha a oferecer e como os filhos estariam seguros. Foi assustador saber que aquele homem abusava dos próprios jovens que recrutava.

— Como o senhor descobriu que Jerry Lolland praticava abusos contra os jovens?

— Foi no verão de 1981. Recebi uma ligação para investigar uma morte no Acampamento Montague. Era uma suspeita de suicídio, mas com um toque especial. Um monte de fotos foi encontrado ao redor do corpo; fotos de jovens nus, todos identificados como inscritos no acampamento. Os menores eram os calouros de Montague. Todos tinham entre treze e quatorze anos. As fotos foram tiradas com uma câmera Polaroid, que revelava a imagem na hora e era o que havia de mais moderno na época. Uma coisa bastante perturbadora. Falei com os jovens identificados nas fotos e todos contaram histórias parecidas: Jerry Lolland ia até a cabana deles tarde da noite e os atraía para a sua própria cabana.

— Atraía como?

— Dizia que precisava conversar em particular com eles sobre algo urgente e que teriam problemas se não fossem com ele. Não se esqueça, eles eram muito novos e bastante influenciáveis. Deviam ficar assustados e sentiam saudades de casa. Era a primeira vez que estavam no acampamento de verão.

— Ele era mesmo um ser desprezível — afirmou Alex.

— Sim, um predador no verdadeiro sentido da palavra. De qualquer forma, Lolland levava os jovens para a sua cabana e abusava sexualmente deles. Parte da rotina envolvia tirar fotos deles.

— As fotos podem ser o elo com o caso em que estou trabalhando. Elas foram encontradas ao lado do corpo de Lolland? Tipo, ele estava olhando para as fotos antes de se matar?

O detetive Crew tomou um gole do seu drinque.

— Na época, a hipótese era a seguinte: Lolland sucumbiu à culpa e à vergonha, levou a mangueira de gás da churrasqueira até o quarto, fechou a janela e se deitou na cama para morrer. Pegou todas as fotos das vítimas ao longo dos anos e as expôs como uma espécie de confissão.

— Mas agora o senhor acredita que outra coisa aconteceu?

— Eu *sempre* acreditei que algo diferente havia acontecido. Só não podia provar. Não consegui nem *ir atrás* disso devido à natureza sensível do caso.

— O senhor acha que Lolland não se suicidou?

— Acho que não. Mas o problema em relação ao trabalho do detetive é que o que ele pensa e o que ele pode provar são coisas diferentes. — Crew ergueu o seu copo. — É por isso que tantos detetives são alcoólatras inveterados.

Alex sorriu.

— Achei que era um clichê para séries ruins de TV.

— Talvez seja. Acho que só posso falar por mim mesmo.

O detetive Crew terminou o seu drinque e pediu outro para o bartender com um gesto de mão.

— Se Jerry Lolland não se matou com gás, então como ele morreu?

— Ah, o gás de fato o matou, não há como negar. Vi a mangueira com os próprios olhos. Ele morreu asfixiado devido a envenenamento por monóxido de carbono. Mas não é a *causa* da morte que estou questionando, mas sim o tipo de morte. O suicídio foi especificado na autópsia como o tipo de morte oficial. Mas sempre acreditei que foi homicídio.

A bebida do detetive chegou e ele tomou um gole.

— O problema é que nunca consegui provar quem o matou, mesmo tendo certeza de saber quem fez aquilo.

Alex engoliu em seco. Ela se lembrou do palpite de Lane Phillips do dia anterior: *Se o meu perfil estiver correto, quem matou a sua família também matou Jerry Lolland. E isso significa que quem o matou foi uma das vítimas dele.*

61

Wytheville, Virgínia

Quarta-feira, 31 de maio de 2023

19h35

JACQUELINE JORDAN TINHA SEGUIDO ALEX DE PERTO DESDE que a encontrou no escritório na noite anterior. Num raro momento de pânico e irracionalidade, até mesmo foi ao prédio da garota em Georgetown com a ideia de tocar a campainha, esperando que Alex a convidasse para entrar. Lá, Jacqueline finalmente resolveria um problema pendente por dez longos anos. Porém, aquele momento impulsivo passou, e ela abriu a mente para outras opções melhores para solucionar o problema em relação a Alex Armstrong.

Quando Alex foi embora do escritório naquela noite, Jacqueline a seguiu. Depois que Alex pegou a autoestrada 81 para sair de Washington, ela ficou a uma distância segura enquanto seguia Alex pelos montes. Não demorou muito a entender para onde a garota estava indo. Claro que ela estava indo para Wytheville. Claro que ela estava rastreando tudo o que podia sobre Jerry Lolland e o Acampamento Montague. Seu irmão Buck havia transformado Alex numa investigadora implacável, e a garota tinha descoberto pistas suficientes para que Jacqueline soubesse que era apenas uma questão de tempo até que ela chegasse à verdade. Enquanto dirigia, Jacqueline considerou uma ironia do destino o fato de as coisas finalmente terminarem no mesmo lugar em que começaram.

Após horas na estrada, Alex reduziu a velocidade ao entrar na cidade de Wytheville e parou no estacionamento do hotel Shady Side. Jacqueline seguiu em frente, mas retornou e avistou o carro de Alex estacionado em frente ao quarto 109. Jacqueline encostou no acostamento e esperou, tamborilando sobre o volante e pensando em seu próximo movimento. A ansiedade crescente começou a dominá-la quando se lembrou da noite em que havia ido ao apartamento de Alex para discutir o caso de Matthew Claymore. Foi quando ela tinha visto o quadro de evidências de Alex. Agora, no acostamento da estrada, sentada no carro diante de um hotel barato, surgiram imagens em sua mente do quadro de Alex: Roland Glazer, Dennis e Helen Quinlan, Byron Zell. Durante a sua breve inspeção do curioso quadro de evidências, Jacqueline também tinha visto a foto de uma impressão digital solitária. Ela sabia que a impressão era dela, deixada na noite em que havia entrado na casa dos Quinlan e tocado a janela do quarto de Alex depois que a sua luva de látex tinha rasgado.

Desde aquele dia no apartamento de Alex, Jacqueline começou a elaborar um plano para dar um jeito na garota. O problema havia se acelerado drasticamente desde a noite anterior, e Jacqueline sabia que os seus pensamentos atuais estavam perturbados pelo pânico e pelo medo. A ideia de que aquela garota revelaria a verdade era mais do que Jacqueline podia tolerar. A ideia de que Alex esclareceria tudo — começando com o abuso sofrido por Jacqueline na cabana escura do Acampamento Montague, onde Jerry Lolland tinha mudado para sempre o rumo da sua vida — era demais para resolver racionalmente. O segredo de Jacqueline seria revelado ao mundo, e só havia uma maneira de impedir isso.

As tamboriladas nervosas sobre o volante viraram pancadas fortes e, num acesso de raiva, Jacqueline pisou fundo no acelerador e entrou no estacionamento do hotel derrapando no cascalho. Ela encostou a uma certa distância do carro de Alex, pegou a bolsa no assento do passageiro e saiu apressada do carro. Com a respiração irregular e o coração aos pulos, caminhou direto para o quarto 109. Se a porta estivesse destrancada, simplesmente entraria no quarto e acabaria logo com aquilo. Caso contrário, bateria na porta e forçaria a entrada quando Alex a abrisse. Nenhuma das duas alternativas era uma solução perfeita, mas Jacqueline sentia uma necessidade incontrolável de conter a ansiedade. Ela precisava silenciar as vozes que estavam dizendo a ela que havia chegado a hora de acabar com aquela ameaça.

Jacqueline tinha dado apenas alguns passos em direção ao quarto 109 quando a porta se abriu. Isso a assustou e, antes que o seu corpo entendesse os comandos do cérebro, ela se virou e começou a caminhar na direção contrária. Ela ouviu o *bip* de um carro sendo destrancado a distância e, em seguida, a abertura e fechamento de uma porta. Quando enfim olhou por cima do ombro, viu o carro de Alex saindo do estacionamento.

Jacqueline voltou correndo para o seu carro e seguiu Alex até a cidade, onde a viu estacionar na rua e depois entrar num bar chamado Sly Fox. Ficou tentada a ver o que Alex estava fazendo ali, mas foi outro impulso que Jacqueline logo deixou de lado. Numa cidade tão pequena, entrar num bar de esquina era como anunciar o seu nome por meio de um alto-falante. As pessoas notariam, e a última coisa de que ela precisava era que alguém a notasse naquela noite.

Ela ficou satisfeita com o fracasso da sua decisão precipitada de tentar entrar à força no quarto de hotel de Alex. Sentada em seu carro, Jacqueline respirou fundo e procurou se acalmar. Ela tinha um plano e precisava cumpri-lo. Sabia onde Alex estava hospedada, e uma abordagem furtiva seria a melhor maneira de lidar com a questão. Chegava até a ser poético. Alexandra Quinlan daria cabo da sua vida dez anos após a tragédia que se tinha abatido sobre a sua família, num hotel barato no meio do nada.

62

Wytheville, Virgínia

Quarta-feira, 31 de maio de 2023

20h30

— FOI UMA DAS VÍTIMAS DELE? — PERGUNTOU ALEX. — QUEM o senhor acredita que matou Jerry Lolland?

O detetive Crew tomou outro gole de uísque.

— Foi.

— Como o senhor chegou a essa conclusão? E se o senhor tinha tanta certeza, por que foi tão difícil provar?

— Você tem que entender o que eu estava enfrentando. Fui chamado ao local onde havia uma suspeita de suicídio, e não de homicídio. Então, o primeiro pessoal que chegou ao acampamento foi a unidade de extermínio de provas e não o da polícia.

Alex semicerrou os olhos.

— Como é?

— É assim que chamam o pessoal da emergência e os bombeiros. O trabalho deles é salvar vidas, e não preservar a cena do crime. Quando cheguei ao Montague, os monitores do acampamento, os paramédicos e os bombeiros já tinham entrado na cabana de Lolland. Aí não restaram muitas evidências boas que pudéssemos extrair da cena. Já estava muito contaminada. Mesmo assim, consegui encontrar o suficiente para me deixar desconfiado.

— Tipo o quê?

— Impressões digitais. Se a hipótese de que Lolland tinha se matado estivesse correta, as suas impressões digitais deveriam estar na válvula de gás na parte lateral da cabana, já que ele teria sido a última pessoa a tocá-la. Mas é claro que, depois que o diretor do acampamento, um cara chamado Allen McGuire, encontrou Lolland inconsciente na cama, ele também sentiu cheiro de gás, encontrou a mangueira presa no parapeito da janela e correu para fora para fechar a válvula. As impressões digitais de McGuire estavam na válvula, mas ele tinha um álibi sólido. Se havia outras impressões digitais na válvula, incluindo a de Jerry Lolland, elas foram destruídas quando McGuire as tocou. Mas em relação à janela do quarto, a história foi outra.

— A janela?

— Sim. Os peritos extraíram uma impressão clara e completa de uma palma de mão e cinco impressões digitais da janela do quarto da cabana de Jerry Lolland.

Alex se lembrou do seu quadro de evidências e da impressão digital solitária e não identificada encontrada na janela do seu quarto na casa dos seus pais.

— As impressões foram identificadas? — questionou ela.

— Examinamos o banco de dados, mas não havia registro delas, e eu sabia que não haveria. A impressão da palma era pequena e, sem dúvida, era de uma pessoa jovem. Quando não obtivemos nenhum resultado, perguntamos aos pais das vítimas, os quatorze jovens que apareciam nas fotos, se poderíamos tirar as impressões dos filhos deles. Todos os pais concordaram com o nosso pedido.

— E alguma delas coincidiu com a da janela?

— Sim — Crew respondeu e tomou outro gole de uísque. — O problema era que, como Lolland usava a cabana para abusar dos jovens, não havia dúvida de que os jovens nas fotos tinham estado na cabana dele. Inferno, as fotos foram tiradas quando as vítimas estavam na cabana. Por isso, encontramos diversas impressões em diversas partes da cabana que pertenciam aos jovens. Então, essa abordagem logo se tornou um beco sem saída. Na verdade, recebi ordens dos meus superiores de nem mesmo considerar a hipótese de que um deles tinha matado Lolland ao enfiar a mangueira de gás na cabana enquanto ele dormia.

— Mas o senhor tinha essa suspeita?

— Sim.

— Por quê? — quis saber Alex. — Por causa da impressão da palma da mão na janela?

— Não foi a impressão em si que me deixou desconfiado. Foi o local da impressão.

— Porque… estava na janela, não é? No vidro?

— Sim. Mas estava do *lado de fora*, como se alguém tivesse aberto a janela do lado de fora da cabana.

— Caramba!

— Pois é — disse Crew. — Alguém abriu a janela da cabana de Lolland pelo lado de fora e enfiou a mangueira de gás no quarto. Mas aí é que está o problema. Se Lolland tivesse sucumbido à culpa e colocado as fotos ao redor como uma confissão antes de se matar, seria de se esperar que as fotos estivessem cobertas com as impressões digitais *dele*.

— E não estavam?

— Não. As fotos ao redor do corpo de Lolland estava cheias de impressões digitais de outra pessoa. E as impressões da janela coincidiam com as impressões extraídas das fotos ao redor do corpo de Lolland.

O detetive enfiou a mão no bolso interno do seu paletó, tirou uma folha de papel e a colocou no balcão.

— Essa é uma lista das vítimas de Jerry Lolland. Todos esses jovens estavam nas fotos, além de alguns outros que se apresentaram à polícia depois da divulgação da história.

— Ele não tirou fotos de todas as vítimas?

— Pelo visto, não.

Alex puxou a folha de papel para si.

— Você não vai encontrar esses nomes em nenhum registro público, porque o anonimato das vítimas foi preservado — explicou Crew.

Alex examinou a lista de nomes. A ansiedade se apossou dela quando viu o nome no final da lista. Ela ergueu os olhos.

— De quem eram as impressões digitais nas fotos e na janela?

Crew estendeu a mão a apontou para a lista. Alex seguiu o dedo dele pela folha de papel até parar em um nome: *Jacqueline Jordan*.

63

Wytheville, Virgínia

Quarta-feira, 31 de maio de 2023

21h30

ALEX DESTRANCOU A PORTA DO QUARTO DE HOTEL E ENTROU no quarto 109. Já era tarde, e ela se sentia exausta após o encontro com o detetive Crew, mas mesmo assim estava pensando em voltar para Washington. Com a mente acelerada demais, seria muito difícil dormir, e o horário noturno poderia ser melhor aproveitado na autoestrada 81 vazia diante de si e nada além de seus pensamentos como companhia enquanto tentaria descobrir qual seria o seu próximo passo. No mínimo, ela precisava falar com Garrett. Talvez procurar a polícia. Mas o que ela diria a eles? Como explicaria de forma articulada que os seus dez anos de busca pelo nome de quem assassinou a sua família a tinha levado ao de Jacqueline Jordan; a mesma mulher que havia ajudado a limpar o seu nome anos antes. A mesma mulher que tinha desempenhado um papel fundamental em seu processo contra o estado da Virgínia por difamação. A mesma mulher que a tinha contratado para trabalhar em seu escritório de advocacia nos últimos oito anos.

Porém, a visão da cama fez Alex mudar de ideia. A descarga de adrenalina estava passando e, de repente, ela se sentiu dominada pela tristeza e incerteza. Tomou um banho rápido antes de se deitar sob as cobertas. Sua mente ficava voltando ao nome de Jacqueline rabiscado na lista das vítimas de Jerry Lolland. Será que o caminho que ela havia seguido durante dez anos a levou mesmo para aquele lugar? Era mesmo concebível que Jacqueline tivesse assassinado a sua família? O seu lado misericordioso dizia que não, que não era possível. Mas o lado racional, o lado que havia aprendido a seguir as evidências aonde quer que elas levassem, dizia que a sua investigação tinha sido impecável e que as evidências não mentiam.

Mas, para ter certeza, um pensamento lhe ocorreu. Uma maneira infalível de chegar à verdade. Todos os advogados de Washington eram obrigados a fornecer impressões digitais à Ordem dos Advogados para poderem exercer a profissão. Tudo o que Alex tinha que fazer era obter acesso às impressões digitais de Jacqueline — uma tarefa simples que não exigiria mais do que alguns telefonemas e alguns favores. Então, ela teria as impressões digitais de Jacqueline para comparar com a impressão digital solitária encontrada na janela do quarto da sua casa de infância. Alex pediria a ajuda de Donna para conseguir aquilo. Apesar do banimento de Donna do Departamento de Polícia de McIntosh após o julgamento do processo de Alex contra o estado da Virgínia, ela tinha certeza de que Donna ainda possuía contatos lá.

Estabelecido um plano de ação, ela passou uma hora na cama olhando para o teto. Então, seus pensamentos se aquietaram o suficiente para que caísse no sono. Apesar de ter sido um sono leve e irregular, Alex não chegou a ouvir a porta do quarto se abrindo.

64

Wytheville, Virgínia

Quarta-feira, 31 de maio de 2023

23h30

O ROSTO DE JACQUELINE SE MATERIALIZOU EM SEU SONHO. Aparecia e desaparecia. Alex correu até o relógio de pêndulo e se espremeu atrás dele, mas o rosto de Jacqueline voltou a aparecer.

— Agora não me dificulte as coisas. — Alex ouviu Jacqueline dizer. — Isso só vai ser complicado se você dificultar.

Alex forçou os olhos a se fecharem e tapou os ouvidos com as mãos para não ter que ouvir a voz de Jacqueline. Então, sentiu algo tocar o seu cotovelo. Era Jacqueline afastando o seu braço esquerdo do ouvido e o endireitando. Alex abriu os olhos e percebeu que não estava mais escondida atrás do relógio de pêndulo, mas sim deitada na cama. Ao examinar o quarto, não entendeu para onde o sonho a havia levado. Quando sentiu a picada na parte interna do antebraço esquerdo, a sua visão entrou em foco. Jacqueline estava de pé, debruçada sobre ela e enfiando uma agulha em seu braço. Enquanto observava Jacqueline pressionar o êmbolo da seringa, Alex achou que aquele talvez não fosse um dos seus sonhos lúcidos.

Ela estendeu a mão direita para tocar o rosto de Jacqueline. A mão quase chegou ao seu destino, mas o seu braço caiu no peito antes de chegar lá, como se tivesse sido esvaziado. Mais uma vez, ela tentou levantar o braço e nada aconteceu.

— Você pode lutar o quanto quiser. — Alex ouviu a voz de Jacqueline. — Pode resistir até ficar exausta ou pode aceitar que, por mais que tente, não conseguirá mover um músculo. Os músculos extraoculares que controlam os movimentos dos olhos serão menos afetados. Então, você ainda será capaz de olhar para mim.

Em pânico, Alex tentou se sentar, mas logo se deu conta de que os seus esforços eram inúteis. Tentou se convencer de que estava no meio de uma paralisia do sono, um fenômeno em que a mente acorda antes do corpo e, apesar de um esforço hercúleo, o movimento é impossível até que o sistema nervoso e o sistema motor decidam se conectar. Porém, Alex sabia que não era o caso. O mundo imaginário em que ela estava alguns minutos atrás tinha se transformado em realidade. Ela não estava olhando para uma imagem de Jacqueline Jordan criada em sua mente, e sim olhando para a mulher em carne e osso. E Jacqueline tinha acabado de injetar nela uma substância química que a fez sentir como se as suas veias estivessem cheias de chumbo.

65

Wytheville, Virgínia

Quarta-feira, 31 de maio de 2023

23h35

O NOME DA DROGA ERA SUXAMETÔNIO. ADMINISTRADA POR via intravenosa, provocava paralisia muscular em questão de segundos. Por via intramuscular, funcionava tão bem quanto, mas demorava um pouco mais para fazer efeito. Dependendo da dosagem, a paralisia podia durar horas. Jacqueline havia obtido a droga na preparação para os planos daquela noite. Ela tinha encontrado o suxametônio no meio do material cirúrgico que o marido levava e trazia do hospital e o guardou em sua bolsa quando foi até o prédio de Alex na noite anterior, com o pensamento impulsivo de matá-la no apartamento, mas então havia desistido dessa ideia. Matar a garota na casa dela traria mais problemas do que soluções. Jacqueline decidiu que a melhor maneira de Alex morrer era dar a impressão de que havia se suicidado. Era poético o fato de o suicídio de Alex acontecer tão perto do Acampamento Montague — onde a busca de Jacqueline por justiça tinha começado tantos anos atrás — com a encenação de um suicídio diferente.

— Jac… queline. — Ela ouviu Alex gaguejar.

— Nada de conversa — disse Jacqueline. — Logo as suas cordas vocais vão parar de funcionar. Eu vou falar e você vai escutar.

Jacqueline puxou uma cadeira para o lado da cama e se sentou.

— Você estava procurando por respostas e vou dá-las a você hoje.

— Eu já… sei — Alex disse com a voz abafada, como se estivesse com muita dor de garganta. — As… fotos. Jerry… Lolland. Igual aos outros. Igual… aos meus pais.

— Sim — Jacqueline confirmou. — Quando vi o seu quadro de evidências algumas semanas atrás, soube que seria só uma questão de tempo até você descobrir. Então, ontem à noite, encontrei você no seu escritório. Quando me viu, foi como se estivesse vendo um fantasma. Depois que saiu do estacionamento, voltei para o seu escritório e vi o seu trabalho. Você acessou os arquivos confidenciais de Clément, e Klein, e Coleman. Você também acessou o dos seus pais. Descobriu que eu fui a advogada deles. E quando vi que você tinha pesquisado artigos sobre Jerry Lolland na internet, soube que o fim tinha chegado.

— Por quê? — balbuciou Alex.

— Os seus pais? Porque eles ajudaram e encorajaram Roland Glazer, um predador sexual como Jerry Lolland. Os seus pais ajudaram a esconder o dinheiro dele, ou seja, ajudaram Roland a perpetrar os crimes contra as crianças. Depois que matei Jerry Lolland tantos anos atrás, prometi a mim mesma que nunca deixaria os pecados de outros predadores sem punição.

— Mas por que o Raymond?

— Sim, eu sei que isso tem atormentado muito você ao longo dos anos. Infelizmente, o seu irmão foi um efeito colateral. Meu coração ainda dói por ele. Uma criança. Ele estava no lugar errado, na hora errada. Mas a morte dele foi por um bem maior. E a sua também será. Sei que é difícil ouvir. Mas enfim chegou a hora de parar de tomar conta de você. Todo mundo cuida da pequena e frágil Alex. Todo mundo trata você com luvas de pelica e garante que a sua vida seja perfeita. Eu só gostaria de ter recebido uma migalha dessa preocupação por parte daqueles que deveriam estar cuidando de mim no momento em que eu estava sendo abusada quando criança.

66

Wytheville, Virgínia

Quarta-feira, 31 de maio de 2023

23h45

ALEX PISCOU. NÃO FOI CAPAZ DE VIRAR O PESCOÇO PARA ENCARAR Jacqueline, mas moveu os olhos para a esquerda o máximo possível e conseguiu ver que Jacqueline estava sentada numa cadeira ao lado da cama.

— Pensei em fazer isto ontem à noite — disse Jacqueline. — Fui ao seu prédio para acabar logo com a encrenca, mas decidi que era arriscado demais. Quando você saiu do escritório hoje à tarde e pegou a autoestrada 81 para o sul, me dei conta do lugar para onde você estava indo. Claro que a investigadora em que Buck te transformou fez você procurar por respostas. E você acreditou que as respostas poderiam ser encontradas com a investigação da morte de Jerry Lolland no Acampamento Montague. Isso funciona muito melhor. Uma garota solitária tira a própria vida num hotel barato no meio do nada. Uma garota problemática sucumbindo a uma vida problemática.

Alex manteve os olhos em Jacqueline, ou até onde o seu olhar conseguia alcançar. Suas pernas e braços pareciam pesados demais para tentar qualquer movimento. Então, começou com os dedos da mão esquerda, que estavam escondidos sob a coxa. Esperava que Jacqueline não notasse. Era muito perigoso testar os dedos da mão direita, pois a paralisia tinha feito o braço direito cair sobre o peito, e a mão e os dedos estavam à vista.

Ela usou toda a sua energia e sentiu o dedo indicador esquerdo cutucar a coxa. Depois de mais algumas tentativas, percebeu que o esforço físico era menos importante do que a concentração mental. Fechou os olhos e tentou de novo. Ao se concentrar totalmente nos dedos da mão esquerda, descobriu que era capaz de movê-los. Na verdade, teve certeza de que podia abrir e fechar a mão, mas decidiu não provar para si mesma com medo de que Jacqueline percebesse o movimento e esvaziasse outra seringa em seu braço.

Alex manteve os olhos fechados e continuou a testar a sua teoria de que a concentração lhe permitiria superar a paralisia induzida pela droga. Agora, ela se concentrou no pé direito e mexeu os dedos. Foi muito mais fácil do que a luta que ela travou a princípio para mover os dedos da mão esquerda.

— Ele me fez mudar de ideia. — Alex ouviu Jacqueline dizer. — O seu mentor por tantos anos.

Alex abriu os olhos e viu que Jacqueline estava andando de um lado para o outro no quarto naquele momento.

— Ele me disse que era uma péssima ideia fazer isto no seu apartamento ontem à noite. Na verdade, ele acha essa uma péssima ideia em geral. Mas ele não sabe o que eu sei. Ele não viu o seu quadro. Ele não sabe o quão perto você está de descobrir tudo.

Alex tentou mover os dedos do pé esquerdo, com o mesmo resultado.

— Ele ficou tão orgulhoso de colocar você sob a proteção dele. Tão orgulhoso do pequeno prêmio dele que jamais seria capaz de entender o que eu sempre soube.

Jacqueline continuou a andar de um lado para o outro. Alex tentou mover a cabeça da esquerda para a direita. Isso exigiu mais esforço, mas ela conseguiu por meio da concentração mental. Sentiu como se estivesse prestes a acordar de um sonho e que a sua força e mobilidade voltariam a qualquer momento.

— Mas eu sabia que este dia estava chegando — continuou Jacqueline. — Sempre soube que seria inevitável. Sempre soube que, para continuar eliminando os predadores do mundo, teríamos que resolver a única pendência que havíamos deixado para trás.

Alex estava prestes a testar a força do braço direito, que estava sobre o seu peito, mas Jacqueline se materializou acima dela, olhando para baixo com uma expressão abatida.

— Você é uma discípula tão leal, não é? Sempre foi o seu maior defeito.

Alex a viu dar um sorriso triste enquanto Jacqueline enfiava a agulha da seringa na rolha de borracha de um pequeno frasco de vidro e extraía todo o seu líquido branco leitoso.

Então, ela ouviu um estrondo e a porta do seu quarto se abriu.

— FBI! Mãos ao alto!

67

Wytheville, Virgínia

Quarta-feira, 31 de maio de 2023

23h55

ALEX TENTOU MOVER A CABEÇA PARA A DIREITA E SE SURPREENDEU quando os músculos do pescoço reagiram. Annette Packard estava na entrada do quarto, agachada em posição de disparo e com a arma apontada para Jacqueline. Na confusão do momento, Alex achou que Annette parecia meio deslocada. Alex só tinha conhecido Annette como uma mulher sofisticada e bem-vestida, que investigava a vida de políticos, e não como uma agente do

FBI de verdade, treinada no uso de armas de fogo. Talvez essa distorção fosse o que confundiu Alex e a fez pensar que algo estava errado. Porém, outro momento de lucidez disse a Alex que Annette não estava usando o colete a prova de balas ou a jaqueta do FBI. Ela estava usando uma roupa elegante: calça afunilada, blusa branca e salto alto. E não havia outros agentes com ela. Nenhum apoio. Nenhuma sirene. Apenas Annette e a arma que ela tinha reclamado de ter que portar o tempo todo.

— Mãos para cima! — gritou Annette outra vez.

— Annette — chamou Alex com uma voz rouca que a assustou.

A súbita descarga de adrenalina estava superando os efeitos da droga paralisante.

— Alex, venha até aqui — pediu Annette.

— Ela não consegue — disse Jacqueline.

— Alex. Venha. Até. Aqui.

Alex ouviu Annette pronunciar lentamente cada palavra, sem nunca tirar os olhos de Jacqueline e permanecendo com a postura equilibrada.

— Não consigo — respondeu Alex, sentindo a força voltando para as suas cordas vocais. — Ela me injetou alguma coisa.

— Suxametônio — informou Jacqueline. — Injetado no braço, paralisa os músculos. Injetado no coração, mata em segundos.

Houve um breve impasse em que nenhuma delas se mexeu: Alex continuou deitada na cama, Annette ficou paralisada em sua posição de disparo e Jacqueline pareceu ter virado uma estátua, segurando a seringa cheia na mão como se fosse uma adaga.

— Solte a seringa — ordenou Annette.

As três continuaram imóveis.

— Solte ou atiro em você.

O impasse terminou quando Jacqueline ergueu a seringa por cima do ombro e, em seguida, abaixou-a numa estocada em direção ao peito de Alex. O estampido do disparo ecoou nas paredes do quarto do hotel e o cheiro de enxofre transportou Alex de volta à noite em que a sua família foi morta. A noite em que a sua casa cheirou a fogos de artifício. Ela foi incapaz de impedir que as imagens inundassem sua mente, mesmo enquanto observava Annette entrar no quarto, mergulhar por cima da cama e se engalfinhar com Jacqueline.

68

Wytheville, Virgínia

Quarta-feira, 31 de maio de 2023

23h57

POR UM MOMENTO, SUA MENTE VOLTOU A COLOCÁ-LA ATRÁS do relógio de pêndulo, espiando pelas beiradas e vendo Raymond dar um passo após o outro em direção ao quarto dos pais.

— Pare — ela tentou sussurrar.

Quando o irmão continuou em seu caminho pelo corredor, ela falou mais alto:

— Pare.

Seu irmão continuou.

— Raymond! Pare!

Alex gritou as palavras, pronunciando-as a plenos pulmões, o mais alto possível. O esforço lançou a sua mente a uma dimensão diferente de consciência. De repente, Raymond não estava mais de pijama nem caminhando em direção ao quarto dos pais. Em vez disso, ele estava usando o uniforme de beisebol e estava parado na base do rebatedor, segurando um taco sobre o ombro direito e esperando o próximo arremesso. Alex estava sentada numa cadeira de jardim assistindo ao jogo, como tinha feito mil vezes durante a infância. Ao longo dos anos, ela tinha se esforçado para evitar lembranças como essas. Imaginar o seu irmão como uma pessoa viva e vibrante trazia muita dor e culpa por não ter feito mais por ele naquela noite. Durante anos, Alex havia lutado contra a culpa de ter permitido que Raymond fosse até o quarto dos pais naquela noite, em vez de sair correndo do seu próprio quarto para detê-lo. Entre os recursos que ela empregou para repelir a culpa, incluía-se não pensar em Raymond de jeito nenhum. Mas naquele momento, ela queria pensar nele. Precisava se lembrar do garoto de treze anos cheio de vida de que ela tinha lembrança.

O arremesso veio e Alex viu Raymond posicionar o taco. Ela ouviu o som da rebatida ecoar pela tarde e a bola tomar a direção do campo esquerdo. A bola passou em alta velocidade entre os defensores do campo externo e quicou até a cerca.

Raymond correu para a primeira base e depois se dirigiu para a segunda.

— Vai, Raymond! — gritou Alex.

Seu irmão passou pela segunda base e começou a correr em direção à terceira quando o campista central pegou a bola e a jogou para o *cutoff man*.

Alex viu Raymond passar a toda velocidade pela terceira base e se dirigir de volta para a base do rebatedor.

— Vai, Raymond! — Alex voltou a gritar e saiu correndo da sua cadeira de jardim rumo à cerca para conseguir uma visão melhor.

O *cutoff man* lançou a bola para o receptor, que estava agachado sobre a base do rebatedor. Alex viu quando Raymond se lançou da linha da terceira base e mergulhou de cabeça na base do rebatedor no exato momento em que a bola chegou ali e o apanhador acertava uma marca. Então houve silêncio. A torcida barulhenta, o árbitro e os jogadores ficaram todos quietos. Uma nuvem de poeira se espalhou ao redor da base do rebatedor devido ao mergulho de cabeça de Raymond. Alex semicerrou os olhos para enxergar a conclusão da jogada. Para ver se Raymond continuava no jogo ou não. Mas quando a poeira baixou, não havia ninguém ali. Raymond tinha desaparecido. Assim como a torcida, e o campo de beisebol, e o parque.

Alex abriu os olhos e estava de volta ao quarto do hotel. A descarga de adrenalina por torcer por Raymond trouxe o seu corpo para uma posição sentada ereta. À sua esquerda, Annette e Jacqueline estavam junto à parede, travando uma luta feroz, ambas se debatiam e buscavam uma posição dominante. Alex notou que a arma de Annette tinha caído perto da porta do banheiro e parecia que uma tentava impedir a outra de recuperá-la.

Alex ouviu um grito agudo vir de Jacqueline quando ela tropeçou em direção à cama, trazendo Annette com ela. Como uma lutadora de estilo greco-romano, Jacqueline levantou Annette do chão ao cair para trás e rolar sobre a cama, de modo que, quando atingiram o chão do outro lado, Jacqueline ficou por cima. A ação foi violenta e o impacto do corpo delas sacudiu a cama como um terremoto. As duas recomeçaram a lutar. Alex viu que, naquele momento, o combate se concentrava no braço direito de Jacqueline e na seringa que ela ainda segurava com força na mão.

Alex viu quando Jacqueline assegurou uma posição dominante sobre Annette. Ela queria ajudar, mas apesar de a adrenalina ter inundado seu organismo, ainda lutava para se mover. Um pensamento estranho, mas clarividente, veio à sua mente. Por um momento, Alex acreditou que estava sonhando de novo, pois a imagem da página do seu livro de física — aquele que ela estava estudando na noite em que a sua família foi assassinada — entrou em foco. A Primeira Lei de Newton se repetiu sem parar em seus pensamentos.

Um objeto em repouso permanece em repouso a menos que fique sujeito a uma força aplicada sobre ele.

Da sua posição sentada, Alex se jogou para trás, fazendo com que o colchão a impulsionasse. Ela girou o corpo para a esquerda e a elasticidade das molas do colchão a lançou para fora da cama. Ela caiu no chão e rolou em direção à porta do banheiro. Rolou longe o suficiente para que a arma ficasse ao seu alcance. Seus músculos estavam funcionando de novo, mesmo que apenas de forma espasmódica e descontrolada. Com as mãos e os joelhos no chão, engatinhou o restante do caminho até a arma, segurou o cabo na palma da mão e caiu de lado. Rastejou até a parede, virou-se e usou as pernas para se sentar. Com as costas apoiadas na parede, Alex conseguiu uma visão clara por cima da parte superior da cama. Ela viu Jacqueline soltar o pulso da mão de Annette e, num movimento rápido, trazer a agulha para baixo.

O colchão bloqueou a sua visão. Alex não viu onde a agulha penetrou. Só ouviu o grito de Annette e soube que Jacqueline tinha conseguido. Em seguida, houve o silêncio, exceto pela respiração ofegante de Jacqueline. Alex ergueu a arma e a firmou. Parecia uma bigorna em suas mãos. Primeiro, viu as costas curvadas de Jacqueline e, depois, a cabeça quando ela se sentou. Alex pensou em atirar, mas os seus braços estavam sem firmeza suficiente para ela acreditar que o tiro atingiria o alvo.

Jacqueline se levantou, olhou para Annette, que estava paralisada na melhor das hipóteses ou morta, na pior. Demorou um pouco até Jacqueline se virar e perceber que a cama estava vazia. Mais alguns instantes até o olhar se fixar em Alex e na arma apontada para o seu peito.

Alex respirou fundo, deixando a mente focada, e permitiu que a imagem de Raymond do lado de fora do quarto dos seus pais desaparecesse do pensamento para se concentrar. Primeiro nos ombros e, em seguida, nos braços, nas mãos e finalmente no dedo indicador direito. Então, ela apertou o gatilho.

PARTE VII

CÍRCULO COMPLETO

Não há como eu ficar.
— Alex Armstrong

69

Washington, D.C.
Sábado, 10 de junho de 2022
15h32

NO QUARTO 109 DO HOTEL SHADY SIDE, JACQUELINE JORDAN foi declarada morta pelos paramédicos. Alex e Annette foram levadas ao hospital e receberam alta na manhã seguinte depois que o suxametônio foi eliminado do organismo de ambas com grandes quantidades de solução salina ministrada por meio intravenoso. Elas não tiveram sequelas, exceto o ombro deslocado de Annette de quando Jacqueline Jordan tinha caído e ficado por cima dela durante a violenta luta corporal que travaram.

Alex e Annette foram interrogadas pela polícia. As duas apresentaram uma história parecida. Elas estavam trabalhando juntas — Alex num caso para o Lancaster & Jordan e Annette estava fazendo uma investigação para o governo federal —, quando descobriram que os seus respectivos trabalhos se sobrepunham, tendo Duncan Chadwick como denominador comum. Elas estavam atrás de uma pista que as levou até Wytheville. Annette foi ao quarto do hotel onde Alex estava hospedada para uma reunião marcada, e o pandemônio começou quando ela encontrou Jacqueline Jordan de pé, observando o corpo paralisado de Alex na cama. A história tinha muitos furos, mas foi sólida o suficiente para livrá-las. O prestígio de Annette no FBI, e os seus vínculos diretos com a Casa Branca, evitaram perguntas adicionais que poderiam ter sido feitas.

Como prometido, uma semana após a experiência angustiante por que passaram, Alex se encontrou com Annette para entregar tudo o que tinha conseguido descobrir sobre a reportagem de Laura McAllister: as anotações, os dossiês e uma cópia do episódio gravado por Laura. Elas se encontraram no The Perfect Cup e beberam cafés expressos diluídos durante a conversa.

— Isso não parece uma troca justa — disse Alex. — Estou te dando informações em troca de você ter salvado a minha vida.

— Não — respondeu Annette. — Você está me dando informações em troca de informações, assim como combinamos.

O braço direito de Annette estava apoiado por uma tipoia que imobilizava o seu ombro lesionado.

— E todo esse lance de salvar a minha vida?

Annette sorriu.

— Posso alegar que foi o contrário.

Alex tomou um gole de café, refletindo a respeito daquela noite.

— Acho que nós nos ajudamos mutuamente, mas você instigou isso.

— Vou levar o crédito por *isso* — cedeu Annette.

— Eu estava muito confusa quando você apareceu, mas você estava usando salto alto quando entrou no quarto do hotel?

— É o padrão — respondeu Annette com uma risada. — Percebi que a informação de Lane deixou você muito arrasada. Então, planejei ficar de olho em você. Ver se precisava de alguma coisa. Acabei seguindo você até Wytheville. E aí, vi que Jacqueline Jordan te seguiu até o hotel. Não tive a intenção de me meter num tiroteio.

Alex deu de ombros ao entregar a sua investigação, empurrando uma grande pasta de arquivo sanfonada sobre a mesa.

— Eu devo mais do que isso a você. Então, se houver uma maneira de retribuir, me avise.

Annette apoiou a mão na pasta.

— Eu diria que estamos quites. Se decidir voltar para Washington algum dia, me procure. Vamos tomar um café.

— Pode deixar.

Annette estendeu o braço e pegou a mão de Alex.

— Obrigada, Alex. Vai dar tudo certo.

— Eu sei — concordou Alex.

* * *

Uma hora depois, Alex bateu na porta da casa de Garrett e Donna. Como uma frente única e pais substitutos, eles abriram a porta juntos.

— Oi, querida — cumprimentou Donna.

Alex sorriu.

— Oi. Já chegou?

— Sim — respondeu Donna. — Vamos entrar.

Dez dias atrás, antes de adormecer no quarto do hotel, Alex tinha elaborado um plano para conseguir as impressões digitais de Jacqueline junto à Ordem dos Advogados do Distrito de Columbia e analisá-la em relação a impressão encontrada na janela do seu quarto na noite em que a sua família foi morta. Depois dos eventos no hotel Shady Side, a confirmação da impressão digital era uma formalidade, mas propiciaria o desfecho de um acontecimento que havia definido a sua vida. Depois de procurar por tanto tempo a verdade, Alex precisava ter certeza.

Embora a polícia ainda estivesse tentando descobrir o motivo de uma advogada importante ter tentado matar uma agente do FBI, nenhuma resposta tinha sido encontrada e Alex não oferecia nenhuma pista. Havia duas razões pelas quais Alex havia decidido esconder os detalhes acerca do papel de Jacqueline Jordan na morte da sua família. A primeira era egoísta: a última coisa que Alex queria era ressuscitar a história do assassinato da sua família e recolocá-la nas manchetes. Contar às autoridades o que ela sabia sobre Jacqueline Jordan provocaria exatamente isso. Alex tinha escapado por pouco do escrutínio da mídia uma década atrás. Ela tinha certeza de que não sobreviveria aos tabloides nem às loucuras dos devotos por crimes reais uma segunda vez. A segunda razão era altruísta, e tinha a ver com o seu amor por Garrett e Donna Lancaster. Revelar os detalhes bombásticos de que Jacqueline Jordan — a advogada que desempenhou papel fundamental na retirada das acusações contra Alexandra Quinlan e que a ajudou a ganhar o processo contra o estado da Virgínia por difamação — foi, na verdade, a responsável pela chacina da família Quinlan, era uma história tão escabrosa que, sem dúvida, liquidaria com o Lancaster & Jordan, arruinaria a carreira de Garrett e enviaria ele e Donna ao desterro. Alex já tinha passado anos demais lá para proferir a mesma sentença para as pessoas que ela mais amava no mundo.

Em vez disso, o desfecho se daria em particular. Donna ainda tinha contatos no Departamento de Polícia de McIntosh, e Alex havia pedido para usar esses recursos para obter a impressão digital solitária encontrada na janela guardada na sala de provas. Alex havia pedido a Annette Packard um último favor, e Annette e Donna trabalharam juntas para obter uma análise da impressão digital em relação à de Jacqueline. Tinha levado uma semana, mas agora, com todos sentados à mesa da cozinha, Donna deslizou uma única folha de papel pela mesa, deixando-a na frente de Alex. Por um momento, Alex encarou Donna, criando coragem para finalmente olhar para a folha.

A impressão digital de Jacqueline Jordan coincidia com a impressão extraída na janela do seu antigo quarto. Alex respirou fundo, embora já tivesse certeza do resultado. Mesmo assim, enfim chegar à verdade após tantos anos a deixou sem fôlego. Lágrimas começaram a rolar pelo rosto de Alex, e Garrett imediatamente foi para o seu lado. Ele a abraçou e ela apoiou a cabeça no peito dele.

— Sinto muito — sussurrou Garrett.

Donna estendeu o braço e pegou a mão de Alex, unindo a família improvável que eles tinham se tornado.

— Precisamos decidir o que vamos fazer com esta informação — observou Donna.

— Nada — afirmou Alex, afastando a cabeça do peito de Garrett. — Não vamos fazer nada com isso.

— Mas, Alex... — começou Donna.

— Não — disse Alex, interrompendo-a. — Esta é a minha decisão. Vocês têm que me deixar fazer isso. Não quero passar por tudo de novo. Não quero mais ver a foto da minha família estampada nos tabloides. Não quero ter a imprensa de sentinela do lado de fora da minha porta. Além disso, vocês dois sofreriam as consequências tanto quanto eu desta vez.

— Não ligamos para o que isso faria com a gente ou com o meu escritório de advocacia — falou Garrett.

— Mas eu ligo. E é isso o que eu quero. Quero que isto fique entre nós três. Não quero que mais ninguém saiba.

— E quanto a Annette Packard e o FBI? — perguntou Garrett.

Alex balançou a cabeça.

— Annette estava me fazendo um favor. Ela trabalhou com um ex-analista do FBI que é amigo dela. Ela não recorreu a nenhum órgão oficial e não vai dizer nada.

Garrett e Donna se entreolharam. Alex percebeu uma concordância silenciosa entre eles.

— Tem certeza? — indagou Donna.

— Certeza absoluta — confirmou Alex.

* * *

Garret puxou Alex para perto mais uma vez.

— Alguma chance de impedirmos você de partir?

Alex voltou a apoiar a cabeça no peito dele e fechou os olhos.

— Não há como eu ficar.

70

McIntosh, Virgínia

Segunda-feira, 12 de junho de 2023

10h04

ALEX PAROU O CARRO JUNTO À SUA ANTIGA CASA DA ALAMEDA Montgomery. O sistema de irrigação estava funcionando muito bem e o gramado exibia uma tonalidade verde exuberante — recém-cortado no dia anterior, com as margens aparadas e os cantos em ângulos exatos de noventa graus. As sebes estavam podadas e as azáleas brilhavam ao sol da manhã, gotejando enquanto se banhavam na névoa dos irrigadores.

Alex desceu do carro e percorreu com os olhos a vizinhança. Era a sua primeira vez de volta a McIntosh havia algum tempo. A casa não tinha dado nenhum grande problema que tivesse exigido a sua presença nos últimos dois anos. Apenas algumas coisas sem importância, que foram logo solucionadas pela equipe de manutenção que Alex havia contratado para cuidar do imóvel. O aquecedor de água tinha precisado de uma nova chama-piloto, um pica-pau havia feito um buraco no revestimento de cedro e uma laje de concreto no caminho que levava até a a porta da frente tinha afundado e precisou ser erguida.

Alex sentiu uma onda de nostalgia ao olhar para a casa da sua infância. Com o tempo, as boas lembranças dos seus primeiros dezoito anos de vida ofuscaram a escuridão de uma única noite em que a sua casa tinha se transformado em algo ruim. Apesar do tempo para isso demorar a acontecer, ela foi capaz de recolocar as coisas na ordem correta. Alex conseguia olhar para a casa outra vez e curtir todas as lembranças alegres contidas nela.

Alex não sabia muito bem como a transformação havia acontecido. Deve ter sido o resultado de uma combinação de terapia, tempo e desfecho do caso. Fosse como fosse, ela ficou feliz por finalmente estar diante da sua casa de infância sem medo. Durante anos, ela a havia mantido bastante conservada e cuidada, mas, agora, ela estava pronta para deixá-la. Não antes de cuidar de uma última coisa.

Alex abriu a porta da frente e ingressou em seu passado. Lembrou-se da noite quente de verão quando visitou a casa pouco antes de partir para Cambridge. Foi a noite em que ela havia ido recuperar a coleção de figurinhas de beisebol de Raymond, mas encontrou os extratos bancários que deram início a uma jornada de anos. Lembrou-se também do fedor de umidade da casa naquela noite: o ar pegajoso do verão que havia impregnado as paredes e enchido o lugar com um odor amargo de abandono e negligência. Agora, naquela manhã luminosa e ensolarada, a casa estava imaculada e arejada, emanando o aroma da cera de limão dos pisos de madeira que brilhavam à claridade.

Ela percorreu o primeiro andar e observou os cômodos vazios. As paredes recém-pintadas estavam resplandecentes e acolhedoras, enquanto os pisos recém-trocados estavam lisos e lustrosos. A cozinha recém-reformada exibia bancadas de quartzo, uma despensa e uma coifa decorativa sobre o fogão. O empreiteiro tinha feito um excelente trabalho, e a casa deixaria uma família muito feliz.

Terminada a inspeção do primeiro andar, Alex voltou ao vestíbulo e começou a subir a escada. Ela fez isso sem hesitação ou medo. Já tinha passado bastante tempo e aquelas lembranças, embora nunca erradicadas, podiam ser mantidas sob controle. No alto da escada, ela se virou e seguiu pelo corredor até o seu antigo quarto. Vazio agora e com piso de madeira em vez de carpete, o quarto parecia menor do que ela se lembrava. Ela também teve a mesma sensação ao entrar no quarto de Raymond.

Por fim, Alex pegou o corredor e seguiu até o quarto dos seus pais. A porta estava aberta e ela entrou. Ali também as paredes estavam recém-pintadas e o carpete foi substituído por um piso de madeira para combinar com o resto da casa.

Alex sorriu. A casa estava perfeita.

Ela ouviu uma batida na porta da frente e desceu a escada.

— Oi. Alex? — perguntou a mulher quando Alex abriu a porta.

— Sim.

— Tammy Werth.

— Oi, Tammy — Alex cumprimentou a corretora de imóveis. — Vamos entrar.

Tammy inspecionou a casa e sorriu.

— A área externa é linda e está muito bem conservada. E o interior está impecável. Acho que não vai ser difícil vender a casa.

— Sério? — animou-se Alex.

— Não com o mercado atual, e com essas condições. E já está pronta para ser ocupada. Só vou tirar algumas fotos e medidas para colocar no site.

— Maravilha! — exclamou Alex. — Tudo bem, vá em frente. Se precisar de alguma coisa, é só me falar.

Tammy sorriu e começou a trabalhar. Alguns minutos depois, Alex viu o caminhão de mudança parar na entrada para carros e dois jovens robustos saírem dele. Ela abriu a porta e acenou para eles entrarem.

— Oi — cumprimentou um dos rapazes. — Viemos fazer a mudança. — Ele olhou ao redor. — Pelo visto, não é muita coisa.

— Só um item. Está lá em cima — informou Alex.

Alex levou os dois carregadores escada acima e apontou para o final do corredor, onde estava o relógio de pêndulo.

— É só isso? — perguntou o rapaz.

— Só.

— E vai para o nosso local de empacotamento e remessa?

— Sim — respondeu Alex. — Forneci o endereço para onde deve ser enviado.

Os dois carregadores removeram as correias que estavam enroladas em torno dos seus ombros e se aproximaram do relógio de pêndulo. Alguns minutos depois, Alex sorriu ao observar os rapazes colocarem o relógio no baú do caminhão. Ela imaginou como ficaria em seu novo apartamento em Londres. Alex tinha visto fotos do lugar na internet e já havia decidido onde o relógio ficaria.

— Só preciso da sua assinatura — disse um dos rapazes depois de fechar o baú.

Alex assinou o papel e devolveu a prancheta. Os dois embarcaram na cabine e ela observou o caminhão de mudança partir.

— Tudo certo — informou a corretora, saindo pela porta da frente com a câmera pendurada no pescoço. — O meu pessoal virá colocar a placa de venda no jardim ainda hoje e vou registrar a casa no nosso site hoje à noite. Aviso quando aparecer alguém interessado.

— Obrigada — disse Alex.

— Aposto que vamos ter uma oferta antes do fim de semana, mas vou dando notícias.

Alex permaneceu na entrada da casa depois que o carro da corretora de imóveis foi embora. Ela ficou ouvindo os sons da vizinhança: pássaros cantavam e um cortador de grama zumbia a algumas casas de distância. Então, Alex se sentou na varanda e esperou. Quinze minutos depois, um carro estacionou na frente da casa.

Pouco depois, Tracy Carr, a repórter que havia sido a primeira a chegar ao local na fatídica noite em que a família Quinlan foi morta, saiu do carro e encarou Alex.

— Engraçado encontrar você aqui — comentou Alex numa tentativa de quebrar o gelo.

— Você sabe que eu te reconheci naquele dia da minha gravação — declarou Tracy depois de fechar a porta do carro e caminhar até onde Alex estava.

— Sei.

— Você está muito diferente — constatou Tracy. — Mas o seu olhar te denunciou.

— Imaginei — afirmou Alex.

Por um momento, as duas se encararam.

— Você me ligou. E aí?

Alex tirou um batom da bolsa, um tom acentuado de laranja, e passou nos lábios antes de sorrir.

— E aí que tenho uma proposta a fazer.

71

Londres, Inglaterra

Sábado, 1º de julho de 2023

13h05

DUAS SEMANAS APÓS A PLACA DE VENDE-SE TER SIDO FINCADA no jardim da casa da sua infância, Alex chegou a Londres. Anos antes, ela tinha ido como Alexandra Quinlan, em fuga e se escondendo. Dessa vez, ela foi como Alex Armstrong, sem fugir de nada e sem se esconder de ninguém, determinada a virar a página, algo que ela não havia conseguido na primeira vez.

Ao analisar a sua vida, Alex concluiu que não havia outro lugar para onde ela pudesse ir. Permanecer em Washington e continuar o seu trabalho na Lancaster & Jordan não parecia viável nem apropriado. Ao longo dos anos, ela havia desenvolvido um conjunto único de habilidades investigativas e sabia que Londres era o melhor lugar para colocá-las em prática. Donna e Garrett entenderam, mas fizerem Alex prometer que manteria contato. Ela tinha concordado, mas um contrato por escrito não foi necessário. Garrett e Donna Lancaster tinham se entrelaçado na trama da sua vida, e Alex não podia mais viver sem eles como não podia viver sem ar.

Seu apartamento londrino era modesto em tamanho e preço. Alex não tinha motivo para comprar um imóvel maior, ainda que tivesse dinheiro para tanto. Ela queria causar o menor impacto possível ao desembarcar em sua nova cidade e começar o seu novo trabalho. Na tarde de sábado, quando a campainha tocou, Alex sorriu. Ela teve dificuldade para controlar a empolgação e não conseguia explicar por que estava tão feliz por finalmente ver o homem que tinha acabado de tocar a campainha. Talvez fosse porque ele tornou possível o novo capítulo da sua vida. E apesar de ter passado menos de uma semana com ele, por algum motivo, ele tinha ocupado um lugar significativo em seu coração ao longo dos anos. Não no sentido romântico. Ele tinha o dobro da idade dela. Tampouco como figura paterna — Garrett Lancaster sempre ocuparia esse lugar em sua vida. Porém, o homem que tocou a campainha ocupava um lugar especial, que ela não conseguia definir.

Alex caminhou até a porta e a abriu.

— Leo, o britânico — disse Alex com um sorriso.

— Alex, a pistoleira — devolveu Leo em seu carregado sotaque britânico, erguendo as mãos como se estivesse se rendendo. — Você não vai me encher de tiros, vai?

Alex sorriu.

— Você nunca vai me deixar esquecer, não é?

— Acho que não, parceira.

— Vamos entrar.

A última vez que Alex havia visto Leo foi quando deu um beijinho na bochecha dele anos antes, após ele salvá-la de Laverne Parker e Drew Estes.

Então, Alex tinha ficado sabendo que Garrett Lancaster havia contratado Leo para ficar de olho nela. Apesar dos anos que se passaram desde que se viram pela última vez, Alex considerava Leo um amigo. Oito anos de mensagens e chamadas de vídeo permitiram que eles estreitassem seus laços. Leo era uma presença enigmática, mas afetuosa em sua vida.

Na época em que Leo tinha sido contratado para cuidar de Alex, ele estava começando a sua atividade de detetive particular em Londres. Para todos os efeitos, Alex havia sido o seu primeiro caso e Garrett Lancaster, seu primeiro cliente. Leo havia passado um ano e meio seguindo Alex pela Europa e ficando de olho nela. Quando o trem da alegria acabou e Alex pegou um avião de volta para os Estados Unidos, Leo foi forçado a procurar outros clientes. Ele os encontrou e, agora, administrava uma agência de detetive particular de sucesso. Quando Alex enviou uma mensagem para ele, informando que as habilidades investigativas dela estavam à venda, Leo aproveitou a oportunidade. O negócio estava crescendo, e ele precisava de ajuda. Até então, ele não tinha conseguido encontrar um parceiro competente. Alex prometia ser a resposta.

— Você deve querer saber quanto vou pagar e o que vou pedir para você fazer.

— Não — respondeu Alex. — Podemos discutir tudo isso mais adiante. Tenho certeza de que você vai me pagar de forma justa e estou mais do que confiante de que vou superar as suas expectativas em relação a qualquer coisa que você me peça para investigar.

Leo semicerrou os olhos.

— Se você não me chamou para falar sobre o trabalho, então o que estou fazendo aqui num sábado?

— Eu ia bajular você com uma cerveja primeiro, mas vamos deixar a cerveja para quando a gente terminar.

— Terminar o quê?

— Vamos — disse Alex, dirigindo-se até a porta. — Preciso de uma mãozinha.

Um caminhão de entrega estava estacionado na rua em frente ao prédio dela. Um homem estava sentado no para-choque traseiro com a porta de correr aberta.

— Você vai conseguir carregar isso? — o motorista do caminhão perguntou a Alex, entregando-lhe uma prancheta.

— Agora vou.

Alex assinou o recibo de entrega e devolveu a prancheta ao motorista. Leo, o britânico, olhou para o baú do caminhão, onde um objeto alto estava empacotado em plástico bolha.

— Preciso da sua ajuda para carregar isso até o apartamento — Alex disse.

— O que é isso? — Leo perguntou. — E quanto pesa?

— Um relógio de pêndulo. E é pesado.

Leo olhou para o enorme obstáculo, esperando por Alex junto ao caminhão.

— Vou descontar do seu primeiro salário o custo dos meus serviços.

Alex sorriu.

— Parece justo e razoável.

* * *

Mais tarde naquela noite, ela estava sentada em seu novo apartamento. Já era tarde, a televisão estava desligada, e o único som vinha do relógio de pêndulo no canto da sala. Alex tinha dado o máximo de corda possível no relógio. Agora, ela ouvia o tique-taque enquanto o pêndulo oscilava. Durante a maior parte da sua infância, o relógio tinha passado despercebido no corredor do segundo andar bem perto do seu quarto. Alex havia passado por ele inúmeras vezes, sem prestar atenção em sua beleza. Então ele se tornou outra coisa na noite em que a sua família foi morta: algo grandioso e protetor.

Apenas com o tique-taque do relógio como companhia, Alex pegou um exemplar do dia do *New York Times.* Tracy Carr havia terminado o seu artigo sobre Laura McAllister e a história do estupro na Universidade McCormack que a garota estava prestes a divulgar antes de ser morta. Incluía os nomes daqueles que foram incriminados no episódio. O artigo fazia uma cobertura completa a respeito do papel de Duncan Chadwick na obtenção da droga que batizou as bebidas servidas na festa da fraternidade. Sem dúvida, uma investigação seria realizada na sequência, e mesmo antes da publicação do artigo, Larry Chadwick havia retirado voluntariamente o seu nome da lista de candidatos para preencher a vaga na Suprema Corte. A história era bombástica e Tracy fez um ótimo trabalho ao homenagear Laura McAllister no artigo.

Alex se recostou depois da leitura. Com certeza haveria aproveitadores. Com certeza haveria fanáticos por crimes reais que nunca desistiriam de procurar por Alexandra Quinlan. Mas sem um jornalista importante para guiar o caminho, esses fanáticos logo se extinguiriam. A proposta de Alex a Tracy Carr tinha consistido em avisar a repórter a respeito de uma possível história de grande repercussão que envolvia o filho de Larry Chadwick e Laura McAllister. Em troca das informações que Alex entregaria, Tracy Carr havia concordado em parar a sua perseguição a Alexandra Quinlan. Chega de atualizações anuais. Chega de vídeos sensacionalistas. Chega de viagens a McIntosh para fazer gravações na frente da casa da sua família.

Ela pôs o jornal de lado. A jornada havia sido difícil, mas finalmente chegou àquela encruzilhada na estrada da vida que marcava o seu recomeço. Alex se reclinou na almofada do sofá, fechou os olhos e ficou ouvindo o tique--taque do vaivém do pêndulo do relógio. De um lado para o outro. De um lado para o outro.

72

Montes Apalaches

Sábado, 14 de outubro de 2023

21h52

ELE ESTAVA DIRIGINDO O SUV PELAS ESTRADAS SINUOSAS DOS Montes Apalaches. Embora longe das câmeras de segurança da cidade, ele evitou postos de gasolina e áreas de descanso onde a sua imagem poderia ser gravada e tomou o cuidado de trocar as placas do carro por outras roubadas de um ferro-velho de Maryland. Ao longo do percurso, a superfície rochosa subia em vertical ao lado das grades de proteção metálicas, encaixotando-o à medida que a estrada cortava um desfiladeiro com montanhas em ambos os lados. Outras partes do caminho eram bastante abertas, com nada além de montes ondulantes ao longe. Ao ve fumaça saindo das chaminés das casas escondidas, soube que estava chegando perto.

Se Larry Chadwick tivesse sido nomeado para a Suprema Corte, a missão noturna teria sido muito mais difícil. Os nove juízes da Suprema Corte eram protegidos de perto por agências governamentais. Dentro dos limites do Distrito de Columbia, a polícia da Suprema Corte protegia os juízes dia e noite. Fora, o Serviço de Delegados dos Estados Unidos fornecia equipes de segurança. Felizmente, o juiz Chadwick tinha sido recusado para a Suprema Corte. Na realidade, ele abdicou da sua indicação e retirou voluntariamente o nome da consideração. De qualquer modo, como juiz federal e não como da Suprema Corte, uma equipe de segurança para Larry Chadwick só seria disponibilizada mediante pedido, e não devido ao cargo. Nos ensaios realizados na casa de veraneio do juiz, ele não tinha visto tal detalhe. Escondida no sopé dos Apalaches, o juiz devia se sentir isolado e seguro. A cidade de Heathrow era pequena e pacata. Consistia numa única via com dois semáforos e pequenas lojas e restaurantes alinhados em cada lado da rua. Os frequentadores eram cordiais e gente rica da Costa Leste que prezava pela privacidade.

Ele fez a última curva e acelerou na estrada que passava atrás da casa de veraneio do juiz. A programação habitual de Larry Chadwick era a seguinte: ele e a mulher deixavam Washington no meio da tarde de sexta-feira e retornavam para a cidade no domingo à noite, a tempo de jantar e tomar uma taça de vinho; em seguida, o juiz lia os dossiês para se preparar para a sua agenda da manhã de segunda-feira. Seria uma das grandes ironias americanas, pensou ele, reduzindo a velocidade do SUV, que o homem que havia contratado Reece Rankin para estuprar e matar Laura McAllister tivesse recebido o poder de presidir a justiça de um país.

Jacqueline poderia ter procurado a polícia depois do que tinha descoberto em sua visita a Reece Rankin. Ela poderia ter contado às autoridades a respeito da confissão de Rankin e do fato de ele ter estuprado e matado Laura McAllister após ter sido contratado por Larry e Duncan Chadwick. Porém, fazer isso colocaria os Chadwick sob as mãos protetoras do poder judiciário americano, e era improvável que uma sentença adequada fosse proferida assim. Pai e filho mereciam mais do que o poder judiciário americano podia oferecer.

Ele pegou o acostamento da estrada e virou numa área arborizada. Ocultou o carro no meio da folhagem para que ficasse fora da vista dos veículos de passagem. Então, saiu do carro, embrenhou-se na floresta por quase um quilômetro e alcançou uma trilha estreita que terminava nos fundos da casa de veraneio de Larry Chadwick.

Ele estava adiantado. As luzes da casa ainda estavam acesas. Ele se instalou numa clareira para esperar que os Chadwick fossem dormir, tirou a pistola Smith & Wesson da cintura e a colocou no chão ao seu lado. Dedicou algum tempo a desfrutar da tranquilidade da natureza selvagem ao redor da propriedade. O vizinho mais próximo estava a mais de um quilômetro de distância. Uma ave arrulhou num local distante no lago. O som o lembrou da sua juventude, quando passava os verões no acampamento. A clareira em que estava o levou de volta à noite em que mataram Jerry Lolland.

Foi no Acampamento Montague que a jornada da sua vida tinha começado. Foi no Acampamento Montague que ele havia feito justiça com as próprias mãos pela primeira vez. Foi ali, após sofrer um verão de abusos e, depois, testemunhar o mesmo abuso se abater sobre Jacqueline que ele tinha decidido que certas pessoas não eram dignas da benevolente justiça americana: uma existência confortável na prisão, onde os predadores desfrutavam de três refeições por dia e dos prazeres do entretenimento, incluindo livros, televisão e muito mais. Não, alguns criminosos mereciam mais do que uma vida de paparicos atrás das grades. Aqueles que cometeram os atos mais hediondos de violência — pedofilia — e aqueles que os ajudavam mereciam uma justiça não oferecida pelo poder judiciário dos Estados Unidos.

Sentado na clareira nos limites da propriedade dos Chadwick, ele se lembrou de Jerry Lolland. Ele se lembrou de ter olhado para o corpo do homem enquanto os paramédicos o transportavam para fora da cabana, com um lençol branco o cobrindo da cabeça aos pés, confirmando o sucesso do plano deles. Jerry Lolland tinha sido o primeiro pedófilo morto por eles. Jerry Lolland havia sido a primeira vez em que ele e Jacqueline uniram forças para dar fim a um predador. Outros se seguiram ao longo dos anos, mas Jerry Lolland ainda era o mais persistente em sua lembrança.

Ele se lembrava de todos eles em graus variados, porque havia aprendido algo novo com cada um deles. A maioria das ações tinha saído como o planejado e sido perfeitamente executada. Uma, porém, ainda o assombrava. Uma havia produzido um efeito colateral que, no final das contas, acabou sendo a ruína dos dois. Agora, ele teria que dar continuidade sozinho ao trabalho deles.

Sentado sob as árvores, nos fundos da casa de Larry Chadwick e esperando as luzes se apagarem, ele se lembrou daquela noite.

MCINTOSH, VIRGÍNIA

15 DE JANEIRO DE 2013

A cidade de McIntosh era pequena e muito unida. Matar Dennis e Helen Quinlan teria consequências, mas ele não conseguiu convencer Jacqueline a desistir. Havia uma ironia ali: ele havia criado a dupla de justiceiros décadas atrás no Acampamento Montague, mas Jacqueline tinha sido aquela a instigar e manter a ação por todos aqueles anos. A missão daquela noite era uma da qual ela não desistiria, apesar dos protestos dele acerca das possíveis armadilhas.

Ele estava procurando um lugar para estacionar o carro numa área industrial próximo ao bairro tranquilo onde moravam Dennis e Helen Quinlan. Além de clientes, os Quinlan eram, após análise rigorosa dos seus registros fiscais e documentos financeiros, os contadores que ajudaram Roland Glazer a financiar a rede de tráfico sexual dele. Os Quinlan eram os magos financeiros que ajudaram Glazer a lavar o dinheiro. Eles emitiram os cheques e iniciaram as transferências de dinheiro que proporcionaram a Glazer a liberdade de viajar para a sua ilha particular, para onde garotas eram enviadas todas as semanas. Outros homens estavam envolvidos — políticos, megaempresários e membros da realeza —, mas não conseguiriam tocar em nenhum desses. Os Quinlan, porém, eram peixes pequenos e deixaram as suas impressões digitais nos negócios sujos de Glazer durante anos. A desculpa que deram quando procuraram o Lancaster & Jordan — que eles não tinham conhecimento da origem do dinheiro de Glazer ou qual era o destino depois que terminavam de lavá-lo — foi frágil, na melhor das hipóteses, estava mais para uma mentira deslavada. A princípio, a explicação talvez fosse verdadeira. Mas era inconcebível que a ignorância do casal tenha durado mais do que um curto período. A culpa dos Quinlan se evidenciava pelo fato de, após Roland Glazer ter sido indiciado pela justiça federal, eles correrem para o Lancaster & Jordan em busca de proteção contra a instauração de procedimentos judiciais.

Ele freou o carro, que derrapou sobre o cascalho antes de parar. Em seguida, desligou os faróis.

— É entrar e sair — ele disse a Jacqueline.

Um breve aceno de cabeça foi o que ele conseguiu como resposta. Então, ela abriu a porta do carro e desapareceu em meio às árvores. Com os faróis apagados, ele manteve o motor ligado.

Eles tinham cronometrado a ação três vezes diferentes e calcularam o tempo mínimo e máximo que Jacqueline levaria para atravessar o pequeno bosque, passar pelo gramado, pegar a espingarda de Dennis na garagem, entrar pela porta dos fundos, subir a escada, dar um jeito no casal Quinlan, sair da casa, voltar correndo em meio às árvores e fugirem.

Na espera, ele consultou o relógio. O tempo mínimo chegou e passou. Ele começou a suar frio ao se aproximar o tempo máximo e começou a ficar inquieto quando passou. Algo tinha dado errado. Por um breve instante, ele pensou em atravessar o pequeno bosque para ver o que tinha acontecido. Mas seria uma decisão ruim, que colocaria ambos em risco. A outra opção era pior: abortar a missão e ir embora sem ela.

Não havia o que fazer. Então, ele esperou. E esperou mais tempo. Então, finalmente, viu uma figura em meio às árvores. Jacqueline estava correndo de uma forma frenética que ele nunca havia visto antes. Algo tinha dado muito errado. Ele engatou a ré e, assim que Jacqueline embarcou no carro, pisou fundo no acelerador e derrapou pelo cascalho ao fazer uma rápida curva em forma de U. Engatou a primeira marcha e partiu a toda velocidade do centro industrial. Ao chegar à via principal, e com alguma distância entre eles e a casa dos Quinlan, ele acendeu os faróis e reduziu a velocidade ao limite máximo.

Ele se virou para ela e viu que ela tinha colocado as mãos enluvadas sobre o rosto. O dedo indicador da mão direita se projetava através da luva onde o látex tinha rasgado.

— A sua luva está rasgada — anunciou ele.

Ela tirou a palma das mãos do rosto e examinou a mão direita.

— Você talvez tenha deixado uma impressão digital — constatou ele.

Ela balançou a cabeça e fechou os olhos.

— Esse é só o começo dos nossos problemas.

* * *

Ele estacionou junto ao meio-fio do lado de fora da casa dela, e eles ficaram ouvindo o rádio scanner por alguns minutos, enquanto chegavam os relatos da polícia a respeito da ocorrência de tiros numa residência. Durante o percurso, ela havia apresentado um resumo dos acontecimentos que ocorreram dentro da casa dos Quinlan. Atônita, ela falou sobre a mão direita e o dedo indicador exposto.

— Você tocou em alguma coisa? — perguntou ele.

Ele ficou observando Jacqueline repassar mentalmente a ação.

— Na janela — disse ela. — Eu abri a janela do quarto da garota para olhar para fora. E na maçaneta da porta da frente, mas pode ter sido com a mão esquerda.

Ele ficou observando, enquanto ela continuava a encarar o dedo exposto, que se destacava dos demais.

— O que vamos fazer? — questionou ela.

— Não podemos fazer nada no momento. Entre e tente dormir. Quero sair das ruas.

Houve um silêncio e Jacqueline não se moveu do assento do passageiro.

— A garota viu você? — perguntou ele.

— Não sei. Acho que não. A janela do quarto estava aberta, e ela tinha sumido. — Ela fez uma pausa antes de olhar para ele. — O garoto... ele me viu. Eu não tive escolha.

Ele assentiu.

— Eu sei. Entre. A gente se fala amanhã. Queime as roupas. Botas, luvas, tudo. Faça isso agora mesmo.

Sem dar uma resposta, ela abriu a porta e saiu do carro. Não disse mais nada. Caminhou até a sua casa, entrou nela e desapareceu. Ele colocou o carro em movimento e dirigiu para casa. Quando o portão da garagem se abriu, ele entrou com o carro e ficou sentado no escuro dentro dele por alguns minutos, repassando a noite e querendo perguntar o que exatamente tinha acontecido dentro da casa dos Quinlan. Jacqueline estava abalada demais para contar tudo. Que depois de tirar a vida de Dennis e Helen Quinlan, ela também matou o filho deles de treze anos quando o garoto abriu a porta do quarto dos pais e a assustou. Jacqueline não compartilhou detalhes sobre como aquilo havia acontecido. Ela estava perturbada demais para ser possível tirar mais alguma coisa dela, além de que a filha tinha escapado e agora era uma incógnita.

Após alguns minutos no escuro, ele saiu do carro e entrou na casa. Manteve as luzes apagadas e foi para a cama. Revirou-se na cama durante uma hora, incapaz de dormir. Ao longo de todos os anos, nada como aquilo tinha acontecido. Eles eram cuidadosos e meticulosos. Apenas os culpados eram punidos, nunca os inocentes. Ele e Jacqueline eram os que lutavam em favor dos inocentes. Eles eram os que exigiam justiça contra os membros verdadeiramente desprezíveis da sociedade, justiça que o sistema americano não era capaz de fornecer de maneira adequada. Eles sempre foram os protetores dos inocentes. Até aquela noite.

Às três e dez da manhã, ele consultou o relógio de cabeceira. Finalmente, depois de muita consternação, fechou os olhos e caiu no sono. Vinte e cinco minutos depois, o celular tocou e o tirou de um sono superficial e agitado. Ao erguer o celular para verificar o identificador de chamadas, sentiu a ansiedade se apossar dele.

— Alô? — atendeu ele, a voz grogue.

— Garrett! — disse Donna num sussurro urgente. — Sou eu. Preciso de você na delegacia. Sei que está tarde, mas preciso de você agora mesmo.

Garrett Lancaster não fez perguntas. Sua disposição para sair correndo até a delegacia e ajudar a sua mulher no meio da noite pareceria heroica — o gesto de um marido dedicado, pronto para fazer qualquer coisa para ajudar a esposa. Na verdade, a sua falta de curiosidade sobre o motivo pelo qual a sua mulher estava pedindo a sua presença na delegacia vinha de saber que um triplo homicídio havia ocorrido na pequena cidade deles. O fato de que a sua vida estava prestes a se chocar com a de Alexandra Quinlan era impossível de prever. E que ele ficaria com uma parte do seu coração partido para sempre pela garota só seria percebido tempos depois.

Ele saiu da cama e pensou em tomar um banho rápido e colocar terno e gravata, mas acabou optando por vestir uma simples calça jeans e um boné do Washington Wizards sobre o cabelo despenteado. Pouco depois, saiu pela porta.

Agradecimentos

A minha sincera gratidão vai para as seguintes pessoas:

Todo o pessoal da Kensington Publishing, que defende os meus livros a cada ano e trabalha muito nos bastidores, contribuindo para o sucesso deles. Em especial, John Scognamiglio, que ajuda a aprimorar as minhas histórias, e Vida Engstrand, cujo marketing inteligente torna mais fácil chamar a atenção para elas.

Amy e Mary, por terem sido as primeiras a ler, as primeiras a criticar e as primeiras a encorajar.

O detetive Ray Peters, por me auxiliar a colocar os meus dados em ordem sobre cenas de crime e interrogatórios.

Michael Chmelar, advogado e amigo, por ter doado generosamente o seu tempo para ler a primeira versão e me ajudar na cena no começo do tribunal. Sei que não escrevi exatamente como você concebeu, mas as suas sugestões contribuíram para deixá-la bastante verossímil.

Eric Bessony, professor de medicina, por ter respondido as minhas perguntas sobre o suxametônio e por ter ficado curiosamente empolgado com as possibilidades da paralisia consciente. Claro que usei a minha licença poética para fazer a droga funcionar na minha história, mas você me ajudou a mantê-la dentro dos limites.

Donna Koplash, por sua generosa doação para a One Million Monarchs — instituição beneficente maravilhosa, que enfoca a questão de saúde pública referente ao luto infantil e oferece apoio a crianças que perderam pai, mãe, irmãos. Seu gentil donativo veio com o bônus adicional de ter uma personagem no meu livro nomeada em sua homenagem.

E, finalmente, a todos os leitores — quer tenham acabado de descobrir os meus romances ou tenham lido todos com avidez —, por tornarem o meu sonho realidade.

CONHEÇA OS OUTROS LIVROS DO AUTOR